ANETTE HINRICHS

# NORDLICHT

## DIE SPUR DES MÖRDERS

Kriminalroman

blanvalet

Penguin Random House Verlagsgruppe FSC® N001967

5. Auflage
Copyright © 2020 by Blanvalet in der
Penguin Random House Verlagsgruppe GmbH,
Neumarkter Str. 28, 81673 München
Redaktion: Angela Kuepper
Umschlaggestaltung: www.buerosued.de
Umschlagmotive: Getty Images/Martha Hoo/EyeEm;
www.buerosued.de; privat (hintere Klappe)
Karte: Daniela Eber
WR · Herstellung: sam
Satz: Buch-Werkstatt GmbH, Bad Aibling
Druck und Bindung: GGP Media GmbH, Pößneck
Printed in Germany
ISBN 978-3-7341-0723-8

www.blanvalet.de

*Für Anja*

# Prolog

Die späte Nachmittagssonne warf lange Schatten auf die beiden einsam am Ackerrand stehenden Bäume und verwandelte sie in einen scharfkantigen Scherenschnitt. Kräftiger Wind fegte vom Meer bis an die Küste, trug das Salz bis weit ins Land hinein.

Der Junge wusste nicht, wie viele Stunden er schon an den Pfahl auf dem Hof festgebunden war, dort, wo der Hund die Nacht verbrachte. Er versuchte, tapfer zu sein und an etwas Schönes zu denken. An das kleine Kälbchen, das erst vor ein paar Tagen im Stall auf die Welt gekommen war. Doch er hatte schrecklichen Durst. Wenn er schluckte, schmerzte es tief hinten in seinem Hals. Deshalb sammelte er etwas Speichel im Mund, das machte das Schlucken für einen kurzen Moment erträglicher. Hinterher tat es genauso weh wie vorher.

Die Schnüre schnitten tief in die Haut seiner Handgelenke. Er wusste, später würden rote Rillen zurückbleiben, die zusammen mit den blasseren das Muster einer Spirale ergaben. Am schlimmsten brannten die Striemen auf seinem Rücken. Er hatte mitgezählt. Ganze sieben Mal hatte ihn der Gürtel getroffen. Zwei Schläge mehr als gestern. Vorausgesetzt, er hatte richtig gezählt.

Er wusste nicht, was die Mutter so in Rage gebracht hatte. Manchmal reichten ein umgestoßenes Glas oder ein paar Brotkrümel aus, die er während des Essens unabsichtlich auf dem Boden verteilte. An diesem Morgen hatte er sich große Mühe gegeben, dass ihm kein Malheur passierte, und es war alles gut gegangen. Trotzdem hatte er offensichtlich etwas falsch gemacht, denn die Mutter hatte ihn am Handgelenk gepackt und hinaus auf den Hof gezerrt. Dort hatte er zuerst sein Hemd ausziehen müssen, ehe er mit dem Strick an den Pfahl gebunden worden war. Bei jedem Schlag hatte sie dieselben Worte gezischt. *Tysk bastard*. Deutscher Bastard. Er wusste nicht, was das bedeutete, ahnte aber, dass es nichts Gutes war.

Er sehnte sich nach seinem Vater. Der arbeitete für gewöhnlich den ganzen Tag auf dem Feld oder in den Ställen und kam erst spät zurück ins Haus. Dann machte die Mutter den Ofen an, und sie aßen gemeinsam zu Abend. Anschließend durfte er auf den Schoß des Vaters klettern, und dieser las ihm ein Märchen vor.

Heute würde sein Vater nicht nach Hause kommen. Und auch morgen nicht. Er würde nie wieder heimkommen. Das hatte ihm die Mutter vor ein paar Tagen erklärt.

Heiße Tränen liefen ihm über die Wangen, vermischten sich mit dem Rotz aus seiner Nase. Er fürchtete sich vor der Dunkelheit, die langsam näher kroch. Die Geschichte vom Nachttroll, der sich alle sechsjährigen Kinder holte, die nach Einbruch der Dunkelheit im Freien waren, spukte ihm unablässig im Kopf herum. Am nächsten Tag war sein sechster Geburtstag.

Er wimmerte, rief erst leise, dann immer lauter nach

der Mutter, damit sie ihn hereinholte, ehe der Nachttroll kam, doch nichts geschah. Ein dünnes, warmes Rinnsal lief sein Bein entlang, während das Tageslicht weiter abnahm.

Als viele Stunden später die Sonne über den Getreidefeldern aufging und der Morgen anbrach, war der Junge am Pfahl verschwunden. Er würde nie wieder in sein Zuhause zurückkehren.

# 1. Kapitel

*Flensburg, Deutschland*

In der Stille war nur das Rauschen des Windes zu hören. Die angrenzenden Häuser waren in spätabendlicher Ruhe versunken, das Mondlicht versteckte sich hinter dicken Wolken.

Rudi wankte mit einer Weinflasche in der Hand den von Bäumen geschützten Weg im nördlichen Teil des Alten Friedhofs entlang. Hin und wieder blieb er stehen, setzte die Flasche an die Lippen und genehmigte sich einen großzügigen Schluck. Der Alkohol war diese Nacht vermutlich sein einziger Freund.

Die Geschäfte liefen schlecht. Die Konkurrenz machte ihm sein Revier streitig, zusätzlich erschwerte ihm das ständige Auftauchen der Bullen die Arbeit. Auch die Senioren waren nicht mehr so vertrauensselig wie früher. Sie schauten Sendungen wie *Aktenzeichen XY*, lasen in der Zeitung Artikel über Betrüger und servierten ihm ihre Wertsachen nicht länger auf dem Silbertablett. Während er früher den gleichen Trick in einem Stadtteil mehrfach hintereinander abziehen konnte, musste er sich jetzt ständig neue Maschen ausdenken.

Zu allem Überfluss hatte er sich auch noch mit Rita gestritten und deshalb für die Nacht kein Dach über dem Kopf. Wenigstens waren die Temperaturen Anfang September noch immer mild, und er konnte sich ein Plätzchen im Freien suchen. Sein Ziel war nun der Christiansenpark. Dort standen zahlreiche Bänke, auf denen er seine müden Glieder ausstrecken konnte. Hier auf dem Hügel gab es nur Gräber und Denkmäler und lauter Tote. Allein der Gedanke, bei denen zu schlafen, gruselte ihn.

In der Nähe wurden Stimmen laut. Jemand schrie auf. Stille. Rudi blieb stehen, überlegte, ob er lieber zurückgehen und einen Umweg machen sollte. Weiteren Ärger konnte er jedenfalls nicht gebrauchen.

Ein dumpfes Geräusch drang an sein Ohr, das er nicht zuordnen konnte. Einmal, zweimal, dreimal … Als er mit dem Zählen bei zwölf angelangt war, hörte es auf.

Rudi lauschte in die Dunkelheit, doch alles blieb still. Er genehmigte sich einen weiteren Schluck aus der Weinflasche und setzte seinen Weg fort.

Kurz darauf trat er aus dem Schutz der Bäume. Vor ihm auf der Rasenfläche erhob sich ein riesiger Schatten. Er zuckte erschrocken zusammen. Im nächsten Augenblick begriff er, dass es sich um den Idstedt-Löwen handelte. Er kicherte erleichtert.

In der Nähe schlug eine Autotür zu, und ein Motor wurde angelassen. Rudi torkelte ein paar Schritte bis zum nächsten Gebüsch, stellte die Weinflasche neben sich auf den Boden und öffnete wankend den Schlitz seiner Hose. Während er sich erleichterte, beobachtete er durch eine Lücke im Gestrüpp auf der dahinterliegenden Straße die Rückleuchten eines davonfahrenden Wagens. Er zog den Reißverschluss seiner Hose wieder zu, trank den restlichen Wein und stellte die leere Flasche auf den Boden zurück, ehe er seinen Weg fortsetzte.

Der Mond löste sich von den Wolken, und schwaches Licht fiel auf die Parkanlage und den Idstedt-Löwen. Am unteren Sockel des Denkmals lag eine Gestalt.

Ein etwas unbequemer Ort zum Schlafen, schoss es Rudi durch den Kopf. Er ging näher heran, blieb schließlich direkt davor stehen und registrierte trotz seines benebelten Gehirns, dass der Mensch, der dort lag, nicht mehr unter den Lebenden weilte.

Sein erster Impuls war wegzulaufen, doch stattdessen drehte er sich langsam um die eigene Achse und ließ den Blick durch die Dunkelheit schweifen. Dabei klopfte sein Herz wie verrückt. In der Gewissheit, allein zu sein, beugte er sich leicht schwankend über die Leiche. Dabei verlor er das Gleichgewicht und fiel auf den leblosen Körper. Als Rudi wieder auf die Beine kam, waren seine Hände voll mit Blut.

# 2. Kapitel

*Flensburg, Deutschland*

Vibeke umschloss den Griff der Walther P99Q fest mit beiden Händen und visierte ihr Ziel an. Ihr rechter Zeigefinger wanderte zum Abzugsbügel und zog ihn mit zunehmender Kraft durch, bis sich der Schuss löste. Sie blendete Knall und Rückstoß aus, konzentrierte sich darauf, wie die leere Hülse zu Boden fiel und die nächste Patrone ins Patronenlager rutschte. Sie schoss ein weiteres Mal. Erst als die letzte Kugel das Magazin verlassen hatte, senkte sie die Waffe. Sie überprüfte, ob das Patronenlager der Walther vollständig leer war, ehe sie die Waffe auf dem Tisch ablegte und den Gehörschutz herunternahm.

Anders als bei ihrer alten Dienststelle, dem LKA Hamburg, deren Polizei-Trainingszentrum auf rund fünftausend Quadratmetern die modernste Schießanlage Europas war, erfüllte die Raumschießanlage der Flensburger Polizei lediglich ihren Zweck.

Doch Vibeke war Realistin, keine Träumerin, und für sie war der Wechsel vom LKA Hamburg zur Bezirkskriminalinspektion Flensburg vor drei Monaten die vernünftigste Option gewesen. Zudem bedeutete der neue Job als Leiterin der Mordkommission beim K1 einen weiteren Schritt auf der Karriereleiter. Zumindest auf dem Papier, denn Flensburg war nicht Hamburg. Anstatt wie in der Metropole pausenlos Verbrecher zu jagen, plätscherte in der Fördestadt alles so dahin. Der letzte Mordfall, die Tote in Kollund, den sie zusammen mit ihren dänischen Kollegen gleich zu Beginn ihrer Amtszeit gelöst hatte, lag über zweieinhalb Monate zurück. Seitdem hatten sie und ihre beiden Mitarbeiter lediglich zwei Tötungsdelikte bearbeitet, von denen sich einer zudem als Suizid entpuppt hatte.

Das Pfeifen des Schießtrainers riss sie aus ihren Gedanken.

»Nicht übel, Frau Boisen.«

Vibeke wandte sich der Übungsscheibe am anderen Ende der Raumschießanlage zu, auf der die Umrisse eines bewaffneten Täters auf eine Leinwand projiziert waren. Rote Punkte kennzeichneten die Einschläge der Projektile im Kopf- und Brustraum. Fünfzehn Schüsse. Fünfzehn Treffer.

Sie hob die Brauen hinter ihrer Schutzbrille. »Nicht übel?«

Der Schießtrainer grinste und hielt ihr ein Handy entgegen. »Ihre Dienststelle.«

Fünfzehn Minuten später fuhr Vibeke in ihrem Dienstwagen den Kanonenberg hinauf. Das Gelände um den Alten Friedhof war weitläufig abgesperrt worden. Einsatzfahrzeuge parkten an den Zufahrtsstraßen, uniformierte Streifenbeamte bewachten die Eingänge. Die halbe Polizeidirektion schien auf den Beinen zu sein, und Vibeke fragte sich, was sie erwartete. Ein Toter am Sockel des Idstedt-Löwen, hatte man ihr am Telefon gesagt. Warum ausgerechnet dort?, war ihr als Erstes durch den Kopf geschossen.

Der Idstedt-Löwe war nicht nur ein monumentales Denkmal, das an die Schlacht von Idstedt im Jahr 1850 und den Sieg der Dänen erinnerte, sondern auch ein Symbol für die vielschichtige deutsch-dänische Geschichte. Heute galt es darüber hinaus als Zeichen von Freundschaft und Vertrauen zwischen den beiden benachbarten Ländern.

Vibeke parkte ihren Wagen hinter dem Transporter der Spurensicherung, holte einen Satz Schutzkleidung aus dem Kofferraum und schlüpfte hinein. Es war bereits angenehm warm, und der wolkenfreie Himmel versprach trotz des aufkommenden Windes einen sonnigen Spätsommertag.

Hinter dem Absperrband drängelten sich die Schaulustigen bereits dicht an dicht, manche hielten ihre Handys gezückt. Ein Kamerateam vom örtlichen Fernsehsender und ein Übertragungswagen vom Radiosender waren ebenfalls bereits vor Ort. Sobald etwas Aufsehenerregendes in Flensburg passierte, verbreitete sich das wie ein Lauffeuer in der Stadt. Ein Toter am Idstedt-Löwen fiel definitiv in diese Kategorie.

Vibeke zeigte den Streifenbeamten, die den Zugang zum Gelände flankierten, ihren Dienstausweis. Hinter der Absperrung erwartete sie bereits ihr Mitarbeiter Michael Wagner, ein junger Schlacks mit blondem Backenbart, der erst seit Kurzem bei der Mordkommission war.

»Moin, Vibeke.« Seine Wangen unter der Kapuze seines Spurensicherungsoveralls waren vor Aufregung gerötet.

»Moin.« Sie ließ den Blick Richtung Friedhofs-gelände schweifen, das hinter Bäumen und Büschen ver-borgen lag. »Weiß man schon, was passiert ist?«

»Der Tote liegt am Sockel des Löwen«, erzählte Mi-chael eifrig. »Laut den Kollegen, die als Erstes vor Ort waren, hat ihm jemand den Schädel eingetreten. Es soll eine ganz schöne Sauerei sein.«

»Gibt es Zeugen?«

»Bisher nicht. Eine Frau hat die Leiche auf ihrem Weg zur Arbeit entdeckt und umgehend die Polizei in-formiert. Aber sie hat niemanden gesehen.«

»Wo ist die Frau jetzt?«

Michael Wagner zeigte auf einen Polizeitransporter, in dem eine Beamtin neben einer blassen jungen Frau saß, die mit beiden Händen einen Kaffeebecher um-klammerte.

»Gut, wir sprechen später noch mit ihr. Erst möch-te ich mir ein Bild vom Tatort machen.« Vibeke schlug den von der Spurensicherung freigegebenen Trampel-pfad aufs Friedhofsgelände ein. Ihr Mitarbeiter folg-te ihr.

Feuchter Dunst lag in der Luft, benetzte Pflanzen und Gräser und die goldgelben Blätter der Bäume. Es roch nach Moos, Erde und nahendem Herbst.

»Wo steckt eigentlich Holtkötter?«, fragte Vibeke, während sie an prächtigen, spät blühenden Rhododen-dren vorbeigingen.

Kriminalhauptkommissar Klaus Holtkötter war ihr Stellvertreter und ein Mitarbeiter der unbequemsten Sorte, der aus seiner Abneigung ihr gegenüber keinen Hehl machte. Gründe dafür hatte er viele. Ihr Job beim LKA. Dass sie eine Frau war. Ihr Alter und dass sie schon jetzt die Karriereleiter höher geklettert war, als er es jemals schaffen würde. Und natürlich, dass sie die Tochter des stellvertretenden Polizeichefs war.

»Ich habe Herrn Holtkötter eine Nachricht auf seiner Mailbox hinterlassen.« Michael errötete.

»Du konntest ihn also nicht erreichen«, stellte Vibeke fest. Wieder einmal, dachte sie.

Ihr Stellvertreter war ein Ermittler der alten Schule, gründlich und routiniert, in dieser Hinsicht gab es keinerlei Grund zur Beschwerde. Doch die zeitlichen Intervalle, in denen er sich krankmeldete oder nicht erreichbar war, häuften sich. Vielleicht hatte Klaus Holtkötter ein gesundheitliches Problem, von dem er nichts erzählte, oder es war seine Art der Meuterei. So oder so, irgendwann musste Vibeke das klären. Sie hatte nicht vor, sich von diesem Wadenbeißer länger auf der Nase herumtanzen zu lassen.

Sie erreichten die Grünfläche im mittleren Teil des Friedhofs, die von kunstvoll verzierten Kriegsgräbern, Steintafeln und Skulpturen und prächtigen alten Bäumen umrahmt war. Auf dem Rasen erhob sich majestätisch der Idstedt-Löwe, eine imposante Bronzestatue, die auf einem Sockel aus Beton und Granit thronte und aus über sieben Metern Höhe in Richtung Süden blickte.

Scheinwerfer waren aufgestellt worden, Kameras klickten, und ein halbes Dutzend Kriminaltechniker in Schutzanzügen wuselte um eine am Boden liegende Gestalt herum.

Der Tote lag auf dem Rücken, trug einen leichten blauen Mantel, eine farblich passende Stoffhose und braune Schuhe. Die Ärmel des Mantels waren hochgerutscht und entblößten dunkle Hämatome auf den Unterarmen. Die Beine waren lang ausgestreckt. Einer der Schnürsenkel hatte sich gelöst und hing lose ins Gras herab.

Fliegen umschwirrten den Kopf des Mannes. Der graue Haaransatz war blutverkrustet, das darunter liegende Gesicht durch Platzwunden und Schwellungen nahezu vollständig entstellt. An der linken Schläfe klaffte eine Wunde wie ein offener Reißverschluss auseinander und zeigte einen Krater rohes Fleisch, Speisekammer für Insekten und Maden. Winzige weiße Körner besiedelten die Verletzungen bereits zu Hundertschaften. Larveneier.

Die Bodenplatte unter dem Kopf war ein See aus geronnenem Blut. Dunkelrot, fast schwarz. Auch der Sockel war verfärbt. Eine Blutspur zog sich unterhalb der Gedenktafel über den hellen Granit bis zum Hinterkopf des Toten. Auf der Kleidung zeichneten sich kaum erkennbar Fußabdrücke ab und offenbarten die Brutalität des Verbrechens.

Vibeke hörte hinter sich ein Würgen. Sie drehte sich um und sah, wie Michael Wagner sich in ein nahes Gebüsch erbrach. Einer der Kriminaltechniker fluchte. Sie wandte sich wieder dem Toten zu. Der unappetitliche Anblick der Leiche machte ihr nichts aus. Als langjährige Mordermittlerin hatte sie bereits alles gesehen. Verbrennungsopfer, verweste und mumifizierte Leichen, Menschen, die jahrelang unentdeckt in ihren Wohnungen gelegen oder denen man bei lebendigem Leib die Haut abgezogen hatte, weggeschossene Hinterköpfe und tote Kinder, Wasserleichen, die in regelmäßigen Abständen aus Alster und Elbe gefischt wurden. Sie hatte gelernt, ihren Magen und ihre Gefühle unter Kontrolle zu halten.

Trotzdem wurden Momente wie dieser nie zur Routine. Vibeke erinnerte sich an jeden Toten, den sie gesehen hatte. Sie kannte ihre Geschichten, und sie zollte den Opfern Respekt, indem sie ihre Mörder überführte.

»Moin.« Arne Lührs, der korpulente Chef der Spurensicherung, tauchte hinter dem Sockel auf. Er war ein langjähriger Freund ihres Vaters, Vibeke kannte ihn schon von Kindesbeinen an. »Scheußliche Sache. Ich glaube, ich werde mich niemals daran gewöhnen.«

»Moin, Arne. Geht mir genauso.« Sie trat näher zu ihm heran. »Hast du schon etwas für mich?«

»Wir haben gerade erst angefangen.« Der Kriminaltechniker lüpfte seinen Mundschutz, und sein grauer Walrossbart wurde sichtbar. »Aber wie es aussieht, ist der Mann zunächst mit dem Hinterkopf gegen die Sockelkante gestürzt«, er zeigte mit seiner behandschuhten Hand zur Blutspur auf dem hellen Granit, »ehe am Boden auf ihn eingetreten wurde. Der Blutmenge und der Position nach ist er an Ort und Stelle gestorben. Der Rechtsmediziner wird dir vermutlich Genaueres sagen können, aber bis der hier aufschlägt, dauert es bestimmt noch eine Weile.«

Vibeke nickte. Anders als in Hamburg gab es in Flensburg kein rechtsmedizinisches Institut. Dafür war Kiel zuständig. »Was ist mit den Fußabdrücken?«

»Es waren mindestens drei Personen am Tatort«, erwiderte Arne Lührs. »Aber es wird schwierig werden, die Abdrücke zu rekonstruieren. Die Trockenheit, dazu die Beschaffenheit des Untergrunds, das sind nicht gerade ideale Voraussetzungen. Außerdem sind die Abdrücke größtenteils übereinandergelagert.«

»Trägt der Tote Ausweispapiere bei sich?«

»Ich muss fragen, ob der Kollege schon nachgesehen hat.« Arne Lührs drehte sich um und ging zu einem seiner Mitarbeiter, der soeben dabei war, mithilfe von Klebeband Spuren vom Mantel des Opfers zu nehmen.

Michael Wagner tauchte neben ihr auf. Er wirkte blass und angespannt. Auf seinem Overall klebten Reste von Erbrochenem. »Da bin ich wieder.« Er mied den Blick zur Leiche.

»Kümmere dich bitte um die Zeugin«, bat Vibeke ihren Mitarbeiter. »Wie es aussieht, dauert es hier noch eine Weile. Und fordere ein paar Kollegen an. Sie sollen die umliegenden Häuser abklappern. Vielleicht hat einer der Anwohner etwas mitbekommen.«

Er nickte.

»Ach, und Michael, ehe du mit der Frau sprichst, zieh den Schutzanzug aus.« Sie deutete auf die Flecken.

Der junge Kriminalbeamte lief rot an.

»Mach dir keinen Kopf«, sagte Vibeke freundlich. »Wir haben alle mal angefangen.«

Michael lächelte gequält und entfernte sich mit schnellen Schritten Richtung Ausgang.

»Vibeke!« Arne Lührs, der vor der Leiche hockte, winkte sie zu sich heran. Er hielt einen Schlüsselbund in die Höhe. »Den hatte das Opfer in der Manteltasche.«

Vibeke erkannte, dass es sich um ein halbes Dutzend Schlüssel in unterschiedlichen Formen und Größen handelte. Der Kriminaltechniker reichte den Fund an einen seiner Mitarbeiter zum Eintüten. »Leider hat der Mann weder eine Brieftasche noch Ausweispapiere bei sich.«

Sie seufzte. »Das wäre ja auch zu schön gewesen.«

»Aber dafür haben wir das hier.« Arne Lührs langte vorsichtig nach dem oberen linken Mantelkragen, der nach innen eingeknickt und unter das Kinn des Toten gerutscht war, und klappte ihn um.

Ein kleiner rot-weißer Aufkleber wurde sichtbar. Der gezackte Dannebrog, den die Mitglieder des Südschleswigschen Vereins beim Jahrestreffen der dänischen Minderheit trugen.

Vibekes Blick glitt zu der Inschrift der Gedenktafel, die etwa einen Meter über dem Kopf des Toten am oberen Sockel hing:

*ISTED*

*DEN 25. JULI 1850*

*REJST 1862*

*2011 wieder errichtet*

*als Zeichen von Freundschaft und Vertrauen*

*zwischen Dänen und Deutschen*

Trotz der warmen Temperaturen stellten sich ihre Nackenhaare auf.


*Flensburg, Deutschland*

Clara trat kräftig in die Pedale. Von ihrem Haus am Ostufer der Stadt bis zur Bibliothek im Zentrum brauchte sie mit dem Fahrrad gute dreißig Minuten. Wind fegte ihr ins Gesicht und wirbelte ihr kinnlanges blondes Haar durcheinander. Sie würde wieder völlig zerzaust bei der Arbeit ankommen, doch aus dem Alter, in dem ihr das etwas ausgemacht hatte, war sie längst heraus.

Clara liebte den Weg am Ufer entlang. Das schimmernde Wasser, Segelschiffe und Fischerboote, die roten Holzhütten am Museumshafen und die dahinter liegenden pittoresken Giebelhäuser der Altstadt und über ihr das Kreischen der Möwen, die am Himmel ihre Kreise zogen.

Solange es nicht in Strömen goss oder Eis und Schnee die Wege in Schlittschuhbahnen verwandelten, fuhr sie mit dem Fahrrad. Die frische Luft tat ihr gut, und die regelmäßige Bewegung verhinderte, dass sich die süßen Teilchen, die sie täglich verschlang, übermäßig an ihren Hüften festsetzten.

Als sie die südliche Hafenspitze erreichte, startete am gegenüberliegenden Polizeirevier eine Streifenkolonne mit Blaulicht. Hoffentlich ist nichts Schlimmes passiert, dachte Clara. Ein mulmiges Gefühl befiel sie, so wie immer, wenn Sirenen in Flensburgs Straßen ertönten. Sie dachte an ihre Freundinnen und ihre alte Mutter und hoffte, dass der Einsatz keiner von ihnen galt. Um ihren Mann machte sie sich hingegen weniger Gedanken. Nicht, dass sie sich um Valdemar nicht sorgen würde. Das tat sie tatsächlich. Aber aus anderen Gründen. Valdemar hatte sich in den letzten Monaten verändert. Er wirkte fahrig und stets ein wenig gereizt, hatte kaum noch Ähnlichkeit mit dem liebenswürdigen und gut gelaunten Mann, in den sie sich vor über dreißig Jahren verliebt hatte. Clara hatte mehrfach das Gespräch mit ihm gesucht, um zu erfahren, was ihn beschäftigte, doch er wischte ihre Bedenken jedes Mal mit der Bemerkung beiseite, dass sie maßlos übertrieb.

Dabei gehörte Clara nicht zu der Kategorie Frau, die zu Übertreibungen neigte.

Die Sirenen entfernten sich, und sie schüttelte die Gedanken ab. Fünf Minuten später schob sie ihr Fahrrad in den Fahrradständer vor der Dänischen Zentralbibliothek, einem schnörkellosen Bau mit schiefergrau gestrichener Fassade und großer Fensterfront. Bis zur offiziellen Öffnungszeit um neun blieb ihr noch eine knappe Stunde Zeit, um alles vorzubereiten.

Clara sperrte die Schiebetür auf und schloss hinter sich wieder ab. Wie jeden Morgen freute sie sich, an ihren Arbeitsplatz zu kommen. Der Eingangsbereich war lichtdurchflutet und einladend gestaltet. Naturfarbener Fliesenboden, weiße Möbel, dazu viel helles Holz. Ein großformatiges VELKOMMEN schmückte den Empfangstresen.

Der Schreibtisch dahinter war Claras Arbeitsplatz. Sie legte ihre Umhängetasche auf den Stuhl und stellte den Computer an. Anschließend machte sie ihren morgendlichen Rundgang. Sie ordnete in der Informationsecke die Broschüren in den Ständern, arrangierte die aktuellen Ausgaben des *Flensborg Avis* und rückte im Lesebereich die Schalenstühle ordentlich an die runden Tische.

In der Küche setzte sie eine Kanne Kaffee auf und überlegte, ob sie schnell zur dänischen Bäckerei laufen sollte, um für sich und die Kollegen ein paar Zimtschnecken zu kaufen. Nach einem kurzen Blick auf die kleine Speckrolle, die sich seit ein paar Monaten hartnäckig in ihrer Körpermitte hielt, verwarf sie den Gedanken wieder.

Stattdessen nahm Clara die Treppe ins Obergeschoss.

Sonnenschein drang durch die ringsherum liegenden Fenster und tauchte den riesigen, offen gestalteten Raum in helles Licht. Geschwungene weiße Bücherregale, zahlreiche mit bunten Kissen bestückte Sitzlandschaften, mittendrin ein leuchtend blauer Bücherbus, in dem die Lesungen für ihre kleinen Besucher stattfanden.

Clara rückte Kissen zurecht, stellte liegen gebliebene Bücher zurück ins Regal, sah in dem kleinen Vorführraum nach dem Rechten und ging schließlich zum Herzstück der Bibliothek, der Schleswigschen Sammlung, die in einem separaten Raum untergebracht war.

Die Buch- und Mediensammlung umfasste über fünfzigtausend Exemplare zum Themenbereich Schleswig in den fünf Sprachen und Dialekten der Region. Das älteste Werk des historischen Bestandes stammte aus dem sechzehnten Jahrhundert. Familienforscher, Wissenschaftler und Studenten verbrachten oft viele Stunden zwischen den Regalen, die für jedermann zugänglich waren.

Clara ging die vielen Regalreihen entlang, strich hin und wieder über einen Buchrücken und verweilte schließlich einen Moment an den Tischen, die den Besuchern zum Lesen zur Verfügung standen.

Zurück im Hauptraum hörte sie, wie im Erdgeschoss die Tür aufglitt. Sie warf einen Blick über die Galerie. Ihre junge Kollegin Kirsten, die ihren Universitätsabschluss frisch in der Tasche hatte, schwenkte eine Papiertüte in die Höhe. Ihr dunkler Pferdeschwanz wippte auf ihrer Schulter.

»Frische Zimtschnecken gefällig?«

Clara lachte. »Bin schon auf dem Weg.«

Die beiden Frauen gesellten sich in der Küche zusammen, tranken eine Tasse Kaffee und genossen das köstliche Gebäck.

»Am Idstedt-Löwen wurde ein Toter gefunden«, erzählte Kirsten zwischen zwei Bissen.

Clara hielt erschrocken inne. »Woher weißt du das?«

»Ich habe bei meinem Freund übernachtet, der wohnt ganz in der Nähe. Die Polizei hat sämtliche Straßen um den Alten Friedhof abgesperrt. Sie befragen jetzt die Anwohner.« Kirsten wischte sich mit dem Handrücken einen Krümel vom Mund. »Hoffentlich ist das niemand, den wir kennen.« Sie leerte den letzten Rest ihrer Kaffeetasse und stellte sie in den Geschirrspüler. »Ich lege dann mal los. Gestern Nachmittag ist noch eine Lieferung mit neuen Titeln gekommen. Ich will sie schnell einräumen, ehe wir öffnen.«

Sie verschwand im Flur.

Clara füllte nachdenklich ihren Kaffeebecher auf und ging zu ihrem Platz hinter dem Empfangstresen. Ein Toter am Idstedt-Löwen. Vielleicht war es einer der Obdachlosen, die nachts durch die Parkanlagen streiften. Oder ein zusammengebrochener Jogger. Davon las man häufiger in der Zeitung. So oder so, irgendwann würde sie es ohnehin erfahren.

Sie wandte sich ihrem Computer zu und startete das E-Mail-Programm. Als Erstes beantwortete sie die Lesungsanfrage eines Autors, von dem sie noch nie etwas gehört hatte, und widmete sich im Anschluss dem Schreiben eines Kinderbuch-Verlages. Als sie den Blick von ihrem Monitor hob, bemerkte sie die alte Hannah, die wie jeden Morgen um kurz vor neun durch die Scheiben der Eingangstür spähte. Trotz der Wärme trug sie einen dicken Mantel. Das graue Haar lag dünn und fisselig um ihren Kopf.

»Gleich, Hannah«, murmelte Clara, tippte ein paar weitere Wörter in ihre Tastatur und erhob sich dann doch, um die erste Besucherin bereits vor der regulären Öffnungszeit hereinzulassen.

»Moinsen.« Die Alte zog mit ihrem Stoffbeutel in der Hand an Clara vorbei, steuerte zielstrebig ihren Stammplatz im Lesebereich an und ließ sich dort auf einem der Schalenstühle schnaufend nieder. Dann holte sie wie jeden Morgen einen Joghurtbecher und einen Löffel aus ihrem Beutel und machte sich an ihr Frühstück.

Clara, die noch immer im Eingang stand, bückte sich, um ein paar Blätter aufzuheben, die zusammen mit der alten Hannah durch die Tür geweht waren, und beförderte diese hinaus auf den Bürgersteig. In der Ferne ertönten wieder Sirenen. Erneut machte sich in Clara ein mulmiges Gefühl breit.

*Flensburg, Deutschland*

Vibeke traf mit Michael Wagner bei den Einsatzfahrzeugen am Kanonenberg zusammen.

»Die Zeugin ist völlig durch den Wind«, informierte sie ihr Mitarbeiter. »Ich habe die Frau mit dem Streifenwagen nach Hause bringen lassen. Sie konnte ohnehin nichts Brauchbares beisteuern.«

Vibeke nickte. »Kein Wunder. Schließlich findet man nicht jeden Tag eine Leiche.«

Michael errötete, dann räusperte er sich. »Ich habe

ein paar Uniformierte zu den Häusern der Anwohner geschickt.«

»Gut, wir beide haben erst einmal anderes zu tun.« Vibeke zeigte ihm den Autoschlüssel mit dem VW-Emblem, den die Kriminaltechniker kurz zuvor in einer der Hosentaschen des Toten gefunden hatten.

»Wir suchen den dazugehörigen Wagen. Sobald wir ihn finden, können wir eine Halterabfrage machen.« Vibeke zupfte an ihrem Spurensicherungsoverall. »Aber erst muss ich aus diesem Zeug raus.« Sie ging zu ihrem Dienstwagen.

»Vielleicht ist das Opfer zu Fuß gekommen«, sagte ihr Kollege, der ihr hinterhergeeilt war.

»Möglich, aber der Mann war kein Jungspund mehr. Sofern er also nicht direkt in der Nachbarschaft wohnt, musste er den Museumsberg hochsteigen, um zum Alten Friedhof zu kommen. Und das ist ab einem gewissen Alter kein Spaß mehr.«

Vibeke schlüpfte aus der Schutzkleidung und beförderte sie in den Kofferraum. Beim Schließen der Heckklappe fiel ihr Blick auf die Menschen hinter dem Absperrband. Die Menge hatte sich seit ihrer Ankunft nahezu verdoppelt.

Eine ältere blonde Frau, die mit ihrem Fahrrad etwas abseits stand, weckte ihr Interesse. Im Gegensatz zu den anderen Schaulustigen hielt sie kein Handy in der Hand, sondern hatte den Blick starr auf den Eingang des Alten Friedhofs gerichtet.

Es war nicht mehr als ein vages Gefühl, das Vibeke dazu veranlasste, ein paar Schritte auf die Unbekannte zuzugehen, doch im nächsten Moment schwang diese sich auf ihr Fahrrad und fuhr davon.

Vibeke drehte sich zu Michael Wagner um. »Hast du die Frau auf dem Fahrrad gesehen?«

»Nein. Warum?«

»Ach, ich weiß auch nicht.« Sie blickte zu der Biegung, hinter der die Fahrradfahrerin verschwunden war. »Vergiss es. Lass uns lieber loslegen.«

Ohne auf die Schaulustigen zu achten, verließen die beiden Kriminalbeamten den abgesperrten Bereich und steuerten auf die am Straßenrand geparkten Autos zu. Vibeke drückte auf die Taste des elektronischen Zündschlüssels, die zum Öffnen diente, doch nichts tat sich.

Während sie das Straßengeflecht rund um den Friedhof abliefen, erzählte Vibeke ihrem Mitarbeiter von dem gezackten Dannebrog-Aufkleber am Mantel des Toten.

»Dann könnte es sich bei dem Opfer um ein Mitglied der dänischen Minderheit handeln.«

»Die Vermutung liegt zumindest nahe.« Vibeke bemerkte, dass Wagner die Stirn runzelte, doch er sagte nichts.

Sie erreichten die Ostseite des Friedhofs. Die Häuser waren hier spärlicher verteilt. Keines der abgestellten Autos reagierte auf den Zündschlüssel.

Auf halber Straßenhöhe ragte linker Hand der Idstedt-Löwe hinter den Büschen hervor. Eine kleine Steintreppe führte zum Friedhofsgelände. Anstatt weiterer Häuser befanden sich auf der gegenüberliegenden Seite ein Kinderspielplatz und eine Grünanlage. Am angrenzenden Parkstreifen war nur ein einziges Auto abgestellt. Ein dunkelblauer Golf.

Vibeke hielt den Zündschlüssel in Richtung des Fahrzeugs. In dem Augenblick, als sie die Taste mit dem

Symbol zum Öffnen drückte, leuchteten die Scheinwerfer und Rückleuchten des Golfs auf. Sie hatten das
gesuchte Auto gefunden.

*Solderup, Dänemark*

Die Sonne stand hoch am Himmel, als Svend Johannsen von seinem Bulldog stieg und besorgt über seine
Felder blickte.

Risse zogen sich durch den ausgedörrten Acker-
boden. Der Großteil des Sommergetreides war ver-
trocknet, auch das Gras der Wiesen, alles war braun
verfärbt. Die Dürre in diesem Sommer war extrem gewesen und der kurze Regenschauer in der vergangenen
Nacht kaum mehr als ein Tropfen auf den heißen Stein.
Angesichts der verdorrten Halme war auch die Brand-
gefahr noch immer nicht gebannt. Ein einziger Funken-
schlag reichte aus, und alles brannte wie Zunder. So wie
in der Nähe von Kolding, da hatte das Feuer im Juli
tagelang gewütet. Einige Hundert Quadratkilometer
Wald einfach weg.

Alles, was trotz der Hitze gewachsen war, Getreide,
Hackfrüchte und Gras, war längst abgeerntet und an
die Tiere verfüttert. Gereicht hatte es trotzdem nicht.
Svend hatte ganze Wagenladungen an Futter für seine
Tiere teuer zukaufen müssen. Die Transportkosten über
mehrere Hundert Kilometer hatten seine finanziellen
Rücklagen vollends erschöpft. Wie er seine Milchkühe,
Rinder und Kälber durch den Winter bringen sollte,
das wusste er zu diesem Zeitpunkt noch nicht. Auf den

Nachbarhöfen waren bereits Tiere notgeschlachtet worden, damit weniger Mäuler zu stopfen waren. Doch das war für ihn keine Option.

Er hatte den Hof vor fünf Jahren von seinem Vater übernommen und mithilfe von hohen Krediten auf ökologische Landwirtschaft umgestellt. Seitdem weideten seine Milchkühe auf mit Kräutern bepflanzten Wiesen. Es war ein steiniger, arbeitsreicher Weg gewesen, doch Svend hatte sich trotz der Konkurrenz durch deutsche Biogassubventionen und des Ausstiegstrends vieler Milcherzeuger aus der Ökobranche am Markt durchgesetzt und belieferte mittlerweile die größte Molkereigenossenschaft Dänemarks mit der Milch seiner Kühe.

Die letzten zwei Jahre hatte der Hof schwarze Zahlen geschrieben. Für Svend die Bestätigung, dass sich seine Plackerei am Ende auszahlte. Trotzdem hatte er einen hohen Preis bezahlt. Das Verhältnis zu seinem Vater war vollkommen zerrüttet. Evan Johannsen, der den Hof einst selbst von seinem Vater übernommen hatte, hielt die Umwandlung in ökologische Landwirtschaft für einen Fehler. Bei ihrem letzten Streit hatte er Svend vorgeworfen, dass dieser mit Füßen trat, was vor ihm viele Generationen seiner Familie aufgebaut hatten. Mit seiner Art von Zukunftsvision würde Svend den Hof in Grund und Boden wirtschaften.

Das war vor drei Jahren gewesen. Seitdem hatten Vater und Sohn kein Wort mehr miteinander gesprochen. Unter einem Dach lebten sie trotzdem. Die Überschreibung des Hofes hatte einen Passus enthalten, der Evan lebenslanges Wohnrecht zusicherte.

Jetzt würde Svend seine Produktion erstmals drosseln müssen. Was das für seine Existenz bedeutete, mochte er sich nicht ausmalen. Am Ende würde der Alte noch recht behalten und der Hof, der sich seit über hundert Jahren in Familienbesitz befand, unter den Hammer kommen. So war es bereits einigen Bauern in Jütland ergangen.

Svend bückte sich und griff nach einem Erdklumpen, der zwischen seinen Fingern sofort zerbröselte und zu Staub verfiel. Dies war sein Land. Das ließ er sich nicht wegnehmen. Bisher hatte er für jedes Problem eine Lösung gefunden, auch wenn er dachte, schlimmer könne es nicht mehr werden.

Als er sich wieder erhob, gerieten die beiden einsam am Ackerrand stehenden Bäume in sein Sichtfeld, und ihm fiel auf, dass er an exakt der Stelle stand wie der Fremde, der vor ein paar Monaten wie aus dem Nichts aufgetaucht war. Ein älterer Mann hatte am Straßenrand gestanden und zum Hof hinübergestarrt. Obwohl nichts an ihm bedrohlich gewirkt hatte, war Svend instinktiv beunruhigt gewesen. Als er den Fremden angesprochen hatte, war dieser in ein nahe stehendes Auto gestiegen und verschwunden.

Nicht zum ersten Mal dachte Svend, dass die Gefahr, den Hof zu verlieren, möglicherweise aus ganz anderer Richtung drohte als bislang angenommen.

*Flensburg, Deutschland*

Das alte Spitzgiebelhaus lag in einem Hinterhof mit Kopfsteinpflaster. Auf der weiß getünchten Steinfassade prangten zahlreiche Verfärbungen, stellenweise rankte sich Efeu vom Sockel bis in die erste Etage hinauf. Fenster und Tür waren schiefergrau gestrichen. Vor dem Gebäude schützte ein großer, weit verzweigter Baum die Bewohner hinter den Fenstern vor neugierigen Blicken.

Der Fahrzeughalter des Golfs hieß Karl Bentien, war Jahrgang 1946 und unter dieser Adresse gemeldet, wie ihr Michael Wagner vor wenigen Minuten am Telefon mitgeteilt hatte.

Vibeke drückte den Klingelknopf neben dem Namensschild. Nichts rührte sich. Sie klingelte erneut, trat dann einen Schritt zurück und sah zum Obergeschoss. Die Fenster waren geschlossen, die Gardinen zugezogen.

»Wollen Sie zum Karl?« Eine alte Frau schlurfte über das Kopfsteinpflaster zum Nachbarhaus, dessen Fassade vollkommen von Efeu verdeckt war. Sie trug einen langen grauen Mantel, der ein wenig fleckig war und farblich mit ihren fisseligen Haaren zu verschmelzen schien. In der Hand hielt sie einen Jutebeutel.

Vibeke zückte ihren Dienstausweis. »Polizei Flensburg.« Sie trat auf die Frau zu. »Wohnt im Nachbarhaus noch jemand außer Herrn Bentien?«

Die Nachbarin schüttelte den Kopf. »Karls Frau ist schon lange weg. Ich habe gehört, dass sie vorletztes Jahr gestorben ist.« Die Alte beugte sich vor und senkte die Stimme. »Krebs«, flüsterte sie, als handelte es sich bei der Krankheit um etwas Unanständiges. »Die kam nicht zurecht mit den ganzen Dänen da.«

Vibeke hob die Brauen.

»Na, der Karl ist doch Mitglied in der dänischen Minderheit«, schob die Nachbarin hinterher, als würde das alles erklären.

»Wissen Sie vielleicht, ob Herr Bentien weitere Angehörige hat?«

»Es gibt noch einen Sohn, den Jan. Aber der lebt irgendwo in Hamburg.« Sie reckte das Kinn. »Warum fragen Sie mich das alles überhaupt? Ist was mit dem Karl?«

»Danke für Ihre Hilfe«, erwiderte Vibeke freundlich. »Ich halte Sie jetzt nicht länger auf.«

Ein letzter misstrauischer Blick, dann verschwand die Alte hinter der Tür des Nachbarhauses. Kurz darauf bewegten sich am Fenster neben dem Eingang die Gardinen.

Vibeke ging zurück zu dem Spitzgiebelhaus, streifte sich Einweghandschuhe über und zog den Schlüsselbund aus ihrer Tasche, den sie sich zuvor von einem der Kriminaltechniker hatte aushändigen lassen. Der dritte Schlüssel passte.

Die Haustür ächzte leise, als sie über die Schwelle in die Diele trat. Alter Fliesenboden, Landschaftsaufnahmen auf vergilbter Raufasertapete, ein Garderobenständer, an dem eine einzelne Jacke baumelte. Fünf Türen gingen vom Flur in weitere Räume ab, eine geschwungene Holztreppe mit ausgetretenen Stufen führte ins Obergeschoss.

Es roch ein wenig muffig, so als hätte der Bewohner seit Tagen nicht gelüftet.

»Hallo?«, rief Vibeke. »Hier ist die Polizei. Ist jemand zu Hause?«

Stille.

Die mittlere Tür führte ins Wohnzimmer. Die Einrichtung wirkte hier etwas moderner als im Eingangsbereich. Schränke aus hellem Holz, bis zur Decke reichende Bücherregale, dazu eine schwarze Ledercouch auf geöltem Eichenparkett.

Vibeke fuhr mit ihrer behandschuhten Hand die Buchrücken in einer der Regalreihen entlang. Brecht, Goethe, Molière und zahlreiche weitere Klassiker. In anderen Fächern standen Bildbände über den Deutsch-Dänischen Krieg und etliche Sachbücher über die Geschichte beider Länder, viele waren in Dänisch verfasst. Sie ging zum Wohnzimmerschrank, öffnete eine der Türen und entdeckte ein halbes Dutzend Aktenordner. Die Etiketten waren fein säuberlich mit Inhalt und Datum beschriftet. Sie zog den Ordner mit dem Vermerk *Urkunden* heraus. Zuoberst war in einer Klarsichthülle eine Geburtsurkunde abgelegt, die den Namen Karl Madsen trug.

Vibeke runzelte die Stirn. Das Geburtsdatum passte. Die Urkunde war auf Oktober 1958 datiert. Zu dem Zeitpunkt war Karl zwölf Jahre alt gewesen. Eine Adoption, schoss es ihr durch den Kopf. Auch sie hatte eine neue Geburtsurkunde erhalten, als Werner und Elke sie als Vierzehnjährige adoptiert hatten. Der Name ihrer leiblichen Eltern tauchte in dem Dokument nicht auf.

Vibekes Hals wurde eng, und sie spürte einen unangenehmen Druck auf der Brust. Sie riss sich zusammen und konzentrierte sich wieder auf die Unterlagen.

Das nächste Formular war ein Antrag auf Namensänderung von Madsen in Bentien, der offensichtlich genehmigt worden war, wie die nachfolgende Urkunde bestätigte.

In der Mitte des Ordners fand Vibeke neben einem Umschlag mit Röntgenbildern vom Zahnarzt auch eine Versicherungskarte der Krankenkasse. Das Foto zeigte einen grauhaarigen Mann mit fahler Gesichtshaut. Ob es sich dabei um den Toten vom Idstedt-Löwen handelte, ließ sich schwer beurteilen.

Sie blätterte weiter. Heiratsurkunde. Scheidungspapiere. Geburtsurkunde des Sohnes. Ein Taufschein. Schulzeugnisse. Das letzte Dokument erweckte ihre Aufmerksamkeit. Das Papier hinter der Klarsichthülle war vom Alter vergilbt und hatte an einigen Stellen Stockflecken. Die Angaben waren allesamt in Dänisch verfasst.

Vibeke beherrschte die Sprache des Nachbarlandes seit ihrer Schulzeit und hatte daher keinerlei Mühe, die Worte zu übersetzen. So wie es aussah, handelte es sich bei dem Dokument um einen Auszug aus einem alten Kirchenregister. Ein Geburtseintrag. Datum, Ort und der Name des Neugeborenen. Karl Bentien. Das Geburtsdatum stimmte überein. Ihr Blick blieb an dem Ort hängen. Oksbøl. Demnach war der Tote in Dänemark geboren. Sie musste die Kollegen im Nachbarland kontaktieren.

Kurzerhand klappte Vibeke den Ordner zu und klemmte ihn sich unter den Arm. Die restlichen Unterlagen ließ sie zunächst unberührt. Sie schloss die Haustür sorgfältig ab, brachte ein Polizeisiegel an und ging zurück zu ihrem Dienstwagen. Nachdem sie den Ordner auf dem Beifahrersitz abgelegt hatte, griff sie nach dem Handy und wählte die Nummer des GZ Padborg, des Gemeinsamen Zentrums der deutsch-dänischen Polizei, das formal gesehen ihre erste Anlaufstelle im Nachbarland war. Während sie dem Freizeichen lauschte, dachte sie kurz an Rasmus Nyborg, den großen, hageren Ermittler von der Polizei Esbjerg mit dem rebellischen Blick. Was der Däne wohl gerade machte?

Rasmus Nyborg wippte ungeduldig mit den Füßen. Die Minuten zogen sich wie Stunden. Deeskalation. Konfliktmanagement. Stressbewältigung. Er kannte die Inhalte des Anti-Gewalt-Trainings mit seinen konfrontierenden Übungen und den Strategien zur Verhinderung von Eskalationsprozessen mittlerweile in- und auswendig. Sie waren fast immer die gleichen, nur die Trainer wurden von Jahr zu Jahr jünger. Lauter Grünschnäbel, die ihm mit ihrem psychologischen Gequatsche seinen Job erklärten, ohne selbst jemals einem gewalttätigen Bandenmitglied oder einem Schwerkriminellen, der Menschen wie Fliegen tötete, gegenübergestanden zu haben.

Rasmus durchlief das Training bereits zum dritten Mal. Wegen einer Bescheinigung, die den Hochrangigen erlaubte, einen Querulanten wie ihn zurück an die Front zu schicken. Zugegeben, er hatte einen schwerwiegenden Fehler begangen, indem er letztes Jahr einen Drogendealer, der bereits Handfesseln trug, vermöbelt hatte. Untragbar als Polizist. Schließlich war er kein Anfänger, niemand, der einfach die Nerven verlor und austickte. Doch er hatte seine Gründe gehabt.

Vor Gericht hatte man ihn freigesprochen, seinen Job als Leiter der Mordkommission in Aarhus und seine Besoldungsstufe hatte er trotzdem verloren. Jetzt war er ein stinknormaler Ermittler in Esbjerg. Und noch immer auf Bewährung.

Die Teilnahmebescheinigung am Anti-Gewalt-Training bedeutete einen weiteren Schritt in Richtung Normalität. Ein Stück Papier, das ihm eine weiße Weste attestieren sollte. Als würde das irgendetwas ändern. Er war immer noch der Gleiche.

Rasmus hörte mit halbem Ohr, wie der junge, hochmotivierte Seminarleiter, der aussah, als würde er selbst noch die Schulbank drücken, über die Wichtigkeit der interkulturellen Arbeit plapperte, nachdem Jahr für Jahr immer mehr Flüchtlinge ins Land kamen.

Als wenn er das nicht selbst wüsste. Die dänische Asylpolitik hatte sich in den letzten Jahren extrem zugespitzt. Dreiundsiebzig Gesetzesverschärfungen hatte die letzte Regierung in weniger als vier Jahren durchgesetzt, um das Land für Flüchtlinge so unattraktiv wie möglich zu machen. Keine Parallelgesellschaften, keine Ghettos, so hatten die Pläne des Ministerpräsidenten gelautet.

Rasmus konnte über die Bezeichnung Ghetto nur den Kopf schütteln. Damit verband er extreme Armut und Slums, keine rot verklinkerten Mehrfamilienhäuser mit weißen Balkonen und Spielplätzen in den Innenhöfen, wie in Mjølnerparken im Kopenhagener Stadtteil Nørrebro, dort, wo achtzig Prozent der Bevölkerung einen Migrationshintergrund besaßen. Es bereitete ihm Sorgen, dass die Rechtspopulisten weiterhin Zulauf bekamen. Auch wenn die Dänische Volkspartei zu den Verlierern der letzten Parlamentswahl gehörte, wollte die neue Ministerpräsidentin, eine Sozialdemokratin, deren restriktive Migrationspolitik fortsetzen. In seinen Augen schlugen die Sozialdemokraten damit einen gefährlichen Weg ein. Jeder Schritt nach rechts war einer zu viel.

Der Grünschnabel quatschte nach wie vor über ethnische Hintergründe. Wenn ich das noch lange ertragen muss, drehe ich durch, dachte Rasmus. Er streckte die langen Beine aus und warf einen Blick auf seine Armbanduhr. Dreißig Minuten, bis endlich Mittagspause war. Ihm entfuhr ein Stöhnen.

Der Trainer unterbrach seinen Monolog. »Möchtest du etwas dazu sagen, Rasmus?«

Rasmus winkte ab und sah aus dem Fenster. Die Sonne stand hoch am Himmel und tauchte Kopenhagen in helles Licht. Die Meteorologen sprachen bereits von einem Jahrhundertsommer. Seit Monaten herrschte eine regelrechte Hitzewelle. Er konnte sich nicht erinnern, wann es in Dänemark jemals so heiß gewesen war, dabei hatten sie bereits September.

An seinem Oberschenkel vibrierte sein Handy. Er zog es aus der Hosentasche. Das Display zeigte die Nummer von Eva-Karin Holm, Abteilungsleiterin der Polizei Esbjerg und seine Chefin.

Rasmus erhob sich. »Tut mir leid, aber da muss ich rangehen.« Er deutete auf das Handy in seiner Hand und verließ ohne ein weiteres Wort den Seminarraum. Selten hatte er sich so über einen Anruf seiner Vorgesetzten gefreut wie gerade jetzt.

»Hej, Rasmus.« Eva-Karin Holm kam ohne Umschweife zur Sache. »Ich habe gerade einen Anruf aus Padborg bekommen. Die Flensburger bitten um Amtshilfe. Ein Mitglied der dänischen Minderheit wurde heute früh ermordet am Idstedt-Löwen aufgefunden.«

»Am Idstedt-Löwen?«, wiederholte Rasmus verblüfft.

»In der Tat ein ungewöhnlicher Ort für einen Mord«, pflichtete ihm die Vizepolizeiinspektorin bei. »Nachdem die letzte Zusammenarbeit mit den Deutschen dank dir so erfolgreich gelaufen ist, wäre es mir am liebsten, du könntest hinfahren. Hast du derzeit etwas Wichtiges auf dem Schreibtisch?«

Rasmus runzelte die Stirn. Die Chefin hatte offenbar vergessen, dass er gerade an einem Seminar in Kopenhagen teilnahm.

»Nichts, das nicht warten könnte.« Er steuerte das Treppenhaus an.

»Gut, dann gebe ich dem GZ Bescheid, dass du kommst. Halte mich bitte auf dem Laufenden. Ach, eins noch, Rasmus ...«

Er hielt die Luft an. Hoffentlich war ihr in letzter Sekunde die Sache mit dem Seminar nicht doch noch eingefallen.

»Die zuständige Ermittlerin vor Ort ist Vibeke Boisen.« Eva-Karin Holm legte auf.

Erleichtert steckte Rasmus das Handy zurück in die Hosentasche und nahm die Treppe ins Erdgeschoss. Das Bild einer Frau erschien vor seinem inneren Auge. Hellbraune Haare, streng zu einem Zopf gebunden, dazu ein blasses Gesicht mit ungewöhnlich hellen Augen, deren Farbe ihn an einen Gletscher erinnerte. Eine schmale Gestalt mit spitzen Schultern, die mehr Power, Wendigkeit und Klugheit besaß als eine Vielzahl seiner männlichen Kollegen. Vibeke Boisen war eine erfahrene Ermittlerin, für seinen Geschmack vielleicht etwas zu emsig und regelkonform, doch sie hatte ihm bei ihrem letzten gemeinsamen Einsatz in Kollund den Arsch gerettet, als er in Begriff gewesen war, eine Riesendummheit zu begehen. Das würde er ihr niemals vergessen.

Rasmus durchquerte den runden Innenhof mit den

Säulenreihen des Politigården. In dem unter Denkmalschutz stehenden Polizeihauptquartier im Südwesten der Kopenhagener Innenstadt hatte er den Großteil seines bisherigen Berufslebens verbracht. Hier hatte er seine Ausbildung absolviert und anschließend viele Jahre in unterschiedlichen Einheiten von der Drogenfahndung bis zur OK-Gruppe gearbeitet, die für die Organisierte Kriminalität zuständig war, ehe er als Leiter der Mordkommission nach Aarhus gewechselt hatte.

Rasmus fischte aus seiner Hemdtasche ein Päckchen Zigaretten heraus. Eine unliebsame Angewohnheit, die sich nach der Trennung von Camilla eingeschlichen hatte und die er sich schon mehrfach versucht hatte abzugewöhnen.

Er musste sich eingestehen, dass er sich auf das Wiedersehen mit der deutschen Kollegin freute. Vibeke Boisen und die anderen Mitglieder des zusammengewürfelten Teams in Padborg waren während der letzten Ermittlung für ihn zu einer Art Ersatzfamilie geworden. Keiner von ihnen hatte unangenehme Fragen gestellt oder war ihm mit dieser Mischung aus Mitleid und Ablehnung im Blick begegnet, die er aus seiner Dienststelle in Aarhus kannte. Für sie war er einfach Rasmus, der Polizist aus Esbjerg. Nicht der prügelnde Bulle mit dem toten Sohn. Und einer Ex-Frau, die das Kind eines anderen bekam, fügte er im Geist hinzu.

Rasmus erreichte seinen alten blauen VW-Bus, der ihm monatelang zum Schlafen und Leben gedient hatte, ehe er vor Kurzem in Esbjerg in ein Apartment gezogen war. Er kramte den Autoschlüssel mit dem kleinen Legoanhänger aus der Hosentasche hervor. Luke Skywalker. Antons Lieblingsfigur.

Mit der Zigarette im Mundwinkel schwang er sich auf den Fahrersitz des Bullis, kurbelte das Fenster hinunter und drehte den Zündschlüssel um. Wenige Minuten später verließ er das Kopenhagener Stadtgebiet Richtung Südwesten.

*Flensburg, Deutschland*

Dreieinhalb Stunden später stieg Rasmus am Alten Friedhof in Flensburg aus seinem VW-Bus. Mittlerweile war es Nachmittag, und auch hier in über dreihundert Kilometern Entfernung strahlte die Sonne vom tiefblauen Himmel. Trotz des angenehmen Lüftchens, das von der Förde an Land wehte, schwitzte er.

Rasmus ging an den Schaulustigen vorbei zur Absperrung, zeigte dem diensthabenden Streifenbeamten seinen Dienstausweis und fragte nach Vibeke Boisen. Der Polizist wies mit der Hand Richtung Friedhofsgelände.

Er ging einen von Bäumen geschützten Weg entlang und erreichte kurz darauf eine großzügig angelegte Rasenfläche. Imposant erhob sich dort der Idstedt-Löwe auf seinem Sockel. Rasmus hatte das Denkmal vor mehr als dreißig Jahren während eines Schulausflugs schon einmal gesehen.

Damals hatte es noch zwischen historischem Kriegsgerät auf dem Hinterhof des Königlichen Dänischen Zeughausmuseums in Kopenhagen gestanden und war in einem stark verwitterten Zustand gewesen. Mittlerweile waren Löwe und Sockel restauriert und erstrahlten in neuem Glanz.

Rasmus entdeckte Vibeke Boisen, die gerade wenige Meter neben dem Denkmal stand und telefonierte, und ein warmes Gefühl der Freude breitete sich in seiner Brust aus. Er ging auf sie zu.

Die Polizistin wirkte noch schmaler, als er sie in Erinnerung hatte. Im nächsten Moment traf ihn der Blick aus ihren Gletscheraugen, und sie beendete ihr Telefonat.

»Rasmus Nyborg.« Ein sprödes Lächeln flog über ihre Lippen. »Es wird auch langsam Zeit, dass von euch jemand auftaucht. Ich habe schon vor einer halben Ewigkeit in Padborg angerufen.«

Rasmus' Wiedersehensfreude verpuffte. »Ich freue mich auch, dich zu sehen.« Er hörte selbst, wie sarkastisch er klang. Dabei hätte er Vibeke vermutlich sogar umarmt, wenn ihre Begrüßung eine Spur herzlicher ausgefallen wäre. Doch die Deutsche wirkte distanziert, fast schon ein wenig kühl.

»Warum hast du mich nicht direkt angerufen?«, schob er mit einem schiefen Grinsen hinterher. »Dann wäre ich schon eher hier gewesen.«

»Ich wollte den Dienstweg einhalten.«

Rasmus lachte leise. Vibeke Boisen hatte sich seit ihrer letzten Begegnung kein bisschen verändert. Korrekt vom Scheitel bis zu den Fußspitzen.

Er blickte zum Idstedt-Löwen. Am unteren Teil des Sockels waren dunkelrote Schlieren zu sehen, die in einer Lache auf der Bodenplatte mündeten. Geronnenes Blut.

»Wie ich sehe, habt ihr die Leiche bereits abtransportieren lassen«, stellte er fest.

»Wir konnten leider nicht länger warten.« Vibeke

wies auf den blutverschmierten Sockel. »Laut der Rechtsmedizin ist das Opfer zunächst mit dem Hinterkopf gegen die Sockelkante gestoßen und hat sich dabei eine Schädelverletzung zugezogen. Am Boden wurde dann auf den Mann eingetreten. Zu dem Zeitpunkt hat das Opfer noch gelebt.« Sie richtete ihren Blick auf die Blutlache. »Laut erster Schätzung ist der Tod gestern am späten Abend eingetreten. Genaueres erfahren wir bei der Obduktion. Die ist für morgen Vormittag angesetzt.«

Rasmus ließ den Blick über das Gelände schweifen. Ein gutes Dutzend Spurensicherer, die in ihren Schutzanzügen wie Astronauten aussahen, durchforstete die angrenzenden Gebüsche.

»Der Tote trug weder Ausweispapiere noch sonstige Wertsachen bei sich«, fuhr Vibeke mit ihrem Bericht fort. »Möglicherweise wurde der Mann ausgeraubt. Die Identifizierung läuft. Wir warten nur noch auf den Zahnabgleich und die Bestätigung aus der Rechtsmedizin.«

Rasmus schnalzte. »Du und deine Truppe, ihr seid ganz schön auf Zack.«

Vibeke schmunzelte. »Danke, aber das war längst noch nicht alles. Wie es aussieht, handelt es sich bei dem Opfer um den dreiundsiebzigjährigen Karl Bentien, ein Mitglied der dänischen Minderheit. In seinem Haus konnte ich bereits einige Dokumente sicherstellen, die Hinweise darauf geben, dass der Tote in Dänemark geboren wurde. Und zwar in Oksbøl. Sagt dir das was?«

Rasmus nickte. »Das ist ein kleiner Ort rund fünfundzwanzig Kilometer nördlich von Esbjerg.« Er schwitzte mittlerweile wie verrückt und bemerkte, dass sich unter seinen Achseln dunkle Flecken gebildet hatten.

»Sobald die Identifizierung abgeschlossen ist«, fuhr Vibeke fort, »werden wir das Haus des Toten unter die Lupe nehmen.« Ihr Gesicht war gewohnt blass und zeigte keinerlei Anzeichen, dass ihr die warmen Temperaturen etwas ausmachten.

Rasmus wischte sich mit dem Handrücken den Schweiß von der Stirn. »Gibt es Zeugen?«

»Bisher nicht. Die Kollegen klappern gerade die Häuser der umliegenden Gegend ab.«

Er ließ den Blick über die kunstvoll verzierten Gräber wandern, größtenteils Ruhestätten von deutschen und dänischen Soldaten, und blieb schließlich an der Gedenktafel am Sockel des Idstedt-Löwens hängen. »Als Zeichen von Freundschaft und Vertrauen zwischen Dänen und Deutschen.« Er erinnerte sich noch gut an die kontroversen Diskussionen, die vor einigen Jahren in Kopenhagen und in der Grenzregion geführt worden waren, als es um die Rückführung des Denkmals an seinen Ursprungsort ging. Bis heute waren einige der kritischsten Stimmen nicht verstummt.

»Ist doch komisch, dass der Tote ausgerechnet hier lag«, sagte Rasmus. »Vor allem, wenn man bedenkt, dass er der dänischen Minderheit angehörte.«

»Du meinst, die Sache könnte einen politischen Hintergrund haben?«

Rasmus zuckte die Achseln. »Die Öffentlichkeit wird es vermutlich so sehen, allen voran die Medien. Zumindest wird der Mord in eurer Stadt für jede Menge Zündstoff sorgen.«

»Das befürchte ich auch.« Vibeke lächelte ihn an.

Offen und herzlich. Dabei wurde ihr Gesicht schlagartig viel weicher. »Hilfst du mir dabei?«

Unwillkürlich fragte er sich, was seiner deutschen Kollegin im Leben zugestoßen war, dass sie oft so ernst und abweisend wirkte. Gleichzeitig registrierte er überrascht, dass er die Gründe tatsächlich gerne wüsste. Rasmus war noch nie jemand gewesen, der viel von sich preisgab oder sich übermäßig für das Leben von anderen Menschen interessierte, doch er hatte sich fest vorgenommen, es künftig besser zu machen.

»Natürlich helfe ich dir.« Rasmus hörte den feierlichen Klang in seiner Stimme. Er räusperte sich. »Ich würde mich gerne ein wenig umsehen, um mir einen Überblick zu verschaffen. Gibt es schon einen Anhaltspunkt, wie der Mann hergekommen ist? Das ist ein recht steiler Anstieg nach hier oben.«

»Wir haben Karl Bentiens Auto gefunden. Es steht auf der anderen Seite des Friedhofs. Lass uns hingehen und sehen, wie weit die Spurensicherung damit ist.«

Rasmus nickte.

»Wie geht es deinem Vater?«, erkundigte er sich, während sie die Rasenfläche überquerten.

Werner Boisen, Flensburgs stellvertretender Polizeichef, hatte nach einem Schlaganfall wochenlang im künstlichen Koma gelegen.

»Wesentlich besser. Er kommt übermorgen aus der Reha zurück.« Vibeke strich sich eine Haarsträhne aus dem Gesicht, die sich aus ihrem Pferdeschwanz gelöst hatte. »Werner hat noch ein paar Defizite in seiner Mobilität, doch die Ärzte und Therapeuten sind zuversichtlich, dass sie das während der ambulanten Behandlung in den nächsten Monaten in den Griff bekommen. Glücklicherweise ist sein Sprachzentrum nicht betroffen.«

Rasmus fiel auf, dass sie ihren Vater beim Vornamen nannte.

»Wird er in den Polizeidienst zurückkehren können?«

»Das ist noch unklar.« Sie warf ihm einen langen Blick zu. »Und bei dir? Hat sich alles geregelt?«

Er wusste sofort, dass sie auf den Abend in Kollund anspielte, an dem er auf einen Mann geschossen hatte, der seitdem im Rollstuhl saß. »Ja. Die interne Untersuchung hat ergeben, dass ich nicht anders handeln konnte, als zu schießen.«

Sie nickte. »Das ist gut.«

Rasmus wartete darauf, dass sie etwas über die zweite Sache sagte, als sie ihn davon abgehalten hatte, einen riesigen Fehler zu begehen. Doch sie verlor keinen Ton darüber. Er entspannte sich.

Sie erreichten das Ende der Grünfläche und gingen eine kleine Steintreppe hinunter, die zu einem Parkstreifen entlang des Friedhofsgeländes führte.

Zwei Kriminaltechniker in weißen Overalls untersuchten gerade einen dunkelblauen Golf. Auf der gegenüberliegenden Straßenseite lagen, halb verdeckt durch Bäume und Büsche, ein Kinderspielplatz und eine kleine Parkanlage.

»Keine direkten Anwohner«, stellte Rasmus fest. »Kein Wunder, dass ihr keine Zeugen habt. Ich frage mich sowieso, wer nachts freiwillig auf einen Friedhof geht.«

Einer der Kriminaltechniker, ein korpulenter Mittfünfziger mit Walrossbart, stieg aus dem Golf und kam zu den Ermittlern.

»Das ist Arne Lührs«, stellte Vibeke den Mann vor. »Der Chef der Spurensicherung.«

»Ich bin Rasmus Nyborg von der Polizei Esbjerg.«

Die beiden Männer nickten sich freundlich zu.

»Wir sind mit dem Auto so weit durch«, sagte Lührs. »Keine augenscheinlichen Blutspuren oder andere Auffälligkeiten. Ich lasse den Wagen jetzt zur Untersuchung in die Kriminaltechnik bringen.«

»Darf ich?« Rasmus zeigte auf die offene stehende Fahrertür.

»Nur zu.« Arne Lührs reichte ihm ein Paar Einweghandschuhe.

Rasmus streifte sie über, rutschte dann auf den Fahrersitz des Golfs und ließ den Motor an. Er drückte die Einschalttaste am Navigationsgerät, und sobald das Menü auf dem kleinen Bildschirm erschien, scrollte er durch die Liste mit den zuletzt eingegebenen Zielen. Er pfiff durch die Zähne, als er die Adressen durchging.

»Was ist?« Vibeke beugte sich zu ihm ins Auto hinein und betrachtete das Display des Navis. »Esbjerg, Hjerting, Oksbøl, Kopenhagen. Anscheinend war Karl Bentien häufiger in Dänemark.« Sie trat wieder beiseite. »Ich würde vorschlagen, wir schlagen unsere Zelte in Padborg auf.«

Rasmus stieg aus dem Auto und lächelte zufrieden.

Es wurde bereits dunkel, als Vibeke in Hamburg zusammen mit Michael Wagner aus ihrem Dienstwagen stieg. Die Fahrt hatte über zwei Stunden gedauert. Zahlreiche Baustellen, Feierabendverkehr und die täglichen Pendler sorgten dafür, dass sich der Verkehr auf der A7 immer wieder staute.

Ein ehemaliger Kollege vom LKA in Hamburg hatte ihr die Adresse von Karl Bentiens Sohn über EWO, das Zentralregister des Einwohnermeldeamts, besorgt, nachdem die Identität des Toten zuvor von der Kieler Rechtsmedizin bestätigt worden war. Unterdessen war Rasmus Nyborg auf dem Weg nach Esbjerg, um die Zuständigkeiten mit dem Gemeinsamen Zentrum zu regeln.

Jan Bentien wohnte in einem der dunkelroten Backsteinhäuser, die ganze Straßenzüge in Barmbek, einem Stadtteil nordöstlich vom Zentrum, prägten.

Mit gemischten Gefühlen ging Vibeke auf den Hauseingang zu. Sie fragte sich, was sie drinnen erwartete. Die Leute reagierten unterschiedlich auf den gewaltsamen Tod eines nahestehenden Menschen. Einige schrien oder weinten, andere verstummten. Es kam auch vor, dass Angehörige taten, als wäre nichts geschehen, ein unbewusster Verzögerungsprozess, um das Unausweichliche eine Weile hinauszuschieben, ehe schließlich der völlige Zusammenbruch erfolgte.

Das Leid der Betroffenen, ihre Wut, Angst und Verzweiflung berührten Vibeke, trotzdem wahrte sie immer eine gewisse Distanz. Als Polizistin benötigte sie einen klaren und unvoreingenommenen Blick. Über neunzig

Prozent aller Tötungsdelikte waren Beziehungstaten, und der Täter war im Familien- und Freundeskreis zu finden. Ein Umstand, den sie beim Umgang mit den Hinterbliebenen eines Gewaltopfers nie vergaß.

Vibeke drückte die Klingel, und Sekunden später ertönte der Summer. Im Treppenhaus empfing die beiden Kriminalbeamten Essensgeruch. Hinter einer der Haustüren im Erdgeschoss schrie ein Baby.

In der dritten Etage erwartete sie ein dunkelhaariger Mann mit gepflegtem Kinnbart, den Vibeke ungefähr auf ihr eigenes Alter, also Mitte dreißig, schätzte. Er trug legere Kleidung, Jeans und ein T-Shirt mit Palmenaufdruck, unter dem sich ein gut trainierter Oberkörper abzeichnete. Unter seinen Augen lagen dunkle Schatten.

»Jan Bentien?«

Er nickte.

Sie zückte ihren Dienstausweis. »Vibeke Boisen. Polizei Flensburg.« Sie zeigte auf ihren Mitarbeiter. »Mein Kollege Michael Wagner. Dürfen wir reinkommen?«

»Polizei?« Jan Bentien wirkte irritiert, trat dann aber beiseite, um die beiden Kriminalbeamten hineinzulassen. Er führte sie ins Wohnzimmer. Eine schwarze Ledercouch mit passendem Sessel, viel Chrom und Glas, eine Playstation, dazu ein überdimensionaler Fernseher, auf dessen Bildschirm gerade ein Fußballspiel lief. Kahle Wände. Keinerlei Nippes auf den Regalen oder Fensterbänken.

Jan Bentien langte nach der Fernbedienung, drückte einen Knopf, und der Bildschirm wurde schwarz. Anschließend lehnte er sich gegen die Fensterbank und verschränkte die Arme vor der Brust. Unter dem linken

Ärmel seines T-Shirts blitzte das Schwanzende einer ein-
tätowierten Schlange hervor. »Was wollen Sie von mir?«

»Es geht um Ihren Vater«, sagte Vibeke.

Seine Züge verhärteten sich. »Was ist mit ihm?«

»Es tut mir leid, Ihnen das mitteilen zu müssen, aber
Ihr Vater wurde heute Morgen in Flensburg tot aufgefunden.« Vibeke musterte den Sohn des Opfers aufmerksam.

In Jan Bentiens Blick flackerte es, dann fasste er sich
mit zwei Fingern an den Nasenrücken und schloss für
einen kurzen Moment die Augen. Als er wieder aufsah,
wies er mit der Hand zur Ledercouch.

»Bitte, setzen Sie sich.«

Er löste sich von seinem Fensterplatz und griff nach
einer Flasche mit einer durchsichtigen Flüssigkeit, füllte
etwa einen Fingerbreit davon in ein danebenstehendes
Glas und kippte den Inhalt in einem Zug hinunter.
»Möchten Sie auch einen Schnaps?«

Vibeke und ihr Kollege setzten sich auf die Couch.
»Danke, aber wir sind im Dienst.«

Jan Bentien stellte das leere Glas neben die Flasche
und setzte sich den Kriminalbeamten gegenüber auf den
Ledersessel. »Da mir die Polizei die Nachricht über-
bringt, gehe ich davon aus, dass mein Vater keines
natürlichen Todes gestorben ist.«

Vibeke nickte. »Die Todesursache ist noch nicht ab-
schließend geklärt, aber ich kann bestätigen, dass es
sich um eine Gewalttat handelt. Jemand hat auf Ihren
Vater eingetreten. Der Vorfall ereignete sich gestern
Abend am Idstedt-Löwen.«

Die Augen des Mannes weiteten sich, suchten im
Blick der Polizistin nach irgendeiner Art von Erklärung.

»Haben Sie eine Ahnung, wer Ihrem Vater das angetan haben könnte?«, meldete sich zum ersten Mal Michael Wagner zu Wort.

Jan Bentien schüttelte den Kopf.

»Was könnte er um die späte Zeit am Alten Friedhof gesucht haben?«, hakte der junge Kriminalbeamte nach.

»Auch das kann ich Ihnen leider nicht beantworten. Wir hatten in den letzten Jahren kaum Kontakt.« Jan Bentien strich sich mit einer fahrigen Geste über den Kinnbart. »Mein Vater kümmerte sich lieber um anderes als um seinen Sohn. Das war schon immer so.« Sein Blick glitt zum Fenster. Hinter den Scheiben leuchteten die Lichter der Stadt. »Seine Schüler, seine Recherchen, alles war ihm wichtiger als seine Familie.« Er klang verbittert.

»Ihr Vater war Lehrer?« Vibeke zog ihr Notizbuch und einen Stift aus ihrer Umhängetasche.

Jan Bentien nickte. »Er unterrichtete Dänisch und Geschichte an der dänischen Schule in Flensburg.«

»An welcher davon?«

»Am Duborg-Gymnasium. Aber er war schon seit Langem in Rente.«

Vibeke notierte sich den Schulnamen. »Wann haben Sie Ihren Vater zuletzt gesehen?«

»Das war bei der Beerdigung meiner Mutter. Vor zwei Jahren.«

»Und seitdem gar nicht mehr?«, hakte Vibeke nach. »Auch nicht an Weihnachten oder anderen Feiertagen?«

Jan Bentien schüttelte den Kopf. »Um das zu verstehen, müssten Sie meinen Vater gekannt haben. Er war ...«, er hielt inne, rang nach den richtigen Worten.

»›Besessen‹ trifft es vermutlich am ehesten. Mein Vater lebte in der Vergangenheit, beschäftigte sich die meiste Zeit mit der deutsch-dänischen Geschichte. Früher dachte ich, es hinge mit seinem Beruf als Lehrer zusammen, aber als er in den Ruhestand ging, wurde es nur noch schlimmer.«

»Warum interessierte er sich so sehr für dieses Thema?«

Jan Bentien zuckte die Schultern. »Vielleicht hing es mit seiner Kindheit zusammen. Mein Vater ist mit zwölf adoptiert worden. Soweit ich weiß, hat er seine leiblichen Eltern nie kennengelernt.«

»Wo ist er aufgewachsen?«

»Ich habe nicht die geringste Ahnung.« Jan Bentien sank in den Ledersessel zurück. »Er sprach nicht darüber, aber meine Mutter erwähnte einmal, dass er sowohl im Heim als auch bei Pflegefamilien untergebracht war.«

Vibeke blickte von ihrem Notizbuch auf und ignorierte den leichten Druck auf ihrer Brust, den die letzten beiden Informationen in ihr ausgelöst hatten.

»Hat Ihr Vater mit Ihnen jemals über Oksbøl gesprochen?«

Jan Bentien runzelte die Stirn. »Wo ist das?«

»In Dänemark. Ihr Vater wurde dort geboren.«

»Das wusste ich nicht.«

Es wurde still im Wohnzimmer.

»Mein Leben lang habe ich mich gefragt, was ihn so sehr an diesem Land interessiert hat«, sagte Jan Bentien schließlich. »Ich dachte immer, es läge an meinen Großeltern, weil sie der dänischen Minderheit angehörten. Offenbar habe ich nicht die geringste Ahnung, wer mein

Vater wirklich war.« Seine Stimme klang leise und belegt. »Das ist traurig, oder?«

Vibeke schluckte. »Ich kann Sie gut verstehen.«

»Tatsächlich?« Seine Gesichtszüge wurden hart.

Sie wechselte das Thema. »Wo waren Sie eigentlich gestern Abend?«

»Hier in meiner Wohnung.« Aus seiner Stimme war jegliche Traurigkeit verschwunden. »Und ehe Sie fragen – ich war allein. Gehöre ich damit zu Ihren Tatverdächtigen?«

»Haben Sie denn ein Motiv?«, konterte Vibeke.

»Ich habe meinen Vater nicht geliebt, vermutlich habe ich ihn nicht einmal gemocht. Aber das ist kein Grund dafür, einen Menschen umzubringen, oder?« Er taxierte sie mit kühler Miene.

Sie hielt seinem Blick stand. »Haben Sie gestern Abend mit jemandem telefoniert oder gechattet?«

»Ich habe mir gegen neun eine Pizza bestellt.«

»Welcher Lieferservice?«

»Smileys.«

Vibeke notierte die Information. »Gibt es noch weitere Verwandte außer Ihnen?«

»Zumindest niemanden, den ich kenne. Meine Großeltern sind schon seit Langem tot, und meine Eltern waren beide Einzelkinder.«

»Was machen Sie beruflich?«

»Ich arbeite bei einem Schiffsmakler als Sachbearbeiter für die Export-Dokumentation.«

Vibeke klappte ihr Notizbuch zu und erhob sich. »Ich möchte, dass Sie morgen zu uns nach Flensburg in die Polizeidirektion kommen. Dort besprechen wir alles Weitere.«

»Und wenn ich mich weigere?«

»In dem Fall bekommen Sie Besuch vom großen Geleit.« Sie reichte ihm ihre Visitenkarte. »Dann würde ich jetzt gerne noch einen Blick auf Ihr Schuhregal werfen.«

Mit einem Seufzen erhob sich Jan Bentien aus seinem Sessel.


## Esbjerg, Dänemark

Rasmus schloss die Wohnungstür auf. Es waren erst vier Wochen vergangen, seit er sein Apartment im Whitehouse bezogen hatte. Der schneeweiße, kreuzförmige Bau mit dem achtstöckigen Hochhaus in der Hafenanlage Esbjerg Brygge galt als architektonische Ikone und beherbergte neben zahlreichen Büroräumen auch größere und kleinere Mietwohnungen. Zweiundvierzig durchdesignte Quadratmeter verteilt auf zwei Zimmer mit hohen Decken und bodentiefen Fenstern, die einen atemberaubenden Ausblick über die Nordsee bis zur Insel Fanø boten. Der Mietpreis war ebenfalls atemberaubend, doch da Rasmus nach der Scheidung ausschließlich sich selbst versorgen musste, reichte sein Polizistengehalt dafür gerade aus. Die Wohnung bot einen hohen Komfort und mehr Annehmlichkeiten als der Campingplatz, auf dem er zuletzt in seinem Bus gehaust hatte, noch dazu lag seine Laufstrecke in unmittelbarer Nähe. Zu Hause fühlte er sich hier trotzdem nicht. Die Möbel mit den weißen Hochglanzfronten und die helle Couch, die ihm im Einrichtungshaus noch so gut gefallen hatten, wirkten in ihrer neuen Umgebung steril und unpersönlich. An den Wänden hingen noch keine Bilder, und in sämtlichen Räumen roch es nach Farbe. Absolut nichts erzählte eine Geschichte. Die Kargheit der Wohnung war ein Spiegelbild seiner Einsamkeit.

Unwillkürlich wanderten seine Gedanken zu Camilla. Er hatte seine Ex-Frau seit der Taufe seines Patenkindes vor zweieinhalb Monaten nicht mehr gesehen. Den Verkauf ihrer gemeinsamen Wohnung in Aarhus hatten die Anwälte abgewickelt, und sein Anteil des Geldes lag unangetastet auf seinem Bankkonto. Das gesamte Unterfangen war innerhalb von drei Wochen über die Bühne gegangen, inklusive der Aufteilung ihrer Besitztümer, die er und Camilla über die Jahre angeschafft hatten. Kein Streit. Kein Ringen. Keine Ansprüche. Alles lief glatt. Geradezu bilderbuchreif.

Das Einzige, was er und Camilla noch gemeinsam hatten, war die Trauer um Anton. Doch genau diese Trauer hatte sie als Paar auseinandergerissen. Sie waren wie zwei sich abstoßende Planeten in entgegengesetzte Hemisphären geschleudert worden.

Rasmus verbot sich jeden weiteren Gedanken an seine Ex-Frau, stattdessen ging er in die Küche und bereitete sich sein Abendessen zu. Er schlug drei Eier in die Pfanne, legte etwas Speck dazu, und während beides vor sich hin brutzelte, schnitt er eine halbe Zwiebel, etwas Gurke und Rote Bete klein. Anschließend holte er eine dicke Scheibe Vollkornbrot aus dem Kühlschrank, bestrich es mit gesalzener Butter und verteilte das Gemüse und ein paar Krabben darauf. Das abschließende Topping bildeten die Spiegeleier und der kross gebratene Speck aus der Pfanne.

Rasmus holte sich noch ein Bier aus dem Kühlschrank und setzte sich mit seinem Smørrebrød, das seine Landsleute üblicherweise zu Mittag aßen, an den Küchentresen. Er mochte die deftigen Brote zu jeder Tageszeit.

Während er genüsslich kaute, dachte er über den Toten am Idstedt-Löwen nach. Der Fall würde für jede Menge Zündstoff sorgen, und dass das Opfer zu Lebzeiten der dänischen Minderheit angehörte, hatte eine zusätzliche Brisanz. Er tippte darauf, dass die Geschichte am nächsten Morgen der Titel-Aufmacher sämtlicher Zeitungen in der Grenzregion sein würde, möglicherweise sogar landesweit.

Rasmus war mit Eva-Karin Holm übereingekommen, dass die Ermittlung jede Menge Fingerspitzengefühl benötigte, um die guten nachbarschaftlichen Beziehungen in der Grenzregion nicht zu gefährden. Zu tief waren die Gräben zwischen beiden Ländern in der Vergangenheit gewesen. Deshalb hatte es ihn auch keine allzu großen Überredungskünste gekostet, die Chefin davon zu überzeugen, die Sondereinheit Padborg, die ihre gute Ermittlungsarbeit bereits unter Beweis gestellt hatte, erneut zusammenzurufen, nachdem Vibekes Vorgesetzter grünes Licht dafür gegeben hatte. Die Vizepolizeiinspektorin hatte zugesagt, in Absprache mit den deutschen Behörden, alles Nötige dafür in die Wege zu leiten. Das Thema Anti-Gewalt-Training war während des Treffens nicht zur Sprache gekommen.

Zufrieden schob sich Rasmus das letzte Stück Rote Bete in den Mund und spülte es mit einem Schluck Bier hinunter.

Jetzt hätte er gerne eine Zigarette geraucht, leider

hatte seine Wohnung keinen Balkon, und drinnen rauchen wollte er nicht. Wenn er damit erst einmal anfing, würde sich der Geruch für ewig in den Möbeln und Wänden festsetzen.

Während er noch mit sich rang, ob er noch einmal vor die Tür gehen sollte, um seiner Sucht zu frönen, fiel sein Blick auf das Saxofon, das in der Ecke neben dem Sideboard lehnte. Er hatte es Anton zu seinem dreizehnten Geburtstag geschenkt, früher hatte er selbst darauf gespielt.

Rasmus verließ seinen Platz am Küchentresen, nahm das Instrument in die Hände und legte sich den Nackengurt um. Seine Finger berührten die kühlen Klappen, während er im Mund das Blättchen anfeuchtete und das Mundstück positionierte. Es dauerte eine Weile, bis er den perfekten Ansatz fand und dem Saxofon erste jazzige Töne entlockte. Je länger er spielte, desto mehr fanden Schwermut, Schmerz und Hoffnung ihren Weg in die Melodie, und er vergaß Zeit und Raum. Erst als jemand aus der Nachbarwohnung gegen die Wand polterte, stellte er das Saxofon wieder ab und ging ins Bett. Es war die erste Nacht seit Langem, in der er kein einziges Mal aufwachte.

# 3. Kapitel

*Hjerting, Dänemark*

Laurits Kronberg öffnete die gläserne Schiebetür und trat nur mit einem Handtuch bekleidet auf die Terrasse. Vor ihm lagen die Ho Bugt, der Strand und das Wattenmeer. Eine leichte Brise wehte von der Nordsee an die Küste, doch der Himmel war wolkenfrei, und die ersten Sonnenstrahlen versprachen einen weiteren warmen Spätsommertag. An der Strandpromenade waren trotz der frühen Uhrzeit bereits erste Jogger zu sehen. An den dahinterliegenden Pfählen, die zur Messung der Gezeiten dienten, spielten ein paar Kinder Fußball.

An diesem Morgen herrschte Ebbe, und Laurits konnte von seinem Platz aus die dunklen Miesmuschelbänke erkennen. Ein schwarz-weißer Vogel kreiste auf Nahrungssuche über den mit Wasser gefüllten Vertiefungen, wo Fische, Quallen und Krabben lebten.

Laurits liebte die Nordsee mit ihren Gezeiten, wenn das Wasser ablief, sodass der darunterliegende Meeresboden zum Vorschein kam, nur um Stunden danach wieder seinen Höchststand zu erreichen. Schon als Kind war er mit seinem Vater stundenlang barfuß durchs Watt gelaufen, auf der Suche nach Muscheln und Wattwürmern, die sich tief im Sand vergruben.

Jetzt war sein Vater alt, die Kinder groß, und er selbst würde in ein paar Jahren das Rentenalter erreichen.

Laurits ging zurück ins Schlafzimmer und ließ dort das Handtuch von seinen Hüften gleiten, um sich anzuziehen. Auf dem Bettlaken war noch eine leichte Mulde von Esthers Körper zu erkennen. Sie musste früh aufgestanden sein. In der Luft hing noch ein Hauch ihres Parfüms. Leicht orientalisch und sinnlich.

Fünf Minuten später ging er die Treppe ins Erdgeschoss hinunter. Sie hatten das Haus in Esbjergs Vorort Hjerting zwanzig Jahre zuvor nach ihren Wünschen und Bedürfnissen von einem Architekten planen lassen. Drei versetze Wohnebenen in einem kubischen Bau mit Flachdach und umlaufendem Balkon, weißer Fassade mit schwarzen Industriefenstern und einer Dachterrasse mit Meerblick. Das obere Geschoss beherbergte die Schlafräume und Badezimmer von ihm und seiner Frau sowie den drei Kindern, im ausgebauten Souterrain lebte sein Vater, das Erdgeschoss nutzten alle gemeinsam.

Die Küche, die direkt in den großzügigen Wohnraum überging, war nach oben hin offen und bot einen Blick zu den deckenhohen Bücherregalen auf der Galerie. Helles Holz, weiße Leinenstoffe und Sisalteppiche auf Eichenparkett, an den Wänden hingen Schwarz-Weiß-Fotografien von Segelbooten.

Christian, sein jüngster Sohn und Nachzügler, saß am Küchentisch und löffelte Cornflakes.

Laurits verzog das Gesicht. Er konnte nicht verstehen, dass Esther das Zeug immer noch kaufte. Stärke, Kohlenhydrate und viel zu viel Zucker.

»Hej, Papa.« Chris schaufelte sich einen weiteren

Löffel der Pampe in den Mund. Dabei lief ihm etwas Milch das Kinn hinunter.

»Chris«, ermahnte Laurits seinen Sohn.

Grinsend wischte sich sein Jüngster das Kinn mit einer Serviette ab.

Laurits nahm eine Tasse aus dem Regal, stellte sie unter den Ausguss des Kaffeevollautomaten und drückte den Startknopf. Es zischte einmal kurz, und die Tasse füllte sich mit dampfender Flüssigkeit.

»Wo steckt Mama?«

Ehe sein Sohn antworten konnte, kam Esther mit einem Tablett in die Küche und gab ihrem Mann im Vorübergehen einen flüchtigen Kuss auf die Wange.

Sie war wie jeden Tag elegant gekleidet, trug ein eng anliegendes flaschengrünes Kleid, das die Vorzüge ihres Körpers an den richtigen Stellen betonte. Ihr rotbraunes Haar fiel in leichten Wellen bis auf die Schultern. Sie war eine dieser alterslosen Schönheiten, die mühelos als Ende dreißig durchgingen, in Wirklichkeit aber über zehn Jahre älter waren. Sie hatten noch immer Sex, aber keine Nähe. Ihre Liebe war schon vor Jahren auf der Strecke geblieben.

Der Teller mit dem Rührei und die Tasse Tee auf dem Tablett, das Esther auf dem Küchentresen abstellte, waren unberührt.

»Wie geht es ihm?« Laurits griff nach seiner Kaffeetasse und deutete mit dem Kopf Richtung Souterrain.

»Fabelhaft.« Esther klang gereizt. Ihr deutscher Ursprung war ihrer Stimme auch nach all den Jahren noch anzuhören. »Er hat sich sein Frühstück selbst zubereitet.«

»Und das stört dich offensichtlich«, stellte Laurits

fest. Er trank einen Schluck Kaffee. »Hat er gesagt, warum er nicht mit uns zusammen essen will?«

»Aksel ist ein störrischer alter Mann, dem man nichts recht machen kann.« Seine Frau zog ein Messer aus dem Messerblock, langte nach einem Apfel und zerteilte ihn auf dem Schneidebrett mit einem kräftigen Hieb in zwei Hälften. »Weder hier noch in der Firma.«

Laurits nickte. Sein Vater ging stramm auf die Hundert zu. Ein stolzes Alter, in dem sich die meisten Menschen, die es erreichten, zurücklehnten und die Fürsorge ihrer Enkel und Urenkel genossen, zumindest wenn sie nicht im Bett eines Pflegeheims wundgelegen vor sich hin dämmerten.

Aksel Kronberg war ein anderes Kaliber. Mit seinen neunundneunzig Jahren ging er noch immer aufrecht und war bei wachem Verstand, hielt mit bewundernswerter Beharrlichkeit am Leben und an seiner Firma fest.

Sein Vater hatte Oricon Medical Care, ein Unternehmen für Medizintechnik, Anfang der Neunzehnhundertfünfziger-Jahre aufgebaut. Mittlerweile beschäftigte OMC mehr als dreihundertachtzig Mitarbeiter und vertrieb seine medizinischen Produkte nicht nur in ihrem Hauptabsatzmarkt im Inland, sondern zunehmend auch im Ausland. Aksel hatte die Geschäftsleitung schon vor Jahren in die Hände seines Sohnes gelegt, doch als Hauptanteilseigner und Aufsichtsratsvorsitzender besaß er noch immer ein Mitspracherecht, und das setzte er auch ein. Alle hatten nach seiner Nase zu tanzen. Dabei hielt sein Vater an Altbewährtem fest, sprach sich gegen Neuerungen aus und stemmte sich mit aller Kraft gegen den Aufschwung. Immer häufiger kam er zudem auf absurde Gedanken oder »Flausen«, wie Esther es nannte, die dem Unternehmen eher schadeten, als es voranzubringen.

Es wurde Zeit, dass sein Vater das Zepter komplett an die jüngere Generation abgab, damit die Firma die Chance bekam, weiter zu wachsen und zu einer ernsthaften Konkurrenz für die weltweit führenden Anbieter zu werden.

Laurits fiel auf, dass seine Frau unter ihrem dezenten Make-up ungewöhnlich blass war. Hoffentlich machte sie nicht schlapp. Er brauchte sie an seiner Seite.

Esther hatte ein unvorhersehbares Temperament, und ihre Wankelmütigkeit hatte bereits für viel Zündstoff in ihrer Ehe gesorgt. Trotzdem waren er und seine Frau unlösbar miteinander verbunden, nicht nur wegen der Kinder.

Während er der solide Unternehmer war, der Konten und Bilanzen im Auge behielt und die strategisch richtigen Entscheidungen traf, war Esther das Herz der Firma. Sobald sie einen Raum betrat, zog sie nicht nur sämtliche Aufmerksamkeit auf sich, sondern bezirzte potenzielle Auftraggeber zielstrebig mit Intelligenz und Charme. Zahlreiche ihrer Geschäftsbeziehungen hatte OMC allein ihr zu verdanken, und sie war es auch, die sich für eine knallharte Rationalisierung und eine Umstellung und Auslagerung der Produktion ins Ausland aussprach, um ein noch größeres Wachstum zu generieren. Zudem war sie die einzige Person, die sich traute, seinem Vater die Stirn zu bieten.

Vielleicht konnten er und Esther nicht über ihre Ehe reden, doch die Firma war ihr gemeinsames Projekt, und sie beide waren ein eingespieltes Team.

»Soll ich mal mit meinem Vater sprechen?«, bot er halbherzig an.

»Gib dir keine Mühe.« Esther spülte das benutzte Messer im Spülbecken ab. »Er ist gerade in ein Taxi gestiegen. Keine Ahnung, was er jetzt wieder vorhat.«

Die siebzehnjährige Freja schlenderte in die Küche. Sie war eine jüngere Ausgabe ihrer Mutter, allerdings nicht, was die Kleidung betraf. Ihr Jeansrock war zu kurz, das T-Shirt zu knapp und das Make-up zu großzügig aufgetragen.

»Ist hier dicke Luft? Dann verziehe ich mich gleich wieder.« Freja schnappte sich eine der Apfelhälften und blickte argwöhnisch von einem Elternteil zum anderen.

»Nein, setz dich und iss.« Esther schob ihrer Tochter die Cornflakes und die Milchtüte neben ihre Müslischüssel.

Laurits kippte den Rest Kaffee hinunter. »Ich fahr schon mal in die Firma. Wir sehen uns dann später dort.«

Esther nickte, ohne ihn anzusehen.

Er ging in den Flur, griff nach seiner Arbeitstasche, die er am Vorabend dort abgestellt hatte, und verließ das Haus.

Kurz darauf lenkte Laurits seinen Wagen die Küstenstraße Richtung Esbjerg entlang. Ein strahlend blauer Himmel lag über der Ho Bugt und präsentierte Hjerting als schönste Postkartenidylle. Ein unruhiges Gefühl machte sich in ihm breit.

*Kiel, Deutschland*

Um Punkt neun Uhr stieß Rasmus in vorgeschriebener Schutzkleidung die Tür zum Obduktionssaal der Kieler Rechtsmedizin auf.

Gekachelte Wände, Metallregale, Obduktionstische aus rostfreiem Edelstahl. Die Institute sahen überall ähnlich aus. Die klimatisierte Luft und die Desinfektionsmittel, die den stechenden Verwesungsgeruch nie gänzlich überdeckten, waren nahezu identisch. Nur die Menschen unterschieden sich. Die Lebenden wie die Toten.

»Moin, Rasmus«, begrüßte ihn Vibeke Boisen, die bereits neben dem Obduktionstisch stand, auf dem die entkleidete Leiche eines Mannes lag.

»Hej!« Rasmus nickte der Rechtsmedizinerin zu, die genau wie ihr assistierender Sektionsarzt in einen grünen Kittel mit Plastikschürze gekleidet war. »Rasmus Nyborg von der Polizei Esbjerg.«

Graue Augen zwischen Mundschutz und Haube musterten ihn einen Moment interessiert. »Violetta Dudek.« Sie fuhr damit fort, die Leichenflecken zu überprüfen.

Lage und Farbe, Wegdrückbarkeit, Ausdehnung und Intensität sowie Aussparungen gaben nicht nur Aufschluss über den Todeszeitpunkt, sondern auch darüber, ob das Opfer im Anschluss bewegt wurde.

Rasmus richtete seinen Blick auf den Toten. Die Stahloberfläche des Obduktionstisches hob die Verletzungen deutlich hervor. Neben den blau-violetten Leichenflecken waren Rumpf und Extremitäten mit Hämatomen in unterschiedlichen Größen und Ausprägungen

übersät. Das Gesicht des Opfers war durch Platzwunden und Schwellungen mit Blutunterlaufungen
fast vollständig entstellt. Ein Auge war komplett zu-
geschwollen, das andere stand offen, der Blick stumpf
und leer. An der linken Schläfe klafften zerfetzte Wundränder weit auseinander und entblößten rohes Fleisch.

Die Rechtsmedizinerin diktierte ihrem Assistenten
die Verunreinigungen an der Leiche. Blut und andere
Sekrete.

Rasmus' Magen rebellierte, als der Sektionsarzt
damit begann, den Toten zu waschen, und die Körper-
flüssigkeiten über den Edelstahl in den Ablauf rannen.

»Die Verteilung der Flecken stimmt mit der Auf-
findungssituation überein.« Die Rechtmedizinerin kontrollierte die Totenstarre in den großen und kleinen Ge-
lenken und diktierte ihrem Assistenten währenddessen
stichwortartig medizinische Begriffe für den späteren
Bericht.

Rasmus betrachtete die Hände des Toten. Die langen,
schmalen Finger erinnerten ihn an die seines Vaters. Die
beiden Männer waren ungefähr im gleichen Alter. Unwillkürlich spürte er einen Kloß im Hals und nahm sich
vor, am Abend bei seinen Eltern anzurufen.

Obwohl er schon vielen Obduktionen beigewohnt
hatte, zehrten die Vorgänge jedes Mal aufs Neue an seinen Nerven. Abgesehen von den unappetitlichen Dingen berührten ihn die Toten, so wie sie dalagen, nackt
und schutzlos den Blicken Fremder ausgeliefert. Es war,
als nähme man ihnen auch noch die Würde, das Letzte,
das sie besaßen. Er verspürte den dringenden Wunsch,
das Opfer zuzudecken.

»Mechanische, massive Gewalteinwirkung am

linken Schläfenbein«, riss ihn die routinierte Stimme der Rechtsmedizinerin aus seinen Gedanken.

Er zwang sich hinzusehen, wie Dr. Dudek unter Mithilfe zweier Pinzetten vorsichtig die Wundränder auseinanderzog. »Rissquetschwunde mit unregelmäßigem Verlauf. Einige Blutgefäße wurden in Mitleidenschaft gezogen.« Sie beugte sich tiefer hinab, um die Verletzung besser in Augenschein nehmen zu können.

Während Rasmus mit einer weiteren Welle der Übelkeit kämpfte, trat Vibeke Boisen näher an den Obduktionstisch heran. Ihr schienen die unappetitlichen Vorgänge nicht das Geringste auszumachen.

Die Rechtsmedizinerin tastete die behaarte Kopfhaut nach weiteren Verletzungen ab, umfasste schließlich den Kopf mit beiden Händen und hob ihn vorsichtig an. »Am Hinterkopf befindet sich eine weitere Verletzung.« Sie ließ den Kopf langsam zurück auf den Edelstahl sinken.

Schweigend sahen die Ermittler dabei zu, wie Dr. Dudek Nasenöffnung, Ohrmuscheln und Gehörgänge auf Verletzungen und Fremdinhalte prüfte, ehe sie sich in aller Gründlichkeit die Mundöffnung vornahm.

Während Vibeke Boisen jede Handbewegung der Rechtsmedizinerin mit den Augen verfolgte, wippte Rasmus ungeduldig auf den Füßen und vermied dabei, das Gesicht des Toten anzusehen.

Nachdem Dr. Dudek die vordere Körperhälfte vollständig in Augenschein genommen hatte, nickte sie ihrem Assistenten zu, und sie drehten den Leichnam mit fachmännischen Handgriffen um.

Die Rechtsmedizinerin inspizierte die Wunde am

Hinterkopf. »Die Verletzung liegt unterhalb der Hutkrempenlinie und wurde durch den Aufprall an der Sockelkante verursacht. Ich gehe davon aus, dass eine Schädelfraktur vorliegt.« Sie blickte hoch. »Sobald ich die Kopfhaut abgezogen habe, kann ich Genaueres dazu sagen.«

»Dann war das Opfer sofort bewusstlos?«, erkundigte sich Rasmus.

»Entweder das oder kurze Zeit später.« Dr. Dudek betastete den Rücken des Toten.

Zwischen den Schulterblättern bis zum oberen Hüftansatz zeichneten sich auf der Haut kaum erkennbar feine striemenförmige Narben ab.

»Der Mann wurde in früheren Jahren misshandelt.« Rasmus wechselte einen raschen Blick mit seiner Kollegin. »Können Sie einschätzen, von wann die Verletzungen stammen?«

»Das lässt sich schwer beurteilen.« Dr. Dudek musterte ihn. »Suchen Sie in älteren Krankenakten des Mannes. Vielleicht finden Sie da Ihre Antwort.«

Rasmus nickte. Sein Blick glitt zu Vibeke, deren Augen noch immer starr auf den Rücken des Toten gerichtet waren. Er sah, wie sie die behandschuhten Fingerspitzen in ihre Handinnenflächen presste. Eine Geste, die ihre Anspannung verriet.

Er wandte seine Aufmerksamkeit wieder der Rechtsmedizinerin zu, die ihre äußere Leichenschau gerade beendete. Als der Assistenzarzt zur Knochensäge griff, kehrte Rasmus' Übelkeit zurück.

*Flensburg, Deutschland*

Es war bereits Mittag, als Vibeke durch die grüne Rundbogentür der Polizeidirektion trat. Sie nickte im Vorübergehen den Diensthabenden am Empfang zu und nahm die Treppe in den dritten Stock, wo sich die Räume der Mordkommission befanden. Am Büro ihrer Mitarbeiter blieb sie kurz stehen, nickte Michael Wagner zu, der an seinem Schreibtisch saß und telefonierte.

Kriminalhauptkommissar Klaus Holtkötter am gegenüberliegenden Platz hob den Blick von ein paar Unterlagen. Ihr Stellvertreter war ein schwergewichtiger Endfünfziger mit Bauchansatz, der seine verbliebenen aschgrauen Haare quer über die Halbglatze gekämmt trug.

»Moin, Frau Boisen.« Er klang ungewöhnlich heiter.

Allein die Tatsache, dass er seine Vorgesetzte überhaupt begrüßte, grenzte fast an ein Wunder. Bisher hatte sein Verhalten ihr gegenüber zwischen Ignoranz und Feindseligkeit geschwankt.

»Moin, Herr Holtkötter.« Vibeke zwang sich zu einem Lächeln. »Alles in Ordnung hier bei Ihnen?«

»Alles bestens.« Ein zufriedenes Schmunzeln streifte seine Lippen.

Irgendetwas ist im Busch, dachte Vibeke. Sie steuerte die Küche an, schenkte sich dort einen Kaffee ein und saß kurz darauf hinter ihrem Schreibtisch. Ihr Büro war klein und schmal, kaum größer als eine Besenkammer. Ein Schreibtisch, zwei Stühle und ein Aktenschrank auf ausgetretenem Teppichboden.

Jemand hatte ihr ein halbes Dutzend Zeitungen neben den Computer gelegt, die sich mit ihren Schlagzeilen über den Toten am Idstedt-Löwen gegenseitig überboten.

Die Luft im Raum war stickig und abgestanden. Vibeke trank einen Schluck Kaffee, stand dann auf und öffnete das Fenster. Ein warmer Windhauch strömte zusammen mit den Straßengeräuschen herein. Sobald die Bäume im Herbst ihre Blätter verloren, würde man die südliche Hafenspitze sehen können; jetzt schimmerten nur bruchstückhaft die Masten der dahinter liegenden Segelschiffe hindurch.

Zurück am Schreibtisch überflog Vibeke die Zeitungsartikel. Wie es aussah, war es keinem der Journalisten bisher gelungen, die Identität des Opfers oder dessen Zugehörigkeit zur dänischen Minderheit zu lüften. Das verschaffte ihnen einen zeitlichen Puffer. Beide Informationen hatte die Polizei bisher bewusst zurückgehalten. Sobald die Medien davon erfuhren, würde sich die Pressemeute wie ausgehungerte Wölfe auf die Story stürzen und alles größtmöglich aufbauschen, egal, was am Ende bei den Ermittlungen herauskam.

Es klopfte, und im nächsten Augenblick flog die Bürotür auf. Ein hoch aufgeschossener Grauhaariger in Hemd und Anzug erschien mit ein paar Unterlagen unter dem Arm. Kriminalrat Hans Petersen, Leiter der Bezirkskriminalinspektion und Vibekes Vorgesetzter.

»Moin.« Er tippte mit der Hand auf ein Dokument. »Ich habe gerade Ihren Bericht gelesen.« Die Miene des Kriminalrats wirkte besorgt, als er den Besucherstuhl heranzog und sich setzte. »Eine unschöne Sache. Vermutlich bringt die uns einen Haufen Ärger ein.«

»Das befürchte ich auch.« Vibeke fasste für ihren Chef in wenigen Worten die bisherigen Ergebnisse der Obduktion zusammen. »Der Tote hat mehrere Frakturen erlitten. Unter anderem einen Schädelbruch und einen Trümmerbruch am linken Schläfenbein. Einer der Tritte hat zu einem Milzriss geführt. Zudem kam es zu starken inneren Blutungen. Keinerlei Abwehrverletzungen.«

Ihr Vorgesetzter schwieg betroffen.

»Anhand der bisherigen Untersuchungsergebnisse geht Dr. Dudek davon aus, dass Karl Bentien irgendwann zwischen zwanzig und dreiundzwanzig Uhr gestorben ist«, beendete Vibeke ihren Bericht.

»Was ist die Todesursache?«

»Ein schweres Schädel-Hirn-Trauma mit Anschwellen des Gehirns und einer darauffolgenden Atemlähmung.«

»Schrecklich.«

Vibeke nickte. Auch ihr machte die Brutalität, der das Opfer ausgesetzt gewesen war, schwer zu schaffen. »Den ausführlichen Obduktionsbericht bekommen wir morgen, wobei der toxikologische Befund noch eine Weile dauern wird.«

Der Kriminalrat fuhr sich durchs dichte graue Haar. »Ich habe heute früh mit Eva-Karin Holm von der Polizei Esbjerg telefoniert. Wir sind beide der Meinung, dass diese Ermittlung Priorität vor allem anderen hat. Der Fall darf keinesfalls unsere guten Grenzbeziehungen gefährden.« Er beugte sich vor. »Das bedeutet im Klartext: Sie, Vibeke, kümmern sich ausschließlich um den Fall Karl Bentien, und zwar in Zusammenarbeit mit den dänischen Kollegen in Padborg. Das GZ stellt gerade ein entsprechendes Team zusammen.« Er wies auf die Aktenberge auf ihrem Schreibtisch. »Und da Sie nicht auf zwei Hochzeiten tanzen können, fallen Ihre

Aufgaben in Flensburg ab sofort in die Verantwortung Ihres Stellvertreters. Selbstverständlich in Zusammenarbeit mit Herrn Wagner. Ich habe das mit Klaus Holtkötter bereits besprochen.«

Vibeke runzelte die Stirn. »Herr Holtkötter übernimmt die Abteilungsleitung?« Deshalb war ihr Stellvertreter also so gut gelaunt gewesen.

»Vorübergehend, Vibeke«, stellte Petersen klar. »Bis der Fall abgeschlossen ist. Wobei es tatsächlich erste Überlegungen gibt, ob die Sondereinheit in Padborg nicht zur Dauereinrichtung werden sollte. Aber das ist Zukunftsmusik, da haben auch noch andere mitzureden. Jetzt geht es erst einmal darum, den aktuellen Fall zu lösen. Und dafür ist niemand besser geeignet als meine beste Ermittlerin.« Er lächelte jovial. »Irgendwelche Einwände von Ihrer Seite?«

Vibeke zögerte. Es widerstrebte ihr, dass ausgerechnet Klaus Holtkötter ihre Abteilung übernehmen sollte. Doch letztlich war er ihr Stellvertreter, an der Tatsache war nicht zu rütteln, egal, welche Aversionen zwischen ihnen bestanden. Sie hoffte nur, dass er den Aufgaben gewachsen war und sie am Ende nicht diejenige war, die seine Scherben zusammenkehren musste.

Sie holte tief Luft. »Nein. Keine Einwände.«

»Gut.« Der Kriminalrat schlug sich mit den Händen auf die Oberschenkel und stand auf. »Sie halten mich bitte auf dem Laufenden. Ich habe jetzt leider noch einen Termin.« Er hob zum Abschied kurz die Hand und verließ ihr Büro.

Vibeke starrte auf die Tür, die sich gerade hinter ihrem Vorgesetzten geschlossen hatte. Wie schnell sich die Dinge manchmal änderten, dachte sie. Vor fünf

Minuten war sie noch eine Mordermittlerin im beschaulichen Flensburg gewesen, jetzt Mitglied einer grenzübergreifenden Sondereinheit. Der Gedanke, dass dies in Zukunft immer so sein könnte, gefiel ihr. Das Team hatte sich bewährt. Obwohl zufällig zusammengewürfelt, hatten die Ermittler unterschiedlicher Behörden bereits nach kurzer Zeit wie die einzelnen Rädchen eines gut geschmierten Uhrwerks ineinandergegriffen und waren zu einer professionell agierenden Einheit geworden. Auch in menschlicher Hinsicht.

Vibeke fiel auf, dass der Kriminalrat sich nicht zur Zusammensetzung des Teams geäußert hatte. Sie hoffte, dass die gleiche Truppe zusammenkam wie beim letzten Mal. Sie sollte Rasmus danach fragen. In einer knappen Stunde würde sie den Dänen ohnehin am Flensborghus treffen.

Vibeke ging die restlichen Nachrichten auf ihrem Schreibtisch durch. Ein Zettel mit kaum leserlicher Handschrift informierte sie darüber, dass Jan Bentien beabsichtigte, am Nachmittag in die Polizeidirektion zu kommen. Eine Uhrzeit stand nicht dabei. Sie griff nach dem Telefon und wählte die neben dem Namen notierte Handynummer. Sie landete auf der Mailbox und bat um Rückruf.

Es klopfte, und Michael Wagner steckte seinen blonden Lockenschopf durch die Tür. »Die ersten Ergebnisse der Spurensicherung sind da.«

Vibeke legte den Hörer auf und winkte ihren Mitarbeiter herein.

Mit einem Schnellhefter in der Hand lehnte er sich gegen die Fensterbank.

»Die Auflistung der Spuren vom Tatort ist vier Seiten

lang.« Michael blätterte durch die Seiten. »Gebrauchte Taschentücher, etliche Zigarettenkippen, Kaugummis, Einwickelpapier von Süßigkeiten, leere Bierdosen und eine Weinflasche, Apfelreste, sogar ein benutztes Kondom ist darunter ...«

Vibeke zeigte sich unbeeindruckt. »Höchstwahrscheinlich stammt das ganze Zeug von den normalen Friedhofsbesuchern oder von Touristen, die ihren Müll anstatt in den vorgesehenen Behältern in den Gebüschen entsorgt haben.«

»Vermutlich. Aber es gibt auch eine gute Nachricht ...« Ihr Mitarbeiter machte eine bedeutungsvolle Pause. »Auf dem Mantel des Opfers konnte Fremd-DNA sichergestellt werden, Haare und Hautschuppen. Die Kollegen sagen Bescheid, sobald die Laboranalyse da ist.« Er klopfte auf seine Liste.

»Dann warten wir die Ergebnisse ab«, gab sich Vibeke bedeckt. Ihre Erfahrung hatte sie gelehrt, nicht zu euphorisch zu sein, was diese Dinge betraf. Zudem musste die auf dem Mantel gesicherte Fremd-DNA nicht zwangsläufig dem Täter gehören. »Wie weit seid ihr mit den Befragungen der Anwohner?«

»Wir sind fast durch. Die Leute, mit denen wir bisher sprechen konnten, haben nichts von der Tat mitbekommen. Allerdings waren ein paar Anwohner nicht zu Hause, deren Aussagen stehen also noch aus.«

»Gut. Lass mich wissen, ob etwas dabei herauskommt. Die weiteren Ermittlungen übernimmt ab sofort das Team Padborg.«

»Ich hab's schon gehört.« Er betrachtete einen Moment seine Schuhspitzen. »Ehrlich gesagt wäre ich gerne weiter dabei gewesen.«

»Du wirst hier gebraucht«, munterte Vibeke ihn auf. »Schließlich kann ich Herrn Holtkötter nicht seinen besten Mitarbeiter abspenstig machen.«

Michael Wagner hob den Blick. »Aber du kommst zurück, oder?« Er löste sich von seinem Platz an der Fensterbank.

Vibeke nickte. »Ich werde häufiger hier im Büro zu tun haben.« Sie lächelte. »Davon abgesehen liegt Padborg nicht auf dem Mond. Du kannst mich jederzeit auf dem Handy erreichen.«

Ein Lächeln flog über Michaels Lippen. »Alles klar. Ich werde dann mal wieder.« Er legte ihr den Schnellhefter auf den Schreibtisch und verließ den Raum.

Vibeke las sich durch die restlichen Notizen, beantwortete im Anschluss ein paar E-Mails und sortierte grob ihre Unterlagen, ehe sie schließlich nach ihrer Tasche griff. Wenn sie sich beeilte, blieb ihr noch genügend Zeit für ein Fischbrötchen.


*Flensburg, Deutschland*

Die blau-gelbe Flagge des Südschleswigschen Vereins wehte über dem Eingangsportal vom Flensborghus. Das Gebäude mit der ockerfarbenen Backsteinfassade und den weißen Sprossenfenstern hatte eine bewegte Vergangenheit. Einst mit den Steinen der Duburger Schlossruine errichtet, war es Waisenhaus, Kaufmannssitz, Kaserne, Zuchthaus und Hotel gewesen. Seit 1920 diente es nun als zentrales Kultur- und Versammlungshaus der dänischen Minderheit und als Sitz des Sydslesvigsk

Forening (SFF) sowie der Jugendorganisation und dem Wählerverband. Am Giebel über dem Eingang waren zwei Tafeln ins Mauerwerk eingelassen, die das alte Stadtwappen und das Monogramm von Frederick dem Vierten zeigten.

Vibeke und Rasmus traten in den Torbogendurchgang mit dem schmiedeeisernen Kronleuchter. An der Eingangstür starrte ihnen das Auge einer Kamera entgegen. Eine Tastatur für einen Zahlencode war ebenfalls angebracht.

»Wozu brauchen die ein Code-Schloss?«, überlegte Vibeke und betätigte die Klingel.

Rasmus zuckte die Achseln.

»Es ist offen!«, tönte eine dumpfe Stimme aus dem Gebäude.

Vibeke drückte die Tür auf. Im Inneren erwarteten sie weiß gekalkte Wände, alte Gemälde und hohe Decken.

Eine Blondine in dunkelblauem Blazer und eng geschnittener Jeans kam den Ermittlern mit einem freundlichen Lächeln entgegen.

»Hej, ich bin Ida«, stellte sie sich vor. »Was kann ich für euch tun?«

Die Ermittler zeigten ihre Dienstausweise.

»Wir hätten gerne Auskunft über eines Ihrer Mitglieder beim SSF«, sagte Vibeke. Sie hatte sich immer noch nicht daran gewöhnt, dass die Dänen jeden mit Ausnahme der Königsfamilie duzten. Das galt auch für die Mitglieder der dänischen Minderheit. Obwohl diese einen deutschen Pass besaßen, spielte ihre nationale Zugehörigkeit nur auf dem Papier eine Rolle. Däne war, wer sich als Däne fühlte. »Es handelt sich um Karl Bentien. Sagt Ihnen der Name vielleicht etwas?«

Ida nickte. »Ich kenne Karl, aber am besten ihr sprecht mit Valdemar Frolander. Er arbeitet in unserer Kulturabteilung. Valdemar und Karl sind seit Langem befreundet.«

»Kannst du uns zeigen, wo wir ihn finden?«, fragte Rasmus.

Ida nickte und führte die beiden Kriminalbeamten über eine Treppe in die erste Etage.

Sie gingen einen schmalen Flur entlang. Unter Vibekes Füßen knarrte der alte Dielenboden. Die Räume hinter den geöffneten Türen waren nicht besonders groß, alle Wände trugen den gleichen warmen Terrakottaton. Urige Dachbalken verströmten einen Hauch von alter Geschichte.

»Hier ist es.« Ida blieb vor einer offenen Tür stehen.

Ein Endsechziger mit silbergrauem Haar war hinter einem der Schreibtische in ein paar Unterlagen vertieft.

Ida klopfte an den Türrahmen. »Valdemar? Die Polizei möchte mit jemandem über Karl Bentien sprechen.«

Valdemar Frolander blickte auf. Helle Augen in einem wettergegerbten Gesicht.

»Polizei?« Er erhob sich hinter seinem Schreibtisch und wies mit einladender Geste auf eine kleine Sitzgruppe. »Bitte, kommt herein.«

Valdemar Frolander wartete, bis die beiden Kriminalbeamten Platz genommen hatten, ehe er sich dazusetzte.

»Was kann ich für euch tun?« Er lächelte erwartungsvoll.

»Sie haben von dem Toten am Idstedt-Löwen gehört?«, begann Vibeke das Gespräch.

Valdemar Frolander nickte. »Natürlich. Das ist ja längst überall Tagesgespräch. Warum ...« Er wurde blass unter seiner gebräunten Haut. »Sagt nicht, dass es Karl war, der dort gefunden wurde.«

»Leider doch.«

»Meine Güte.« Erschüttert lehnte Frolander sich in seinem Stuhl zurück.

Vibeke ließ ihm einen Moment Zeit, sich zu fassen, ehe sie fortfuhr. »Sie beide waren befreundet?«

»Ja. Fast fünfzig Jahre lang.« Er fuhr sich mit beiden Händen übers Gesicht und wirkte dabei sichtlich erschüttert. »Schon unsere Eltern kannten sich. Stimmt es, was man sich erzählt? Dass Karl totgetreten wurde?«

»Er starb an den Folgen einer Kopfverletzung«, hielt Vibeke sich bedeckt. »Was denken Sie, wer einen Grund gehabt haben könnte, Ihrem Freund Derartiges anzutun?«

»Niemand.« Wie um seine Antwort zu bekräftigen, schüttelte er energisch den Kopf. Im nächsten Moment hielt er inne und blickte stirnrunzelnd auf den Miniatur-Dannebrog, der auf seinem Schreibtisch stand.

»Ist Ihnen jemand eingefallen?« Vibeke musterte ihn aufmerksam.

Er knetete seine Hände. »Ich bin mir nicht sicher, wie ich das am besten formulieren soll, aber vielleicht ist Karl jemandem unbequem geworden.«

Vibeke wechselte einen kurzen Blick mit Rasmus. Der Däne saß zurückgelehnt in seinem Sessel und machte keinerlei Anstalten, sich ins Gespräch einzubringen. »Können Sie das vielleicht näher erklären?«

»Dafür muss ich ein wenig ausholen.« Valdemar Frolander hielt inne, als Ida mit einem großen Tablett in den Raum kam.

Sie stellte drei Kaffeetassen, Milch und Zucker sowie eine Platte mit köstlich duftenden Zimtschnecken auf den Tisch.

»Greift zu«, sagte sie freundlich lächelnd und verließ wieder das Büro.

Rasmus langte nach einer Zimtschnecke, während Vibeke ihr Notizbuch zückte.

Valdemar Frolander griff ebenfalls zu einem Gebäckstück, vertilgte es mit wenigen Bissen und begann schließlich zu erzählen. »Seit ich denken kann, hat sich Karl für die Völkerverständigung zwischen Dänen und Deutschen eingesetzt. Vermutlich hing das mit seiner eigenen Geschichte zusammen. Karl hat als Kind viele Jahre im Kinderheim und bei unterschiedlichen Pflegeeltern verbracht, ehe er von den Madsens adoptiert wurde.« Er lächelte betrübt. »Vor einigen Jahren erzählte Karl, dass er, bis er sechs war, überhaupt kein Deutsch gesprochen hatte. Wisst ihr, welches die ersten Wörter waren, die er lernte? ›Bastard‹ und ›Nazikind‹. Seine Pflegemutter hatte ihn offenbar so genannt.«

Einen Moment blieb es still im Büro.

Vibeke umklammerte ihren Stift. Mitleid mit dem Toten regte sich in ihr. Sie wusste, wie es sich anfühlte, zwischen Pflegefamilien und Kinderheim hin- und hergereicht zu werden und Anfeindungen ausgesetzt zu sein. Manche Spuren brannten sich für immer ins Gedächtnis ein.

»Karl war tief verstört und einsam, als die Madsens ihn aufnahmen«, fuhr Valdemar Frolander fort, nachdem er einen Schluck Kaffee getrunken hatte. »Ich erinnere mich, dass er auf dem Schulhof immer alleine dastand. Die anderen Kinder mieden ihn, aber manchmal hatte ich den Eindruck, Karl wollte es auch gar nicht anders. Ich selbst war ja drei Klassen unter ihm. Später wurden wir Freunde, trotzdem blieb er irgendwie immer ein Einzelgänger. Heute denke ich, ihm fehlten die Wurzeln und die Sicherheit, die einem nur eine Familie geben kann. Als Erwachsener begann Karl damit, nach seinen leiblichen Eltern zu suchen.«

Vibeke sah ihn interessiert an. »Hat er sie gefunden?«

»Das weiß ich nicht. Karl sprach irgendwann nicht mehr darüber. Aber ich habe gespürt, dass etwas an ihm nagte.« Valdemar Frolander straffte sich. »Es fällt mir schwer, das zu sagen, aber Karl hat sich in den letzten Jahren verändert. Leider nicht unbedingt zu seinem Vorteil. Er sprach sich vehement gegen Dänemarks rigide Asylpolitik und die verschärften Bedingungen für Flüchtlinge aus, und die Art, wie er dabei gegen die Regierungspläne wetterte, kam nicht überall gut an. In meinen Augen bot er damit einigen Leuten durchaus Angriffsfläche.«

Rasmus, der sich bisher im Hintergrund gehalten hatte, beugte sich vor. »Sprichst du von bestimmten Personen?«

Valdemar Frolander ruderte augenblicklich zurück. »Ich meinte das nur ganz allgemein. Rechtsradikale gibt es schließlich überall. Selbst im beschaulichen Flensburg. Aber vielleicht hätte ich lieber den Mund halten sollen.«

Rasmus' Augen wurden schmal, doch er sagte nichts weiter. Stattdessen langte er nach einer weiteren Zimtschnecke und lehnte sich wieder zurück.

Vibeke fuhr mit der Befragung fort. »Wann und wo haben Sie Herrn Bentien zuletzt gesehen?«

»Vorgestern Abend. Hier bei mir im Büro.«

»Um welche Uhrzeit war das?«

»Gegen achtzehn Uhr.«

Sie machte sich eine Notiz. »Gab es einen bestimmten Grund für das Zusammentreffen?«

Valdemar Frolander fegte einen imaginären Fussel von seinem Hosenbein. »Karl plante eine Ausstellung und bat darum, dafür den großen Saal nutzen zu dürfen, den wir hin und wieder für Konzerte zur Verfügung stellen.«

»Was für eine Ausstellung?«

»So wie Karl es mir erklärte, ging es bei seiner Ausstellung um die deutsche Besatzungszeit und die Flüchtlingslager.«

Rasmus wischte sich mit einer Serviette ein paar Krümel vom Mund. »Und hat er den Raum bekommen?« Er langte nach seiner Kaffeetasse.

»Nein.« Valdemar Frolander fingerte erneut an seinen Hosenbeinen herum. »Ich konnte Karls Wunsch nicht zustimmen. Das Ziel des SSF ist es, die dänische Sprache und Kultur zu fördern und die minderheitenpolitischen Interessen wahrzunehmen.« Sein Blick wanderte von Vibeke zu Rasmus und wieder zurück. »Ehrlich gesagt hatte ich die Befürchtung, Karl würde die Ausstellung dazu nutzen, um in unseren Reihen Propaganda gegen die Flüchtlingspolitik der Regierung zu betreiben. Deshalb habe ich seine Bitte abgelehnt.«

Vibeke nahm den Faden umgehend auf. »Kam es deshalb zwischen Ihnen beiden zum Streit?«

»Nein.«

Die Antwort war schnell und bestimmt gekommen. Ein wenig zu schnell für Vibekes Geschmack.

»Und nach Ihrem Treffen mit Karl Bentien?«, hakte sie nach. »Was haben Sie da gemacht?«

Valdemar Frolander runzelte die Stirn. »Ich bin nach Hause gefahren. Zu meiner Frau. Wir haben zusammen gegessen und anschließend Fernsehen geschaut. Im Ersten lief eine neue Krimireihe.«

Vibeke notierte sich auch diese Angaben. »Hat Herr Bentien erwähnt, was er an dem Abend noch vorhatte?«

Valdemar Frolanders Augen wurden groß. »Jetzt verstehe ich. Karl wurde bereits am Abend ermordet. Bin ich etwa der Letzte, der ihn lebend gesehen hat?« Er strich sich mit einer fahrigen Geste übers Gesicht, ehe er schnell hinterherschob: »Abgesehen vom Mörder, meine ich natürlich.«

»Das versuchen wir gerade herauszufinden.«

Valdemar Frolander schwieg. Auf seiner Stirn standen Schweißperlen.

»Weißt du, was ich glaube?« Rasmus fixierte ihn mit schmalen Augen. »Zwischen dir und Karl ist es an dem Abend sehr wohl zum Streit gekommen. Vermutlich hat es sogar richtig gekracht. Schließlich plante dein Freund ein Projekt, das ihm am Herzen lag. Er wird kaum begeistert gewesen sein, dass du ihm deine Unterstützung ausgeschlagen hast. War es nicht so?«

Valdemar Frolander ließ sich nicht provozieren. »Wie gesagt, wir hatten keinen Streit, aber ich gebe durchaus zu, dass die Stimmung am Ende ein wenig frostig war. Karl ist gegangen, ohne sich von mir zu verabschieden. Deshalb hatte ich auch keine Gelegenheit, um mich nach seinen Plänen für den Abend zu erkundigen. Reicht dir das als Antwort?« Er klang nicht mehr ganz so freundlich wie zuvor.

Vibeke erhob sich. »Wir benötigen bitte noch Ihre Kontaktdaten und die Ihrer Frau. Das ist reine Routine.«

Valdemar Frolander ging zu seinem Schreibtisch und notierte etwas auf einem Zettel, den er an die Kriminalbeamtin weiterreichte.

»Danke, dass Sie sich Zeit genommen haben.« Vibeke gab ihm ihre Visitenkarte. »Stellen Sie sich aber bitte darauf ein, dass wir noch einmal mit Ihnen sprechen müssen. Sollte Ihnen in der Zwischenzeit noch etwas einfallen, melden Sie sich bitte.«

Rasmus erhob sich nun ebenfalls von seinem Stuhl und schlenderte betont lässig aus dem Büro.

»Musstest du den Mann unbedingt provozieren?«, fragte Vibeke, sobald sie das Gebäude verlassen hatten.

»Es ist unser Job, unbequeme Frage zu stellen«, erwiderte Rasmus ungerührt und beförderte ein Päckchen Zigaretten und ein Feuerzeug aus seiner Hemdtasche. »Ich bepudere niemanden, der so offensichtlich lügt, selbst wenn er der Ministerpräsident persönlich wäre.« Er zog eine Zigarette aus dem Päckchen. »Seinen Appetit hat er sich jedenfalls nicht verderben lassen. Der Typ hat seine Zimtschnecke gegessen, als wären wir bei irgendeinem Kaffeekränzchen.« Er zündete sich die Zigarette an und deutete mit dem Kopf zum Gebäude. »Reagiert man so, wenn man gerade erfahren hat, dass ein langjähriger Freund brutal ermordet wurde?«

Das Gemeinsame Zentrum hatte seinen Sitz in einem zweistöckigen Backsteingebäude mitten im Padborger Industriegebiet. Einst als Bürogemeinschaft an der Landesgrenze eingerichtet, um die grenzübergreifenden Einsätze besser zu koordinieren, war das GZ mittlerweile ein Paradebeispiel für gut funktionierende Polizei- und Zollzusammenarbeit. Bewaffnete Polizisten beider Länder fuhren im Grenzgebiet in ihren jeweiligen Uniformen gemeinsam Streife, und auch in den Bereichen Drogenschmuggel, Personen- und Kfz-Fahndungen, Schleuserbanden und Einbruchskriminalität arbeiteten deutsch-dänische Ermittlerteams Hand in Hand.

Als Rasmus auf dem Parkplatz aus seinem VW-Bus stieg, steuerten gerade vier Beamte auf ein Einsatzfahrzeug der deutsch-dänischen Streife zu. Direkt daneben entdeckte er den Dienstwagen von Vibeke Boisen.

Eine rothaarige Polizistin in deutscher Uniform schenkte ihm ein Lächeln. »Hej, Rasmus.«

Er erinnerte sich an sie. Sie war die Beamtin, die im Fall in Kollund als Erste am Tatort gewesen war. Nur ihr Name fiel ihm nicht ein.

Rasmus hob die Hand. »Hej!«

Ihr Lächeln vertiefte sich, und auf ihren Wangen bildeten sich kleine Grübchen. »Ich muss leider los. Es war schön, dich wiederzusehen.« Sie stieg in den Streifenwagen.

Vickie Brandt, fiel es Rasmus ein, sobald sich die Tür hinter ihr geschlossen hatte. Schon einmal war es ihm vorgekommen, als wenn die junge Polizistin mit ihm flirtete. Dabei war sie höchstens Ende zwanzig.

Rasmus blickte der davonfahrenden Streife hinterher. Warum war ihm nicht schon früher aufgefallen, wie bezaubernd sie aussah mit ihren vielen Sommersprossen?

Er riss sich von seinen Gedanken los, ging ins Gebäude und fragte bei dem diensthabenden Beamten am Empfang nach dem zugeteilten Raum. Im ersten Stock angekommen, stellte er fest, dass es sich um dasselbe Großraumbüro handelte wie beim letzten Mal. Jemand hatte das Türschild mit einem Zettel überklebt. SONDEREINHEIT PADBORG.

»Hej, Rasmus«, ertönte Vibekes Stimme hinter ihm. Er drehte sich um und sah seine Kollegin aus einem der Waschräume kommen. Sie wirkte ein wenig blass um die Nase.

Rasmus deutete mit dem Kopf zur Tür. »Warst du schon drinnen?«

»Ich dachte, ich warte auf dich.« Ein sprödes Lächeln streifte ihre Lippen.

Rasmus stieß die Tür auf. Drei Gesichter blickten ihnen erwartungsvoll entgegen.

»Hej, ihr!« Pernille Larsen, eine dunkelhaarige Schönheit von der dänischen Polizei, entblößte ihre charmante Zahnlücke, während sie aufstand und Vibeke und Rasmus lächelnd entgegentrat.

Jens Greve, ein hellhäutiger Brillen- und Anzugträger von der Landespolizei Schleswig-Holstein, hatte sich ebenfalls erhoben und reichte seinen beiden Kollegen förmlich die Hand, ehe sich ein vollbärtiger Hüne mit Händen, so groß wie Schaufeln, an die Seite der Neuankömmlinge drängte.

»Jetzt ist unsere Truppe also wieder beisammen.« Zufriedenheit schwang in Søren Molins Baritonstimme mit, während er Rasmus mit seiner riesigen Pranke auf die Schulter klopfte. An seinem Zeigefinger glänzte ein silberner Ring.

Rasmus beäugte ihn. »Hast du etwa geheiratet?«

»Ich bin verlobt.« Søren grinste breit. »Mit der Hochzeit lass ich mir dieses Mal ein wenig mehr Zeit.« Søren war Vater von fünf Kindern und hatte bereits drei Ehen hinter sich. Er zwinkerte Vibeke zu. »Deine Dienststelle hat uns bereits einen Haufen Zeug geschickt.«

»Ja, die Flensburger sind auf Zack.« Rasmus sah zu dem Schreibtisch, an dem zuletzt Luís Silva gesessen hatte. Der portugiesische Informatiker mit deutscher Polizeiausbildung, der bereits seit mehreren Jahren beim GZ im Bereich der Kfz-Fahndung arbeitete, war während der letzten Ermittlung unverzichtbar gewesen. Und das nicht nur in fachlicher Hinsicht. »Wo steckt Luís? Ich bin davon ausgegangen, dass er wieder mit an Bord ist.«

Søren schüttelte den Kopf. »Keine Ahnung, ob er dabei ist. Vielleicht braucht er auch einen besonderen Auftritt.«

Pernille schmunzelte, während Jens Greve hinter seinem Schreibtisch sauertöpfisch das Gesicht verzog.

»Mensch, Jens, das war ein Scherz, keine Diskriminierung«, schob Søren hinterher. »Ich dachte, wir hätten dich schon etwas lockerer hingekriegt.«

»Sehr lustig.« Jens lächelte gequält.

Rasmus steuerte den Tisch mit der Thermoskanne an, griff nach einem der unbenutzten Becher und schenkte sich einen Kaffee ein. Den danebenstehenden Teller mit Wienerbrød, einem fluffigen Plundergepäck, ignorierte er. Die Zimtschnecken, die er im Flensborghus verdrückt hatte, lagen ihm schwer wie Blei im Magen. Mit seinem Kaffeebecher in der Hand setzte er sich an seinen alten Platz und schnupperte erst argwöhnisch an der heißen Flüssigkeit, ehe er einen Schluck trank. Irgendwann einmal hatte sich in der Thermoskanne Lakritzkaffee befunden. Im Gegensatz zu den meisten Dänen, die den aus Süßholz gewonnenen Wurzelextrakt nicht nur in Form von Lutschbonbons konsumierten, sondern ihn auch als Pulver in Kuchen, Bier und sogar in die Soße vom Sonntagsbraten kippten, verabscheute er das Zeug.

»Wollen wir loslegen?«

Alle nickten.

Vibeke zog ein paar Tatortfotos aus der Ermittlungsakte und befestigte sie am bereitstehenden Whiteboard, während sie ihren Kollegen die Auffindesituation erläuterte und Angaben über das Opfer machte.

»Ich habe mich ein wenig mit dem Idstedt-Löwen befasst.« Jens Greve zog einen Schnellhefter heran. »Das Denkmal war ursprünglich ein Symbol des Sieges der Dänen über die Schleswig-Holsteiner in der Schlacht bei Idstedt 1850. Dabei handelte es sich um die größte Schlacht in der Geschichte des Nordens.« Er warf einen kurzen Blick in seine Unterlagen. »Am 25. Juli 1862 wurde der Idstedt-Löwe auf dem Alten Friedhof in Flensburg zum ersten Mal aufgestellt. Fünf Jahre später, nach dem zweiten Schleswigschen Krieg, bei dem Preußen und Österreich siegten, kam das Denkmal als Siegestrophäe nach Berlin, ehe es nach dem Ende des Zweiten Weltkriegs von den Amerikanern nach Kopenhagen gebracht wurde. 2011 kehrte der Idstedt-Löwe schließlich als Symbol deutsch-dänischer Freundschaft auf den Alten Friedhof in Flensburg zurück.« Er klappte seinen Schnellhefter wieder zu. »Wenn man also bedenkt, dass Karl Bentien nicht nur der dänischen Minderheit angehörte, sondern sein Steckenpferd die deutsch-dänische Geschichte war, handelt es sich in meinen Augen kaum um einen zufälligen Tatort.«

»Ähnliches ist mir auch durch den Kopf gegangen.« Vibeke erzählte ihren Kollegen von den bisherigen Obduktionsergebnissen der Rechtsmedizin.

Während Rasmus mit halbem Ohr zuhörte, wanderte sein Blick zu einem Foto am Whiteboard. Es war eine Nahaufnahme des Toten, bei dem kein Detail verborgen blieb. Das zugeschwollene Auge und das offene, die kraterförmige Wunde an der Schläfe. Das Blut auf der Stirn, den Wangen. Am Kinn. Die Brutalität der Tat machte auch ihm als hart gesottenem Mordermittler zu schaffen.

Vibeke beendete ihren Bericht.

»Was für eine unfassbare Brutalität«, sprach Pernille seinen Gedanken aus. »Wer tut so etwas? Einen Menschen totzutreten, muss doch einiges an Überwindung kosten.«

»Haltet mich jetzt nicht für kaltherzig«, sagte Jens. »Aber die Hemmschwelle, auf einen Menschen, der bereits am Boden liegt, einzutreten, ist wesentlich geringer, als nach einer Waffe zu greifen. Zu meiner Zeit bei der Kieler Polizei hatten wir es mit einer Mädchenbande zu tun, die genau nach diesem Muster vorgegangen ist. Die Opfer wurden geschubst, bis sie irgendwann am Boden lagen, dann haben die Mädchen zugetreten. Und von denen war keine älter als fünfzehn. Auch in der Neonazi-Szene sind solche Vorfälle bekannt.«

Vibeke nickte. »›Stiefeln‹ haben wir in Hamburg dazu gesagt.«

»Dann sollten wir uns auf jeden Fall auch in dieser Richtung umhören«, sagte Rasmus. »Habt ihr Neonazis in Flensburg?«

»Es gibt in Schleswig-Holstein einige rechtsextreme Gruppierungen, aber inwieweit diese in Flensburg aktiv sind, kann ich nicht sagen. Da muss ich erst mit den Kollegen sprechen. Eine Neonazi-Szene gibt es bei uns zumindest nicht.«

Rasmus nippte an seinem Kaffee. »Was haben wir bislang an Spuren?«

Jens zog einen Stapel DIN-A4-Ausdrucke zu sich heran. »Der vorläufige Bericht ist vorhin gekommen. Wie es aussieht, lassen sich die Schuhabdrücke vom Tatort nicht hundertprozentig rekonstruieren. Das ist in erster Linie der Trockenheit und der Beschaffenheit des Bodens geschuldet. Vom Schuhabdruck auf dem Mantel konnten die Kriminaltechniker zumindest einen Teilabdruck des Sohlenprofils nachbilden. Leider ohne Ränder, sodass sich die Schuhgröße nicht eindeutig bestimmen lässt. Die Kollegen suchen gerade in den Datenbanken nach Referenzmustern, um den Hersteller zu ermitteln. Außerdem wurden an der Bekleidung des Toten DNA-Spuren sichergestellt. Die Laborauswertungen liegen voraussichtlich morgen vor, genau wie die Untersuchungsergebnisse der Bodenproben.«

»Was ist mit dem Auto des Opfers?«, erkundigte sich Rasmus.

Jens blätterte durch die Unterlagen, bis er die richtige Stelle gefunden hatte. »Es wurden Fingerabdrücke sichergestellt, die nicht dem Toten zugeordnet werden konnten. Allerdings gab es keine Übereinstimmung in der Datenbank. Die Untersuchung des Autos ist noch nicht abgeschlossen. Es steht noch in der Halle der Kriminaltechnik.«

»Apropos Datenbank.« Rasmus schlug seine langen Beine übereinander. »Wurde schon überprüft, ob Karl Bentien aktenkundig war?«

Pernille nickte. »Er hat keinerlei Einträge, noch nicht einmal Punkte im Verkehrsregister.«

Sie spielte mit dem Stift an ihrem Pferdeschwanz, eine Geste, die Rasmus schon häufiger bei ihr beobachtet hatte. Pernille Larsen war eine attraktive Frau, und er fragte sich unwillkürlich, ob sie wohl verheiratet war. Zumindest trug sie keinen Ehering am Finger. Als er bemerkte, dass er seine Kollegin anstarrte, wandte er schnell den Blick ab.

Die Tür wurde aufgestoßen, und Luís Silva kam hereingerollt. Der Portugiese hatte das typische Aussehen eines Südeuropäers. Dunkle Haare, dunkle Augen sowie ein dunkler Teint, der selbst in den Wintermonaten kaum verblasste. Seit einem übermütigen Kopfsprung von einer Klippe in seichtes Gewässer im Teenageralter war er an den Rollstuhl gefesselt.

»Hej, Luís«, begrüßte Rasmus ihn erfreut. »Ich hatte schon Angst, wir müssten auf dich verzichten.«

»Warum? Ich habe Søren doch Bescheid gegeben, dass ich noch bei der Fahndung zu tun habe und später komme.«

Alle sahen zu Søren, der seine kräftigen Oberarme vor der Brust verschränkt hatte und breit grinste.

»Du hast sie reingelegt.« Luís lenkte seinen Rollstuhl zum Schreibtisch seines Kollegen, knuffte ihn freundschaftlich an die Schulter und steuerte seinen Platz an, ohne dabei unterwegs irgendwo anzuecken.

»Jedenfalls ist es schön, dich wieder an Bord zu haben«, sagte Rasmus. Er fasste für seinen Kollegen in kurzen Worten die bisherige Besprechung zusammen.

»Ich habe euch etwas mitgebracht.« Luís hielt ein Blatt Papier in die Höhe. »Anhand der letzten Adressdaten in Karl Bentiens Navigationssystem habe ich eine geografische Übersicht erstellt.« Sein Blick glitt zu der Karte mit dem deutsch-dänischen Grenzgebiet an der Wand. »Kann vielleicht jemand …« Noch ehe er den Satz zu Ende gesprochen hatte, war Søren Molin bereits aufgesprungen. Jeder im Raum wusste, wie schwer es dem Portugiesen fiel, in den seltenen Fällen, in denen ihn seine Querschnittslähmung bei der Arbeit beeinträchtigte, um Hilfe zu bitten.

Søren nahm die Übersicht entgegen und pinnte kleine Magnetfähnchen an verschiedene Stellen der Landkarte. Flensburg, Sieverstedt und Kiel südlich der Grenze. Esbjerg, Hjerting, Oksbøl, Viborg, Solderup und Kopenhagen im nördlichen Teil.

»Wurden die Daten des Navis schon vollständig ausgelesen?«, fragte Rasmus.

»Das steht noch aus«, erwiderte Luís. »Die Flensburger Kollegen haben zugesichert, sich so schnell wie möglich darum zu kümmern.«

»Gut.« Vibeke zeigte auf das Foto des Opfers am Whiteboard. »Als Erstes müssen wir uns ein umfangreiches Bild über Karl Bentiens Lebensverhältnisse machen. Dabei interessiert uns erst einmal alles. Seine Familie, seine Freunde, seine Verbindungen zur dänischen Gemeinde, sein letzter Arbeitsplatz, mit wem er

Konflikte oder offene Rechnungen hatte. Wir sprechen mit allen, die mit dem Opfer in Verbindung standen.« Sie steckte die Hände in die hinteren Taschen ihrer Jeans. »Zudem müssen wir Valdemar Frolanders Alibi überprüfen. Wie es aussieht, war er derjenige, der unser Opfer zuletzt gesehen hat. Er hat angegeben, mit seiner Frau den Abend verbracht zu haben. Leider haben wir sie in ihrem Haus nicht angetroffen.«

»Du hast die Vermögensverhältnisse in deiner Aufzählung vergessen«, erinnerte sie Rasmus trocken.

Vibeke nickte. »Stimmt. Die Beschlüsse für die Konten und den Festnetzbetreiber wurden bereits beantragt.«

»Es wäre gut, wenn wir so schnell wie möglich an Karl Bentiens Handynummer kämen«, warf Luís ein. »Dann kann ich mit den Daten des Providers ein Bewegungsprofil erstellen.«

»Wie es aussieht, hatte Karl Bentien kein Handy. Zumindest haben die Kriminaltechniker bislang keins gefunden. Sie sehen sich gerade im Haus des Opfers um.«

Luís riss die Augen auf. »Kein Handy? Selbst meine Oma hat eins. Und die ist sechsundachtzig.«

Rasmus deutete auf den Stapel Tageszeitungen, die auf seinem Schreibtisch lagen. »Was machen wir mit der Presse?«

»Unsere Pressestelle hat bislang nur ein Briefing herausgegeben«, sagte Vibeke, »aber vermutlich ist es an der Zeit, eine Pressekonferenz abzuhalten, ehe es zu weiteren Spekulationen kommt. Ich denke, es ist das Beste, wenn unser Pressesprecher das übernimmt und wir erst einmal im Hintergrund bleiben.«

Rasmus nickte. »Er soll sich, was den SSF betrifft,

erst einmal zurückhalten. Wir müssen abwarten, was die Ermittlungen in dieser Richtung ergeben.« Sein Blick streifte eines der Tatortfotos, auf dem der Dannebrog-Aufkleber am Mantelkragen des Toten zu sehen war. Er runzelte die Stirn. »Fragt mich nicht, warum, aber ich habe bei der ganzen Sache irgendwie ein ungutes Gefühl. Der Idstedt-Löwe, die dänische Minderheit, Karl Bentiens Aversion gegen die Flüchtlingspolitik. Und dann noch die Sache mit seiner Geburtsurkunde.«

»Was ist damit?«, fragte Pernille interessiert.

»Karl Bentien wurde in Dänemark geboren«, erklärte Rasmus. »Genauer gesagt in Oksbøl. Irgendetwas klingelt da bei mir.«

»Oksbøl?« Jens Greve hob die Brauen. »Während der Besatzungszeit befand sich dort Dänemarks größtes Flüchtlingslager.«

Rasmus sah seinen Kollegen aufmerksam an. »Weißt du mehr darüber? Laut Valdemar Frolander plante Karl Bentien eine Ausstellung zu dem Thema.«

Jens nickte. »Gegen Ende des Zweiten Weltkriegs wurden Frauen und Kinder aus den deutschen Ostgebieten auf der Flucht vor der Roten Armee mit Schiffen über die Ostsee nach Dänemark gebracht und in Flüchtlingslager im ganzen Land verteilt. Viele Vertriebene landeten damals in Oksbøl.«

»Karl Bentien kam erst 1946 auf die Welt«, gab Vibeke zu bedenken. »Da war der Krieg längst vorbei.«

»Das Lager bestand bis Februar 1949.« Jens rückte seine Brille zurecht. »Nach der Kapitulation wollten die Dänen die Deutschen am liebsten sofort abschieben, aber die Alliierten, allen voran die Briten, haben das verhindert.«

»Woher weißt du das alles?«, fragte Rasmus.

Jens zuckte die Achseln. »Ich habe vor ein paar Jahren einen dänischen Film gesehen. *Unter dem Sand* hieß er und wurde sogar für einen Oscar nominiert. Dabei ging es um junge deutsche Kriegsgefangene, die von den Dänen beauftragt wurden, Landminen am Strand von Blåvand zu bergen. Ohne Ausbildung oder Hilfsmittel. Mit den bloßen Händen!« Er schüttelte den Kopf. »Einige der Jungen sind dabei gestorben. Die offizielle Variante der dänischen Behörden lautete, die Soldaten hätten sich freiwillig gemeldet, die Aussage des Films ist jedoch eine ganz andere. Mich hat das Thema interessiert, deshalb habe ich mir seitdem zahlreiche Dokumentationen zur Besatzungszeit angesehen.« Er nahm seine Brille ab und polierte sie mit einem kleinen Mikrofasertuch. »Wenn ich dabei eins gelernt habe, dann ist es, dass ein Krieg nicht in dem Augenblick aufhört, wo sein Ende offiziell erklärt wird.«

Im Raum herrschte betretenes Schweigen.

»Du meinst also, Karl Bentien wurde in dem Lager in Oksbøl geboren?«, hakte Rasmus nach.

»Das habe ich nicht gesagt. Ich habe nur erzählt, welche geschichtliche Bedeutung Oksbøl hat.« Jens überprüfte die frisch polierten Gläser und setzte seine Brille mit einem zufriedenen Gesichtsausdruck wieder auf. »Trotzdem ist es natürlich möglich. Die Frage ist nur, ob das für unseren Fall eine Rolle spielt.«

»Ich würde vorschlagen, wir behalten das erst einmal im Hinterkopf und legen jetzt los.« Vibeke verteilte die Aufgaben.

Rasmus erhob sich, um auf dem Parkplatz eine zu rauchen. Während er die Treppen ins Erdgeschoss hinunterstieg, begleitete ihn das Bild von jungen Soldaten, die mit bloßen Händen am Strand von Blåvand im Sand nach Handgranaten gruben.

## Flensburg, Deutschland

Clara musste kräftig in die Pedale treten, um die kleine Anhöhe zu ihrem Haus zu erklimmen. Als sie die Grundstückseinfahrt schließlich erreichte, strömte ihr der Schweiß über die Stirn. Sie stieg vom Fahrrad und schob es die restlichen Meter bis zur Haustür. Ihr Mann hatte ihr schon vor Jahren dazu geraten, sich ein E-Bike zuzulegen, doch bisher hatte sie davon nichts wissen wollen. In letzter Zeit ging ihr jedoch immer häufiger die Puste aus, und vielleicht war jetzt der Augenblick gekommen, um über ein Elektrofahrrad nachzudenken. Schließlich wurde auch sie nicht jünger.

Clara wusste, dass man ihr das Alter von knapp sechzig nicht ansah, und sie genoss es, wenn manch männlicher Besucher der Bibliothek mit ihr flirtete. Dass ihre Verehrer dabei deutlich älteren Jahrgangs waren als sie selbst, störte Clara nicht. Attraktivität war in ihren Augen keine Frage des Alters. Sie gehörte nicht zu den mit Botox aufgespritzten Frauen, die sich für Size Zero dünn hungerten und in ihren High Heels täglich durch die Boutiquen streiften, um das Geld ihrer gut betuchten Ehemänner zu verprassen. Sie war eher der natürliche Typ. Jeans, eine schlichte Bluse, das Make-up reduziert auf Mascara und einen Hauch Lippenstift. Das musste reichen. Ihr Mann bemerkte es ohnehin nicht, wenn sie sich zu seltenen Gelegenheiten aufwendiger zurechtmachte. Sein Blick glitt dann über die neue Frisur und das sorgfältig geschminkte Gesicht wie an anderen Tagen auch, während er mit seinen Gedanken ganz woanders weilte.

Clara schloss ihr Fahrrad ab und ging zum Hauseingang. An der Tür klemmte eine Visitenkarte der Polizei. Auf der Rückseite war eine handschriftliche Notiz mit der Bitte um Kontaktaufnahme. Was wollte die Polizei von ihr?

Sie ließ die Visitenkarte in ihre Hosentasche gleiten, zögerte, ins Haus zu gehen. Die Villa fühlte sich noch immer nicht wie ihr Zuhause an. Es war die Idee ihres Mannes gewesen, das Anwesen in Solitüde zu kaufen. Hanglage mit unverbaubarem Blick auf die Flensburger Förde. Dreihundertzwanzig Quadratmeter Wohnfläche. Fünf Schlafzimmer. Drei Bäder. Sie hatten keine Kinder, keine Tiere, niemanden, der die Leere ausfüllte.

Alles an der Villa war kantig, symmetrisch und puristisch. Die Räume, die Einrichtung und auch die quadratischen Bilder, die großformatig und wuchtig an den Wänden hingen. Bunte abstrakte Muster, deren Sinn sich Clara bis heute nicht erschloss. Manchmal dachte sie, dass die Bilder besser ins Haus passten als sie selbst. Ein Kubus aus Beton.

Mit einem Seufzen legte sie den Zeigefinger auf den Scanner, und die Haustür öffnete sich mit einem Summen. Der Eingangsbereich war so groß wie ein Tanzsaal. Matte schwarze Fliesen, auf denen jedes einzelne Staubkorn zu sehen war, sobald man sie nicht täglich mindestens einmal reinigte. Eine Treppe aus Stahl führte in den Wohnraum, der nahtlos in den Küchenbereich überging. Überall der gleiche schwarze Bodenbelag.

Die Wände waren weiß, die Einrichtung klar und schnörkellos. Der perfekte Rahmen für den grandiosen Blick auf die Flensburger Förde, die hinter bodentiefen Fenstern lag. Segelschiffe, Motorboote und kleine Kutter. Schimmerndes Wasser, so weit das Auge reichte. Der Ausblick war das Einzige, das Clara mit dem Haus versöhnte.

Sie deponierte ihre Handtasche in der Küche auf der Arbeitsplatte und zog ihr Handy heraus. Auf dem Heimweg mit dem Fahrrad hatte es geklingelt, doch sie war nicht rangegangen, um nicht anhalten zu müssen. Das Display zeigte zwei Nachrichten auf ihrer Mailbox an. Während sie einer weiblichen Stimme lauschte, starrte sie auf eines der großformatigen Bilder an der Wand. Ein schwarzes Gitternetz auf petrolfarbenem Untergrund. Sie runzelte die Stirn. Eine Vibeke Boisen, deren Name auch auf der Visitenkarte stand, bat um Rückruf. Einen Grund hatte die Polizistin nicht genannt.

Die zweite Nachricht stammte von ihrem Mann, der sie ebenfalls aufforderte, sich zu melden. In seiner Stimme lag eine Dringlichkeit, die sie von ihm nicht kannte, und sie wählte umgehend seine Handynummer. Er ging nicht ran.

Clara legte das Handy beiseite und holte aus dem Kühlschrank eine eisgekühlte Flasche Rhabarberschorle heraus. Im gleichen Moment ging eine Etage über ihr die Haustür auf.

Ihr Mann kam die Stahltreppe herunter. Sie wusste augenblicklich, dass etwas nicht stimmte. Valdemars

Augen waren gerötet, seine Miene starr wie eine Maske. Ohne ein Wort setzte er sich an den Küchentisch und vergrub sein Gesicht in den Händen.

»Was ist los?« Ihr wurde flau im Magen.

Als er Clara endlich ansah, war sein Blick seltsam stumpf.

»Karl ist tot.« Valdemar strich sich mit einer müden Geste über den Mund. Seine nächsten Worte drangen wie durch Watte an Claras Ohren.

»Jemand hat ihn totgetreten.«

Sie wankte. Die Flasche mit der Rhabarberschorle rutschte ihr aus den Fingern, zerschellte auf dem Fliesenboden und zerbrach in tausend Stücke. Die rosafarbene Flüssigkeit spritzte heraus und verteilte sich über den gesamten Küchenboden.


*Kruså, Dänemark*


Es war kurz nach neunzehn Uhr, als Rasmus mit seinem VW-Bus den Campingplatz in Kruså erreichte, der trotz seiner Nähe zur Fernstraße idyllisch im Grünen lag.

Während er im Schritttempo zu seinem Stellplatz fuhr, registrierte er einen Kiosk, eine Cafeteria mit überdachter Außenterrasse, einen Pool, einen Kinderspielplatz samt Hüpfburg und sogar eine Minigolfanlage auf dem weitläufigen Gelände. Zahlreiche Campingbewohner saßen vor ihren Wohnmobilen oder Zelten auf ihren Klappstühlen und genossen die milde Abendluft. Kinderlachen mischte sich mit dem Geruch von Grillfleisch und Bier.

Rasmus war froh, dass er die Matratze in seinem Bus noch nicht entsorgt hatte und sich dadurch die Fahrt nach Esbjerg sparen konnte. Im GZ hatte er Vibeke Boisen gefragt, ob sie mit ihm eine Kleinigkeit essen gehen wollte, doch die Deutsche hatte irgendetwas von Wing Tsun gemurmelt, und er hatte seinen Burger im Steff's Place alleine verdrücken müssen.

Dass Vibeke Kampfsport betrieb, wunderte Rasmus nicht im Geringsten. Davon abgesehen, dass ihr Name »die Kämpferin« bedeutete, hatte er mit eigenen Augen gesehen, wie sie einen Achtzig-Kilo-Mann innerhalb von fünf Sekunden aufs Kreuz befördert hatte. Wieder einmal fragte er sich, was sonst noch alles hinter ihrer kontrollierten Fassade schlummerte.

Rasmus erreichte seinen Stellplatz. Er lag etwas abseits direkt am Waldrand. Nachdem er den VW-Bus geparkt hatte, kletterte er zwischen den Vordersitzen in den hinteren Teil und zog die Seitentür auf. Ein angenehmes Lüftchen wehte herein. Draußen verfärbte sich der Abendhimmel bereits dunkel.

Rasmus setzte sich in die offene Seitentür, steckte sich eine Zigarette an und griff nach dem Handy. Er wählte den Privatanschluss seiner Eltern, die in der Nähe von Aarhus zusammen mit seiner Schwester Jonna und deren Ehemann ein kleines Bed & Breakfast betrieben. Niemand hob ab, und ihm fiel ein, dass seine Eltern ihren wöchentlichen Kegelabend hatten. Kurz überlegte er, stattdessen seine Schwester anzurufen, doch die würde nur wieder danach fragen, wann er vorhatte, sein Patenkind zu besuchen. Die kleine Liv war ein zauberhaftes Geschöpf, doch sobald er das Baby im Arm hielt, holten ihn die Erinnerungen ein. Der letzte

Moment mit Anton war auch nach über einem Jahr nicht verblasst. Der Asphalt und die Hitze, die Stille, der salzige Geschmack auf den Lippen. Antons Kopf an seiner Brust, der tote Blick und der warme Körper, die nicht zusammenpassen wollten. Das Blut.

Sein Schmerz kehrte mit geballter Kraft zurück. Scheiße. Vermutlich würden die Bilder nie aus seinem Kopf verschwinden. Nicht, ehe er starb. Eine Zeit lang hatte er versucht herauszufinden, wer Anton die schmutzigen Drogen verkauft hatte. Wochenlang war er einem Phantom hinterhergejagt, bis er begriffen hatte, dass es nur einen Schuldigen gab. Er war Antons Vater. Und er war Polizist. Er hätte erkennen müssen, was vor sich ging. Hinter seiner Stirn begann es zu pochen. Scheiße. Das passierte immer, wenn er mit seinen Gedanken zu lange alleine war.

Rasmus sog an seiner Zigarette, inhalierte den Rauch tief in die Lunge, bekam einen Hustenanfall und drückte den Glimmstängel kurzerhand auf dem Boden unter seiner Schuhsohle aus. Er griff nach der Tasche mit seinen Sportklamotten, die im Bulli stets parat lag, und wechselte die Kleidung.

Kurz darauf band er sich die Schnürsenkel seiner Laufschuhe zu und sprintete in die Abenddämmerung. Mit jedem Schritt lief er den Bildern in seinem Kopf davon.

# 4. Kapitel

*Sieverstedt, Deutschland 1953*

Karl sah aus dem Fenster, hinunter auf die runde Kiesauf-
fahrt. Draußen war alles weiß. Die Baumkronen, die Dächer der Nachbarhäuser und die Gehwege, alles lag unter
einer dicken glitzernden Schneedecke. Seine Wangen
waren vor Aufregung gerötet. Er trug seine beste Hose
und den grünen Pullover, den ihm Jette überlassen hatte,
nachdem er ihr nicht mehr passte. Er liebte den Pullover
über alles, auch wenn die Wolle auf seiner Haut kratzte. Karl vermisste Jette. Sie war die Einzige von den Kindern, die seine Sprache verstanden hatte, als er hierher-
gekommen war. Jetzt lebte Jette bei ihren neuen Eltern.

Karl sehnte sich nach zu Hause, begriff nicht, warum
man ihn weggebracht hatte, in das große rote Haus
mit den vielen Kindern. Anfangs hatte er jeden Tag am
Fenster gesessen und darauf gewartet, dass die Mutter
ihn holte. Doch sie war nicht gekommen.

In dem Schlafraum, den Karl sich mit den anderen
Kindern teilte, war es immer kalt. Sein Bett stand direkt
unter dem Fenster, und wenn der Wind nachts durch die
Bäume fegte, pfiff er durch sämtliche Ritzen des Hauses,
knarzte und rüttelte dabei so mächtig an den Fenster-
läden, dass Karl unter seiner Bettdecke vor lauter Angst
kein Auge zumachte.

Doch wenn er Glück hatte, würde das alles bald vorbei sein. Frau Kaminski hatte gesagt, er solle sich kämmen und seine besten Sachen anziehen. Jemand würde ihn besuchen kommen.

Schon vor Stunden, während die anderen Kinder noch tief und fest schliefen, war er aus dem Bett gekrochen, hatte sich gewaschen, gekämmt und angezogen. Heute würde seine Mutter kommen. Endlich.

Ein dunkles Auto fuhr die Straße Richtung Auffahrt entlang. Karl presste die Nase gegen das kalte Fensterglas, und die Scheibe beschlug. Schnell wischte er sie mit dem Ärmel seines Pullovers wieder frei. Auf dem grünen Wollstoff blieben Flecken zurück.

Der Wagen bog in die mit Schnee bedeckte Kieseinfahrt. Karl konnte das Knirschen unter den Reifen bis zu seinem Fensterplatz hören.

Autotüren schlugen. Ein Paar in dunklen Mänteln ging von der Auffahrt zum Hauseingang und hinterließ Fußspuren im Schnee. Plötzlich blieb die Frau stehen, legte den Kopf in den Nacken und blickte direkt zu seinem Fenster hinauf. Karl wich enttäuscht zurück.

Dort unten stand nicht seine Mutter, sondern eine Fremde. Und sie sah nicht besonders freundlich aus.

Draußen begann es wieder zu schneien. Karl fröstelte trotz des warmen Wollpullovers.

## Solderup, Dänemark

Nebel war über Nacht vom Meer an Land gekrochen. Wie ein feuchter Schleier hatte er sich über Felder und Wiesen gelegt, verschluckte die Umrisse der Höfe und waberte geisterhaft durch Bäume und Wälder. Ein Vorbote des nahenden Herbstes nach den warmen Sommermonaten.

Svend stellte eine Kanne frisch gemolkener Milch vor die geschlossene rote Tür des Hintergebäudes und überquerte den Hof, um zum großen Wohnhaus zu gelangen. Vor dem Eingang streifte er seine verdreckten Stiefel ab.

Er war um vier Uhr morgens aufgestanden, hatte erst den Nachtstall gesäubert und den Schieber angestellt, ehe er mit der Melkarbeit begonnen hatte. Jetzt grasten seine Tiere auf der Weide, ehe er sie am Nachmittag zurück in den Stall holte.

Im Flur roch es nach Kaffee und gebratenem Speck. Svend lief das Wasser im Mund zusammen. Er hatte einen Bärenhunger.

Bente stand in seinem Bademantel am Herd und schlug gerade ein paar Eier in die gusseiserne Pfanne, als er die Küche betrat. In der Kaffeemaschine blubberte der Kaffee in die bereitstehende Glaskanne.

»Guten Morgen.« Svend küsste Bentes Nacken. Dabei berührten seine Lippen die blonde Haarsträhne, die sich aus dem am Hinterkopf zusammengeschlungenen Dutt gelöst hatte. Sie duftete nach Apfelshampoo.

»Hej!«, begrüßte ihn Bente, ohne sich umzudrehen. »Dein Frühstück ist gleich fertig«

Obwohl er das Gesicht seiner Freundin nicht sehen konnte, wusste er, dass sie lächelte.

»Gibt es einen besonderen Anlass, dass du mich so verwöhnst?«

»Wasch dir die Hände, ehe du dich setzt«, forderte sie ihn auf.

Svend nickte und trat zu dem weißen Keramikspülstein. Kaffee, Tee und andere Lebensmittel hatten im Laufe der Zeit ihre Ablagerungen auf dem Boden des Beckens hinterlassen und es unschön verfärbt. Eigentlich hatte Svend vorgehabt, die Kücheneinrichtung, die bereits von seiner Großmutter stammte, in diesem Jahr erneuern zu lassen, doch das war vor der großen Dürre gewesen.

Er wusch sich die Hände, trocknete sie anschließend mit dem Geschirrtuch ab und setzte sich an den alten Gesindetisch, der mit zwei dazu passenden Bänken das Herzstück der Küche bildete.

Bente stellte einen Teller mit köstlich duftendem Rührei und Speck vor ihm auf den Tisch und platzierte noch einen Becher mit dampfendem Kaffee daneben.

»Fang ruhig schon an«, forderte sie ihn mit einem Lächeln auf.

Das ließ sich Svend nicht zweimal sagen. Mit Heißhunger machte er sich über das Essen her. Während er genüsslich kaute, zog Bente etwas aus der Küchenschublade heraus und drehte sich mit hinter dem Rücken versteckten Händen zu ihm um.

Erst jetzt bemerkte er ihre rot erhitzten Wangen und den feuchten Glanz in ihren Augen.

»Links oder rechts?« Sie blies sich eine blonde Haarsträhne aus dem Gesicht.

Svend ließ sein Besteck auf den Tellerrand sinken. »Links.«

Bente streckte ihre linke Hand vor und reichte ihm

eine dicke Zigarre. Eine Havanna »Romeo und Julia«, wie er anhand der Papierbanderole erkannte.

Svend sah seine Freundin verwirrt an. Er rauchte nicht. Und schon gar keine Zigarre.

Bente lächelte schelmisch. »Willst du gar nicht wissen, was in der anderen Hand ist?«

»Doch. Natürlich«, schob er hinterher.

Sie reichte ihm einen länglichen weißen Gegenstand mit einer blauen Kappe am Ende.

Svend erkannte einen Schwangerschaftstest. Zwei rote Striche in einem kleinen Fenster. Freude und Angst durchströmten ihn gleichzeitig. Er blickte auf.

»Du bist schwanger?«

Bente nickte. »Im dritten Monat. Ich wollte erst sicher sein, bevor ich es dir sage.« Ihre Augen leuchteten. »Freust du dich?«

Er fuhr sich mit der Hand über den Haaransatz. Ob er sich freute? Wie sollte er eine Familie ernähren, wenn er noch nicht einmal genügend Geld für das Futter seiner Tiere aufbringen konnte? Gestern hatte er in seiner Not sogar erwogen, den Streit mit seinem Vater zu beenden und ihn um Hilfe zu bitten. Ein Schritt, den er nie gehen wollte. Doch dann war ihm am Abend die Idee gekommen, mit der Molkerei die Milchpreise neu zu verhandeln. In den Supermarktregalen stand immer weniger Milch von ökologisch gehaltenen Kühen, und das verschaffte ihm möglicherweise eine gute Verhandlungsposition.

Svend wusste, dass er sich damit sozusagen an den letzten Strohhalm klammerte, doch er wollte nichts unversucht lassen. Alles war besser, als dem Vater sein Versagen einzugestehen.

»Du sagst ja gar nichts«, stellte Bente mit enttäuschter Miene fest.

»Natürlich freue ich mich.« Svend hörte selbst, wie wenig überzeugend er klang.

Erwartete sie jetzt von ihm, dass er vor ihr auf die Knie ging? Obwohl er bereits in der Vergangenheit über einen Antrag nachgedacht hatte, erschien ihm gerade nichts ferner als eine Hochzeit.

Bente setzte sich neben ihn auf die Bank. »Was ist los, Svend? Wir haben doch darüber gesprochen, dass wir Kinder wollen. Mehrfach sogar. Sag nicht, du kriegst jetzt kalte Füße.«

»Ja, eines Tages, aber doch nicht jetzt. Es ist der denkbar schlechteste Zeitpunkt für ein Kind.« Wut kroch in ihm hoch, und er rückte von ihr ab. »Weißt du eigentlich, was so ein Winzling kostet? Kinderwagen. Kleidung. Windeln. Hast du dir mal darüber Gedanken gemacht, wie wir das alles bezahlen sollen, ehe du mich hier vor vollendete Tatsachen stellst?«

Das Leuchten in ihren Augen erlosch.

Svend wusste, dass er sich gerade wie das letzte Arschloch verhielt. Er hatte Bente nie reinen Wein darüber eingeschenkt, wie existenziell seine finanzielle Notlage war, hatte sie in dem Glauben gelassen, es handle sich um einen vorübergehenden Engpass. Trotzdem konnte sie eine so wichtige Entscheidung wie eine Schwangerschaft nicht einfach über seinen Kopf hinweg treffen.

Bente schwieg. Seine Worte hingen wie eine dunkle Wolke über ihren Köpfen.

»Ich weiß nicht, wie ich die Tiere über den Winter bringen soll«, brach es aus ihm heraus. »Geschweige denn eine Frau und ein Kind ernähren.« Endlich hatte er es ausgesprochen.

Er langte nach seinem Becher, nippte an dem heißen Kaffee.

Bente sah ihn betroffen an. »Ich wusste nicht, dass es so schlimm steht. Warum hast du nicht mit mir darüber geredet? Vielleicht hätte ich dir helfen können. Oder meine Eltern.«

»Und wie?«, fuhr er sie an. »Euch geht es doch mit eurem Hof keinen Deut besser.«

Bente zuckte zurück. »Du bist ungerecht. Ich weiß doch, wie viel dir deine Tiere und der Hof bedeuten.« Ihre Stimme wurde hart. »Ich würde alles tun, um dir zu helfen.« Damit stand sie auf und verließ die Küche.

Er hörte, wie sie die alte Holztreppe hinaufging.

Svend knallte seinen Kaffeebecher mit Schwung auf den Tisch. Dabei schwappte etwas von der heißen Flüssigkeit über den Rand und auf seinen Handrücken.

»Verdammter Mist.« Er presste seine Lippen an die schmerzende Stelle und ging zum Spülbecken. Während er lauwarmes Wasser über die gerötete Haut laufen ließ, hörte er, wie Bente geräuschvoll die Treppe wieder herabstieg. Kurz darauf fiel mit einem lauten Krachen die Haustür ins Schloss.

Das hatte er vermasselt. Svend drehte den Wasserhahn wieder zu und blieb unschlüssig in der Küche stehen. Seine Hand pochte. Er wusste, er sollte Bente um Entschuldigung bitten, doch die Situation überforderte ihn.

Er setzte sich zurück an den Tisch, stocherte eine Weile lustlos in seinem Rührei herum, ehe er den Teller schließlich von sich schob und eine Entscheidung traf.

Mit einem tiefen Seufzen erhob er sich von der Bank und ging vor die Haustür. Von Bente und ihrem Fahrrad war nichts mehr zu sehen.

Svend schlüpfte in seine verdreckten Stiefel und stapfte über den Hof zum Hintergebäude. Die Milchkanne vor der roten Tür war verschwunden. Er atmete tief durch und klopfte.

*Flensburg, Deutschland*

Der Kaffee schmeckte ihr nicht. Offenbar hatte sie zu viel Pulver in die Maschine gekippt. Die Brühe war so stark, dass man damit vermutlich Tote wecken konnte.

Es war halb acht, und Vibeke stand auf ihrer Dachterrasse, um einen kurzen Moment die Aussicht zu genießen, ehe sie zur Arbeit aufbrach. Die Sonne war schon vor einer Weile aufgegangen, doch der Himmel war größtenteils wolkenverhangen, und es sah nach Regen aus. Der Blick reichte über die Dächer von Flensburg bis zur Förde. In der Ferne zeichnete sich die Silhouette der dänischen Küste ab.

Die spektakuläre Aussicht hatte den Ausschlag dafür gegeben, dass Vibeke den Mietvertrag für den heruntergekommenen Altbau vor ein paar Monaten unterschrieben hatte. Mittlerweile war die Wohnung kaum wiederzuerkennen. Die Holzdielen waren abgeschliffen und versiegelt, die jahrzehntealten Tapeten heruntergerissen, Risse und Löcher waren verschwunden, die Wände frisch gestrichen, und auch die kaputten Fliesen in Bad und Küche waren durch neue ersetzt worden.

Lediglich im Schlafzimmer stand die notwendige Renovierung noch aus.

Seit dem Auffinden der Leiche war es um Vibekes Schlaf schlecht bestellt. Die Parallelen zu Karl Bentiens Kindheit machten ihr zu schaffen. Sie selbst hatte die ersten Lebensjahre bei einer Pflegefamilie verbracht, nachdem ihre leibliche Mutter versucht hatte, sie am Tag ihrer Geburt mit einem Kissen zu ersticken.

Jetzt saß ihre Erzeugerin in der geschlossenen Psychiatrie. Chronische Schizophrenie. Bei einem Drittel der Erkrankten trat die akute Symptomatik einmal im Leben und im Anschluss nie wieder auf, bei einem weiteren Drittel führte die Einnahme von Neuroleptika dazu, dass sie weitestgehend beschwerdefrei waren. Ihre Mutter gehörte zu dem letzten Drittel, jenen Patienten mit schwerem Krankheitsverlauf, nachdem sie ihre Tabletten wiederholt eigenmächtig abgesetzt hatte und es vermehrt zu Rückfällen gekommen war. Seitdem überwog der chronische Wahnzustand.

Die Sorge, die Veranlagung zu dieser tückischen Krankheit geerbt zu haben, begleitete Vibeke, seit sie mit achtzehn Jahren davon erfahren hatte. Anfangs hatte sie sich selbst nahezu verrückt gemacht und jede noch so kleine Veränderung in ihrem Denken und Handeln überwacht. Nervosität, Reizbarkeit, Konzentrationsprobleme – all diese Kleinigkeiten konnten erste Anzeichen sein.

Mittlerweile hatte Vibeke sich im Griff. Regeln und Strukturen gaben ihr Halt, Kraft und Ausgleich fand sie zudem im Wing Tsun, einer Kampfkunst, die nicht nur auf körperlicher Selbstverteidigung, Strategie und Taktik basierte, sondern es möglich machte, den Gegner mit der Kraft seines eigenen Angriffs zu besiegen. Sie war eine wahre Meisterin der Selbstkontrolle geworden und überließ es anderen, ihre Gefühle nach außen zu tragen. Trotzdem spürte sie erstmals feine Risse in ihrer Fassade.

Die Pressekonferenz am Vorabend war ein Desaster gewesen. Jemand hatte einem Reporter der hiesigen Klatschzeitung offenbar den Namen des Mordopfers gesteckt und dass der Tote der dänischen Minderheit angehörte. Der Flensburger Polizeisprecher hatte die sensationslustigen Fragen routiniert abgeblockt. Seitdem überschlugen sich jedoch die Medien mit ihren Schlagzeilen und spekulierten über eine politisch motivierte Tat. Das hatte noch am späten Abend den Generalsekretär des SSF, den Landesvorsitzenden des Südschleswigschen Wählerverbands sowie den Vorsitzenden des Minderheitenrates auf den Plan gerufen und dazu geführt, dass Vibeke während ihres Wing-Tsun-Trainings mit ihrer Freundin Kim einen Anruf von Kriminalrat Petersen erhalten hatte. Ihr Vorgesetzter hatte ihr in gereizter Stimmung deutlich zu verstehen gegeben, wie unzufrieden er mit den bisherigen Ermittlungsergebnissen im Fall Karl Bentien war. Dass der Tote gerade mal sechsunddreißig Stunden zuvor gefunden worden war, hatte ihn dabei wenig interessiert.

Das Kreischen einer Möwe riss Vibeke aus ihren Gedanken. Mit einem Seufzen trank sie einen letzten Schluck Kaffee, ehe sie die Treppe ins Schlafzimmer hinunterstieg.

Vibeke entschied, die kurze Strecke zum Flensborghus zu Fuß zu gehen. Sie wollte die Empfangsmitarbeiterin darum bitten, ihr eine Liste der Mitglieder zu erstellen, die mit Karl Bentien in persönlichem Kontakt gestanden hatten.

Die Große Straße war zu dieser frühen Stunde weitestgehend menschenleer. Die ansässigen Geschäfte und Lokale hatten noch geschlossen, hinter vereinzelten Fenstern brannte Licht. Ein Fahrzeug der Stadtreinigung fuhr vor ihr im Schritttempo über das Pflaster, hielt dann neben einem der Mülleimer, die von Essensresten und Verpackungen der nahen Fast-Food-Restaurants überquollen.

Während im südlichen Bereich der Altstadt vermehrt angepasste Neubauten vor die alte Bausubstanz vorgelagert wurden und moderne Shoppingcenter entstanden, befanden sich hier im nördlichen Teil zahlreiche charmante kleine Läden, lauschige Kaufmanns- und Handwerkerhöfe und schmale Gassen mit Fachwerkhäusern.

Hinter der Fußgängerzone lag der Museumsberg mit seinen seitlich angelegten Hanggärten, den man über zahlreiche Treppenstufen erklimmen konnte. Der Weg zum Alten Friedhof. Unwillkürlich hatte Vibeke das Bild des Toten vor Augen. Hatte der Täter diesen Weg zum Idstedt-Löwen genommen? Oder war er ebenfalls mit dem Auto gekommen?

In Höhe der dänischen Bäckerei wehte ihr der Duft frisch gebackener Zimtschnecken in die Nase, und sie überlegte, ob sie eine Tüte davon für die spätere Teambesprechung kaufen sollte.

Vibeke aß nicht viel Süßes, doch bei den dänischen Kollegen schienen Plunderteilchen hoch im Kurs zu stehen. Vielleicht waren die Dänen deshalb so tiefenentspannt. Weil der viele Zucker sie glücklich machte.

Ihr Handy klingelte. Sie fischte es aus der Jacken-tasche. Das Display zeigte die Festnetznummer ihrer El-tern an. Bis vor Kurzem war sie noch bei jedem Anruf nervös geworden, doch seitdem es Werner Tag für Tag besser ging, wurde auch sie entspannter.

»Hallo, mein Schatz«, ertönte Elkes fröhliche Stim-me. »Ich hole Werner heute Nachmittag von der Reha ab und wollte fragen, ob du mich begleitest?«

»Das würde ich nur allzu gerne. Aber ich kann leider nicht. Wir haben einen neuen Fall.«

»Den Toten am Idstedt-Löwen?«, entgegnete Elke, ganz Polizisten-Ehefrau.

»Ja. Wir stehen noch ganz am Anfang.« Vibeke ver-spürte ein schlechtes Gewissen. »Was hältst du davon, wenn ich stattdessen nach Feierabend zu euch komme? So gegen acht.«

»Prima.« Die Freude war Elkes Stimme deutlich an-zuhören. »Ich bereite uns eine Kleinigkeit zum Essen vor.«

»Gut, dann bis später.« Vibeke legte auf und trat in die Bäckerei.

Wenige Minuten später ging sie mit einer großen Papiertüte in der Hand an dem Durchgang zu Karl Bentiens Haus vorbei und erreichte kurz darauf die dänische Bibliothek. Sie erinnerte sich daran, dass Clara Frolander, die das Alibi ihres Mannes gegen-über der Polizei mittlerweile bestätigt hatte, dort arbeitete.

Vibeke blieb stehen und warf einen Blick durchs Fenster.

Hinter dem Empfangstresen saß eine blonde Frau im bunten Strickpullover, die ihr vage bekannt vorkam.

Die Fahrradfahrerin hinter dem Absperrband, schoss es ihr durch den Kopf. War das Clara Frolander?

Kurz entschlossen trat Vibeke durch die Tür.

»Hej!« Die Empfangsmitarbeiterin hatte ein sympathisches Lächeln. »Kann ich dir helfen?«

»Vibeke Boisen. Polizei Flensburg.« Sie zeigte ihren Dienstausweis. »Ich ermittle im Fall Karl Bentien. Sind Sie Clara Frolander?«

Ein Schatten legte sich auf das Gesicht der Frau. Sie nickte. »Ich habe bereits gestern Abend mit zwei Beamten gesprochen.«

»Das ist mir bekannt. Ich habe trotzdem noch ein paar Fragen. Als Erstes hätte ich gerne gewusst, warum Sie meinen Kollegen gegenüber nicht erwähnt haben, dass Sie vorgestern am Tatort waren.«

Ehe Vibeke eine Antwort erhielt, kam eine junge Frau mit Kleinkind an der Hand durch die Tür. »Hej, Clara!« Ihr Blick huschte neugierig zu Vibeke, dann deutete sie mit dem Kopf in Richtung Obergeschoss. »Mats und ich gehen gleich rauf.« Sie steuerte mit dem Jungen die Treppe an.

»Viel Spaß!« Clara Frolander winkte den beiden Besuchern kurz hinterher, ehe sie sich wieder der Kriminalbeamtin zuwandte. »Ich bin zufällig am Alten Friedhof vorbeigekommen und habe nur angehalten, weil ich neugierig war.« Sie errötete leicht. »Ich konnte ja nicht ahnen, dass es Karl ist, der dort liegt.«

»Wie gut kannten Sie das Opfer?«

»Karl war ein Freund meines Mannes.«

»Kam er auch in die Bibliothek?«

Clara Frolander nickte. »Karl war fast täglich hier. Er interessierte sich für die *Schleswigsche Sammlung*.

Wenn Sie möchten, zeige ich sie Ihnen.« Sie war vom vertraulichen »Du« wieder ins förmliche »Sie« übergegangen.

»Gerne.«

Die Bibliotheksmitarbeiterin erhob sich, und Vibeke folgte ihr die Treppe hinauf. Das Obergeschoss der Bibliothek war lichtdurchflutet.

Clara Frolander wies auf einen blauen Bücherbus mit bunten Illustrationen. »Darin finden die Lesungen für die Kinder statt. Kirsten!?« Sie winkte eine junge Frau mit dunklem Pferdeschwanz heran. »Könnest du mich bitte für einen Moment am Empfang vertreten?«

»Mache ich.« Die Brünette lächelte Vibeke zu und verschwand in Richtung Treppe.

Clara Frolander führte die Polizeibeamtin in einen lang gezogenen Raum. Hier standen reihenweise dicht bestückte Bücherregale. Ein Dannebrog und die Flagge der Minderheit mit den blauen schleswigschen Löwen auf gelbem Untergrund begrüßten die Besucher.

»Hier befindet sich das kulturelle Gedächtnis unserer Region«, erklärte die Bibliotheksmitarbeiterin. »Die Sammlung umfasst mehr als fünfzigtausend Einheiten. Also nicht nur Bücher, sondern auch Zeitschriften und Broschüren, alles, was je zum Gebiet des ehemaligen Herzogtums Schleswig, dem heutigen Südjütland und dem deutschen Schleswig, gedruckt wurde. Die Themen sind vielschichtig: Geschichte, Sprach- und Dialektforschung, Kunst und Volkskunde, Natur und Umwelt. Aber natürlich auch Belletristik und Kinderbücher.«

Vibeke nickte beeindruckt, während sie die langen Bücherreihen entlanggingen. »Und das kann sich jeder anschauen?«

»Zu uns kommen viele Wissenschaftler und Heimatforscher, aber auch Studenten. Jeder ist willkommen.« Clara Frolander lächelte. »Der Großteil der Bücher ist allerdings in Dänisch verfasst.«

Sie hielten an einem Schrank inne, hinter dessen Scheiben besonders alt aussehende Exemplare standen.

»Das ist unser feuchtigkeitsregulierender Sicherheitsschrank«, erzählte Clara. »Das älteste Buch stammt aus dem Jahr 1591. Herausgegeben hat es Herzog Adolf, einer der bedeutendsten Herrscherpersönlichkeiten Schleswig-Holsteins. Er war damals gerade sechzehn Jahre alt.« Sie musterte die Kriminalbeamtin. »Wenn Sie sich für die Sammlung interessieren, mache ich Sie gerne mit einem unserer wissenschaftlichen Mitarbeiter bekannt.«

»Danke. Vielleicht komme ich ein anderes Mal darauf zurück.«

Am Ende der Regalreihen standen ein paar Tische und Stühle.

Vibeke ließ den Blick schweifen. »Für welche Bücher hat sich Herr Bentien interessiert?«

»Für alle, die sich mit der Besatzungs- und der Flüchtlingszeit beschäftigen. Allerdings ist für Letzteres die Anzahl der Bücher eher überschaubar. Deshalb plante er, selbst ein Buch darüber zu schreiben.«

»Warum ausgerechnet dieses Thema?«

»Deutsch-dänische Geschichte war Karls Steckenpferd.« Clara Frolander strich mit den Fingerspitzen leicht über die Tischplatte, und ein Ausdruck tiefer Betroffenheit legte sich über ihr Gesicht.

Vibeke schien es, als streichelte ihre Hand das Möbelstück. Hatte Karl Bentien an diesem Platz gesessen? »Sie und Karl haben sich nahegestanden, oder?«

Die Bibliotheksmitarbeiterin zog ihre Hand von der Tischplatte zurück. »Wir waren Freunde.«

»Wissen Sie, ob es eine Frau in Herrn Bentiens Leben gab?« Vibeke musterte sie eindringlich.

»Nicht, dass ich wüsste. Karl hat zumindest nie davon gesprochen.«

»Wer könnte einen Grund gehabt haben, ihn umzubringen?«

»Das haben mich Ihre Kollegen gestern auch gefragt«, erwiderte Clara Frolander.

»Ist Ihnen dazu jemand eingefallen?«

Sie hob die Schultern. »Ich habe nicht die geringste Ahnung.«

»Wie war Herr Bentien so als Mensch?«

»Freundlich. In sich gekehrt. Manchmal wirkte Karl sehr rastlos.« Ein Schatten huschte über ihr Gesicht. »Er sagte irgendwann einmal, er fühle sich nirgends richtig zugehörig. Ihm fehlten die Wurzeln. Karl ist ohne seine leiblichen Eltern aufgewachsen, aber das wissen Sie vermutlich.« Sie drehte ihren Ehering am Finger. »Im letzten Jahr hat Karl sich verändert. Er interessierte sich plötzlich für die dänische Flüchtlingspolitik.«

Vibeke sah die Frau aufmerksam an. »Gab es dafür einen bestimmten Anlass?«

»Das habe ich ihn auch gefragt. Aber Karl sagte, er müsse erst noch ein paar Dinge klären, ehe er mir mehr darüber erzählen könne.« Sie runzelte die Stirn. »Er klang dabei sehr geheimnisvoll.«

»Wann haben Sie ihn das letzte Mal gesehen?«

»Vor drei Tagen am Vormittag.« Sie fuhr sich mit

der Hand in den Nacken. »Hier in der Bibliothek. Wir haben dabei aber nicht über seine Pläne am Abend gesprochen, falls das Ihre nächste Frage sein sollte.«

»Wissen Sie von den Unstimmigkeiten zwischen Karl und Ihrem Mann an dem Tag?«

»Valdemar erzählte mir, dass Karl verstimmt war, weil es mit dem Raum, den er mieten wollte, nicht klappte. Aber deshalb hätten die beiden nie ernsthaft gestritten. Schließlich ist mein Mann sogar Jans Patenonkel.«

»Ach, das wusste ich nicht. Keiner von beiden hat es bislang erwähnt.« Vibeke kam es so vor, als wollte die Frau ihren Mann mit ihrer Aussage in Schutz nehmen. »Wie ist es eigentlich um Ihre Ehe bestellt?«

Clara Frolander hob die Brauen. »Was hat das mit Karls Ermordung zu tun?«

»Es hilft mir dabei, ein umfassendes Bild zu bekommen.«

»Meine Ehe ist lieblos.« Sie drehte erneut an ihrem Ehering.

»Können Sie das etwas konkreter erklären?«, hakte Vibeke nach.

»Glauben Sie mir, die Formulierung trifft es perfekt.« Clara Frolander verschränkte die Arme vor der Brust. »Darüber hinaus habe ich nicht vor, die privaten Details meiner Ehe vor Ihnen auszubreiten.«

Vibeke nickte. Sie konnte die Frau kaum dazu zwingen. »Können Sie mir eine Liste der Bücher zusammenstellen, die Herr Bentien sich angesehen hat?«

Clara Frolander nickte.

»Vielen Dank für Ihre Zeit, Frau Frolander. Ich melde mich wieder bei Ihnen.« Vibeke wollte sich bereits abwenden, als ihr noch etwas einfiel. »Was wollten Sie eigentlich vorgestern am Museumsberg?«

Die Antwort kam ohne Zögern. »Ich verbringe meine Mittagspause häufig im Christiansenpark.«

Vibeke verabschiedete sich und verließ das Gebäude.

Auf dem kurzen Fußmarsch zum Flensborghus dachte sie darüber nach, warum Clara Frolander den beschwerlichen Weg mit dem Fahrrad auf den Museumsberg auf sich nahm, wenn es in Fußnähe der Bibliothek ebenso schöne Plätze für eine Mittagspause gab.

Der Anblick einer Traube Reporter, die vor dem Eingang zum Flensborghus Stellung bezogen hatte, riss sie aus ihren Gedanken. Vibeke stöhnte. Nach dem Desaster bei der Pressekonferenz war das im Grunde zu erwarten gewesen. Ab sofort ermittelten sie unter dem Mikroskop der Öffentlichkeit.

Kameras wurden auf Vibeke gerichtet, Blitzlichter flammten auf, ein Reporter des örtlichen Radiosenders streckte ihr sein Mikrofon entgegen.

»Frau Boisen, welche Bedeutung messen Sie der Tatsache bei, dass der Tote der dänischen Minderheit angehörte?«

»Kein Kommentar.« Sie drängte sich durch die Menge.

»Die Polizei arbeitet mit den dänischen Behörden zusammen«, rief ihr der Reporter hinterher. »Kann man davon ausgehen, dass es sich um eine politisch motivierte Tat handelt? Ein Anschlag, der sich gegen die dänische Regierung richtet?«

Vibeke drehte sich um. »Uns liegen keinerlei Hinweise in dieser Richtung vor.« Sie eilte ins Gebäude.

Aksel Kronberg stand am bodentiefen Fenster, als Laurits, dicht gefolgt von Esther, das Büro seines Vaters betrat.

Hinter den Scheiben goss es in Strömen. Dunkle Wolken hingen am Himmel, und Regentropfen liefen in schmalen Rinnsalen die Dreifachverglasung hinunter. In der Ferne zeichneten sich die Umrisse der Hafenkräne ab.

Sein Vater drehte sich um. »Da seid ihr ja. Setzen wir uns.«

Der fast Hundertjährige war noch immer von kerzengerader Statur. Schlank und hochgewachsen, schlohweißes Haar, das Gesicht mit zahlreichen Altersflecken überzogen, die Haut knitterig wie altes Pergament. Seine hellen Augen waren im Lauf der Jahre wässrig geworden, doch der Blick war noch immer wach und intelligent.

Esther hauchte ihrem Schwiegervater einen Kuss auf die Wange, nachdem dieser sich gesetzt hatte, und ließ sich ebenfalls auf einen der mit dunklem Velours bezogenen Sessel sinken. Sie wirkte angespannt, als sie ihre schlanken Beine elegant übereinanderschlug.

Laurits nahm ebenfalls Platz und ließ den Blick von seiner Frau zu seinem Vater schweifen. Zwischen den beiden war kein Hauch der gestrigen Unstimmigkeit zu spüren. So war es häufig. Einen Tag stritten sie wie die Kesselflicker, am nächsten passte kein Blatt Papier zwischen sie. Laurits wusste, dass Aksel große Stücke auf seine Schwiegertochter hielt, und manchmal kam es ihm so vor, als wäre seine Ehe mit Esther das, was sein Vater am meisten an ihm schätzte.

Es klopfte, und Mathilde, die langjährige Sekretärin seines Vaters, brachte ein Tablett mit Kaffee und Gebäck herein. Sie war eine rundliche Sechzigjährige mit platinblondem Kurzhaarschnitt und bedachte alle drei mit einem herzlichen Lächeln.

»Wie ich euch bereits angekündigt habe, will ich meine Angelegenheiten neu regeln«, eröffnete Aksel das Gespräch, sobald Mathilde das Büro wieder verlassen hatte. »Ich werde nicht ewig leben, deshalb werde ich anlässlich meines hundertsten Geburtstags reinen Tisch machen.«

Laurits hielt die Luft an.

»Ich werde sämtliche Ämter niederlegen«, fuhr sein Vater fort. »Das betrifft also nicht nur den Aufsichtsrat, sondern auch den Vorsitz der Stiftung.«

Laurits atmete erleichtert auf, wechselte einen raschen Blick mit Esther, deren angespannte Miene augenblicklich etwas weicher wurde.

Aksel räusperte sich. »Ich weiß, ich habe es euch in den letzten Jahren nicht leicht gemacht.« Er beugte sich vor, griff nach der Kaffeetasse und trank einen Schluck. »Damit es nach meinem Tod zu keinen Streitereien kommt, habe ich bereits alles Notwendige in die Wege geleitet. Meine Firmenanteile werden zu gleichen Teilen an euch und die Kinder übertragen. Die Anteile für Christian und Freja werden von euch beiden verwaltet, bis sie volljährig sind. Für die gravierenden Rechtsgeschäfte habe ich zudem meinen Anwalt als Ergänzungspfleger bestellt. Die entsprechenden Unterlagen liegen bereits beim Notar.« Er stellte die Kaffeetasse wieder auf den Tisch. Dabei zitterte seine Hand ein wenig. »Was die Stiftung betrifft, wünsche ich, dass sie zu den Bedingungen weitergeführt wird, die in der Satzung festgelegt wurden.«

Laurits nickte.

Die OMC-Stiftung war Aksels Steckenpferd und hatte es sich zur Aufgabe gemacht, bedürftige Kinder und Jugendliche im In- und Ausland, insbesondere Waisen in Kriegsgebieten, nicht nur medizinisch und finanziell zu unterstützen, sondern darüber hinaus ihre Ausbildung zu fördern.

»Ihr werdet viel zu tun haben«, fuhr Aksel fort. »Es laufen einige Lizenzen aus, außerdem stehen die Ausschreibungen vor der Tür.«

»Wir werden schon zurechtkommen«, entfuhr es Laurits schärfer als beabsichtigt. Er hasste es, wenn sein Vater ihn wie ein kleines Kind behandelte.

Aksel ging über seinen Ton hinweg. »Mathilde hat erste Vorbereitungen getroffen, was meinen Geburtstag betrifft. Sie wird euch zum gegebenen Zeitpunkt über den Ablauf informieren.«

Laurits krauste die Stirn. »Ich dachte, du wolltest keine Feier?«

»Davon ist auch keine Rede, aber lasst uns das ein anderes Mal besprechen.« Sein Vater lehnte sich in seinen Sessel zurück, schloss einen Moment erschöpft die Augen.

»Alles in Ordnung?«, fragte Esther besorgt. Sie beugte sich vor und legte ihre sorgfältig manikürte Hand auf den Arm ihres Schwiegervaters.

»Schon gut«, beschwichtigte sie Aksel umgehend. »Ich brauche nur ein wenig Ruhe. Schließlich bin ich nicht mehr der Jüngste.« Er lächelte matt.

»Soll ich dich nach Hause bringen?«

»Nein«, erwiderte Aksel in einem Ton, der keinen Widerspruch duldete. »Ich habe hier noch ein paar Dinge zu regeln. Schickt mir Mathilde herein, wenn ihr geht.«

»Ich gebe ihr Bescheid.« Laurits erhob sich von seinem Sessel, spürte den Blick seines Vaters im Rücken, als er zusammen mit Esther das Büro verließ.

Das ungute Gefühl, das ihn schon seit Tagen begleitete, verstärkte sich.

## Padborg, Dänemark

Das Team war bereits vollständig versammelt, als Rasmus mit leichter Verspätung im Büro der Sondereinheit eintraf. Er hatte vergessen, den Wecker zu stellen, und war erst aufgewacht, nachdem ein paar Campingplatzkinder ihren Ball gegen die Scheibe seines Bullis geschossen hatten. Zum Glück war dabei nichts zu Bruch gegangen.

»Mahlzeit, Rasmus«, begrüßte ihn Jens mit tadelnder Stimme,

»Hej!« Rasmus füllte einen Becher mit Kaffee, ehe er sich auf seinen Platz setzte. Ihm fiel auf, dass Luís seinen Gitarrenkoffer mitgebracht hatte. Er lehnte an der Wand hinter dem Rollstuhl des Portugiesen. »Hast du einen Gig mit deiner Band?«

Der Portugiese nickte. »Heute Abend in der 75 Bar. Vielleicht hast du Lust vorbeizukommen?«

»Ich überlege es mir.«

Luís sah in die Runde. »Das gilt natürlich für euch alle.«

»Ich habe heute leider schon ein Date«, sagte Pernille.

»Wer ist es denn diesmal?«, fragte Søren mit breitem Grinsen. »Die Bankerin von letzter Woche? Oder die Augenärztin von vorletzter?«

Pernille zeigte ihre Zahnlücke. »Weder noch. Hanne ist Lehrerin.« Ihr Lächeln verstärkte sich. »Dieses Mal könnte etwas Ernstes draus werden.«

Rasmus wusste nicht, was ihn mehr irritierte. Dass Pernille auf Frauen stand oder dass sie und Søren offensichtlich privat Kontakt gehalten hatten.

»Lasst uns loslegen.« Vibeke klang leicht verstimmt. »Wer fängt an? Jens?«

Der deutsche Beamte nickte. »Søren und ich haben gestern sämtliche Nachbarn von Karl Bentien abgeklappert. Von der alten Frau im Nebenhaus, Hannah Severin, wurde er zuletzt gegen zwanzig Uhr dabei gesehen, wie er den Müll rausgebracht hat. Demnach war Valdemar Frolander nicht der Letzte, der das Opfer lebend zu Gesicht bekommen hat.« Er strich sich mit dem Zeigefinger am Nasenrücken entlang. »Vorausgesetzt, er ist nicht der Täter. Die Nachbarin sagte weiterhin aus, dass Karl Bentien im Anschluss nicht in sein Haus zurückgekehrt sei.«

»Ach«, erwiderte Rasmus. »Hat sie ihn etwa hinter dem Vorhang belauert?«

»Offensichtlich.« Ein Lächeln flog über Jens' ernstes Gesicht. »Auch wenn sie Søren und mir gegenüber behauptet hat, sie würde nur gerne den Abendhimmel betrachten.«

»Konnten die anderen Anwohner noch etwas Nützliches beisteuern?«

Jens schüttelte den Kopf. »Von denen hat niemand das Opfer an dem Abend gesehen.«

Søren packte einen Schokoriegel aus. »Wir haben auch mit Clara Frolander gesprochen. Sie hat das Alibi ihres Mannes bestätigt. Wobei wir natürlich alle wissen, wie viel Wert die Aussage eines Ehepartners hat.« Er biss genüsslich in seinen Schokoriegel.

»Was haben wir bisher über den Mann?«, fragte Rasmus.

Pernille zog einen Schnellhefter heran. »Valdemar Frolander. Jahrgang 1949«, las sie vor. »Er war bis vor zwei Jahren im Bereich der Vermögensverwaltung tätig, arbeitete bei unterschiedlichen Unternehmen im Risiko-Controlling, ehe er sich 1990 mit einer Consultingfirma für Finanzberatung selbstständig machte. Darüber hinaus engagiert er sich seit vielen Jahren beim SSF. Er war Vorsitzender des Kreisverbandes Flensburg, saß darüber hinaus im Kultur- und Årsmøde-Ausschuss fürs Jahrestreffen, zurzeit unterstützt er die Kulturabteilung.«

Rasmus nippte an seinem Kaffeebecher. »Auch auf die Gefahr hin, dass ihr mich für unwissend haltet, aber in Esbjerg bekommt man nicht besonders viel vom SSF mit. Wie muss ich mir das Ganze vorstellen? Wie viele Mitglieder haben die überhaupt? Und wie groß ist der Anteil der Minderheit in Flensburg?«

»Ich habe nachgesehen.« Pernille zog einen Ausdruck heran. »Jeder fünfte von rund fünfundneunzigtausend Einwohnern gehört der Minderheit an. Laut Website des SSF liegt die aktuelle Mitgliederzahl in der Stadt Flensburg bei rund viertausendvierhundert Mitgliedern, in ganz Schleswig-Holstein sind es rund sechzehntausend, die sich in mehr als siebzig Ortsverbänden organisieren. Dazu kommen zweiundzwanzig angeschlossene Vereine mit weiteren dreizehntausend Mitgliedern. Der SSF organisiert im Jahr um die hundert Veranstaltungen, natürlich auch Årsmøde, das dänische Jahrestreffen, an dem rund zwanzigtausend Menschen teilnehmen, und betreibt außerdem das Danevirke-Museum sowie vierzig dänische Veranstaltungsgebäude. Darüber hinaus engagiert sich der SSF in humanitärer und sozialer Arbeit und nimmt in Zusammenarbeit mit dem SSW die kulturpolitischen Interessen der Minderheit wahr. Sie haben ein Informationsbüro in Christiansborg und stehen dadurch im ständigen Kontakt zu den Politikern im Folketing.«

Rasmus pfiff durch die Zähne. »Das klingt nach einem Großkonzern. Haben wir noch mehr zu Valdemar Frolander?«

»Er ist der Patenonkel von Jan Bentien«, informierte Vibeke ihre Kollegen und erzählte von einem Gespräch mit Clara Frolander in der Bibliothek. »Sie wirkte sehr betroffen über Karl Bentiens Tod. Weitaus mehr, als man es von ihrem Mann oder dem Sohn behaupten kann.«

»Hatten die vielleicht etwas miteinander?«

»Laut Clara Frolander nicht.«

»Ich habe die Konten des Opfers überprüft«, sagte Pernille. »Karl Bentien war arm wie eine Kirchenmaus.«

»Das verstehe ich nicht«, sagte Rasmus irritiert. »Allein das Grundstück muss eine Stange wert sein. Das Haus gehört ihm doch, oder?«

»Es gehört der Bank«, erklärte Pernille. »Karl Bentien hat sein Haus und das Grundstück schon vor

Jahren bis an den Rand mit Hypotheken belastet. Seitdem zahlt er jeden Monat einen kleinen Betrag von seiner Rente ab, doch das reicht kaum für die Zinsen. Auf dem Sparkonto liegen gerade mal etwas über dreihundert Euro, und mit dem Girokonto verhält es sich ganz ähnlich. Jan Bentien geht also leer aus.«

»Damit fällt eine Erbschaft als Motiv flach«, ergänzte Søren.

»Vorausgesetzt, Jan Bentien weiß von den Hypotheken«, warf Jens ein.

»Über welche Summe sprechen wir eigentlich?«, hakte Rasmus nach.

Pernille sah in den Unterlagen nach. »Der gesamte Forderungsbetrag beläuft sich auf knapp zweihundertdreißigtausend Euro. Das sind rund siebzig Prozent des Verkehrswerts.«

»Was hat Karl Bentien mit dem ganzen Schotter gemacht?«

»In die Sanierung des Hauses hat er das Geld jedenfalls nicht gesteckt«, sagte Vibeke. »Es ist ziemlich heruntergekommen. Apropos Haus. Die Durchsuchung ist mittlerweile abgeschlossen. Ist schon ein Bericht gekommen?«

Jens Greve sah auf den Bildschirm seines Computers. »Jep. Vor einer halben Stunde. Wartet, ich geh ihn kurz durch.« Er überflog den angezeigten Bericht. »In dem Haus gab es keinerlei Hinweise, die auf einen Kampf oder andere Vorkommnisse deuten, alles war ordentlich und aufgeräumt. Zahlreiche latente Fingerabdrücke, aber die lassen sich zeitlich natürlich nicht zuordnen.« Er hob den Blick. »Interessanterweise waren auch Handschuhabdrücke darunter. Einbruchsspuren wurden allerdings keine gefunden. Die Kollegen schicken uns den sichergestellten Papierkram zu.«

»War im Haus ein Computer oder ein Laptop?«, fragte Vibeke. »Laut Clara Frolander plante Karl Bentien, ein Buch zu schreiben.«

»Nein. Davon steht nichts im Bericht. Allerdings hängt neben der Telefonbuchse ein Router. Irgendein Uraltmodell ohne WLAN-Funktion.« Jens hatte die Augen wieder dem Monitor zugewandt. »Hier ist noch etwas: Am Schlüsselbund des Toten hing ein Schlüssel, zu dem sich kein Schloss finden lässt.«

Rasmus drehte seinen Kaffeebecher in der Hand. »Vielleicht gehört er zu einem Postfach oder einem Safe.«

»Laut Kriminaltechnik soll es sich um einen Schlüssel für ein Türschloss handeln.«

»Dann sollten wir überprüfen, ob Karl Bentien vielleicht irgendwo eine Ferienwohnung oder dergleichen besitzt.«

Jens nickte. »Ich kümmere mich darum. Der Laborbericht ist übrigens auch mitgekommen.« Seine Hände flogen über die Tastatur, kurz darauf spuckte der Drucker auf seinem Schreibtisch ein Blatt Papier im DIN-A4-Format aus. Er langte danach und überflog den Text. »Die Fremd-DNA am Mantel des Toten wurde ausgewertet.« Er hob den Blick. »Wir haben einen Treffer in der Datenbank. Die Spuren konnten einem gewissen Rudolf Makowski zugeordnet werden.« Er reichte das Blatt an Vibeke weiter.

»Dem flinken Rudi?« Sie warf einen überraschten Blick auf die Zeilen.

»Du kennst den Mann?«, fragte Rasmus.

Sie nickte. »Jeder bei der Flensburger Polizei kennt Rudi. Er ist ein Trickbetrüger und ein Dieb. Besonders flink und fingerfertig. Er hat ein ellenlanges Strafregister, und soweit ich weiß, liegt gegen ihn auch ein Haftbefehl vor.« Sie krauste die Stirn. »Aber ein Mord? Da gehört schon einiges mehr dazu.«

»Bei dem Opfer fehlte die Brieftasche«, erinnerte Pernille ihre Kollegen. »Von daher könnte es passen.«

Søren lehnte sich in seinem Stuhl zurück und verschränkte nachdenklich die Hände am Hinterkopf. »So einfach ist das trotzdem nicht. Die DNA könnte auch zu einer anderen Gelegenheit übertragen worden sein. Vielleicht sind Karl und Rudi schon vorher zusammengetroffen. Möglicherweise waren sie in derselben Kneipe, und der Mantel hing mit der Geldbörse an der Garderobe. Rudi Langfinger konnte sich nicht beherrschen, und zack, hat er seine DNA am Kleidungsstück hinterlassen. Es muss sich bei den Spuren am Mantel also nicht zwangsläufig um die des Täters handeln.«

Ein Lächeln flog über Jens' Lippen. »Rudolf Makowski war am Tatort. Seine DNA und seine Fingerabdrücke wurden ebenfalls an einer leeren Weinflasche gefunden, die neben einem Gebüsch stand. Nur wenige Schritte vom Idstedt-Löwen entfernt.«

Rasmus fischte die Zigarette hinter seinem Ohr hervor. »Dann haben wir entweder den Täter oder möglicherweise einen Zeugen.«

Vibeke nickte. »Ich lasse Rudi zur öffentlichen Fahndung ausschreiben.« Sie griff nach dem Handy. »Sobald wir ihn haben, gehen wir der Sache auf den Grund.«

Svend fand seinen Vater im Stall bei Bella, seiner hell-braunen Fjordpferd-Stute, nachdem er im Laufe des Tages mehrfach erfolglos gegen die rote Tür des Hinter-hauses geklopft hatte.

Evan Johannsen war ein kräftiger Mann mit groben, schwieligen Händen, die anpacken konnten. Krankheit, Sorgen und Alter hatten im Laufe der Jahre tiefe Falten in sein Gesicht gegraben. Zudem hatte das arbeitsreiche Leben als Landwirt dem Sechsundsechzigjährigen drei Bandscheibenvorfälle beschert.

Die aufgedunsene, mit blau-roten Äderchen durch-zogene Knollennase hatte Evan Johannsen hingegen seinem selbstgebrannten Schnaps zu verdanken. Dass Svends Vater hin und wieder gerne einen über den Durst trank, war weit über Solderups Grenzen bekannt. In manchen Nächten torkelte er über Hof und Felder und sang Lieder aus längst vergangenen Zeiten.

Jetzt war Evan darin vertieft, seiner Stute das Fell zu striegeln.

»Hej!« Svend räusperte sich. »Ich brauche deine Hilfe.«

Sein Vater schenkte ihm keinerlei Beachtung, strich weiter mit der Bürste in kreisenden Bewegungen über den Rücken des Pferdes.

Svend spürte, wie sein Blut in Wallung geriet. So war sein Vater schon immer gewesen, auch seiner Frau, Svends Mutter, gegenüber, die vor ein paar Jahren an Krebs gestorben war. Was ihm nicht in den Kram pass-te, wurde einfach wegignoriert.

»Hast du gehört, was ich gesagt habe?«, fragte Svend

scharf. »Ich stecke in Schwierigkeiten. Der Hof steckt in Schwierigkeiten.« Seine Stimme schraubte sich eine Oktave höher. »Was willst du hören? Eine Entschuldigung? Dass du recht hattest? Dass es ein Fehler war, den Hof in einen Biobetrieb umzuwandeln?«

Evan Johannsen hielt mitten in der Bewegung inne, doch er sagte noch immer nichts.

»Ich entschuldige mich, und du hattest recht«, setzte Svend nach. »Bist du jetzt zufrieden?«

Sein Vater strich der Stute mit seiner schwieligen Hand über das glänzende Fell, ging dann um das Tier herum und begann damit, die andere Seite zu striegeln.

Svend wusste, dass er die Situation nicht einfacher machte, indem er so aggressiv auftrat. Trotzdem hatte er Mühe, sich zusammenzureißen.

»Ich brauche dringend Geld.« Er bemühte sich, seine Stimme freundlicher klingen zu lassen. »Aber die Bank will mir keins mehr geben. Zwei, drei Monate, so lange kann ich die Kredite noch bedienen, aber dann ist der Ofen aus. Es reicht hinten und vorne nicht. Entweder muss ich einen Großteil der Tiere schlachten, oder der Hof fällt an die Bank. Das war es dann.« Er trat in die Box. »Ich schaffe es nicht allein.«

Evan ließ die Bürste sinken. Dann klopfte er sacht mit der flachen Hand auf den Hals des Pferdes und ging, ohne seinen Sohn eines Blickes zu würdigen, aus dem Stall.

Svend starrte seinem Vater hinterher. Er hatte gewusst, dass es nicht einfach werden würde. Dafür waren in der Vergangenheit zu viele verletzende Worte zwischen ihnen gefallen. Worte, die sich mit einer Entschuldigung nicht einfach beiseitefegen ließen. Trotzdem hatte er die Sturheit des Alten bei Weitem unterschätzt.

Bella stieß ein leises Wiehern aus. Svend trat näher an die Stute heran und strich ihr sanft über das Fell. Er hatte es völlig falsch angepackt. Wieder einmal. Erst Bente, jetzt sein Vater. Er besaß offenbar das seltene Talent, die Menschen, die ihm nahestanden, gegen sich aufzubringen, ohne dass er es wollte.

Svend legte den Kopf gegen den Hals des Tieres, schloss für einen kurzen Moment die Augen. Als er sie wieder öffnete, fiel sein Blick auf einen Jutebeutel, der am Boden der Stallwand lehnte. Eine Thermoskanne aus Edelstahl und eine zusammengefaltete Tageszeitung lugten heraus. Auf der Titelseite prangte das Foto eines Mannes.

Svend langte nach der Zeitung. »Karl B.«, ein Mitglied der dänischen Minderheit, war am Idstedt-Löwen in Flensburg ermordet worden. Mit einem leichten Schauder im Nacken ließ Svend die Zeitung wieder sinken. Dabei glitt sein Blick zum Ausgang des Stalls, durch den sein Vater vor wenigen Minuten verschwunden war.

*Flensburg, Deutschland*

Das Duborg-Gymnasium thronte hoch über der Stadt am Marienberg. Ein imposanter Rotklinkerbau aus den Zwanzigerjahren des vergangenen Jahrhunderts, der zurzeit eine einzige große Baustelle war. Der Haupteingang war vollständig abgesperrt und das Gebäude rundherum mit Baugerüsten eingehüllt.

Rasmus saß mit seiner Kollegin im provisorisch ein-gerichteten Büro des Schuldirektors im Erdgeschoss und hatte gerade erfahren, dass die Räume eine Etage höher bereits komplett entkernt waren. Alles wurde of-fener und heller gestaltet und mit WLAN versorgt, die Klinkerbauanteile reduziert und eine neue Lichttechnik installiert, die natürliches Tageslicht imitierte.

»Der Leuchten-Hersteller hat sich dafür sogar Rat bei der Hamburger Architektin geholt, die bei der Lichtinstallation der Elbphilharmonie beteiligt war«, erklärte Konrad Nielsen den beiden Kriminalbeamten gerade stolz.

Der Schuldirektor war ein drahtiger Mann Anfang sechzig mit schütterem Haar und schwarzer Kastenbrille.

»Die Schüler der Gemeinschaftsschule wurden vorübergehend ausquartiert«, fuhr er fort. »Und die Oberstufe ist vor Kurzem in den bereits fertiggestellten Neubaukomplex umgezogen.«

Rasmus wippte ungeduldig mit den Füßen. Die Er-mittlung frustrierte ihn. Am Morgen hatte die Polizei einen anonymen Tipp bekommen, dass sich Rudolf Makowski bei einer Rita Stenkamp in der Südstadt einquartiert hatte. Sie waren mit großem Geleit vor-gefahren, nur um dort zu erfahren, dass die Frau Rudi am Tag des Mordes vor die Tür gesetzt hatte. Jetzt hieß es weiter Klinken putzen.

Dem Schuldirektor schien seine Ungeduld nicht auf-zufallen. Vermutlich kannte er derlei Verhalten zur Ge-nüge von seinen Schülern und war es gewohnt, dies zu ignorieren. »Die größten baulichen Veränderungen sind im Fælledsareal, dem Gemeinschaftsbereich, ge-plant ...«

»Interessant«, schob Rasmus schmallippig ein. »Lass uns jetzt trotzdem über Karl Bentien sprechen.« Aus den Augenwinkeln bemerkte er, wie seine Kollegin ihr Notizbuch zückte. Sie waren zuvor übereingekommen, dass er die Gesprächsführung übernehmen sollte. »Kam es während seiner Zeit an der Schule zu irgendwelchen besonderen Vorkommnissen mit Schülern oder Kollegen?«

Konrad Nielsen war nicht anzumerken, ob er über die Unterbrechung verstimmt war. »Soweit ich mich erinnere, wurde Karl von allen respektiert. Er gehörte vielleicht nicht zu den beliebtesten Lehrern, aber er war seinen Schülern gegenüber immer fair. Ich kann mich jedenfalls nicht erinnern, dass es im Zusammenhang mit Karl jemals zu Schwierigkeiten an unserer Schule gekommen wäre.«

Vibeke sah von ihrem Notizbuch auf. »Hatte Herr Bentien Freunde unter den Kollegen?«

Der Schuldirektor runzelte die Stirn. »Er kam zumindest mit den meisten seiner Kollegen gut aus.«

»Den meisten?«, hakte Rasmus nach.

»Ich meine das nur im Allgemeinen. Schließlich ist es völlig normal, dass man sich mit manchen Kollegen besser versteht als mit anderen.« Konrad Nielsen warf ihm über den Rand seiner Kastenbrille einen strengen Blick zu. »Das wird bei der Polizei doch mit Sicherheit nicht anders sein, oder?«

Rasmus nickte. Er kannte das zur Genüge. Bislang hatte es in allen Dienststellen, in denen er gearbeitet hatte, jemanden gegeben, dem seine Visage oder seine Arbeitsweise nicht passte. Aus welchen Gründen auch immer.

»Außerdem ist Karl seit über acht Jahren im Ruhestand«, fuhr der Schuldirektor fort. »Seitdem sind Schüler und Lehrer gekommen und gegangen, und ich kann mich natürlich nicht an alles erinnern. Wenn es allerdings einen außergewöhnlichen Vorfall gegeben hätte, wüsste ich das.«

»Wann hast du Karl zuletzt gesehen?«

»Das ist schon eine Weile her.« Konrad Nielsen rieb sich nachdenklich das Kinn. »Ich glaube, das war im Juni, beim Jahrestreffen der dänischen Minderheit. Kurt erzählte, dass er viel Zeit in der Bibliothek verbringe und plane, seine Familiengeschichte niederzuschreiben.«

»Hat er mehr darüber erzählt?«, mischte sich nun Vibeke ins Gespräch.

Der Schuldirektor hob die Achseln. »Nichts weiter. Ehrlich gesagt, war ich damals überrascht, dass er mir überhaupt davon erzählte. Wir hatten ein gutes kollegiales Verhältnis, aber nie ein freundschaftliches. Als er jetzt davon sprach, seine Familiengeschichte zu schreiben, dachte ich, es ginge darum, eine Art Stammbaum zu erstellen. So etwas habe ich schon häufiger von Menschen gehört, die in den Ruhestand gehen. Sie fallen in ein Loch, weil sie plötzlich keine Aufgabe mehr haben, und beginnen dann, sich mit der Vergangenheit zu beschäftigen.« Er hielt inne und sah zum Fenster, hinter dem ein mit Folie umhülltes Baugerüst die Sicht versperrte. »Wer weiß, vielleicht mache ich das Gleiche in ein paar Jahren.« Unvermittelt wandte er sich wieder ihnen zu. »Ich erinnere mich gerade an etwas. Es ist schon viele Jahre her, da erwähnte Karl, dass seine Familie ursprünglich aus Pommern stammte. Ihn wühlte das damals sehr auf, da er lange in dem Glauben gewesen war, er sei in Dänemark aufgewachsen. Zumindest erzählte Karl in dem Zusammenhang, dass er in einem dänischen Flüchtlingslager geboren wurde. Ich meine, es wäre Oksbøl gewesen.«

Vibeke wechselte einen raschen Blick mit Rasmus und klappte ihr Notizbuch zu. »Wir benötigen die Klassenlisten der Schüler, die Herr Bentien in den letzten fünf Jahren unterrichtet hat, und außerdem eine Aufstellung des Lehrerkollegiums für denselben Zeitraum.«

Rasmus hatte Mühe, ein Augenrollen zu unterdrücken. Diese Listen würden ihnen jede Menge Arbeit einbringen, und am Ende würde vermutlich nichts anderes als ein Haufen Überstunden dabei herauskommen. Er hielt Karl Bentiens Familiengeschichte für den vielversprechendsten Ermittlungsansatz.

»Dafür brauche ich einen Beschluss.« Konrad Nielsen schob sich die schwarze Brille zurecht. »Aus Datenschutzgründen.«

»Den bekommen Sie.« Vibeke legte ihre Visitenkarte auf den Tisch. »Weiterhin viel Erfolg beim Umbau.«

Sie verabschiedeten sich und verließen das Büro.

Das Treppenhaus war kalt und staubig. Irgendwo weiter oben im Gebäude wurde gehämmert und geschweißt.

»Hast du eine Ahnung, wie viel Arbeit du uns gerade aufgehalst hast?«, fragte Rasmus, sobald sie auf dem Bürgersteig standen.

Vibeke nickte. »Jede Menge.«

»Es gibt keinen einzigen Hinweis, dass die Tat mit Karl Bentiens Zeit als Lehrer in Zusammenhang steht«, beharrte er. »Meinst du nicht, wir sollten uns auf die wichtigen Dinge konzentrieren? Karl Bentiens Familiengeschichte zum Beispiel, jetzt, wo wir wissen, dass er tatsächlich in diesem Flüchtlingslager geboren wurde.«

Sie steuerten auf den Dienstwagen zu.

»Bisher wissen wir nicht, was wichtig ist«, konterte seine Kollegin. »Und deshalb ermitteln wir in sämtliche Richtungen.«

Er blieb stehen. »Hat dir eigentlich schon mal jemand gesagt, wie anstrengend du mit deiner Genauigkeit sein kannst?«

Ihn traf ein kühler Blick.

»Regeln sind dazu da, um eingehalten zu werden. Das gilt auch für Mordermittlungen.«

Rasmus entfuhr ein Seufzer. »Man muss die Regeln ja nicht immer gleich brechen, man kann sie auch ein klein wenig ausdehnen.«

»Du bist in Flensburg, Rasmus«, erklärte Vibeke. »Und damit in meiner Stadt. Hier bestimme ich, wie es läuft. In Kollund habe ich dir schließlich auch nicht reingequatscht.« Damit machte sie auf dem Absatz kehrt.

Rasmus kickte genervt einen Kieselstein über den Bürgersteig. Seiner Meinung nach befand sich Vibeke Boisen mit ihrer Vorgehensweise mitten auf dem Holzweg.

Vibeke saß im Wagen und starrte auf den mit rotem Tape markierten Schlüssel in ihrer Hand. Vor der Windschutzscheibe regnete es Bindfäden.

Zuvor hatten sie und Rasmus mit den verschiedenen Vorstandsmitgliedern des SSF über Karl Bentien gesprochen, ohne dabei jedoch Neues zu erfahren. Währenddessen war die Stimmung zwischen ihr und Rasmus deutlich angespannt gewesen. Der Däne hatte sie spüren lassen, was er von ihrer Ansage hielt. Vibeke konnte verstehen, dass Rasmus keine große Lust dazu hatte, reihenweise Leute zu befragen, doch Polizeiarbeit bedeutete Präzisionsarbeit. Eine Ermittlung war häufig wie ein Puzzlespiel, bei dem erst viele Einzelteile zusammengetragen werden mussten, ehe sich ein Gesamtbild ergab. Manchmal offenbarte sich die Lösung erst mit einem winzigen Detail. Alles konnte wichtig sein.

Nach den Befragungen war Vibeke auf einen Sprung in die Polizeidirektion gefahren. Dort hatte sie ein Anruf von Pernille erreicht, die in den Unterlagen des Toten auf eine Rechnung für einen zwei Jahre alten Laptop gestoßen war, das es zu finden galt. Als Vibeke kurz darauf im Flur auf Arne Lührs von der Kriminaltechnik getroffen war, hatte sie sich von ihm kurzerhand Karl Bentiens Schlüsselbund aushändigen lassen.

Vibeke warf einen Blick auf ihre Armbanduhr. Bis zum Abendessen bei ihren Eltern blieb ihr noch eine knappe Stunde Zeit. Vielleicht war es eine Schnapsidee, im Haus nach einem passenden Schloss zu suchen, schließlich war die Spurensicherung bereits drinnen gewesen. Doch die Kriminaltechniker hatten in erster Linie Fremdspuren gesichert. Sie ärgerte sich, dass sie Arne Lührs nicht danach gefragt hatte, ob es auf dem Grundstück einen Schuppen oder Ähnliches gab. Jetzt war der Kriminaltechniker mit Sicherheit bereits ins Wochenende gegangen. Er hatte davon gesprochen, zum Fischen zu fahren. Trotzdem zog sie ihr Handy aus der Jackentasche, um ihn anzurufen.

Die Batterieladung in ihrer Statusleiste zeigte nur noch ein Prozent an. Im nächsten Moment wurde das Display schwarz. Mist. Sie hatte vergessen, den Akku aufzuladen. Das sollte ihr als Leiterin der Mordkommission eigentlich nicht passieren. Schließlich musste sie während einer Ermittlung rund um die Uhr erreichbar sein.

Der Regen war stärker geworden. Dicke Tropfen trommelten im Sekundentakt auf das Wagendach. Mittlerweile hatte auch die Abenddämmerung eingesetzt. Nicht mehr lange, und es würde stockdunkel sein.

Vibeke schob Handy und Schlüssel zurück in die Seitentasche ihrer Jacke und setzte die Kapuze auf. Dann stieß sie die Autotür auf und trat in den strömenden Regen hinaus.

Sie hastete im Laufschritt zu dem Hinterhof mit dem Kopfsteinpflaster. Das alte Spitzgiebelhaus wirkte ohne seinen Bewohner einsam und verlassen. Das Licht der Laterne warf geisterhafte Schatten an die Steinfassade. Durch den Regenschleier ähnelte der mit Efeu bewachsene Teil der Hauswand einem pelzigen Tier, das sich vom Sockel bis in den ersten Stock emporschlängelte.

Vibeke öffnete die schmiedeeiserne Pforte neben dem

Hauseingang und nahm den Kiesweg, der in einen verwilderten Garten führte. Offenbar war er über Monate nicht mehr gepflegt worden. Auf der Terrasse standen ein paar alte Gartenmöbel und Kübel mit vertrockneten Geranien. Am Ende des Grundstücks konnte sie die Konturen eines Schuppens erkennen.

Sie ging durch das hochgewachsene Gras. Stauden, Sträucher und anderes Gestrüpp versperrten ihr zum Teil den Weg, und sie musste aufpassen, auf dem feuchten Untergrund nicht auszurutschen.

Ein Rascheln ließ Vibeke herumfahren, doch es war nur ein Vogel, der Unterschlupf in einem Gebüsch gesucht hatte und sich nun in den Abendhimmel erhob.

Vibeke erreichte den Schuppen. Das Holz war alt und morsch, die Farbe größtenteils abgeblättert. An einigen Stellen prangte Schimmel. Sie zog den Schlüsselbund aus der Jackentasche und steckte den mit Tape markierten Schlüssel ins Türschloss. Er passte nicht. Sekunden später öffnete sie den Schuppen mit dem richtigen Schlüssel. Die alten Scharniere quietschten.

Säcke mit Erde und Rindenmulch, ein Rasenmäher, Tontöpfe in unterschiedlichen Größen, ein rostiges Klappfahrrad und allerlei Gartengeräte. Kein weiteres Schloss.

Enttäuscht sperrte Vibeke den Schuppen wieder ab. Mittlerweile goss es in Strömen. Der Wind heulte und peitschte ihr den Regen ins Gesicht. Sie zog die Kapuze enger, hastete zurück über das Grundstück und wäre auf dem feuchten Gras beinahe ausgerutscht. Als sie schließlich unter dem schützenden Vordach des Hauseinganges stand, waren ihre Hosenbeine klatschnass.

Im Haus roch es noch muffiger als am Vortag. Sie stellte das Licht an. Irgendwo klirrte etwas. Vibeke lauschte und stellte fest, dass das Geräusch von draußen kam. Womöglich ein paar Studenten, die am Freitagabend auf dem Weg zu den umliegenden Kneipen waren. Es wurde wieder still.

Sie begann mit dem oberen Stockwerk, durchsuchte sämtliche Räume nach einem passenden Schloss. Ohne Erfolg. Genauso erging es ihr im Erdgeschoss. Jetzt blieb nur noch der Keller.

Vibeke öffnete die Kellertür und spähte hinab in die Dunkelheit. Die Holztreppe war steil und ohne Geländer. Sie fand einen Lichtschalter an der Wand, und kurz darauf flammte eine Etage tiefer eine Glühbirne auf, die an einem Kabel von der Decke baumelte.

Unheilvolle Bilder stiegen in ihr hoch. Ihr Mund wurde trocken, und ihr Puls beschleunigte sich. Schweiß sammelte sich auf ihrer Stirn. Verdammt.

Vibeke wusste nicht, ob sie es schaffen würde. Die taffe Ermittlerin, die es mit brutalen Schlägern, Kriminellen und Mördern aufnahm, fürchtete sich davor, in einen Keller zu gehen. Sie schloss die Augen, atmete tief ein und langsam wieder aus, zählte bis zehn, ehe sie die Prozedur wiederholte. Ein und wieder aus. Ihr Puls normalisierte sich.

Die alte Holztreppe ächzte bei jedem ihrer Schritte. Stockflecken prangten am unverputzten Mauerwerk und verströmten Schimmelgeruch. Die Luft war schwer von Moder und Feuchtigkeit. Vibeke war froh, als sie wieder festen Boden unter den Füßen hatte.

Von einem schmalen Gang gingen vier Türen ab. Im ersten Kellerraum standen eine Waschmaschine und ein verrosteter Wäscheständer, daneben ein offener Schrank, bis an den Rand gefüllt mit Putzmitteln und Werkzeugen. An der Wand lehnte ein Dannebrog an einem Holzstiel. Die Farbe des Stoffes war längst verblasst, an einigen Stellen waren Nagespuren zu erkennen. Von den Ecken der Decke hingen Spinnweben schmutzverklebt in den Raum hinunter. Nirgends war ein Schloss zu entdecken, zu dem der Schlüssel passen könnte. Stattdessen stank es penetrant nach Mäuse-Urin.

Vibeke wich zurück in den Gang. Sie konnte es kaum erwarten, den Keller wieder zu verlassen. Hinter der nächsten Tür befand sich die Vorratskammer. Auch hier baumelte eine einzelne Glühlampe von der Decke und beleuchtete den Raum nur spärlich. Sie ärgerte sich, dass sie nicht daran gedacht hatte, eine Taschenlampe mitzunehmen. An den beiden Längsseiten standen raumhohe Holzregale, deren Bretter sich unter der Last von Konserven, Weinflaschen und alten Weckgläsern bogen. Dosen mit eingelegtem Obst und Gefäße mit selbst gemachter Marmelade, deren Verfallsdatum seit Langem überschritten war. Sämtliche Behälter waren mit einer dicken Staubschicht bedeckt.

Sie spähte durch die dritte Tür, hinter der sich eine Heizanlage und die Haustechnik verbargen.

Der letzte Raum war eine Art Abstellkammer. Mit Tüchern abgedeckte Möbel, Bücherkisten, ein mit Kartons vollgestopftes Stahlregal. Auch hier war alles von Staub überzogen.

Ihr Blick fiel auf eine Metalltür. Sie probierte den markierten Schlüssel aus, doch er passte wieder nicht. Mit dem Haustürschlüssel ließ sich die Tür öffnen.

Dahinter führte eine kleine Steintreppe in den Garten. Draußen war es mittlerweile fast dunkel. Noch immer regnete es.

Sie warf einen Blick auf die Armbanduhr. In einer Viertelstunde wurde sie von ihren Eltern erwartet. Trotzdem ging sie die mit Moos bedeckten Stufen hinauf. Die Treppe endete vor einem Gebüsch. Das war vermutlich auch der Grund, warum sie den Kellerzugang zuvor nicht entdeckt hatte. Sie machte kehrt, um wieder hineinzugehen, als ihr auffiel, dass das Haus von außen wesentlich breiter wirkte als das darunterliegende Geschoss. Vibeke runzelte die Stirn. War das Gebäude nur teilweise unterkellert, oder gab es einen weiteren Raum?

Sie stieg die Treppe wieder hinab und gelangte zurück in den Abstellraum. Die Wand neben dem Stahlregal sah aus wie alle anderen. Erst beim genauen Hinsehen bemerkte sie den schmalen Spalt unter dem Möbelstück. Offenbar stand es auf Rollen. In wenigen Schritten war sie dort. Das Regal quietschte, doch es ließ sich, begleitet von einem Ächzen, beiseiteschieben. Staubpartikel wirbelten durch die Luft, und eine weitere Metalltür kam zum Vorschein.

Vibeke steckte den markierten Schlüssel ins Schloss und stieß einen leisen Freudenschrei aus, als er sich anstandslos herumdrehen ließ. Sie öffnete die Tür und schnappte nach Luft. Zeitgleich spürte sie hinter sich eine Bewegung, doch ehe sie sich umdrehen konnte, traf sie ein Schlag am Hinterkopf. Das Letzte, was sie wahrnahm, war ein eigentümlicher Geruch.

Der Jazzclub lag in einer kleinen Seitenstraße in einem Kellergewölbe, ausgestattet mit Siebziger-jahre-Holzvertäfelung und rustikalen Möbeln aus poliertem Mahagoni. An den Wänden hingen Fotos von Musikern, die Jazzgeschichte geschrieben hatten. Die Plätze an den Tischen vor der Bühne waren alle belegt, und auch an der Bar herrschte dichtes Gedränge. Das Publikum war bunt gemischt, von Anfang zwanzig bis Ende sechzig war hier alles vertreten. Die Luft war warm und stickig, es roch nach Schweiß und Rotwein.

Rasmus schob sich durch die Menge an die Bar und bestellte ein Bier. Als er sich der Bühne zuwandte, spielte die Band gerade einen Blues. Luís Silva saß auf einem Stuhl, zupfte mit halb geschlossenen Augen hingebungs-voll die Saiten seiner Bassgitarre.

Rasmus wippte mit dem Fuß im Takt der Musik. Trotz des Gedränges fühlte er sich erstaunlicherweise nicht unwohl. Seit Antons Tod konnte er feiernde Menschen nur noch schwer ertragen, und gewöhnlich machte er um Bars und Clubs einen großen Bogen. Doch das Alleinsein hatte seine Schattenseiten. Es waren meist die einsamen, dunklen Stunden, in denen seine Dämonen hervorkrochen. So wie am gestrigen Abend.

Vor einiger Zeit hatte er sich dazu entschieden, mit der Vergangenheit abzuschließen. Trotz mehrerer Rück-schläge war ihm das bisher ganz gut gelungen. Die Einladung seines portugiesischen Kollegen anzunehmen, war ein weiterer Schritt nach vorne.

Die Band stimmte jetzt »Feeling Good« an, einen

Song, den er selbst Dutzende Male auf seinem Saxofon gespielt hatte.

Er leerte sein Glas und orderte ein weiteres Bier.

»Hej, Rasmus.«

Als er sich umdrehte, entdeckte er Vickie Brandt. Die rothaarige Beamtin sah ohne ihre Uniform ganz anders aus. Ihre zierliche Figur steckte in engen Röhrenjeans und einem flaschengrünen Seidentop, das die gleiche Farbe wie ihre Augen hatte. Anstatt des üblichen Pferdeschwanzes fiel ihr das Haar offen über die Schultern. Sie war dezent geschminkt und trug filigranen Goldschmuck.

Die junge Polizistin lachte ihn an. »Hat es dir die Sprache verschlagen?«

»Nein.« Rasmus räusperte sich. »Ich bin nur überrascht, dich hier zu treffen.«

»Luís' Auftritte sind im GZ legendär. Ich komme meistens, wenn er mit seiner Band auftritt.«

Der Barkeeper reichte ihm sein Bier über den Tresen.

»Danke.« Rasmus sah Vickie an. »Möchtest du auch etwas trinken?«

Sie legte den Kopf schief. »Warum nicht? Ich nehme das Gleiche wie du.«

Rasmus gab die Bestellung weiter.

Vickie stand jetzt dicht neben ihm. Er spürte die Wärme ihres Körpers.

»Und du?«, fragte sie. »Ich hätte nicht gedacht, dass jemand wie du in irgendwelchen Bars rumhängt.«

Er hob die Brauen. »Jemand wie ich?«

»Du hast den Ruf eines einsamen Wolfes.«

»Ach.« Er schmunzelte. »Was wird sonst noch über mich gesagt?«

Sie errötete leicht. »Entschuldige, ich wollte nicht den Anschein erwecken, dass hinter deinem Rücken geredet wird. Es ist eher mein ganz persönlicher Eindruck.«

Rasmus überlegte kurz, sie zu fragen, wie sie zu ihrer Einschätzung kam. Doch dann ging ihm auf, dass sie damit völlig richtiglag.

Der Barkeeper reichte Vickie ihr Bier, und sie trank einen kräftigen Schluck. Als sie das Glas wieder absetzte, blieb ein kleiner Schaumbart auf ihrer Oberlippe zurück. Er ertappte sich bei dem Wunsch, mit dem Zeigefinger darüberzustreichen.

»Du hast da ...« Er deutete auf ihre Oberlippe.

Vickie lachte und fuhr sich mit dem Handrücken über den Mund. »Was machst du, wenn du nicht gerade Verbrecher jagst?«

»Gute Frage.« Rasmus fühlte sich ein wenig überrumpelt.

Er hätte gerne eine schlagfertige Antwort parat gehabt, doch er war nicht gut in Small Talk. Dass sein Leben in den letzten vierzehn Monaten komplett aus den Fugen geraten war und er die meiste Zeit mit Grübeln verbracht hatte, konnte er ihr schlecht erzählen. Es würde nur jede Menge ungewollter Fragen nach sich ziehen. Er entschied sich, nah an der Wahrheit zu bleiben, auch wenn er damit Gefahr lief, dass sie ihn für einen Langweiler hielt. »Ich gehe gerne laufen, und seit Kurzem spiele ich wieder Saxofon.«

Offenbar hatte er nichts Falsches gesagt, denn sie lächelte noch intensiver als zuvor. In ihren Wangen bildeten sich tiefe Grübchen.

An der Bar wurden zwei Stühle frei. Vickies Arm

streifte ihn, als sie neben ihn auf den Hocker rutschte, und er bemerkte die vielen Sommersprossen auf ihrer Haut. Die zarten Sprenkel zogen sich von ihrem Nacken über ihre Schultern bis ins Dekolleté. Er verspürte ein leichtes Kribbeln.

Meine Güte, Rasmus. Sie ist zu jung für dich. Viel zu jung. Er leerte sein Glas.

»Was hältst du von einem weiteren Bier?« Vickie Brandt schaute ihm tief in die Augen.

Rasmus zögerte, sah sie an. Dann gab er dem Barkeeper ein Zeichen.

# 5. Kapitel

*Flensburg, Deutschland*

Rasmus schlug die Augen auf. Das Vibrieren seines Handys hatte ihn geweckt. Ein pelziger Geschmack lag auf seiner Zunge, und hinter seiner Stirn wütete ein Presslufthammer. Das war eindeutig ein Bier zu viel gewesen.

Sein Handy vibrierte erneut. Er hangelte mit der Hand nach seiner schwarzen Jeans auf dem Fußboden und fischte das Telefon aus der Hosentasche. Die Nummer sagte ihm nichts. Er drückte den Anruf weg. Einen kurzen Moment war er versucht, zurück ins Kissen zu sinken und einfach weiterzuschlafen, dann stieg er aus dem Bett.

Rasmus schlüpfte in seine Jeans, verweilte einen Moment und betrachtete die Frau auf dem Laken. Erste Sonnenstrahlen drangen durch die Spalten der Jalousie und malten Lichtstreifen auf ihren schmalen Rücken.

Er wusste, dass es falsch war. Sie war zu jung. Zu unbedarft. Und eine Polizistin. *Never fuck the company.* Den Leitspruch hatte man ihm in Kopenhagen gleich zu Beginn seiner Ausbildung mit auf den Weg gegeben. Eine Affäre mit einer Kollegin, auch wenn sie einer anderen Einheit angehörte, führte in der Regel nur zu Schwierigkeiten. Obwohl es ihm nie an Gelegenheiten mangelte, hatte er sich stets daran gehalten. Zumindest bis jetzt.

Trotzdem hielt sich sein schlechtes Gewissen in Grenzen. Auch wenn er nicht ansatzweise verstand, was Vickie in ihm sah, hatte er sich schon seit Langem nicht mehr so lebendig gefühlt.

Sein Handy vibrierte zum dritten Mal. Um Vickie nicht zu wecken, raffte er seine restliche Kleidung zusammen und ging in den Flur. An den Wänden hingen Fotos vom Himalaya. Er zog leise die Tür hinter sich zu und nahm das Gespräch entgegen.

»Rasmus Nyborg?« Eine unbekannte männliche Stimme drang an sein Ohr.

»Ja.« Rasmus klemmte sich das Handy zwischen Ohr und Wange, während er in sein schwarzes Hemd schlüpfte.

»Na endlich, ich habe schon mehrfach versucht, Sie zu erreichen. Mein Name ist Michael Wagner. Ich arbeite mit Vibeke in der Polizeidirektion zusammen.« Der Beamte klang angespannt. »Wissen Sie vielleicht, wo sie sich aufhält?«

»Nein«, erwiderte Rasmus. »Aber wir sind für acht Uhr in Padborg verabredet.« Er warf einen Blick auf das Display seines Handys.

Shit. Es war bereits zwanzig vor acht. Der Schmerz hinter seiner Stirn verstärkte sich. Warum hatte er bloß so viel Bier getrunken? In diesem Moment wünschte er sich nichts sehnlicher als eine Kopfschmerztablette herbei.

»Im GZ ist sie nicht. Ich habe bereits dort angerufen. Pernille Larsen hat mir Ihre Nummer gegeben.«

»Haben Sie es bei ihren Eltern versucht?«

»Das ist ja das Problem«, erwiderte Wagner. »Ihre Mutter hat heute früh um halb sieben bei der Polizeidirektion angerufen, weil Vibeke gestern Abend nicht zu einer Verabredung gekommen ist. Sie geht weder an ihr Handy, noch hält sie sich in ihrer Wohnung auf.«

Rasmus' Gedanken rotierten. Vibeke Boisen war der zuverlässigste Mensch, den er kannte. Wenn sie eine Verabredung nicht einhielt, musste es dafür einen triftigen Grund geben. Unvermittelt dachte er an das letzte Gespräch mit seiner Kollegin, in dem er ihre Genauigkeit kritisiert hatte, und an sein abweisendes Verhalten, nachdem sie ihn zurechtgestutzt hatte. Jetzt bereute er es. Er war ein Sturkopf, der es nicht ertragen konnte, wenn ihm jemand bei seinen Ermittlungen die Stirn bot. Dabei hatte Vibeke völlig recht gehabt mit ihrer Einschätzung. Trotzdem hielt er nichts davon, die Pferde zu diesem Zeitpunkt unnötig scheu zu machen. Es konnte zahlreiche Gründe dafür geben, warum seine Kollegin nicht zu dem Treffen erschienen war. Vielleicht hatte sie den Tag verwechselt, oder sie hatte die Verabredung schlichtweg vergessen. So etwas kam vor. Auch Vibeke Boisen war schließlich nur ein Mensch.

»Wann wollte sie bei ihren Eltern sein?«

»Es war wohl zwanzig Uhr vereinbart.«

Rasmus dachte nach. »Wir haben zwei Stunden vorher mit den Befragungen Schluss gemacht. Wie ich Vibeke einschätze, hat sie die Zwischenzeit dafür genutzt, ihre Berichte zu schreiben. Möglicherweise ist sie dafür in die Polizeidirektion gefahren. Wurde sie dort nach achtzehn Uhr gesehen?«

»Das weiß ich nicht.« Michael Wagner klang jetzt

verlegen. »Ich habe gegen fünf Feierabend gemacht, und der Kollege Holtkötter war schon eher weg. Ich habe in Vibekes Büro nachgesehen. Es sieht nicht danach aus, als wäre sie dort gewesen. Aber natürlich kann ich mich auch täuschen.«

»Dann erkundigen Sie sich bei den Kollegen in den anderen Abteilungen, ob sie jemand gesehen hat«, schlug Rasmus vor. »Ich höre mich in der Zwischenzeit im GZ um. Sobald ich etwas weiß, melde ich mich bei Ihnen.«

»In Ordnung.« Michael Wagner legte auf.

Rasmus ging ins Bad, wusch sich am Waschbecken notdürftig unter den Achseln und verteilte anschließend etwas von Vickies Zahnpasta auf seinem Zeigefinger, um sich damit die Zähne zu putzen. Konnte es sein, dass Vibeke auf eine Spur gestoßen und ihr nachgegangen war? Hatte sie sich dabei möglicherweise in Gefahr gebracht? Eine Erinnerung regte sich in seinem Kopf, doch ehe er sie greifen konnte, war sie schon wieder verschwunden.

Fünf Minuten später saß er in seinem Bulli und fuhr die Landstraße Richtung Grenzübergang Kruså. Seine Gedanken kreisten um eine einzige Frage: Wo steckte Vibeke Boisen?

*Flensburg, Deutschland*

Vibeke blinzelte. Um sie herum war es stockdunkel, und ihr Kopf schmerzte fürchterlich. Sie versuchte, ihn anzuheben, aber eine Welle der Übelkeit ließ sie augenblicklich wieder zusammensacken. Was war passiert? Wo befand sie sich?

Der Boden unter ihr war kalt und hart. Es roch nach Schimmel. Und nach Feuchtigkeit.

Vorsichtig hob sie ihre rechte Hand, tastete zu der schmerzenden Stelle an ihrem Hinterkopf und fasste in etwas Klebriges. Als sie die Finger zurückzog, atmete sie den metallischen Geruch von Blut ein.

Langsam kehrte ihre Erinnerung zurück. Sie war in Karl Bentiens Keller gewesen. Jemand hatte plötzlich hinter ihr gestanden und sie niedergeschlagen. Verschwommen erinnerte sie sich daran, dass man ihr etwas eingeflößt hatte. Etwas Bitteres. Sie war noch zu benommen gewesen, um sich zu wehren, und der Schluckreflex hatte automatisch eingesetzt. Was hatte man ihr verabreicht? Und wie lange lag sie schon hier? Ein paar Minuten? Stunden? Sie hatte jegliches Zeitgefühl verloren.

Vibeke lauschte in die Dunkelheit. War sie allein? Oder stand die Person, die sie angegriffen hatte, noch in der Nähe und beobachtete sie?

Ihr Puls beschleunigte sich, gleichzeitig spürte sie einen leichten Druck auf der Brust. Ihr Hals wurde enger. Nicht jetzt. Atme, Vibeke, atme. Langsam flachte ihre Herzschlagfrequenz wieder ab. Irgendwo tropfte ein Wasserhahn. Sonst schien alles still.

Sie tastete mit der Hand zu ihrem Schulterhalfter. Ihre Dienstwaffe fehlte. Das war ja klar. Sie biss die Zähne zusammen, versuchte, den Schmerz an ihrem Hinterkopf zu ignorieren, und stemmte sich in der Erwartung einer neuen Übelkeitswelle im Zeitlupentempo auf die Knie. Alles ging gut.

Sie kroch auf allen vieren über den Boden, mit den Händen voran, und stieß schließlich mit den Fingerspitzen gegen die feuchte Kellerwand. Irgendwo musste die Tür sein. Zentimeter für Zentimeter tastete sie sich am Mauerwerk entlang, fühlte schließlich den offenen Türrahmen und ein Stück weiter die Metalltür.

Sie umklammerte die Klinke und zog sich daran langsam in die Höhe. Tausend Nadelstiche schienen sich in ihre Wunde am Hinterkopf zu bohren, und ihr war ein wenig schwindelig, doch zumindest stand sie wieder auf den Beinen. Ihre Finger befühlten die Wand und fanden den Lichtschalter. Eine Glühbirne flammte auf, und sie kniff für einen kurzen Moment die Augen zusammen.

Sie stand direkt in der offenen Tür einer Kammer. Der Raum war etwa drei Meter lang und vier Meter breit. Das einzige Fenster war mit Brettern vernagelt, die vier Wände komplett mit Korkplatten ausgestattet und von oben bis unten dicht behängt. Zeitungsausschnitte, Fotos und Zeichnungen, Landkarten, Tabellen und beschriebene DIN-A4-Zettel. Ein riesiges Archiv an Wänden.

In der Mitte des Raumes stand ein großer Schreibtisch. Die Schubladen waren aufgerissen, Schriftstücke hingen halb heraus, Zettel waren zu Boden gefallen. Auf der Arbeitsplatte stapelten sich Akten und Papiere neben einem Dutzend Büchern und einem schwarzen Drucker. Ein Laptop war nicht zu sehen.

Ein kratzendes Geräusch ließ Vibeke herumfahren. War der Angreifer zurück? Sie wollte nach ihrer Pistole greifen, doch ihre Hand fasste ins Leere. Fieberhaft dachte sie nach. Sie war zu wackelig auf den Beinen, um sich bei einem Kampf auf ihre Fauststöße oder ihre Trittkraft verlassen zu können. Sie brauchte eine Waffe.

»Polizei«, ertönte es eine Etage über ihr. »Ist jemand im Haus?«

Erleichterung durchflutete Vibeke, als sie die Stimme von Jens Greve erkannte. »Hier unten!«

»Vibeke?!« Eine zweite Stimme mit einem dänischen Akzent. Rasmus.

Sie ging an den Bücherkisten und abgedeckten Möbeln vorbei und trat in den Gang. »Ja! Kommt runter zu mir in den Keller!«

Eine Glühbirne am Ende des Ganges flammte auf. Sie hörte das Poltern von Stiefeln und das Quietschen der Treppenstufen. Kurz darauf wurde sie von einer Taschenlampe geblendet. Schützend hielt sie ihre Hand vor die Augen.

»Macht das Ding aus. Davon wird man ja blind.«

Der Lichtstrahl erlosch.

Rasmus steckte seine gezückte Pistole zurück ins Holster, sobald er sie erreichte.

»Bist du in Ordnung?« Er musterte sie besorgt.

Vibeke fasste an ihren Hinterkopf, spürte das getrocknete Blut unter ihren Fingern. »Ja. Es ist nur ein kleiner Kratzer.«

»Zeig mal.« Rasmus beäugte die Wunde. »Das sollte sich unbedingt ein Arzt ansehen.«

»Nicht nötig. Es geht mir gut.« Sie lehnte sich gegen die Wand. »Woher wusstet ihr, wo ihr mich findet?«

»Wir sind Polizisten.« Rasmus deutete ein Lächeln an. »Oder hast du etwa gedacht, es bleibt unbemerkt, wenn eine Kollegin plötzlich wie vom Erdboden verschwindet?«

»Wie spät ist es?«

»Viertel vor neun.«

»Samstag?« Vibeke konnte es kaum glauben. Demnach war sie fast zwölf Stunden bewusstlos gewesen.

Rasmus nickte. »Deine Mutter hat Alarm geschlagen, nachdem du nicht zu eurer Verabredung aufgetaucht bist und sie dich auch heute früh nirgends erreichen konnte.«

»Der Akku von meinem Handy ist leer.« Vibeke schwor sich, dass ihr das nie wieder passieren würde.

»Mir ist die Sache mit Karl Bentiens Schlüssel eingefallen. Also habe ich vorhin Arne Lührs angerufen, der hatte in Glücksburg gerade seine Angel ausgepackt. Er sagte, er hätte dir den Schlüssel gestern Abend ausgehändigt. Den Rest konnte ich mir dann selbst zusammenreimen.« Er musterte sie. »Respekt, Frau Kollegin. Einen Alleingang hätte ich dir nie zugetraut.«

»Das war kein Alleingang«, widersprach Vibeke. »Eine Gefahrenlage war nicht abzusehen. Ich ...« Sie brach ab, als sie ihren Kollegen grinsen sah. Seine anfängliche Sorge hatte sich offenbar schnell wieder gelegt.

Auf der Treppe waren erneut Schritte zu hören. Jens Greve kam den Gang entlang.

»Oben ist alles gesichert«, informierte er seine Kollegen. Sein Blick heftete sich auf Vibeke. »Alles in Ordnung?«

Sie nickte.

»Bist du verletzt?« Jens betrachtete die Wunde an ihrem Hinterkopf. »Das sollte sich ein Arzt ansehen.«

Vibeke winkte ab. »Später.«

»Was ist passiert?«

»Jemand hat mich von hinten niedergeschlagen, als ich das da entdeckt habe.« Sie wandte sich um und wies mit der Hand zur Kammer. »Das Metallregal hatte die Tür verdeckt.«

Die beiden Ermittler wechselten einen Blick und gingen zu dem hinteren Raum.

Rasmus pfiff durch die Zähne.


*Flensburg, Deutschland*

Der Himmel über der Stadt war grau in grau. Es schien, als hätte sich der Sommer über Nacht verabschiedet und wäre direkt in den Herbst übergegangen.

Clara zog ihr Fahrrad aus dem Fahrradständer der Bibliothek und schwang sich auf den Sattel. Genauso gut hätte sie die kurze Strecke bis zum Flensborghus zu Fuß gehen können, doch sie wollte später direkt von dort aus nach Hause fahren.

Ehe sie die Straße überquerte, sah sie in die Gegenrichtung und bemerkte vor dem Durchgang zu Karls Haus einen Streifenwagen. Etwas in Claras Magengegend zog sich schmerzhaft zusammen.

Seit Tagen hatte sie einen großen Bogen um das alte Spitzgiebelhaus gemacht, jetzt fuhr sie hin und stieg vor dem Durchgang vom Rad. Auf dem Kopfsteinpflaster vor dem Eingang stand ein Transporter der Polizei. Gerade trug ein Mann in einem weißen Overall eine Kiste aus Karls Haus und verstaute sie im Inneren des Fahrzeugs.

Was war da los?

Die alte Hannah, die jeden Morgen in der Bibliothek ihren Joghurt aß und zudem Karls Nachbarin war, hatte erzählt, die Leute von der Polizei hätten längst ihre Sachen gepackt. Warum waren sie dann schon wieder hier?

Der Overall-Mann entdeckte sie. »Kann ich Ihnen helfen?« Er betrachtete sie interessiert durch seine Brille.

»Nein.« Clara spürte, wie sie rot wurde. Schnell schob sie ihr Fahrrad Richtung Flensborghus den Bürgersteig entlang. Ob der Polizist ihr folgte?

Sie warf einen kurzen Blick über ihre Schulter, doch bis auf ein eng umschlungenes Pärchen, das ein Stück weiter die Straße heraufkam, war niemand zu sehen. Claras Gedanken rotierten. Möglicherweise hatte die Polizei neue Hinweise bekommen. Sie hätte nicht stehen bleiben dürfen.

Sie hatte keine andere Wahl, als mit Valdemar zu sprechen. Seit Karls Tod schlichen sie beide nur noch wie zwei Tiere umeinander herum, die sich gegenseitig belauerten. Das musste endlich ein Ende haben.

Clara erreichte das Flensborghus. Sie schob ihr Fahrrad durch den Torbogen, stellte es in den Fahrradständer im Hof und ging zurück zum Eingang.

Im Flur kam ihr Ida entgegen. Clara war überrascht, die blonde Empfangsmitarbeiterin auch am Samstag anzutreffen.

»Hej, Ida. Ich wollte zu Valdemar. Ist er da?«

Ida nickte. Ihr Augen waren gerötet, so als hätte sie vor Kurzem geweint. »Wenn ich du wäre, würde ich da jetzt nicht hochgehen?«

»Warum? Was ist los?«

»Krisensitzung.«

»Wegen Karl?«, fragte Clara.

»Indirekt. William hatte gestern ein Gespräch mit Christiansborg. Dort ist man offenbar beunruhigt.« Ida strich sich eine Haarsträhne aus dem Gesicht. »Die Medien schüren das Gerücht, dass sich die Tat gegen die Minderheit richtet.«

Clara schüttelte den Kopf. »Das ist doch überhaupt nicht bewiesen.«

»Und genau das ist das Problem.« Idas hübsches Gesicht verzog sich vor Empörung. »Die Leute werden unruhig.«

Clara nickte. William Olsen war der Generalsekretär des SSF. Zu seinen Aufgaben gehörte nicht nur die Vermittlung dänischer Kultur und die tägliche Leitung des Vereins, sondern auch, diesen nach außen hin zu vertreten. In seiner Funktion hielt er engen Kontakt mit der Regierung in Kopenhagen. Wenn man dort besorgt war, musste der Generalsekretär unter hohem Druck stehen.

»Ich gehe trotzdem mal nachsehen«, entschied Clara. »Wenn es nicht passt, wird Valdemar es schon sagen.« Sie schob sich an Ida vorbei und lief die Treppe hinauf.

Die Tür zum Büro der Kulturabteilung war geschlossen. Clara klopfte und trat ein.

Valdemar saß mit hochrotem Kopf hinter seinem Schreibtisch und telefonierte. Er war allein im Raum. William war offenbar bereits gegangen.

»Clara!« Valdemar legte seine Hand vor die Sprechmuschel. »Ich wusste nicht, dass wir verabredet sind.«

»Sind wir auch nicht. Ich muss trotzdem mit dir sprechen.«

Ihr Mann wies mit seiner freien Hand auf das Telefon. »Das ist wichtig. Wir reden später.« Er deutete mit dem Kopf zur Tür. »Zu Hause.«

Clara starrte ihren Mann fassungslos an. Das kam einem Rausschmiss gleich. Seine Lieblosigkeit und seine Ignoranz setzten ihr seit Jahren zu, doch offenbar ließ sich das Ganze noch steigern. Ohne ein weiteres Wort verließ sie den Raum.

Draußen blieb sie einen Moment im Flur stehen. Wann war ihre Ehe so auseinandergeglitten?

Valdemars aufgebrachte Stimme drang durch die geschlossene Tür und riss sie aus ihren Gedanken. Clara konnte seine Worte nicht genau verstehen und ging näher an die Tür heran. Sie blickte kurz über die Schulter, ob jemand sie beobachtete, legte dann ihr Ohr an das Türblatt und lauschte.

»Nein, sie weiß nichts«, sagte Valdemar gerade. »Wir machen weiter wie besprochen.«

Danach trat Stille ein. Offenbar hatte er aufgelegt. Clara machte auf dem Absatz kehrt und lief die Treppe hinunter.

Als sie ihr Fahrrad vor dem Gebäude über die Straße schob, bemerkte sie eine Gestalt hinter dem Fenster im ersten Stock. Valdemar stand dort und blickte regungslos zu ihr herunter.


*Flensburg, Deutschland*


»Trink das!« Ihre Mutter reichte ihr eine Tasse Tee. Elke Boisen war eine kleine, zierliche Frau mit blond gesträhntem Haar, das sie zu einem perfekten Bob geschnitten trug. Bislang hatte man ihr das Alter von sechsundfünfzig Jahren nicht angesehen, doch die Sorgen der letzten Monate hatten Spuren hinterlassen. Die Wangen wirkten schmal und eingefallen, und um die Mundwinkel hatten sich tiefe Falten in ihre Haut gegraben. Dazu kamen etliche verlorene Kilos. Sie trug enge Jeans, darüber einen maritimen, viel zu weiten Strickpullover, der ihre Magerkeit betonte. »Ich finde es unverantwortlich, dass sie dich im Krankenhaus nach Hause geschickt haben.«

Vibeke seufzte. »Das stimmt so nicht. Ich wurde auf eigene Verantwortung entlassen.«

Sie saß auf der Couch im Wohnzimmer ihrer Eltern. In dem schmalen Reihenhaus hatte sich, seit Vibeke als dünne Elfjährige mit dem Schulranzen auf dem Rücken zum ersten Mal vor der Tür gestanden hatte, nur wenig verändert. Eichenmöbel auf Natursteinböden, blauweiße Stoffe und maritime Wohnaccessoires in sämtlichen Räumen. Hin und wieder war eins der Möbelstücke gegen ein ähnliches Modell ausgetauscht und die Wandfarbe aufgefrischt worden, sonst schien hier die Zeit stehen geblieben zu sein.

»Du hast eine Gehirnerschütterung.« Elke breitete eine Wolldecke über ihrer Tochter aus.

»Verdacht auf Gehirnerschütterung«, verbesserte Vibeke. »Ich fühle mich mittlerweile viel besser.«

Das stimmte. Und dass es so war, hatte sie in erster Linie Jens Greve zu verdanken. Der Ermittler hatte ihr in einem zweiminütigen Monolog die verschiedenen Verletzungsbilder aufgezählt, die durch einen Schlag auf den Hinterkopf entstehen konnten, und Vibeke hatte schließlich zugestimmt, sich von Rasmus ins Krankenhaus chauffieren zu lassen. Dort hatte man sie in das CT geschoben, kurz darauf Entwarnung gegeben und im Anschluss ihre Kopfwunde versorgt, die nur oberflächlicher Natur war. In ihrer Urinprobe hatte man mithilfe eines Schnelltests eine Substanz aus der Gruppe der Benzodiazepine oberhalb des Schwellenwertes nachgewiesen. Jemand hatte ihr ein hoch dosiertes Betäubungsmittel verabreicht.

Nachdem Vibeke über die Risiken aufgeklärt worden war und ihre Unterschrift unter die vorgelegten Papiere gesetzt hatte, war sie mit einer Packung Schmerztabletten in der Hand entlassen worden.

Elke betrachtete sie mit einem Kopfschütteln. »Ich weiß überhaupt nicht, wann du so unvernünftig geworden bist. Das ist doch sonst nicht deine Art. Du erinnerst mich immer mehr an deinen Vater.«

»Ich bin ja jetzt hier«, sagte Vibeke. »Und die nächsten vierundzwanzig Stunden verhalte ich mich ruhig. So, wie es der Arzt empfohlen hat. Erzähl du mir lieber, wie es Werner geht.«

Ein Schatten überflog Elkes Gesicht. »Er schläft. Das Physiotraining heute Vormittag war wohl sehr anstrengend. Ich hatte noch nicht einmal die Gelegenheit, ihm zu sagen, dass du hier bist.«

»Weiß er von der Sache?«

Elke schüttelte den Kopf. »Dein Vater darf sich keinesfalls aufregen. Gut, dass ich deinen Besuch für gestern Abend als Überraschung geplant hatte. Werner denkt, du seist zu sehr in den Fall eingespannt und könntest deshalb nicht vorbeikommen.« Ein Lächeln schlich sich auf ihre Lippen. »Er ist so stolz auf dich, Vibeke. Du hättest mal sehen sollen, wie seine Augen geleuchtet haben, als er hörte, dass seine Tochter die Ermittlungen im Fall des Toten am Idstedt-Löwen leitet.«

»Zusammen mit Rasmus.«

Ihre Mutter nickte. »Es war nett von deinem Kollegen, dich hierherzufahren. Ein attraktiver Mann.« Ihr Gesicht bekam einen schwärmerischen Ausdruck. »Er sieht aus wie Lars Mikkelsen. Für den hatte ich schon immer eine Schwäche.«

Vibeke hatte diese Art von Reaktion bereits bei anderen Frauen bemerkt, die Rasmus begegneten, und konnte sie nur bedingt nachvollziehen. Sie fand den Dänen zu hager und zu kantig, um ihn als gut aussehend zu bezeichnen, und die Melancholie in seinen Augen, die ihn für die Damenwelt vermutlich interessant machte, bereitete ihr eher Sorgen. Rasmus Nyborg war ein Rebell, wortkarg und spöttisch bis zur Unverschämtheit, und auch wenn er zurzeit etwas aufgeschlossener schien, blieb er ein menschliches Pulverfass. Sie hatte die Wut gesehen, die in ihm schlummerte, als er in Kollund fast einen Menschen erschossen hatte. Trotzdem konnte sie nicht abstreiten, dass sie ihn mochte. Davon abgesehen hatten sie alle mit ihren Dämonen zu kämpfen.

Vibeke schob die Wolldecke von ihren Schultern. »Wenn Werner von alldem nichts mitbekommen hat, dann sollte ich vielleicht nicht mit Tee und Decke bei euch auf der Couch sitzen. Er weiß doch sofort Bescheid, wenn er mich hier so sieht.«

Elke legte die Hand auf ihren Arm. »Im Moment schläft er. Und für später wird uns schon etwas einfallen. Du bleibst hier und ruhst dich aus. Und komm nicht auf die Idee, in der Dienststelle anzurufen. Rasmus hat gesagt, dass sich ohnehin nichts tut, bis sich die

Spurensicherung den Keller angesehen hat.« Ein letzter prüfender Blick, und sie verließ das Wohnzimmer.

Vibeke nippte am Tee. Sie fühlte sich ausgebremst. Von wegen, heute tat sich nichts. Sie hatte das Team direkt vor Augen, wie es emsig wie ein Bienenschwarm im GZ vor sich hin wuselte. Am liebsten wäre sie augenblicklich hingefahren, doch der Arzt hatte sie gewarnt, dass auch bei einer leichten Gehirnerschütterung noch vierundzwanzig Stunden später Komplikationen auftreten konnten. Wenn sie sich jetzt aus Heldentum übernahm, fiel sie am Ende womöglich komplett aus.

Vibeke fröstelte und zog die Decke enger um ihren Körper. Ihre Gedanken glitten zurück in Karl Bentiens Keller, zu dem geheimen Archiv und dem Schlag auf den Hinterkopf, der Dunkelheit und dem tropfenden Wasserhahn, und vermischten sich mit bleierner Müdigkeit. Im nächsten Augenblick fielen ihr die Augen zu.

*Padborg, Dänemark*

»Warum erst jetzt?!« Rasmus ließ seine Hand flach auf die Tischplatte sausen. »Das will mir einfach nicht in den Kopf. Der Schlüssel war in der Manteltasche des Toten. Der Mörder hätte direkt nach der Tat ins Haus spazieren können. Kein Mensch hätte davon etwas mitbekommen. Stattdessen marschiert er dort rein, während eine Polizistin im Haus ist, und schlägt sie nieder.« Er sah in die Runde.

Die Gesichter seiner Kollegen drückten die gleiche Ratlosigkeit aus, die er selbst empfand.

Das Team saß im abgedunkelten Raum der Sondereinheit. Jemand hatte eine Leinwand aufgestellt, auf die ein Beamer eines der Fotos projizierte, die Jens Greve in der versteckten Kammer mit der Handykamera aufgenommen hatte. Es zeigte eine Karte mit zahlreichen Gebäudeansammlungen und Wegen sowie die Titelseite einer Zeitung, die den Namen *Deutsche Nachrichten* trug. Es war nur ein winzig kleiner Ausschnitt des Archivs, trotzdem hatte Rasmus das Gefühl, dass der Fall gerade größere Dimensionen annahm als erwartet.

Søren klopfte mit seinem Kugelschreiber auf den Tisch. »Vielleicht wusste der Täter bisher genauso wenig von dem Raum wie wir.«

»Und wie hat er dann davon erfahren?« Rasmus raufte sich die Haare.

»Vielleicht ist er Vibeke gefolgt«, kam es von Pernille.

Er fuhr sich über sein unrasiertes Kinn. »An die Möglichkeit habe ich überhaupt noch nicht gedacht.«

»Seien wir froh, dass Vibeke nichts Schlimmeres passiert ist«, schob Pernille hinterher.

Rasmus nickte. Der Angriff auf die Kollegin hatte allen zugesetzt. Obwohl Vibeke sich nichts hatte anmerken lassen, ahnte er, dass die Sache an ihr nicht spurlos vorübergegangen war. Still und blass hatte sie auf dem Beifahrersitz seines Bullis gesessen und während der gesamten Fahrt zum Krankenhaus aus dem Fenster gestarrt. Vibeke war hart im Nehmen, doch wie er sie einschätzte, würde sie mit dem Kontrollverlust zu kämpfen haben. Ein Gefühl, das er selbst nur allzu gut kannte. Ein Scheißgefühl.

»Vibeke wurde betäubt.« Rasmus griff nach seinem Kaffeebecher und trank einen Schluck. »Die Ärzte wissen noch nicht, um welches Präparat es sich genau handelt, doch es gehört zu der Gruppe der Benzodiazepine, das, wie wir wissen, sedativ und hypnotisch wirkt. Bis die Ergebnisse aus dem Labor vorliegen, wird es eine Weile dauern.« Nachdenklich blickte er zum Fenster. »Ich frage mich, wie das alles zusammenpasst. Der Täter wird das Zeug wohl kaum zufällig in der Tasche gehabt haben. Noch beunruhigender finde ich allerdings, dass dort draußen jetzt jemand mit einer geladenen Polizeiwaffe herumrennt.« Er stellte den Becher zurück auf den Tisch. »Gibt es eigentlich etwas Neues bezüglich Rudolf Makowski?«

Jens Greve krauste die Stirn. »Bisher nicht. Er wird sich vermutlich irgendwo verkrochen haben. Denkst du, er hat mit dem Überfall auf Vibeke zu tun?«

Rasmus zuckte die Achseln. »Ausschließen können wir es zumindest nicht. Genauso wenig, wie wir wissen, ob Vibekes Angreifer und Karl Bentiens Mörder ein und dieselbe Person sind. Dafür liegt im Moment noch zu viel im Dunkeln. Wisst ihr, was ich mich frage? Was hat der Täter in dem Keller gesucht?«

»Vermutlich den Laptop, den wir nicht finden können«, sagte Pernille.

Søren griff nach einem der portugiesischen Teilchen, die Luís aus dem Restaurant seiner Eltern mitgebracht hatte.

»Oder etwas, das ihn mit dem Mord in Verbindung bringen könnte.« Er schob sich das Törtchen in einem Stück in den Mund.

Rasmus nickte. »Mein Bauchgefühl sagt mir, dass

wir die Lösung in der Vergangenheit des Toten finden.«
Sein Blick fiel auf die Zeichnung mit der Gebäude-
ansammlung. »Was ist das für eine Karte?«

»Sieht aus wie ein Bebauungsplan eines Wohn-
gebiets.« Luís tippte auf seiner Computertastatur
herum und zoomte die Legende am Kartenrand heran.

Rasmus kniff die Augen zusammen, um die Überschrift und die Erläuterungen der eingezeichneten Gebäude entziffern zu können. Flüchtlingslager Oksbøl
20.9.1946. Maßstab 1:5000. Neben rechteckigen
nummerierten Kästchen standen unterschiedliche Be-
zeichnungen. Bezirk I. Bezirk II. Bezirk III. Bezirk
IV. Wirtschafts- und Küchengebäude. Unterkunftsbaracken. Krankenbaracken. Schulbaracken. Eine ge-
strichelte Linie war als Lagergrenze gezeichnet.

Ein leichtes Schaudern lief über seinen Rücken. Er
blickte zu seinen Kollegen. »Wir müssen in Karl Bentiens Vergangenheit graben, so tief wie möglich. Und
so wie es aussieht, müssen wir ganz am Anfang beginnen. In Oksbøl.«

Einen Moment blieb es still im Raum.

»Ich neige dazu, dir zuzustimmen«, sagte Jens.
»Trotzdem dürfen wir die anderen Ermittlungsansätze
nicht aus den Augen verlieren.«

»Du klingst wie Vibeke.«

Sein Kollege verzog das Gesicht. »Das nennt man
deutsche Gründlichkeit.«

»Kriegt euch jetzt bloß nicht in die Haare.« Søren
fegte sich mit den Fingern ein paar Gebäckkrümel aus
dem Bart. »Luís, zeig doch mal die anderen Fotos.«

Der Portugiese drückte den Schalter einer kleinen
Fernbedienung, und auf der Leinwand erschien das

nächste Bild. Eine Karte von Dänemark. Mit roten Fähnchen markierte Punkte.

Rasmus stand auf, ging näher an das Bild heran, ließ den Blick über die Markierungen schweifen. Die Namen der Orte waren kaum zu lesen. Er drehte sich zu Luís um.

»Kriegst du das noch ein wenig schärfer gestellt?«

»Moment.« Luís drehte an einem Rädchen des Beamers, und die Schrift wurde deutlicher.

»Oksbøl, Kopenhagen, Hjerting, Esbjerg, Viborg«, zählte Rasmus auf und sah auf einen Punkt im Süden Jütlands. »Solderup.« Er blickte zu Luís. »Das sind dieselben Orte wie im Navigationsgerät.«

Der Portugiese zog ein Blatt Papier aus seinem Ablagefach. »Ich habe gestern Nachmittag eine Liste erstellt. Die aktuellste Adresse gehört zu Oricon Medical Care, einem Unternehmen für Medizintechnik, das seinen Standort im Industriegebiet von Esbjerg hat.« Er sah auf seinen Zettel. »Dann haben wir noch einen Biobauernhof in Solderup, eine Adresse in Hjerting, die sich leider nicht zuordnen lässt, da keine Hausnummer angegeben war, das Landesarchiv in Viborg und das Reichsarchiv in Kopenhagen. Weiterhin waren drei Adressen in Oksbøl im Navigationsgerät gespeichert. Ein Friedhof, das örtliche Pfarramt und eine Anschrift, die in ein Waldgebiet mündet.« Er reichte die Liste an Rasmus weiter. »Ich habe sie in der Reihenfolge der Eingabe erstellt.«

»Danke, Luís.«

»Oricon?«, hakte Jens Greve nach. »Irgendwas klingelt da bei mir.« Er zog einen blauen Schnellhefter zu sich heran und blätterte darin herum. »Ich habe gestern die Liste mit den Einzelverbindungen von Karl Bentiens Festnetztelefon nach Auffälligkeiten gecheckt. Der Anbieter speichert die Daten insgesamt achtzig Tage.« Er tippte mit dem Finger auf eine Stelle. »Hier steht es. Oricon Medical Care. Ein Anruf am sechsten August.«

»Rund einen Monat vor Karl Bentiens Tod«, stellte Rasmus fest. Er lehnte sich gegen seinen Schreibtisch. »Ich denke, ich statte denen einen Besuch ab.«

»Samstagnachmittag werden die geschlossen haben«, gab Jens zu bedenken. Er griff zum Hörer, tippte eine Nummer ein und lauschte einen Moment, ehe er wieder auflegte. »Eine Bandansage. Die öffnen erst am Montag wieder.«

Rasmus nickte. »Dann lasst uns jetzt die Aufgaben verteilen. Jens und Søren, ihr befragt die Nachbarn von Karl Bentien. Vielleicht hat jemand Vibekes Angreifer gesehen. Anschließend sprecht ihr mit Valdemar Frolander und Karl Bentiens Sohn. Findet heraus, wo sich die beiden gestern Abend aufgehalten haben und ob sie von der Kammer wissen. Es wäre gut, wenn ihr sofort loslegen könntet.«

Die beiden Ermittler nickten und erhoben sich von ihren Plätzen. Søren nahm sich im Vorbeigehen noch ein portugiesisches Törtchen, ehe er seinem deutschen Kollegen nach draußen folgte.

»Pernille, wir beide gehen die Fotos durch«, fuhr Rasmus fort.

»Ich würde mir das Ganze gerne vor Ort ansehen«, erwiderte die Ermittlerin.

»Im Moment ist die Spurensicherung im Haus. Ich habe keine Ahnung, wie lange es dauern wird, deshalb verschaffen wir uns anhand der Fotos einen ersten Überblick. Wir müssen herausfinden, warum Karl Bentien es für nötig hielt, die Unterlagen zu verstecken.«

Pernille nickte. »Was hältst du davon, wenn wir die Wände der Kammer im GZ rekonstruieren? Sicherlich hatte Karl Bentien irgendein System. Wir können unser Einsatzbüro schließlich schlecht in seinen Keller legen.«

»Gute Idee.«

»Prima, dann organisiere ich die Stellwände.« Pernille erhob sich von ihrem Platz und zog die Jalousien auf. Schlagartig wurde es im Raum wieder heller. Draußen hatte es mittlerweile aufgehört zu regnen. Zwischen zwei Wolken blinzelte die Sonne hervor.

»Bin gleich wieder da.« Die Ermittlerin zog ihr Handy aus der Hosentasche und verließ das Büro.

Luís rollte hinter seinem Schreibtisch hervor. Sein Blick wanderte über Rasmus' Kleidung. »Täusche ich mich, oder hattest du gestern Abend bereits das Gleiche an?« Er grinste breit.

Rasmus kratzte sich hinter dem Ohr. »Ich habe es gestern nicht mehr nach Esbjerg geschafft.« Er unterdrückte ein Schmunzeln. »Du und deine Band, ihr macht richtig gute Musik.«

Luís lachte. »Als hättest du irgendetwas davon mitbekommen. Aber ich verstehe das. Vickie Brandt ist eine tolle Frau.« Seine dunklen Augen leuchteten.

»Du hast Interesse an ihr?« Rasmus fühlte sich augenblicklich unwohl in seiner Haut. »Wenn ich das gewusst hätte ...«

Luís winkte ab. »Der Zug ist für mich längst abgefahren.«

»Warum? Weil du im Rollstuhl sitzt?« Er lehnte sich gegen den Schreibtisch.

Der Portugiese nickte. »Seit ich in diesem Teil sitze, habe ich keine einzige Frau getroffen, die sich überhaupt die Mühe gemacht hätte, mich näher kennenzulernen.« Er klopfte auf die Räder seines Gefährts. »Mein Freund hier ist leider die absolute Flirtbremse.« Sein Blick verdunkelte sich.

»Das ist Mist.«

Luís zuckte die Achseln. »Ich habe mich damit abgefunden.«

»Das solltest du nicht. Du hast so viel mehr zu bieten. Du bist klug, hast Humor, und im Gegensatz zu mir bist du auch noch ein ausnehmend hübscher Kerl.« Rasmus schüttelte den Kopf. »Aber verstehe einer die Frauen.«

»Es ist nett, dass du mich aufmuntern willst, aber könntest du mit jemandem zusammen sein, der im Rollstuhl sitzt?«

»Darüber habe ich noch nie nachgedacht«, antwortete Rasmus ehrlich. »Aber wenn ich eine Frau wirklich liebe, dann mit allem, was zu ihr gehört.«

»Ich will niemandem zur Last fallen«, sagte Luís. »Und ich brauche auch niemanden.«

»Das habe ich bis vor Kurzem auch geglaubt.« Rasmus rieb sich über sein unrasiertes Kinn. »Aber wenn ich eins in den letzten Monaten kapiert habe, dann, dass jeder Mensch jemanden braucht.« Sein Blick glitt nachdenklich zum Whiteboard mit dem Foto des Mordopfers. Wen hatte Karl Bentien gebraucht?

Karl fuhr mit der Zungenspitze den Kleberand des Umschlags entlang, drückte die Lasche an und klebte auf die Vorderseite eine Briefmarke, ehe er das Kuvert auf den Stapel legte und zum nächsten Umschlag griff.

Die Briefe hatten unterschiedliche Empfänger. Sie gingen an den kirchlichen Suchdienst, das Rote Kreuz, deutsche und dänische Behörden und zahlreiche Archive. Seine darin enthaltenen Personenangaben waren mehr als dürftig. Name und Geburtsdatum. Mehr nicht.

Seit Karl zwölf war, lebte er bei den Madsens. Seine Adoptiveltern waren einfache und freundliche Menschen, trotzdem herrschte auch nach all den Jahren noch immer eine gewisse Distanz zwischen ihnen. Die Mutter hatte es nie ausgesprochen, doch er spürte, dass sie sich eine andere Mutter-Sohn-Beziehung vorgestellt hatte. Vermutlich war er ihr nicht dankbar genug. Immer wollte sie, dass Karl sie umarmte und sie auf die Wange küsste, doch körperliche Nähe war ihm unangenehm. Einmal fragte seine Mutter, ob er sie nicht mögen würde, entschuldigte sich aber gleich im nächsten Moment für die Frage. Vermutlich hatte sie Angst vor einer unangenehmen Antwort. Der Vater hielt sich meistens im Hintergrund, hin und wieder erkundigte er sich nach Karls Schulnoten oder strich ihm mit einer unbeholfenen Geste über den Kopf.

Trotzdem ging es Karl bei den Madsens um einiges besser als im Kinderheim. Dort hatte immer ein strenges Regiment geherrscht, und Ungehorsam war umgehend bestraft worden. Er erinnerte sich nur allzu gut, wie ihn die Erzieherinnen häufig zum nächtelangen Sitzen auf der Toilette verdonnert hatten oder zum Bodenwischen der Waschräume. Das war immer eine recht eklige Angelegenheit gewesen.

An seine Pflegeeltern hatte er auch nicht die besten Erinnerungen. Bei der ersten Familie musste er nach der Schule zwei Kleinkinder und ein fünf Monate altes Baby versorgen. Da war er gerade mal sieben. Windeln wechseln, Essen kochen, den Abwasch erledigen. War Karl nicht schnell genug, bekam er den Kochlöffel zu spüren. In der Schule war er häufig müde und unkonzentriert. Einmal hatte ihn die Pflegemutter ein ganzes Wochenende in die Abstellkammer eingesperrt, weil es ihm schwerfiel, die Uhr zu lesen. »Strunzdumm« hatte sie ihn genannt und ihm dabei eines seiner Schulbücher auf den Kopf geschlagen. Nach einem halben Jahr brachte man ihn mit den Worten, er sei faul und begriffsstutzig, ins Kinderheim zurück. Nach einem ähnlichen Muster lief es auch bei der nächsten Pflegefamilie ab.

Der Gedanke, als Mensch nicht gut genug zu sein, quälte ihn bereits sein ganzes Leben, selbst als er Freunde fand und entgegen all seinen Erwartungen ein gutes Abitur hinlegte. Das Gefühl der Leere war ebenfalls geblieben.

Die Madsens gehörten der dänischen Minderheit an und sprachen überwiegend Dänisch miteinander. Als Karl zu ihnen gekommen war, hatte es ihn verwirrt, dass er sie sofort verstanden hatte. Mit der fremden Sprache kehrten bruchstückhaft Erinnerungen zurück. Dunkelheit. Schmerzen. Angst. Die Geschichte vom Nachttroll.

Zwei Wörter hatten sich tief in sein Gedächtnis eingebrannt. *Tysk bastard*. Deutscher Bastard. Wann immer Karl nach seinen leiblichen Eltern fragte, schwiegen die Menschen um ihn herum, und er ahnte, dass man ihm etwas verheimlichte. Die Fragen kreisten wie in einer Endlosschleife in seinem Kopf. Wer waren seine Mutter und sein Vater? Hatte er Großeltern? Geschwister? Warum hatte man ihn weggegeben? War er je geliebt worden? Und weshalb taten alle so, als hüteten sie ein Geheimnis, wenn es um seine Herkunft ging? War sein Vater am Ende ein Verbrecher? Oder seine Mutter?

Karl seufzte und langte nach dem Foto, das neben den Briefumschlägen auf dem Tisch lag. Sein Adoptivvater hatte es ihm am Tag seiner Volljährigkeit ausgehändigt und erzählt, dass Karl es bei sich getragen hätte, als er zum ersten Mal ins Kinderheim gekommen war. Auf der Rückseite stand in fein säuberlicher Handschrift ein Name geschrieben.

Karl strich mit den Fingern vorsichtig darüber, dann legte er das Foto wieder beiseite und fuhr mit der Zungenspitze über den Kleberand des nächsten Briefumschlags.


*Esbjerg, Dänemark*

Rasmus gönnte sich eine kurze Verschnaufpause und lehnte sich gegen den Sockel der neun Meter hohen Skulpturengruppe *Der Mensch am Meer*. Die vier Figuren aus weißem Beton thronten auf einer kleinen Anhöhe am Ende des Deiches und hielten den Blick starr aufs Meer gerichtet.

Er atmete tief durch, sog die klare Luft in jeden Winkel seiner Lunge. Mittlerweile war es fast Mitternacht. Der Wind war abgeflacht, der Regen hatte aufgehört, und das Wasser der Nordsee glitzerte im Mondlicht wie ein Teppich aus Silberfäden. Strand und Dünen verschmolzen zu einer dunklen Silhouette.

Er ließ den Blick zu der unweit gelegenen Esbjerg Brygge und dem Apartmentkomplex wandern, in dem er wohnte. Dahinter leuchteten die Lichter der Industrie- und Hafenanlage. Der Betrieb an den Docks und den hochmodernen Containerterminals lief rund um die Uhr. Sieben Tage in der Woche, bei jedem Wetter. Stählerne Riesen, surrende Kräne, Container, die entladen oder verstaut wurden, Schiffe, die zu den Ölplattformen oder Windparkanlagen der Nordsee ausliefen. Mittlerweile zogen sich die Kaianlagen des Offshore-Hafens über zwölf Kilometer die Küstenlinie entlang und wurden ständig weiter ausgebaut.

Rasmus setzte sich wieder in Bewegung, seine Gedanken kreisten um den Fall. Søren und Jens waren ohne einen einzigen brauchbaren Hinweis auf Vibekes Angreifer ins GZ zurückgekehrt. Jan Bentien und Valdemar Frolander hatten angegeben, sich während des Überfalls in ihren Wohnungen aufgehalten zu haben, die Nachbarn hatten nichts mitbekommen. Bis tief in die Abendstunden hatte das Team die Fotos aus Karl Bentiens Kammer durchgesehen und Informationen zusammengetragen. Jetzt blieb abzuwarten, was die Auswertung der Spurensicherung ergab. Die Ermittler hatten sich darauf geeinigt, den Sonntag freizunehmen.

Rasmus erreichte durchgeschwitzt das Whitehouse. Keine Viertelstunde später lag er frisch geduscht im

Bett. Mondlicht schien durch die Fenster und warf geisterhafte Schatten an seine Schlafzimmerwand.

Er dachte an Vickie. Den ganzen Tag hatte er die Polizistin weder gesehen noch gesprochen. Wie würde es mit ihnen weitergehen? Wollte er das überhaupt?

Rasmus war völlig erschöpft, trotzdem fand er nicht in den Schlaf. Er stand wieder auf, ging in die Küche und schaltete das Licht an. Aus seiner Jacke, die er zuvor achtlos auf den Barhocker geworfen hatte, zog er den DIN-A4-Ausdruck von Jens Greves Foto hervor. Es war der Plan des Flüchtlingslagers Oksbøl.

Er las die Gebäudebezeichnungen auf der Legende, folgte den angelegten Straßen mit den Augen, ging jeden einzelnen Weg ab und betrachtete nacheinander die würfelförmig skizzierten Gebäude, die Baracken und Blocks bis zur gestrichelten Lagergrenze. Eine Großstadt hinter Stacheldraht. Von seiner Internet-Recherche wusste Rasmus, dass bis zu fünfunddreißigtausend Menschen in dem Lager gelebt hatten. Unter ihnen Karl Bentien und seine Mutter. Hatte es außer ihnen noch mehr Familienangehörige gegeben? Wie war ihr Leben im Lager gewesen? Er stellte es sich beklemmend vor, mit völlig Fremden auf engstem Raum in einer Baracke hausen zu müssen. Keine Privatsphäre. Keine Ruhe. Isoliert und bewacht.

Seine Augen wanderten über die Karte, so als könnte sie ihm die Antwort auf seine Fragen geben. Schließlich faltete er das Stück Papier wieder zusammen und steckte es in seine Jackentasche.

Rasmus legte sich zurück ins Bett. Als er in den frühen Morgenstunden endlich einschlief, hatte er einen Entschluss gefasst.

# 6. Kapitel

*Flensburg, Deutschland*

Das Kreischen der Möwen weckte sie. Vibeke zog die Decke über den Kopf und versuchte weiterzuschlafen.

Dann fiel ihr alles wieder ein. Karl Bentiens Keller, der Schlag auf den Hinterkopf, der harte Boden. Die Dunkelheit.

Plötzlich war sie hellwach. Sonnenlicht drang durch einen Spalt zwischen den Vorhängen, tauchte ihr altes Kinderzimmer im Dachgeschoss in warmes Licht. Elke hatte alles unverändert gelassen. Noch immer klebten die Poster einiger Wing-Tsun-Großmeister an den schrägen Wänden. Auch ihre Bücher und die Wettkampf-Pokale standen an gleicher Stelle in den Regalen. Um den runden Spiegel über der Kommode hing die Lichterkette, die sie als Sechzehnjährige drum herum drapiert hatte, im Rahmen klemmte ein Viererstreifen aus einem Passbildautomaten. Vibeke mit ihren Freundinnen Kim und Nele. Ein Trio mit schrägen Grimassen.

Sie fuhr mit der Hand zu dem Pflaster an ihrem Hinterkopf. Die Schwellung war zurückgegangen, genau wie die Schmerzen, stattdessen schossen tausend Gedanken durch ihren Kopf.

Warum hatte sie ihren Angreifer nicht eher bemerkt?

Allein der Gedanke daran, ihm hilflos ausgeliefert gewesen zu sein, ohne Chance auf Gegenwehr oder einen Kampf, machte sie schier rasend. Dann der Schlag. Was war während ihrer Bewusstlosigkeit passiert? Hatte man sie gefilmt, fotografiert oder angefasst? Und was war das für ein eigentümlicher Geruch gewesen? Watte? Jute? Sie kam nicht darauf.

Es war eine Ewigkeit her, seit sie sich zuletzt dermaßen machtlos gefühlt hatte. Damals war sie noch ein Kind gewesen und der Willkür ihrer Pflegeeltern ausgesetzt. Drohungen und Bestrafungen hatten zu ihrem Alltag gehört.

Heiße Wut kroch in ihr empor. In eine schlimmere Situation hätte ihr Angreifer sie kaum bringen können. Ihr Leben, das sichere Konstrukt, das sie sich über Jahre aufgebaut hatte, war über Nacht aus dem Gleichgewicht geraten. Sie biss sich auf die Unterlippe, schmeckte Blut in ihrer Mundhöhle und verspürte den dringenden Wunsch, auf den Sandsack einzuschlagen, der drei Etagen tiefer im Keller hing. Obwohl ihr der Arzt im Krankenhaus dazu geraten hatte, körperliche Anstrengung in nächster Zeit zu vermeiden, schob sie entschlossen die Bettdecke zurück. Sie hatte sich geschworen, nie wieder Opfer zu sein.

Eine Stunde später klopfte Vibeke an die Tür zu Werners Arbeitszimmer. Erst als Erwachsene hatte sie verstanden, dass die Tatsache, ob diese Tür geöffnet oder geschlossen war, keine willkürliche Angelegenheit war, sondern Aufschluss über die mentale Verfassung ihres Vaters gab. Ein Stimmungsbarometer für gute und schlechte Arbeitstage. Vibeke erinnerte sich an zahlreiche Begebenheiten, in denen sie hibbelig von einem Fuß auf den anderen tretend vor der geschlossenen Tür ausgeharrt hatte.

»Werner?«

Keine Antwort. Vibeke ging trotzdem hinein.

Werner Boisen hatte seinen Schreibtischstuhl zum Fenster gedreht, den Blick in den kleinen Garten gerichtet. Der stellvertretende Polizeichef war immer ein großer Mann gewesen. Breite Schultern, warme Augen in einem freundlichen Gesicht. Jetzt wirkten seine Schultern eingesunken, so als läge eine zentnerschwere Last auf ihnen. Sein dunkles Haar war vollständig ergraut und zudem viel dünner als vor dem Schlaganfall.

»Ich habe mich schon gefragt, wann du kommst.« Werners Stimme klang wieder völlig normal.

Nach der Aufwachphase aus dem künstlichen Koma hatte er einige Zeit unter Wortfindungsschwierigkeiten gelitten, doch glücklicherweise hatte sich das wieder gegeben.

»Es tut mir leid, dass ich dich gestern nicht von der Reha abholen konnte. Wir haben einen neuen Fall.« Vibeke schloss die Tür hinter sich. »Ich dachte, Elke hätte dir davon erzählt.«

Ihr Vater schwieg.

Er hat sich verändert, dachte Vibeke. Die Krankheit hatte ihn verändert. Werner war schon immer ein Grübler gewesen. Vermutlich hing das mit seiner Arbeit zusammen. Die Stressbelastung im Polizeiberuf war hoch und der dauerhafte Umgang mit Leid, Tod und Gewalt extrem kräftezehrend.

Jetzt schien es ihr, als wäre Werner noch ernster und

nachdenklicher geworden. Passierte das mit Menschen, die dem Tod näher gewesen waren als dem Leben?

»Was ist los?« Vibeke trat neben ihren Vater und berührte ihn leicht an der Schulter.

»Ich habe dich boxen gehört.« Endlich sah er sie an. Sein Blick war dunkel. Wütend. »Du und deine Mutter, ihr behandelt mich wie einen geistig Beschränkten. Vielleicht ist meine Motorik noch nicht wieder ganz im Lot, aber ich hab's doch nicht hier ...« Werner tippte sich mit dem Zeigefinger gegen die Stirn. »Ein Anruf in der Polizeidirektion, und ich musste von einem Kollegen erfahren, dass meine Tochter während eines Einsatzes niedergeschlagen und ins Krankenhaus gebracht wurde.« Er klang ungehalten. »Hast du wirklich geglaubt, ich bekomme davon nichts mit? Dass Elke mir nichts sagt, ist eine Sache, aber du?! Ich dachte immer, wir wären ehrlich zueinander.« Er schüttelte den Kopf und richtete den Blick wieder starr hinaus in den Garten.

Der Rasen war stellenweise braun, doch die Stauden und Hortensienbüsche blühten in prächtigen Farben. Hinter ein paar Wolken blinzelte die Sonne hervor.

»Das ist nicht fair.« Vibeke bemühte sich um einen ruhigen Ton. »Ich hätte es dir gesagt. Jetzt. Gestern wollte ich die Untersuchung im Krankenhaus abwarten, und als ich dann herkam, hast du geschlafen. Offen gesagt hatte ich auch erst mal genug mit mir selbst zu tun.« Sie setzte sich in den Sessel am Fenster, suchte seinen Blick. »Ich habe eine Erinnerungslücke von zwölf Stunden.«

Werner sah sie lange an.

»Meine reicht über zwei Monate.« Er streckte seine

Hand aus, die Vibeke ohne Zögern ergriff. »Entschuldige, ich war wirklich unfair, habe nur einen großen Schreck bekommen, als mir Hans vorhin davon am Telefon erzählte. Ich hätte lieber fragen sollen, wie es dir geht.«

»Körperlich besser als mental«, gab Vibeke zu. »Es ist ein ungutes Gefühl, wenn man keine Ahnung hat, was eigentlich passiert ist.«

Werner nickte. »Ich weiß, wie sich das anfühlt.« Er drückte liebevoll ihre Hand, ehe er sich wieder von ihr löste. »Während meiner Zeit bei der Schutzpolizei hat mir mal ein vermummter Demonstrant eine Flasche über den Kopf gehauen, als wir eine Veranstaltung geräumt haben. Ich bin im Krankenhaus mit einer Gehirnerschütterung aufgewacht und konnte mich an nichts erinnern. Der Kerl wurde nie geschnappt.«

»Davon hast du mir nie erzählt.«

Ein Schatten huschte über sein Gesicht. »Ich erinnere mich auch nicht allzu gerne daran.«

Sie schwiegen eine Weile.

Schließlich hob Vibeke die Brauen. »Der Herr Kriminalrat und du, ihr redet über mich?«

Werner lächelte. »Natürlich.« Sein Blick wurde wieder ernst. »Ich habe vorhin die Unterlagen in meinem Schreibtisch durchgesehen. Darin lag ein Brief für dich. Hat Elke ihn dir gegeben, während ich …«, er zögerte, »während ich im Krankenhaus lag?«

Sie nickte.

»Hast du den Umschlag geöffnet? Weißt du, was drinsteht?«

Vibeke fühlte sich unwohl angesichts des Gesprächsverlaufs. Der Brief, von dem Werner sprach, hatte die

Adresse ihrer leiblichen Mutter enthalten. Sie beließ es bei einem weiteren Nicken.

Werner fuhr sich mit einer müden Geste übers Gesicht. »Das war so nicht gedacht. Ich wollte den richtigen Zeitpunkt dafür abwarten. Dir erklären ...«

»Der Zeitpunkt wird nicht kommen«, stellte Vibeke klar. »Ich möchte über diese Frau nicht reden.« Sie hörte selbst, wie hart sie klang, und fügte versöhnlich zu: »Das hat rein gar nichts mit dir zu tun. Ich weiß, dass du mir nur helfen willst.«

Werner seufzte. »Du kannst nicht ewig davor weglaufen. Ich sehe doch, dass es dir nicht gut geht.«

Vibeke wusste, dass er recht hatte. Doch wenn sie die Büchse der Pandora erst einmal öffnete, ließ sie sich vielleicht nie wieder schließen. Was würde passieren, wenn sie auf ihre Erzeugerin traf? Ein Gedanke, den sie nicht zu Ende denken mochte. Davon abgesehen hatte sie gerade mit der Gegenwart genug zu kämpfen, da wollte sie nicht auch noch in der Vergangenheit stochern.

Einen Moment blickten sie beide in den Garten.

Werner räusperte sich. »Was meinst du, wollen wir über den Fall reden?«

Vibeke nickte erleichtert.

*Oksbøl, Dänemark*

Rasmus steuerte seinen VW-Bus die schmale Straße entlang, die in den Wald hineinführte. Büsche, Bäume und zahlreiches Gestrüpp säumten den Asphalt zu beiden

Seiten. Ein Kieselstein flog gegen den Kotflügel, und er drosselte das Tempo. Hinter der nächsten Biegung lichtete sich der Wald. Auf der rechten Seite war ein flacher roter Holzbau zu sehen, der einem überdachten Fahrradabstellplatz ähnelte, zur Linken erstreckte sich ein lang gezogenes altes Backsteingebäude. Er erreichte eine oval angelegte Einfahrt und bemerkte, dass ein zweites, identisch aussehendes Gebäude im rechten Winkel an das erste angrenzte. Dahinter lag der Wald.

Rasmus parkte seinen Bulli auf dem Schotterstreifen neben dem Asphalt und stieg aus. Leichter Nieselregen setzte ein. Weit und breit war keine Menschenseele zu sehen.

Er ging zum Gebäudeeingang. Neben der verschlossenen Tür hing eine Tafel, die Besucher darüber informierte, dass sie sich im Naturpark Vesterhavet befanden, im ehemaligen Areal des größten Flüchtlingslagers Dänemarks. Daneben befand sich eine Box mit Informationsbroschüren.

Rasmus zog eine davon heraus und stellte fest, dass sie aufklappbar war und im Inneren einen Lagerplan enthielt. Offenbar stand er gerade vor dem einstigen Lazarett, eines der wenigen Gebäude, die von der Lagerräumung verschont geblieben waren. Eine blaue Linie markierte einen sechseinhalb Kilometer langen Rundweg für Besucher, die in dem ehemaligen Flüchtlingsareal einige Überreste besichtigen wollten.

Rasmus ging mit der Karte in der Hand die parallel zum Backsteinbau verlaufende Straße entlang, die am Ende des Gebäudes abrupt endete. Dahinter grenzten Bäume und Büsche an. Die Route führte mitten ins Waldgebiet.

Enttäuscht blieb er stehen. Er wusste nicht, was er erwartet hatte, doch es machte in seinen Augen wenig Sinn, stundenlang durch den Wald zu stapfen, um nach den Überresten des Lagers zu suchen.

Rasmus ging zurück zu seinem VW-Bus und schwang sich auf den Fahrersitz. Auf der Karte des Faltprospekts war die Lage des Friedhofs eingezeichnet, dessen Adresse auch in Karl Bentiens Navigationsgerät gespeichert war. Da er ganz in der Nähe lag, entschied sich Rasmus, dorthin zu fahren.

Keine fünf Minuten später stellte er den Bulli vor dem Eingang des Friedhofs wieder ab.

Ein niedriger Wall aus Feldsteinen, neben dem Eingang ein schlichter grauer Stein von etwa einem halben Meter Höhe mit einer Inschrift.

*1939 † 1945*
*Deutsche Kriegsgräberstätte Oksbøl*
*Den Tyske Gravlund*

Es nieselte noch immer, als Rasmus durch die Pforte trat.

Die gepflegten Grünflächen waren von Bäumen und Rhododendren umgeben. Auf dem Rasen standen reihenweise Steinkreuze.

Rasmus ging langsam die übergrünten Grabstellen entlang, las die Namen, die Geburts- und Todesdaten auf den schmucklosen Kreuzen, sah, dass diese jeweils zwei Namen trugen und beidseitig beschriftet waren.

Je mehr Inschriften er betrachtete, desto mehr fiel ihm auf, dass die Lebensdaten oft über den ersten oder zweiten Geburtstag nicht hinwegreichten. Auf manchen

Kreuzen standen nur ein Vorname und ein Datum, auf anderen wiederum trugen zwei Kinder den gleichen Nachnamen. Geschwister.

Rasmus schluckte hart. Für einen Moment dachte er an Antons Grab. Zuletzt war er bei der Beerdigung dort gewesen. Die Vorstellung, dass sein Sohn in der Erde unter der Steinplatte lag, war schier unerträglich.

Er verdrängte jeden weiteren Gedanken an Anton, ging über den Friedhof, von Reihe zu Reihe, von Steinkreuz zu Steinkreuz. Er fand weitere Kindergräber. Dutzende. Hunderte.

Sie hießen Hans, Georg, Wilfriede, Karin oder Helga. Alle gestorben zwischen 1945 und 1948. Stumme Zahlen, die tragische Schicksale erahnen ließen.

Er fand die Namen im hinteren Teil des Friedhofs in einer der letzten Reihen.

*Kurt Bentien \*10.4.44 †11.4.45*
*Gerda Bentien \*12.1.43 †16.4.45*

Der Regen wurde stärker, tropfte über seine Stirn und lief in seinen Nacken hinein, doch Rasmus bemerkte es kaum. Er verharrte an Ort und Stelle, den Blick auf die Steintafel gerichtet.

Er wusste nicht, wie lange er dort gestanden hatte, als er schließlich sein Handy aus der Jackentasche holte und Fotos machte.

Anschließend eilte er im strömenden Regen zu seinem Bus zurück. Dort saß er eine Weile starr hinter dem Lenkrad. Erst als er zu frieren begann, startete er den Motor.

Zwei Stunden später stellte Rasmus seinen VW-Bus vor dem Bed & Breakfast seiner Eltern ab. Der Friedhofsbesuch hatte ihn aufgewühlt, und der Drang nach Normalität hatte ihn an die Ostküste zu seiner Familie nach Aarhus getrieben.

Rasmus griff nach der Tüte hinter dem Fahrersitz und stieg aus dem Bulli. Er hatte seiner kleinen Nichte bereits vor Wochen in einem Esbjerger Spielzeuggeschäft einen Plüschteddy gekauft. Weiches weißes Fell. Schwarze Knopfaugen.

Der Vier-Flügel-Fachwerkbauernhof aus dem Jahr 1872 war von seinen Eltern liebevoll renoviert worden. Reetdach, weiß gekalkte Fassaden, Fenster und Türen in leuchtendem Rot. Überall standen Kübel mit prächtigen Rosen und Hortensien. Unter den Apfelbäumen im Garten hatten sie im Juli an einer langen Tafel die Taufe seines Patenkindes gefeiert.

Die Tür des Haupthauses ging auf, und seine Schwester erschien.

»Rasmus!« Jonna war eine kleine dunkelhaarige Person mit skeptischem Blick und einer Vorliebe für Pullover mit Norwegermuster. An diesem Vormittag trug sie ein blauweißes Exemplar aus Baumwolle, darüber hatte sie eine rote Schürze gebunden. Mehl klebte am Stoff und an ihren Händen.

»Warum hast du nicht Bescheid gesagt, dass du kommst?« Sie knuffte ihn liebevoll in die Seite. »Mama und Papa werden enttäuscht sein, dass sie dich verpasst haben.«

»Wo stecken sie denn?«

»Sie verbringen das Wochenende in Kopenhagen.«

»Mit dem Kegelclub?«

Jonna nickte.

Rasmus schwenkte die Tüte. »Ich habe meinem Patenkind eine Kleinigkeit mitgebracht.«

Seine Schwester beäugte ihn misstrauisch. »Du hast Liv ein Geschenk gekauft? Einfach so?« Sie wischte sich die Mehlhände an der Schürze ab. »Zeig mal!«

»Nichts da.« Rasmus schob sich an seiner Schwester vorbei durch die Tür.

Im Flur strömte ihm der Duft von frisch gebackenem Apfelkuchen entgegen, und er marschierte direkt in die Küche.

Jonna hatte ein Händchen dafür, neue Dinge mit alten zu kombinieren, und dieser Raum war ihr Meisterstück. Weiße Hochglanzfronten zur Arbeitsplatte aus massivem Holz, freigelegte Deckenbalken, hochmoderne Geräte aus Edelstahl und antike Kacheln im Delfter Design.

»Finger weg!«, sagte seine Schwester in dem Moment, als er sich am Backblech bedienen wollte. »Der Kuchen ist für die Gäste.«

Rasmus zog enttäuscht seine Hand zurück. »Kein Stück für deinen einzigen Bruder?«

Seine Schwester musterte ihn von oben bis unten. »Du bist dünn geworden. Das Junggesellenleben bekommt dir offensichtlich nicht. Und es macht dich auch nicht gerade hübscher.« Sie holte einen Teller aus dem Küchenschrank und lud ein Stück Kuchen darauf. »Hier, iss. Aber nur, weil du Livs Patenonkel bist und ihr ein Geschenk mitgebracht hast.« Sie reichte ihm den Teller.

Rasmus setzte sich an den Küchentisch und schob sich das erste Stück Kuchen in den Mund.

»Schmeckt super«, sagte er zwischen zwei Bissen. »Wie läuft es hier denn so?«

»Zurzeit ist nur die Hälfte der Zimmer belegt.« Jonna schenkte zwei Tassen Kaffee ein und stellte eine davon vor ihm auf den Tisch. »Nachsaison.«

»Und dein Mann? Wo steckt der?«

»Fußball spielen. Und Liv macht gerade ihr Mittagsschläfchen, falls das deine nächste Frage sein sollte.« Wieder traf ihn Jonnas skeptischer Blick. »Was ist los, Rasmus? Du kommst doch sonst nicht einfach vorbei, um zu fragen, wie es uns geht.« Sie verschränkte die Arme vor der Brust. »Also rück raus mit der Sprache.«

Rasmus schluckte das letzte Stück Apfelkuchen hinunter und spülte mit einem Schluck Kaffee hinterher, ehe er antwortete.

»Ich habe es euch in letzter Zeit nicht einfach gemacht, und das tut mir leid.« Er schob den leeren Teller beiseite. »Ich habe mich entschieden, etwas zu ändern. Schließlich weiß man nie, wie viel Zeit einem noch bleibt.«

Seine Schwester blickte ihn besorgt an. »Du bist doch nicht krank, oder?«

Rasmus schüttelte den Kopf. »Ich war nur gerade auf dem Friedhof. Da wird einem bewusst, wie vergänglich das Leben ist.«

Jonna setzte sich zu ihm an den Küchentisch. »Anton fehlt uns allen.« Ihre Augen wurden feucht.

Rasmus spürte einen dicken Kloß im Hals. Seine Schwester dachte offenbar, er wäre am Grab seines Sohnes gewesen. Er ließ sie in dem Glauben. Alles andere hätte in diesem Moment zu viele Erklärungen nach sich gezogen.

Er zwang sich zu einem Lächeln. »Ich weiß jetzt, dass es an der Zeit ist, nach vorne zu sehen.«

Jonnas Gesicht erhellte sich. »Du hast mit Camilla gesprochen.«

Rasmus sah seine Schwester überrascht an. »Wie kommst du darauf?«

»Sie hat erwähnt, dass sie dich anrufen wollte«, erklärte Jonna vage.

»Camilla hat sich gemeldet«, erwiderte er leicht irritiert. »Aber das ist schon eine ganze Weile her.«

Seine Schwester sah ihn erwartungsvoll an.

»Ich habe sie nicht zurückgerufen. Vermutlich ging es um unsere Wohnung, aber das haben wir mittlerweile alles über unsere Anwälte abgewickelt.«

»Und seitdem hast du nichts mehr von ihr gehört?«

Rasmus zuckte die Achseln. »Warum auch? Zwischen uns ist alles geklärt.« Er sah seine Schwester aufmerksam an. »Warum fragst du mich nach Camilla? Stimmt irgendetwas nicht mit ihr?«

Jonna zupfte mit den Fingern an ihrem rechten Ohrläppchen. Eine vertraute Geste, die sie bereits seit ihrer Kindheit machte. Und zwar immer, wenn sie verunsichert war oder log.

Seine Schwester bemerkte seinen prüfenden Blick, stand hastig auf und griff nach dem leeren Kuchenteller.

»Jonna?«

Sie hatte ihm den Rücken zugewandt und hantierte mit dem Messer am Kuchenblech herum. Als sie sich wieder umdrehte, stellte sie ihm unaufgefordert ein zweites Stück Apfelkuchen hin und band ihre Schürze ab.

»Ich glaube, Liv ist aufgewacht.« Jonna hängte die Schürze über die Stuhllehne. »Ich gehe schnell mal nachsehen.« Damit verschwand sie aus der Küche.

Rasmus lauschte. Von seiner kleinen Nichte war nichts zu hören. Jonna wollte seiner Frage offensichtlich aus dem Weg gehen. Irgendetwas war da im Busch. Etwas, das mit seiner Ex-Frau zusammenhing. Was verheimlichte ihm seine Schwester?

*Flensburg, Deutschland*

Es war später Nachmittag, als Vibeke vor dem Durchgang zu Karl Bentiens Haus aus dem Taxi stieg.

Während sie mit Werner über den Fall gesprochen hatte, war ihr klar geworden, dass sie noch einmal in den Keller musste. Die Konfrontation mit dem Ort des Überfalls würde ihr dabei helfen, ihren Kontrollverlust zu verarbeiten. Angst war ein schlechter Begleiter. Vor allem bei Polizisten. Sie mussten ihre Emotionen im Griff behalten, Distanz wahren, um im Falle eines Einsatzes nervenstark und zielgerichtet zu agieren.

Im Hof vor dem Spitzgiebelhaus schälten sich gerade zwei Kriminaltechniker aus ihren Schutzanzügen. Neben dem Transporter der Spurensicherung stand noch ein weiteres Auto. Ein schwarzer Kombi mit dänischem Kennzeichen aus dem Fahrzeugpool des Gemeinsamen Zentrums.

»Moin.« Vibeke deutete mit dem Kopf zum Hauseingang. »Seid ihr drinnen fertig?«

Der jüngere der beiden Männer, ein langer dünner Schlacks, nickte, während sein Kollege sich von seinen Überschuhen befreite. »Der Chef spricht gerade noch mit den Kollegen aus Padborg.« Er beäugte sie interessiert. »Geht es Ihnen wieder gut?«

»Ja, danke«, erwiderte Vibeke knapp. Der Überfall auf sie hatte in der Polizeidirektion offenbar bereits die Runde gemacht. »Schönen Feierabend.« Sie nickte den Beamten zu und ging ins Haus.

Die Tür zum Keller stand offen. Am Fuß der Treppe brannte die von der Decke baumelnde Glühlampe.

Sie zögerte, straffte schließlich die Schultern und stieg die Stufen hinunter. Der muffige Geruch der feuchten Wände hüllte sie ein und erschwerte ihr das Atmen. Unter ihren Schritten knarrte das Holz.

Im Kellergang erwartete sie gleißendes Licht. Schweinwerfer waren aufgestellt worden und warfen dunkle Schatten an das alte Gemäuer. Ein korpulenter Mann im Schutzanzug kam ihr entgegen.

»Vibeke!« Arne Lührs lüpfte den Mundschutz, und sein grauer Walrossbart wurde sichtbar. Auf der Stirn des Kriminaltechnikers standen Schweißperlen. »Alles wieder in Ordnung bei dir?«

Vibeke zwang sich zu einem Lächeln. »Alles bestens.« Es klang positiver, als ihr zumute war. Die besorgten Nachfragen begannen sie langsam zu nerven. »Gibt es irgendeine Spur des Angreifers?«

Der Chef der Spurensicherung nickte. »Er muss über die Außentreppe in den Keller gekommen sein. Auf ein paar Stufen sind verwischte Fußabdrücke zu sehen, beziehungsweise die Reste davon. Das meiste hat der Regen weggespült.«

»Vielleicht stammen die Spuren von mir«, sagte Vibeke. »Ich bin die Treppe hoch- und runtergegangen.«

»Aber du wirst deine Fußabdrücke nicht absichtlich verwischt haben, oder? In einem der Gebüsche habe wir außerdem ein paar Stofffasern gefunden. Ich gebe den Kollegen Bescheid, dass sie sich deine Kleidung nach dem Wochenende gleich als Erstes ansehen.« Arne Lührs wischte sich mit dem Ärmel den Schweiß von der Stirn. »Eine grässliche Luft hier unten. An der Kellertür konnten wir übrigens keine Einbruchspuren feststellen.«

»Ich glaube, ich habe nicht gleich wieder abgeschlossen, nachdem ich draußen war. Der Täter muss kurz danach ins Haus gekommen sein.« Das Quietschen des Rollregals fiel ihr wieder ein. Ihr Angreifer musste den Moment genutzt haben, als sie es beiseiteschob. Deshalb hatte sie ihn zu spät bemerkt. Ein Frösteln durchlief sie. »Sind die Kollegen aus Padborg hier?«

Arne Lührs nickte. »Sie sind im hinteren Keller. Es tut mir übrigens leid, dass wir die Kammer nicht gleich entdeckt haben.« Er wies mit seiner behandschuhten Hand auf ihren Kopf. »Dann wäre dir das erspart geblieben.«

Vibeke winkte umgehend ab. »Wer hätte das auch ahnen können.«

»Du offensichtlich.«

»Mach dir keine Gedanken.« Sie lächelte ihn an. »Ich sehe dann mal nach den Kollegen.«

Vibeke ging an dem Kriminaltechniker vorbei zum Ende des Ganges. Auch im letzten Raum waren Scheinwerfer aufgestellt worden. Aus der angrenzenden Kammer drangen das Klicken einer Kamera und Pernilles Stimme.

Vibeke trat an die Stelle vor der Tür, an der sie niedergeschlagen worden war. Leichte Beklemmung machte sich in ihr breit. Sie zwang das Gefühl beiseite. »Hej!«

Ihre dänische Kollegin und Jens Greve drehten sich um.

»Hej! Was machst du hier?« Pernille umarmte sie. »Solltest du dich nicht lieber noch ein wenig ausruhen?«

»Damit ihr alleine Verbrecher fangen könnt?«

Pernille grinste und zeigte ihre Zahnlücke. »Du lässt dich wohl nicht so schnell unterkriegen, oder? Richtig so.«

Jens Greve schüttelte den Kopf. »Absolut unvernünftig.« Er steckte sein Handy in die Innentasche seines Jacketts.

Obwohl es Sonntag war, trug er im Gegensatz zu Pernille, die in Jeans und Kapuzenpullover erschienen war, einen grauen Anzug und ein frischgebügeltes Hemd. Auch seine Schuhe waren wie jeden Tag auf Hochglanz poliert. Lediglich auf die obligatorische Krawatte hatte er verzichtet.

Vibeke ließ den Blick durch den Raum schweifen. Dass der Täter sie ausgerechnet hier überfallen hatte, war mit Sicherheit kein Zufall gewesen. Hatte er von der Kammer gewusst und etwas entwendet, das sie nicht finden sollte? Sie konnte nicht einschätzen, ob irgendetwas fehlte.

»Habt ihr schon einen Überblick?«

»Karl Bentien hatte eine Struktur.« Jens wies auf die Wand mit dem zugenagelten Fenster. Fotos, Listen und Kopien von Schriftstücken bedeckten die Fläche. »Hier hängen die Dinge, die mit ihm persönlich in Zusammenhang stehen. Sie betreffen die Pflegefamilien und die Heime, in denen er als Kind untergebracht war. Die Kopien stammen anscheinend aus seiner Akte beim Jugendamt. Für mich sieht es so aus, als hätte Karl Bentien hier eine Art Lebenslauf dargestellt. Offenbar hat er auch die Familien aufgesucht und mit ihnen gesprochen. Zumindest gibt es Aufzeichnungen, die darauf hindeuten.« Seine Hand wanderte weiter zu der größten Wandfläche, die der Tür gegenüberlag.

In der Mitte hing großformatig der Plan des Flüchtlingslagers Oksbøl, daneben reihten sich Fotos, Listen und Kopien alter Dokumente dicht an dicht nebeneinander.

Vibeke machte einen Schritt in die Kammer hinein. »Was ist das alles?«

»Wir müssen uns das natürlich noch im Detail ansehen, aber für mich sieht es aus, als hätte Karl Bentien Nachforschungen über das Lager angestellt«, entgegnete Jens. »Möglicherweise suchte er nach Familienangehörigen.«

»Plante Karl Bentien nicht, ein Buch zu schreiben?«, fragte Pernille.

Vibeke nickte.

»Wir haben im Schreibtisch einen Ordner mit Berichten von Zeitzeugen gefunden«, fuhr Pernille fort. »Menschen, die in dem Lager waren und ihre Erlebnisse schilderten. Ich würde darauf tippen, dass es Karl Bentien um die Aufarbeitung der Besatzungszeit und deren Spätfolgen ging. Dazu würde auch dies passen.« Sie wies auf die dritte Wand, die mit Zeitungsartikeln vollgehängt war. »Es geht um Dänemarks verschärfte Asylpolitik. Ich weiß nicht, wie viel ihr davon mitbekommen habt, aber die Vorsitzende der Sozial-demokraten plante im letzten Jahr, ein Flüchtlingslager in Nordafrika unter dänischer Leitung aufzubauen. Es ging groß durch die Presse.« Ihre Hand zeigte weiter. »Oder hier. Der Wildschweinzaun, der zwischen unseren Ländern hochgezogen wird, nur weil ein paar Politiker in Kopenhagen das so entschieden haben. Jahrzehntelang haben wir uns darum bemüht, die Grenze in den Köpfen der Menschen unsichtbar zu machen, und dann so etwas.«

Vibeke nickte. Der achtundsechzig Kilometer lange Zaun, der die dänische Schweineindustrie schützen sollte, war ein gemeinsames Projekt der vorigen konservativ liberalen Regierung zusammen mit der rechtspopulistischen Volkspartei und hatte nicht nur im deutsch-dänischen Grenzgebiet, sondern europaweit für Aufsehen gesorgt.

»Wisst ihr, was ich auf der Facebook-Seite des Sprechers der Volkspartei gelesen habe?«, fuhr Pernille aufgebracht fort. »Man könne doch den Zaun ein paar Meter höher machen, damit er nicht nur die deutschen Wildschweine, sondern auch Grenzgänger und Asylsuchende fernhält.«

»Ich habe im Fernsehen gesehen, wie sie die ersten Pfosten gesetzt haben.« Jens deutete ein Kopfschütteln an. »Beängstigend, dass mitten in Europa die Zäune hochgehen. Die Menschen lernen einfach nichts dazu.« Er warf Pernille einen entschuldigenden Blick zu. »Nichts gegen euch Dänen allgemein. Aber nächstes Jahr feiern wir das deutsch-dänische Freundschaftsjahr. Da ist so ein Zaun in meinen Augen das völlig falsche Signal.«

»Schon gut, es ist nicht meine Partei.« Pernille wandte sich Vibeke zu. »Wir wollen die Kammer im GZ rekonstruieren. Die Stellwände dafür habe ich schon besorgt.«

»Gute Idee. Ich würde mich nur ungern jeden Tag in diesem Keller aufhalten. Die Luft ist schrecklich hier unten.« Vibekes Blick fiel auf ein Schwarz-Weiß-Foto, das unter dem Schreibtisch hervorlugte. Sie hob es auf.

Das Foto zeigte ein Paar vor einem lang gezogenen Gebäude. Eine Holztür. Vier Fenster links. Vier Fenster rechts. Dahinter die Spitzen von Tannen. Die Frau wandte dem Fotografen ihr Gesicht zu. Sie war jung, etwa Mitte zwanzig, und trug ein zögerndes Lächeln auf den Lippen. Ihr dunkles Haar war zurückgebunden, ihre Hände vor dem Bauch auf dem Kleid verschränkt. Der Mann hatte seinen Arm um die Schultern der Frau gelegt und ihr das Gesicht zugewandt. Blonde Haare, eine markante Nase, dazu ein verträumter Blick. Die Aufnahme war schon älteren Datums. Vielleicht aus den Vierziger- oder Fünfzigerjahren. Konnten das Karl Bentiens leibliche Eltern sein? Die Frau hatte zumindest die gleiche Haarfarbe wie das Opfer.

Vibeke drehte das Foto um. *Ilse* stand dort in verblasster Handschrift. Mehr nicht.

Sie legte das Foto auf den Schreibtisch. »Wollen wir loslegen?«

»Pernille und ich erledigen das«, erklärte Jens resolut. »Ansonsten treten wir uns hier nur gegenseitig auf die Füße. Wenn wir das ganze Zeug nach Padborg geschafft haben, kannst du dich daran austoben, so lange du willst.« Er warf ihr hinter seinen Brillengläsern einen bedeutungsvollen Blick zu.

Vibeke nickte dankbar. Sie fühlte sich hundemüde und ausgelaugt. »Dann gehe ich jetzt nach Hause. Wir sehen uns morgen. Wenn vorher etwas sein sollte, ruft einfach an.«

Sie blickte ein letztes Mal auf die Stelle am Kellerboden, an der sie bewusstlos gelegen hatte, und verließ das Haus. Pernille hatte recht. So leicht ließ sie sich nicht kleinkriegen.


*Flensburg, Deutschland*

Clara legte den Finger auf den Scanner, und die Haustür glitt mit einem leisen Surren auf.

Das Licht im Haus war gedämpft. Ein Hauch von Rotwein und Knoblauch hing in der Luft, und aus den Lautsprechern ertönte dezent klassische Musik.

Sie ging die Stahltreppe ins Wohnzimmer hinunter und sah die angezündeten Kerzen auf dem Esszimmertisch.

»Was ist denn hier los?«

Erstaunt betrachtete sie ihren Mann, der sich eine Kochschürze um die Hüften gebunden hatte und am Herd zwischen Töpfen und Pfannen herumhantierte.

Valdemar drehte sich zu ihr um. »Wonach sieht es denn aus? Ich koche für uns.« Er hielt ihr einen Holzlöffel mit einem Klecks gelber Soße hin. »Hier. Probier mal! Muss da noch Salz dran?«

Clara tat ihm den Gefallen und kostete. Die Currysoße war perfekt. Offenbar hatte Valdemar ihr Lieblingsgericht gekocht. Hackbällchen in Curryrahm. Das liebte sie seit ihrer Kindheit. »Zwergenessen« hatte ihre Mutter es immer genannt.

»Wie geht es Marianne?« Valdemar hatte sich wieder seinen Töpfen zugewandt.

»Unverändert.« Clara legte ihre Tasche auf dem Küchentresen ab. »Sie erkennt mich nicht mehr.«

Ihre neunzigjährige Mutter befand sich seit ein paar Monaten im Pflegeheim. Altersdemenz. Die erste Zeit hatte Clara sie zu Hause betreut, doch als zu den stärker werdenden körperlichen Krankheitssymptomen auch noch ein aggressives Verhalten hinzugekommen war, hatte sie keine Kraft mehr gehabt und ihre Mutter schweren Herzens in eine Pflegeeinrichtung gegeben.

»Das tut mir leid.« Valdemar legte den Kochlöffel beiseite. »Und auch, dass ich gestern so schroff zu dir war. Im Moment ist alles ein wenig viel. Der Tod von Karl, die Polizei, die ständig auftaucht, und jetzt macht William auch noch überall die Pferde scheu.« Er sah sie treuherzig an.

Clara hatte dem Blick noch nie widerstehen können. Trotzdem wollte sie es ihm dieses Mal nicht so einfach machen. »Warum tut William das?«

Ihr Mann zuckte die Achseln »Offenbar befürchtet Christiansborg, der Mord an Karl könnte sich gegen die dänische Minderheit richten. Vermutlich machen sie Druck.« Er wischte sich an einem Küchenhandtuch die Hände ab und umarmte sie.

»Das hast du lange nicht mehr getan.« Clara erwiderte seine Umarmung.

»Dann sollte ich das wohl künftig wieder öfter machen.« Er küsste sie. »Ich liebe dich, Clara. Seit über dreißig Jahren.«

In der Pfanne zischte das heiße Fett.

Valdemar löste sich von ihr. »Ich brate jetzt die Hackbällchen und mache uns noch schnell einen Salat. Spätestens in einer halben Stunde können wir essen.«

»Gut, dann mache ich mich in der Zwischenzeit ein wenig frisch.«

Clara ging ins Obergeschoss, um sich umzuziehen. Bei jedem Besuch im Pflegeheim hatte sie das Gefühl, der strenge Geruch von dort würde direkt in ihre Kleidung kriechen.

Im Schlafzimmer suchte sie einen bequemen Hausanzug heraus, dachte dann an die Kerzen und ihr Lieblingsessen und schlüpfte kurz darauf in ein schwarzes, in der Taille gerafftes Jerseykleid, das ihre Rundungen vorteilhaft betonte und ihre Pfunde am Bauch dahinschmelzen ließ.

Vermutlich würde es Valdemar nicht einmal bemerken, wenn sie in einem Kartoffelsack erschien, doch sie fühlte sich in dem Kleid um einiges attraktiver. Kurz überlegte Clara, noch ein wenig Make-up aufzulegen, dann entschied sie, dass das doch zu viel des Guten war. Sie aß mit ihrem Mann zu Abend. Kein Grund, sich wie ein verknallter Teenager aufzuführen, nur weil er sie seit Langem wieder einmal geküsst hatte.

Unwillkürlich musste sie an Valdemars abweisendes Verhalten am Vortag denken. Bislang hatte er keinen Ton über das Telefonat verloren, bei dem sie ihn unterbrochen hatte. Mit wem hatte er gesprochen? Und was hatte er damit gemeint, sie würden weitermachen wie bisher?

Valdemar verheimlichte etwas vor ihr. Das war ihr schon länger klar, doch noch nie war dieses Gefühl so intensiv gewesen wie jetzt.

Clara hätte ihren Mann gerne gefragt, was vor sich ging, doch dann hätte sie zugeben müssen, dass sie an der Tür gelauscht hatte. Sie trat hinaus in den Flur, um ins Erdgeschoss zurückzugehen. Als sie am Arbeitszimmer vorbeikam, fiel ihr Blick auf Valdemars Schreibtisch. Sie blieb stehen. Aus der Küche ertönte das Klappern von Schüsseln.

Clara betrat das Arbeitszimmer und schloss leise die Tür hinter sich. Hatte Valdemar vielleicht eine Geliebte? Aber das passte nicht zu dem geschäftsmäßigen Ton, den er am Telefon gehabt hatte. Es musste um etwas anderes gehen.

An der Wand hinter dem Schreibtisch hing eines von Valdemars Kunstwerken. Es war das hässlichste Exemplar im ganzen Haus. Riesig, quadratisch, mit lauter kleinen Rechtecken und Quadraten in quietschbunten Farben. Clara bekam jedes Mal Kopfschmerzen, wenn sie das Bild ansah. Sie konnte nicht verstehen, dass sich so etwas Kunst nannte und Valdemar bereit war, dafür auch noch Geld hinzublättern.

Clara trat hinter den Schreibtisch. Einen kurzen Moment verspürte sie Skrupel. Sie konnte nicht fassen, dass sie tatsächlich im Begriff war, ihrem Mann hinterherzuschnüffeln. Frauen, die so etwas taten, hatte sie stets verachtet. Sie hatte Valdemar all die Jahre immer vertraut. Blind vertraut. Seine plötzliche Liebesbekundung, das Kochen, dazu noch die Kerzen, das alles machte sie stutzig. Sie hielt nicht viel von schönem Gerede, wenn das dazugehörige Verhalten ganz andere Bände sprach.

Der Schreibtisch war verschlossen. Clara hob die Schreibunterlage an. Nichts. Hoffentlich hing der Schlüssel nicht an Valdemars Schlüsselbund.

Der Stiftebecher geriet in ihr Blickfeld. Vor einiger Zeit hatte sie beobachtet, wie ihr Mann darin herumgewühlt hatte. Kurzerhand kippte sie den Inhalt auf die Unterlage. Neben Kugelschreibern und einigen Büroklammern fiel ein kleiner silberner Schlüssel heraus.

Claras Herz klopfte wie verrückt. Sie hatte nicht mehr viel Zeit. Das Essen konnte jeden Moment fertig sein.

Mit zittrigen Händen schloss sie den Schreibtisch auf und öffnete die oberste Schublade. Kontoauszüge, Schreiben von der Versicherung und der Krankenkasse, dazwischen eine angebrochene Tafel dunkler Schokolade und eine Packung Taschentücher.

Auch die nächste Schublade barg keinerlei Überraschung. Ein paar Broschüren vom SSF, ein Rechnungsbuch, in dem Valdemar fein säuberlich Ausgaben und Einnahmen notiert hatte, sowie ein paar Ausgaben des *Flensborger Avis*, der Tageszeitung der dänischen Minderheit.

In der untersten Schublade lag eine Dokumentenmappe. Clara nahm sie heraus und blätterte sie rasch durch. Valdemars Testament, ausgestellt zu ihren Gunsten, die Police seiner Lebensversicherung, die ebenfalls ihren Namen als Begünstigte enthielt, eine Reihe von Diplomen und Zeugnissen sowie seine Geburts- und Taufurkunde.

Enttäuscht klappte Clara die Mappe wieder zu und wollte sie zurück an ihren Platz legen, als ihr in der Schublade ein brauner Umschlag im DIN-A5-Format auffiel, der unter einem alten Heft hervorlugte und den sie zuvor nicht bemerkt hatte. Er war relativ dick und trug keine Aufschrift. Sie nahm ihn heraus, er war nicht verschlossen. Kurzerhand griff sie hinein und beförderte einen Stapel Fotos zu Tage.

Clara schnappte nach Luft, als sie sich selbst zusammen mit Karl darauf erkannte. Die Fotos waren an unterschiedlichen Orten aufgenommen. In der Bibliothek, wo sie und Karl die Köpfe über ein Buch zusammensteckten, am Museumshafen mit einem Fischbrötchen in der Hand, bei einem ihrer gemeinsamen Spaziergänge am Alten Friedhof und vor der Tür des Spitzgiebelhauses, wo sie sich mit einem Kuss voneinander verabschiedeten.

Valdemar wusste also Bescheid. Wie lange schon? Ihre Gedanken überschlugen sich. Warum hatte er nichts gesagt? Wer hatte die Fotos gemacht? Hatte ihr Mann jemanden beauftragt, oder war er ihr selbst hinterhergeschlichen?

Die Vorstellung, wie sich Valdemar hinter Büschen versteckte, hätte sie in einer anderen Situation zur Heiterkeit veranlasst, doch in diesem Fall blieb ihr das Lachen förmlich im Hals stecken. War sie der Grund gewesen, warum die beiden Männer gestritten hatten?

»Clara!« Valdemars Stimme schallte aus dem Erdgeschoss zu ihr ins Arbeitszimmer. »Das Essen ist fertig!«

In Windeseile steckte sie die Fotos zurück in den Umschlag, legte ihn zusammen mit der Dokumentenmappe in die Schublade, schloss ab und verstaute den Schlüssel mit dem restlichen Inhalt wieder im Stiftebecher. Ein letzter prüfender Blick, ehe sie mit wild klopfendem Herzen ins Erdgeschoss hinuntereilte.

Valdemar erwartete sie am Fuß der Stahltreppe. »Ich wollte gerade nach dir sehen.« Er musterte sie. »Ist alles in Ordnung?«

Clara nickte. Mit zittrigen Knien folgte sie ihrem Mann zum gedeckten Tisch. Warum präsentierte er sich plötzlich als aufmerksamer Ehemann?

»Auf einen schönen Abend.« Valdemar hielt ihr sein Rotweinglas zum Anstoßen hin. »Das Kleid steht dir übrigens ausgezeichnet. Ist das neu?«

Clara fröstelte.

# 7. Kapitel

*Esbjerg, Dänemark*

Eva-Karin Holm lauschte im Polizeipräsidium Esbjerg aufmerksam Rasmus' Worten. Die Vizepolizeiinspektorin war eine kleine, drahtige Person mit strengem Gesichtsausdruck und blonder Kurzhaarfrisur. Als er das Flüchtlingslager in Oksbøl erwähnte, hob sie die Brauen, ohne ihn zu unterbrechen.

»Die Richtung, die diese Ermittlung nimmt, gefällt mir nicht«, sagte seine Chefin, als Rasmus den Bericht beendet hatte. »Die deutsche Besatzung war für unser Land eine große Herausforderung. Glücklicherweise liegt diese Zeit lange hinter uns.« Sie tippte mit dem Kugelschreiber auf die Tischplatte. »Gibt es bislang irgendeinen Beweis, dass der Mord an Karl Bentien mit dem Flüchtlingslager in Oksbøl in Zusammenhang steht?«

»Nein. Wir haben die Aussage des Schulleiters, dass das Opfer in dem Lager geboren wurde. Und wir haben das hier.« Rasmus langte nach seinem Handy und zeigte seiner Chefin das Foto mit dem Steinkreuz.

»Kurt und Gerda Bentien«, las Eva-Karin vor. Sie krauste die Stirn. »Waren sie mit dem Mordopfer verwandt?«

»Das muss ich noch herausfinden. Aber es könnte

durchaus sein. Ich habe recherchiert. Der Name Bentien kommt in Deutschland äußerst selten vor.«

Eva-Karin Holm lehnte sich in ihrem Stuhl zurück und legte die Fingerspitzen aneinander. »Und du denkst, diese Kinder haben irgendetwas mit dem Mord zu tun? Soweit ich weiß, gab es damals Tausende, die in den Lagern gestorben sind. Die Strapazen der Flucht, dazu die schlechte Nahrungs- und Krankenversorgung. Es war eine humanitäre Katastrophe.«

»Ich halte einen Zusammenhang zumindest nicht für ausgeschlossen.« Rasmus legte das Handy auf die Tischplatte. »Vibeke Boisen wurde Freitagabend im Haus des Opfers überfallen, als sie ein geheimes Archiv über das Flüchtlingslager entdeckte.«

Seine Chefin nickte nachdenklich. »Hans Petersen hat mich gestern angerufen und mir davon erzählt. Schlimme Geschichte.« Sie schwieg einen Moment, ehe sie weitersprach. »Trotzdem heißt das noch lange nicht, dass es da eine Verbindung gibt. Vielleicht forschte Karl Bentien nur nach seiner Familiengeschichte. Das tun noch immer Zigtausende. Teilweise auch die Kinder und Enkel.«

Rasmus verschränkte die Arme vor der Brust. »Es ist eine Spur, der ich nachgehen werde.«

»Davon werde ich dich auch nicht abhalten. Du solltest allerdings aufpassen, dass du dir an der Geschichte nicht die Finger verbrennst.« Die Vizepolizeiinspektorin sah ihn vielsagend an. »Mir ist zu Ohren gekommen, dass du dein Seminar in Kopenhagen abgebrochen hast.«

»Was hat das jetzt mit der Ermittlung zu tun?«, fragte Rasmus irritiert. »Der Mord an Karl Bentien war übrigens der Grund dafür, dass ich das Seminar nicht beenden konnte.«

Eva-Karin Holm beugte sich vor. »Diese Kindergräber ...« Sie brach ab. »Ich hoffe, du verrennst dich nicht in etwas, Rasmus. Ansonsten muss ich mir die Frage stellen, ob du stabil genug für diese Ermittlung bist.«

Rasmus sah seine Chefin fassungslos an. Wut kroch in ihm hoch. »Unterstellst du mir gerade, dass ich die Ermittlungen nicht führen kann, weil ich einen toten Sohn habe? Willst du das damit sagen?«

»Was ich will, ist ein objektiver Ermittler«, erklärte Eva-Karin Holm harsch. »Ich kenne dich, Rasmus. Diese Geschichte birgt eine gewisse Brisanz. Und du streckst deine Fühler gerade in eine Richtung aus, die jede Menge Staub aufwirbeln kann. Solltest du also falschliegen, weil dir deine persönlichen Gefühle im Weg stehen, dann brechen womöglich alte Wunden auf. Das sollte dir bei allem, was du tust, bewusst sein.«

Rasmus schluckte seine Wut hinunter. Im Grunde konnte er Eva-Karin ihre Bedenken nicht einmal übel nehmen. Er war dünnhäutig seit Antons Tod, aufbrausend, und er ließ sich leicht provozieren. Und wenn er jemals denjenigen in die Finger bekommen sollte, der seinem Sohn den schmutzigen Drogencocktail untergejubelt hatte, konnte er für dessen Leben nicht garantieren. Doch dieser Fall hatte nicht das Geringste mit Anton zu tun.

»Ich bin objektiv«, sagte Rasmus.

Seine Chefin bedachte ihn mit einem skeptischen Blick. »Außerdem bin ich der beste Ermittler, den du hast«, fuhr er fort. »Und ich bin durchaus in der Lage, zu differenzieren. Um dich zu beruhigen, wir ermitteln in alle Richtungen, so wie es in meinem Bericht steht, den ich dir gestern Abend geschickt habe.« Rasmus tippte mit der Fußspitze gegen das Tischbein. »Sollte sich allerdings herausstellen, dass dieses Flüchtlingslager in Oksbøl in irgendeinem Zusammenhang mit dem Mord an Karl Bentien steht, dann werde ich unbequeme Fragen stellen. Egal, ob es den Leuten passt oder nicht.«

Die Vizepolizeiinspektorin seufzte. »Also gut, Rasmus. Ich verlasse mich auf dich. Enttäusche mich bitte nicht.«

»Das habe ich nicht vor.« Rasmus warf einen Blick auf seine Uhr und erhob sich. »Kann ich jetzt gehen? Ich habe in Esbjerg noch etwas zu erledigen, ehe ich nach Padborg fahre.«

»Geh ruhig.« Eva-Karin Holm lächelte streng. »Aber halte mich auf dem Laufenden.«

Rasmus nickte und hob zum Abschied die Hand.

Die Chefin hatte recht, dachte er, während er die Treppe hinunterging. Die Besatzungszeit war lange vorbei. Trotzdem wurde er das Gefühl nicht los, dass er demnächst mächtig viel Staub aufwirbeln würde. Und sein Gefühl trog ihn nur selten.


*Esbjerg, Dänemark*

Der Firmensitz von Oricon Medical Care lag im südlichen Teil des Industriegebiets Kjersing. Schon von Weitem konnte Rasmus das leuchtend blaue Firmenlogo erkennen, das an der Fassade prangte.

Sechs Stockwerke aus Glas und Stahl bildeten den Mittelteil des Gebäudekomplexes. Zwei mit schiefergrauen Platten verkleidete Anbauten erstreckten sich flach und fensterlos zu beiden Seiten.

Rasmus schloss seinen VW-Bus ab und ging auf das Eingangsportal zu. In der gläsernen Fassade spiegelte sich die Sonne zu bunten Lichtreflexen. Offenbar hatte der Sommer in den letzten Tagen nur eine kurze Pause eingelegt.

Die Empfangshalle von OMC glänzte in modernem Design. Schwarzer Granitboden, viel Chrom und Möbel von betont schlichter Eleganz. Ein gläserner Fahrstuhl beförderte Mitarbeiter und Besucher bis in die sechste Etage.

Zielstrebig steuerte Rasmus auf den Jüngling mit Ziegenbart hinter dem Empfangstresen zu, dessen schmal geschnittenes Jackett ebenso perfekt saß wie sein Lächeln.

»Willkommen bei OMC. Wie kann ich dir helfen?«

»Rasmus Nyborg. Polizei Esbjerg.« Rasmus hielt seinen Dienstausweis in die Höhe. »Ich würde gerne mit dem Geschäftsführer sprechen.«

»Hast du einen Termin?«

Rasmus schüttelte den Kopf. »Ich möchte ihn trotzdem sprechen. Es geht um eine Mordermittlung.«

Das Lächeln des Ziegenbarts verrutschte für einen Moment. »Laurits ist heute nicht im Haus.« Er senkte die Stimme. »In der Familie gibt es einen Trauerfall.«

»Dann würde ich gerne mit seinem Stellvertreter sprechen.«

»Das ist Esther, seine Frau.«

»Und die ist vermutlich auch nicht da«, stellte Rasmus trocken fest.

Der Empfangsmitarbeiter nickte.

»Dann hätte ich gerne die Privatadresse von deinem Chef.«

»Tut mir leid, aber die darf ich nicht einfach so herausgeben. Datenschutz.«

»Hör mal«, Rasmus äugte auf das Namensschild am Revers des Mannes. Oscar Nordin. »Ich bin von der Polizei, Oscar, und damit durchaus vertrauenswürdig. Natürlich kann ich mir die Adresse auch auf anderem Weg beschaffen, aber es wäre für alle Beteiligten einfacher, wenn ich sie gleich hier bekäme.«

Sein Gegenüber strich sich nachdenklich über den Bart und griff dann nach einem Kärtchen und einem Stift.

Rasmus zog ein Foto von Karl Bentien aus der Innentasche seiner Jacke und legte es auf den Empfangstresen.

»Hast du den Mann schon einmal gesehen?«

Der Empfangsmitarbeiter hob den Blick und betrachtete das Foto. »Nein, tut mir leid. Wer ist das?«

»Sein Name war Karl Bentien. Klingelt da etwas bei dir?«

»Nein.« Oscar Nordin reichte ihm eine Firmenvisitenkarte, auf deren Rückseite er eine Adresse und Telefonnummer notiert hatte.

»Danke.« Rasmus ließ die Karte in seine Jackentasche gleiten. »Es könnte sein, dass Karl Bentien vor einiger Zeit hier gewesen ist.«

»Wie gesagt, ich habe ihn noch nie gesehen. Aber ich bin nicht der einzige Mitarbeiter am Empfang. In welcher Angelegenheit war der Mann bei OMC?«

Rasmus fuhr sich über die Haare. »Tja, das hatte ich eigentlich gehofft, hier zu erfahren. Kann ich das Foto dalassen? Zeig es bitte deinen Kollegen und ruf mich an, wenn sich jemand an ihn erinnert.« Er zog seinerseits eine Visitenkarte heraus und legte sie neben das Foto auf den Tresen. »Wer ist eigentlich gestorben?«

Ein Schatten flog über Oscar Nordins Gesicht. »Aksel Kronberg, der Firmengründer von Oricon. Nächste Woche wäre er hundert geworden.«

»Ein stolzes Alter.« Rasmus tippte auf die Visitenkarte auf dem Tresen. »Sollte sich dein Chef melden, richte ihm bitte aus, dass die Polizei mit ihm sprechen möchte.«

Oscar Nordin nickte.

Rasmus ließ den Blick durch die Eingangshalle schweifen. »Was macht OMC eigentlich so?«

»Wir vertreiben medizinische Produkte rund um den OP-Bedarf. Tücher, Bekleidung, Mull, Gipsverbände und OP-Instrumente wie Skalpelle, Scheren und Klemmen.« Er reichte Rasmus eine Hochglanzbroschüre, auf deren Vorderseite das Firmengebäude abgebildet war. »Darin findest du die wichtigsten Informationen.«

»Danke.« Rasmus nahm die Broschüre entgegen und verabschiedete sich.

Draußen zündete er sich als Erstes eine Zigarette an und ging die wenigen Schritte zu seinem Bus. Er lehnte sich gegen den Kotflügel und betrachtete rauchend die fensterlosen Anbauten des Gebäudes. Vermutlich befanden sich im Inneren Produktion und Lager.

Erneut fragte er sich, warum die Adresse des Unternehmens im Navigationsgerät und unter den Telefonaten des Opfers gespeichert war. Was hatte Karl Bentien hier gewollt? Erstmals kam Rasmus der Gedanke, dass das Interesse des Toten überhaupt nicht

dem Unternehmen, sondern einem der Angestellten ge-
golten haben könnte. Wie viele Menschen arbeiteten in
dem Gebäude? Bestimmt jede Menge.

Er zog die Broschüre aus der Hosentasche. Darin
stand, dass das Unternehmen rund dreihundertachtzig Mitarbeiter beschäftigte. Dreihundertachtzig Befragungen sprengten definitiv ihre Kapazitäten. Vor
allem, da sie nicht wussten, ob OMC für die Ermittlungen überhaupt eine Rolle spielte. Bislang war
es eine Spur von vielen.

Sein Handy klingelte. Das Display zeigte die Nummer von Vibeke Boisen an. Rasmus zog ein letztes Mal
an seiner Zigarette, trat anschließend den Stummel mit
dem Fuß auf dem Asphalt aus und nahm das Gespräch
entgegen.

*Hjerting, Dänemark*

Laurits stapfte mit aufgekrempelten Hosenbeinen durch
den Schlick. Schlamm quoll zwischen seinen Zehen hindurch, massierte seine nackten Füße bei jedem Schritt.

Der Wind, der vom Meer in Richtung Küste wehte,
rauschte in seinen Ohren und zerzauste ihm die Haare.
Über seinem Kopf zogen zwei Seevögel auf Nahrungssuche ihre Kreise. Meerwasser plätscherte in den Prie-
len, darin bewegten sich winzig kleine Garnelen und
Einsiedlerkrebse. Nicht mehr lange, und die Wasser-
läufe würden sich wieder vollständig auffüllen.

Am Horizont verschmolz die ockerbraune Fläche
des Watts mit der Nordsee. Bei Ebbe konnte man von

Hjerting bis zum fünf Kilometer entfernten Langli wandern. Die unbewohnte Marschinsel war ein Vogelschutzgebiet und zwei Monate im Jahr, nach der Brutzeit der Vögel, ein beliebtes Ausflugsziel für Touristen. Erfahrene Ranger boten ihre naturkundlichen Führungen als Fußmarsch oder mit dem Traktor an.

Laurits war ein erfahrener Wattwanderer und beschäftigte sich vor jeder Tour mit den Wetteraussichten und den Gezeiten. Er wusste, wann es an der Zeit war umzukehren. Winzige Rinnsale konnten innerhalb von Minuten zu reißenden Flüssen werden.

Er blieb stehen, verspürte den heftigen Wunsch, mit beiden Händen im Schlick zu graben, um einen der dicken Würmer aus dem Boden zu ziehen. So, wie er es früher mit seinem Vater und später mit seinen eigenen Kindern gemacht hatte. Doch diese Zeit war unwiederbringlich vorbei. Erst als er das Salz auf seiner Oberlippe schmeckte, begriff er, dass er weinte.

Eine Weile verharrte er im Schlick, sog die frische klare Luft tief in die Lunge und trat schließlich den Rückweg an.

Im Haus war es eigenartig still, so als hätte der Tod sein Leichentuch darüber ausgebreitet und mit ihm sämtliche Geräusche erstickt. In der vertrauten Umgebung kamen die Bilder zurück. Frejas markerschütternder Schrei, der durchs Treppenhaus in die Räume sämtlicher Etagen schallte, er selbst, wie er ins Souterrain eilte, seine schluchzende Tochter neben dem Bett vorfand, in dem sein toter Vater lag. Sein Zeige- und Mittelfinger, die sich wie von selbst auf die Ader an Aksels Hals legten, während die herbeieilende Esther entsetzt die Hände vors Gesicht schlug. Keine

Stunde später hatte der Hausarzt in fein säuberlicher Schrift den Totenschein für Aksel Kronberg ausgestellt. Laurits' ältester Sohn Magnus, der erst in der Nacht zuvor aus Kopenhagen gekommen war, hatte nach seiner Joggingrunde mit hochrotem Kopf in der Tür gestanden und um Fassung gekämpft.

Eine tiefe Trauer überkam Laurits. Er ging ins Gästebad, um sich die Füße zu säubern. Zurück im Wohnzimmer ließ er sich auf die Couch fallen. Nach einer Weile vernahm er dumpfe Stimmen aus dem Obergeschoss. Offenbar war er doch nicht allein.

»Laurits!« Esther kam die Treppen hinunter. Sie trug ein schlichtes schwarzes Kleid. Ihr Gesicht war blass und ohne jegliches Make-up. »Wo warst du die ganze Zeit? Ich habe mir schon Sorgen gemacht.«

»Ich brauchte ein wenig frische Luft.« Er richtete den Blick aus dem Fenster. Noch immer zogen die Seevögel am Himmel ihre Kreise. Nicht mehr lange, und die Flut würde zurückkommen.

»Es sind viele Dinge zu regeln«, sagte Esther geschäftsmäßig. »Wir müssen die Leute über Aksels Tod unterrichten. Unsere Freunde, die Presse, unsere Kunden und die Verbände, und wir sollten mit unseren Mitarbeitern sprechen und ihnen versichern, dass sie sich keine Sorgen um ihre Jobs machen müssen. Außerdem müssen wir uns um die Beisetzung kümmern.« Sie warf einen Blick auf ihre Armbanduhr. »In einer Stunde kommt Albert.«

Albert Pettersson war ein langjähriger Freund der Familie und außerdem ihr Anwalt.

Laurits sah Esther an. »Wie es scheint, hast du bereits an alles gedacht. So wie immer.« Seine Frau zuckte zusammen. Erst jetzt bemerkte er die tiefen Schatten unter ihren Augen. »Entschuldige.«

»Schon gut.« Sie trat hinter ihm an die Couch, legte ihre Hände auf seine Schultern und massierte sie sanft.

Laurits schloss die Augen.

»Der Tod deines Vaters nimmt uns alle mit.«

»Wie geht es den Kindern?«, murmelte er, während er den leichten Druck an seinem Nacken genoss.

»Freja hat sich wieder beruhigt. Sie hat einen Drang zur Dramatik. Ich war genauso in dem Alter.« Esther hielt kurz in der Bewegung inne, ehe sie mit der Massage an anderer Stelle fortfuhr. »Chris macht mir Sorgen. Du weißt, wie nahe er und Aksel sich standen. Er liegt seit Stunden auf seinem Bett und starrt an die Decke.«

»Und Magnus?«, erkundigte sich Laurits.

Sein Ältester studierte in Kopenhagen Medizin, war mit gutem Aussehen und viel Charme gesegnet und darüber hinaus vermutlich der klügste Kopf der ganzen Familie. Im letzten halben Jahr hatte er jedoch eine Veränderung durchlaufen, trug Motorradkluft anstatt schicker Hemden und verurteilte das Leben seiner Eltern als Spießertum.

Esther antwortete nicht gleich. Der Druck ihrer Hände verstärkte sich. »Er will nach dem Abschluss in die Firma einsteigen.«

»Ach. Doch nichts mit Chirurgie?«

»Nein. Magnus sagt, jetzt, wo Großvater nicht mehr da ist, habe er es sich anders überlegt. Was immer das auch heißen mag.« Sie ließ seine Schultern los.

Laurits öffnete die Augen. »Ich frage mich, ob Vater seine Vorkehrungen so getroffen hat, wie es vereinbart war, oder ob uns alle eine böse Überraschung erwartet.«

»Du machst dir Sorgen um dein Erbe?« Esthers tiefes, kehliges Lachen erklang. »Wirklich?«

Er stand auf, folgte seiner Frau in die Küche. »Es war nur so ein Gedanke.«

»Du solltest deinen Vater besser kennen. Womöglich präsentiert Aksel uns nach seinem Tod ein paar uneheliche Kinder, aber er hat sicher zu seinem Wort gestanden.« Esther stellte die Kaffeemaschine an. »Das hat er immer getan.« In ihren Worten schwang Bewunderung.

Laurits musterte die Frau, die sich in den vielen Jahren an seiner Seite unentbehrlich gemacht hatte. Liebte er sie noch? Ja. Vermutlich tat er das. Vielleicht war es aber auch nur die Gewohnheit, die sie neben ihrer gemeinsamen Arbeit in der Firma zusammenhielt.

»Es tut mir auch für dich leid, Esther. Ich weiß, wie sehr du meinen Vater gemocht hast. Du warst die Einzige, die ihm die Stirn geboten hat.«

Sie lächelten sich an.

»Möchtest du auch einen Kaffee?« Esther stellte eine Tasse unter den Ausguss der Kaffeemaschine.

»Nein danke. Vielleicht später. Ich gehe nach oben und sehe mal nach Chris.« Laurits verließ die Küche und stieg die Treppe hinauf.

Er fühlte sich um Jahre gealtert.

Vibeke legte den Hörer auf. Rasmus hatte angespannt geklungen, als er ihr am Telefon von dem Friedhof in Oksbøl erzählt hatte. Gemeinsam hatten sie entschieden, die Ermittlungen aufzusplitten. Sie und Rasmus würden Karl Bentiens Vergangenheit beleuchten, während ihre Kollegen sich nach der Rekonstruktion des Archivs um die noch ausstehenden Befragungen seiner ehemaligen Kollegen und Schüler und beim SSF kümmern sollten.

Am Morgen war die Akte über Karl Bentiens Adoptionsverfahren vom Jugendamt eingetroffen, und Vibeke hatte bereits eine erste Übersicht über die Aufenthaltsorte seiner Kinder- und Jugendzeit erstellt. Demnach war Karl als Sechsjähriger ins Kinderheim gekommen und ein Jahr später in seine erste Pflegefamilie. Über die Zeit davor stand nichts in der Akte. Mit dem Abschluss der Grundschule hatten ihn bereits die zweiten Pflegeeltern ins Heim zurückgebracht. Offenbar waren sich alle Beteiligten einig gewesen, dass mit dem Kind irgendetwas nicht stimmte, zumindest deutete eine handschriftliche Randnotiz einer Erzieherin darauf hin. Demnach hatte sich der Zehnjährige wiederholt eingenässt.

Die Bescheinigung einer ärztlichen Untersuchung hatte Vibeke in den Unterlagen vergeblich gesucht, es schien, als hätte sich niemand die Mühe gemacht, Karl medizinisch untersuchen zu lassen. Langsam formte sich in ihr das Bild eines zutiefst verängstigten Kindes.

Heißes Mitleid überkam sie. Unweigerlich glitten ihre Gedanken in ihre eigene Kindheit zurück. Auch sie war im Heim und in zwei Pflegefamilien untergebracht gewesen, ehe sie zu Werner und Elke gekommen war. An die erste hatte sie kaum Erinnerungen. Aus ihrer Akte beim Jugendamt hatte sie erfahren, dass sie nach dem frühen Tod der Pflegemutter ins Heim gekommen war, da sich der Mann mit der Verantwortung für Vibeke und fünf weitere Kinder überfordert gefühlt hatte. Die nächsten Pflegeeltern waren sehr gläubig und zudem äußerst streng in ihrer Erziehung gewesen. Tägliches Beten, stundenlanges Lernen und Helfen im Haushalt nach der Schule hatten Vibekes Leben bestimmt. Sie hatte keine anderen Kinder einladen oder besuchen dürfen. Ausflüge, Fernsehen und Süßigkeiten waren ebenfalls tabu gewesen. Jeden Abend hatte sie Tagebuch schreiben und die Einträge anschließend ihrer Pflegemutter zur Fehlerkontrolle vorlegen müssen. Hatte Vibeke rebelliert, war sie bestraft worden. Niemals körperlich, doch Grausamkeit hatte bekanntlich viele Gesichter. Ihr entfuhr ein tiefes Seufzen.

»Alles in Ordnung?« Jens Greve, der gerade im Begriff gewesen war, ein Foto an einem der großformatigen Stellwände anzubringen, musterte sie durch seine Brillengläser.

»Ja.« Vibeke wusste, dass sie schroff klang. Doch die besorgten Blicke und Nachfragen ihrer Kollegen gingen ihr auf die Nerven. Sie fühlte sich gut. Die Wunde an ihrem Hinterkopf verheilte, und Schmerzen hatte sie auch keine mehr. Und Karl Bentiens Kindheit hatte nicht das Geringste mit ihr zu tun.

Jens wandte ihr wieder den Rücken zu und hängte das Foto auf. Pernille hatten acht Stellwände auftreiben müssen, um die gleiche Fläche wie in der Kammer zu bekommen. Ihr Kollege befestigte zwei weitere Fotos. Alle drei zeigten das gleiche Motiv. Ein einsam gelegener Hof, aufgenommen aus unterschiedlichen Perspektiven.

»Wo ist das?« Vibeke erhob sich von ihrem Platz.

Jens zuckte die Achseln. Die Tür ging auf, und Pernille erschien, dicht gefolgt von Søren. Der Hüne schwang eine Papiertüte in der Hand.

»Ich habe uns etwas zum Futtern mitgebracht.« Søren schälte sich aus seiner Jacke. »Wienerbrød.« Sein Blick glitt zu den Stellwänden, und er pfiff durch die Zähne. »Das sieht nach Arbeit aus.«

Pernille gähnte. »Entschuldigt, aber ich bin hundemüde.«

»Wie lange wart ihr gestern noch in Bentiens Haus?«, fragte Vibeke.

»Bis Mitternacht.« Ihre Kollegin hängte die Jacke über den Schreibtischstuhl und ging zum Sideboard mit der Kaffeekanne. »Anschließend haben Jens und ich den ganzen Kram noch hergebracht.«

»Danke euch beiden.« Vibeke deutete auf die Fotos, die Jens zuletzt aufgehängt hatte. »Weißt du, wo das ist?«

»Vermutlich der Bauernhof in Solderup.« Pernille schenkte sich einen Becher Kaffee ein. »Ich habe mir die Satellitenbilder von der Gegend angesehen, demnach könnte es passen. Leider gibt es von dort keine Street-View-Bilder.«

Vibeke nickte. »Ich checke den Hof später mit Rasmus. Momentan ist er noch in Esbjerg. Weiß eigentlich jemand, wo Luís steckt?«

Jens drehte sich um. »Der hat heute Vormittag bei der Kfz-Fahndung zu tun. Bei einer Spedition wurde am Wochenende ein LKW gestohlen.« Er runzelte die Stirn. »Habt ihr heute eigentlich schon die Zeitungen gesehen?«

»Nein, warum?«

Jens ging zu seinem Platz und hielt den *Flensburger Express* mit der Titelseite in die Höhe.

»Keine Spur vom Idstedt-Mörder. Deutsch-dänische Sondereinheit bereits am Ende?«, lautete die Schlagzeile in fetten Blockbuchstaben. Darunter war ein Foto mit einem deutschen und einem dänischen Streifenwagen symbolträchtig nebeneinander am Grenzübergang abgebildet.

»Was für Idioten!« Søren biss in ein Wienerbrød. Ein Stück Zuckerglasur platzte ab und segelte zu Boden.

»Bei den anderen Zeitungen sieht es auch nicht viel besser aus«, informierte Jens seine Kollegen. »Dort überschlagen sie sich weiterhin mit Spekulationen darüber, ob der Mord an Karl Bentien ein Anschlag auf die dänische Minderheit war. Und wir kommen dabei auch nicht besonders gut weg. In einem Artikel bezeichnet man uns als ›Gurkentruppe‹.«

»Unglaublich.« Vibeke schüttelte den Kopf. »Der Mord liegt nicht einmal eine Woche zurück.«

»Wir leben in Zeiten von CSI«, erwiderte Jens trocken. »In den sozialen Netzwerken geht es übrigens noch heftiger zu. Dort ist man sich bereits einig, dass der Täter ein Flüchtling sein muss. Wie kommen die darauf?« Er schüttelte den Kopf. »Es ist der reinste Hexenkessel.«

Vibeke seufzte. »Wir sollten uns davon nicht beeinflussen lassen und unsere Arbeit machen. Um alles andere kümmert sich die Presseabteilung.«

Jens nickte.

Sie ging zurück zu ihrem Schreibtisch, blätterte in der Akte vom Jugendamt nach der Adresse des Kinderheims und notierte sie auf einem Zettel. Eine Erinnerung blitzte in ihr auf, und für den Bruchteil einer Sekunde hatte sie das Bild eines roten Backsteingebäudes vor Augen. Sie griff nach dem Autoschlüssel.

»Was hast du vor?«, erkundigte sich Søren kauend.

»Ich fahre zu dem Kinderheim, in dem Karl Bentien untergebracht war. Vielleicht gibt es dort noch alte Unterlagen.« Vibeke zog ihre Jacke über. »Sobald du dein Frühstück beendet hast, hilfst du bitte Jens und Pernille mit Karl Bentiens Archivunterlagen. Anschließend kümmert ihr euch um die noch ausstehenden Befragungen.«

Søren nickte und hielt ihr die Papiertüte hin. Etwas Nervennahrung konnte sie jetzt gut gebrauchen. Vibeke schnappte sich eines der Gebäckstücke, das mit einer hellen Creme und Kirschmarmelade gefüllt war, und verließ das Büro.

*Sieverstedt, Deutschland*

Das historische Haupthaus des Theresienheims lag am Ende einer Allee, ein weiß verputzter Backsteinbau mit ziegelrotem Satteldach, zahlreichen Giebeln und Erkern. Eine breite Treppe mit hohen Stufen führte zum Eingangsportal.

Vibeke brachte den Dienstwagen in der kreisrunden Auffahrt zum Stehen. Sekundenlang blieb sie völlig regungslos hinter dem Lenkrad sitzen und starrte auf die verschnörkelte Inschrift oberhalb der Tür.

»Lasst die Kindlein zu mir kommen«, flüsterte Vibeke leise.

Sie hatte sich geschworen, niemals an diesen Ort zurückzukehren.

Das Haus war kleiner als in ihrer Erinnerung. Vor einem der Nebengebäude hielt ein weißer Kastenwagen. Ein Mann kletterte hinaus, schaute kurz in ihre Richtung und verschwand hinter einer Tür.

Vibeke stieg aus dem Auto. Dunkle Wolken hatten sich vor die Sonne geschoben und kündigten Regen an. Langsam stieg sie die Treppenstufen hinauf. Vor der Tür blieb sie zögernd stehen. Sie atmete tief durch und drückte die Klinke herunter.

Die Eingangshalle war hell und freundlich, wie Vibeke überrascht feststellte. In ihrer Erinnerung hatte es hier kalt und düster ausgesehen. Offenbar war das Gebäude in den letzten Jahren saniert worden. Oder ihr Gedächtnis spielte ihr einen Streich, weil es durch die Gefühle und die Fantasie einer Siebenjährigen beeinträchtigt war. Ihr Blick wanderte zu der Tür, hinter der es in den Keller hinunterging. Sie war verschlossen.

Aus den oberen Stockwerken drangen Kinderstimmen. Ein etwa vierzigjähriger Mann mit dunklem Lockenschopf kam die Treppe herunter. Er trug Jeans und ein groß gemustertes Karohemd. Freundliche dunkle Augen blickten ihr neugierig entgegen. »Kann ich Ihnen helfen?«

Sie zückte ihren Dienstausweis. »Vibeke Boisen. Polizei Flensburg.«

Er reichte ihr die Hand. »Ich bin Frank Baumgartner,

der Einrichtungsleiter. Gibt es Probleme mit einem Kind?«

»Nein. Ich bin von der Mordkommission. Wir untersuchen den Fall Karl Bentien. Er war zwischen 1952 und 1956 zweimal in Ihrer Einrichtung untergebracht.« Sie steckte den Dienstausweis zurück in ihre Jacke. »Ich wollte mich erkundigen, ob eventuell noch Akten aus der Zeit vorhanden sind.«

Frank Baumgartner wies mit der Hand auf eine Tür. »Kommen Sie bitte, wir gehen in mein Büro.«

Vibeke folgte ihm in einen nahe gelegenen Raum. Weiße Wände und Möbel aus hellem Holz, Eichenparkett; bunt gerahmte Kinderzeichnungen setzten Farbakzente zu den zahlreichen Schwarz-Weiß-Fotos. Auf dem Schreibtisch des Einrichtungsleiters türmten sich Bücher und Akten, dazwischen lagen Notizen verstreut.

»Setzen Sie sich bitte.« Er deutete mit dem Kopf auf den Besucherstuhl, während er nach der Kaffeekanne griff, die auf einem halbhohen Bücherregal stand. »Möchten Sie auch einen Kaffee?«

»Nein danke.«

»1952 sagten Sie?« Er setzte sich mit einem Kaffeebecher in der Hand an seinen Schreibtisch.

»Und 1956«, ergänzte Vibeke.

»Soweit ich weiß, gibt es noch Akten aus dieser Zeit. Allerdings wurde der Großteil an ein Archiv übergeben.« Er nippte an seinem Kaffee. »Das Theresienheim existiert seit 1892. Seitdem wurden hier viele Kinder aufgenommen. Doch ich bin mir sicher, dass wir zumindest noch die Belegungsbücher bei uns aufbewahrt haben.«

»Könnten Sie vielleicht nachsehen?«

Er runzelte die Stirn. »Jetzt?«

Vibeke nickte. »Es ist wichtig. Karl Bentien ist der Tote, der am Idstedt-Löwen gefunden wurde. Sie haben vermutlich davon gehört.«

Frank Baumgartner nickte. »Natürlich. Das stand ja in sämtlichen Zeitungen. Eine scheußliche Angelegenheit.« Er trank einen weiteren Schluck Kaffee. »Haben Sie einen Beschluss dabei?«

»Nein. Sollte sich die Akte auffinden, beantrage ich ihn sofort beim zuständigen Richter.« Sie strich sich eine Haarsträhne hinters Ohr, die sich aus ihrem Pferdeschwanz gelöst hatte. »Karl Bentien wurde 1946 in einem der dänischen Flüchtlingslager geboren. Danach verliert sich seine Spur bis 1952, wo er laut seiner Adoptionsakte hier untergebracht wurde.«

»Das Theresienheim hat nach Kriegsende zahlreiche aufgegriffene Flüchtlingskinder aufgenommen«, erzählte Frank Baumgartner. »Einige konnten über die Suchdienste zu ihren Familien zurückgeführt werden, aber viele Kinder sahen ihre Eltern nie wieder.« Die Augen des Einrichtungsleiters waren voller Mitgefühl. Er erhob sich. »Ich gehe nachsehen. Allerdings kann es eine Weile dauern, bis ich zurückkomme. Vielleicht nehmen Sie sich in der Zwischenzeit doch einen Kaffee.« Er verließ den Raum.

Vibeke stand auf und sah aus dem Fenster. Eine Gruppe Jungs in Fußballkleidung überquerte gerade mit einem Betreuer die Einfahrt und ging in Richtung Allee. Auf dem Hinweg hatte sie dort einen großen Rasenplatz mit Fußballtoren gesehen.

Sie drehte sich wieder um und entdeckte einen

Prospektständer, der mit Flyern für die Stiftung des Kinderheims warb. Sie warf einen flüchtigen Blick darauf und registrierte nebenbei das Logo. Vier bunte Figuren, ein Haus und ein Baum.

Ein Jugendlicher steckte den Kopf durch die Tür. »Ist der Baumgartner da?«

»Er kommt gleich wieder.«

Erleichterung spiegelte sich in dem Jungengesicht. Schnell flitzte er zum Schreibtisch, legte einen Zettel darauf und verschwand so schnell, wie er gekommen war.

Vibekes Blick fiel auf die Schwarz-Weiß-Fotos an der Wand, und sie ging näher heran, um sie zu betrachten. Bei einigen Aufnahmen standen Kinder, aufgereiht wie kleine Zinnsoldaten, vor dem Backsteingebäude des Theresienheims, auf anderen war an gleicher Stelle eine Gruppe Erwachsener zu sehen. Vibeke vermutete, dass es sich dabei um die Mitarbeiter handelte. Sie suchte nach einem bestimmten Gesicht und atmete erleichtert auf, als sie es nicht fand. Ihre Hände waren schweißnass.

Langsam, aber sicher wurde sie nervös. Zudem verspürte sie ein leichtes Flattern in ihrer Brust. Das macht dieser Ort mit mir, schoss es ihr durch den Kopf. Obwohl das Gebäude von innen einen neuen Anstrich verpasst bekommen hatte, waren es die gleichen Mauern und Räume wie früher. Unheilvolle Bilder stiegen in ihr hoch. Sie presste ihre Fingernägel in die feuchten Handflächen.

Die Tür öffnete sich, und Frank Baumgartner erschien. Vibeke schob ihre Hände in die hinteren Hosentaschen.

Der Pädagoge sah zu der Wand mit den Fotos, vor

der sie immer noch stand. »Interessieren Sie sich für unser Haus? Wenn Sie möchten, kann ich Sie später ein wenig herumführen und Ihnen etwas über die Geschichte des Heims und über unser Konzept erzählen.«

Vibeke schüttelte den Kopf. »Haben Sie etwas gefunden?« Sie deutete auf das Buch im DIN-A4-Format und die braune Akte, die der Einrichtungsleiter unter seinem Arm trug.

Sein Gesicht verzog sich zu einem verschmitzten Lächeln, dabei bildeten sich zahlreiche kleine Fältchen um seine Augen. Offenbar war er ein Mann, der häufig lachte.

»Sie haben Glück. Nur die Unterlagen bis 1950 wurden bisher ausgelagert.« Er setzte sich hinter seinen Schreibtisch und schlug die Akte auf. »Im Grunde sollte längst alles digitalisiert sein, doch dafür fehlen uns leider die Mittel.«

Vibeke nahm wieder auf dem Besucherstuhl Platz und beugte sich vor. »Und? Steht drin, wo Karl Bentien vor 1952 untergebracht war?«

Sein Blick wurde streng. »Sie wissen, dass ich Ihnen ohne Beschluss keine Auskunft geben darf.« Er blätterte durch die Seiten und überflog sie. »Vorausgesetzt, es würde drinstehen, was Sie wissen wollen. Das tut es nur leider nicht.«

Enttäuscht sank Vibeke im Stuhl zurück.

»Das ist nichts Ungewöhnliches für diese Zeit.« Frank Baumgartner lächelte ihr aufmunternd zu. »Die Vermittlungen und Adoptionsvorgänge während des Krieges und der Zeit unmittelbar danach unterlagen wenig staatlichen Kontrollen. Viele Dokumente sind damals verloren gegangen.« Er schlug die Akte wieder zu. »Sie sagten vorhin, Karl Bentien wäre in einem der dänischen Flüchtlingslager geboren?«

Vibeke nickte.

»Dann wäre es möglich, dass er die ersten Lebensjahre bei einer dänischen Familie verbracht hat.« Gedankenverloren rührte der Einrichtungsleiter mit dem Löffel in seinem Kaffeebecher herum. »Viele Dänen haben deutsche Kinder zur Pflege aufgenommen, auch wenn das von den Behörden nicht gerne gesehen wurde. Aber die Menschen hatten Mitleid. Ein Großteil der Kinder kam bereits elternlos in den Lagern an. Dahinter steckten sehr tragische Geschichten.« Er schob den Kaffeebecher beiseite. »Ich würde Ihnen raten, sich an die dänischen Behörden zu wenden.«

Vibeke überlegte einen Moment. »Steht irgendwo ein Datum, an welchem Tag Karl hierhergebracht wurde?«

»Das wurde in den Belegungslisten notiert. Ich habe die betreffenden Unterlagen herausgesucht.« Frank Baumgartner langte nach dem schmalen schwarzen Buch im DIN-A4-Format und schlug es auf. »Einen Moment. Ich habe es gleich.« Er blätterte durch die Seiten, tippte schließlich an eine Stelle. »Das war am 25. Mai 1952.«

Vibeke zog ihr Notizbuch aus der Tasche und schlug die Seite mit den Personendaten des Opfers auf. Sie sah hoch. »An dem Tag hatte Karl Geburtstag. Er ist sechs geworden.« Etwas in ihr zog sich zusammen. »Steht irgendwo, wer Karl gebracht hat? Er wird ja nicht von alleine hier hereinspaziert sein.«

Frank Baumgartner schüttelte bedauernd den Kopf. »Leider nein. Normalerweise werden die Institutionen vermerkt, die vorher tätig waren. In den meisten Fällen handelt es sich dabei um das Jugendamt oder die Polizei. Damals war es oft das Rote Kreuz. In Karls Fall ist die entsprechende Spalte leer.«

»Und was bedeutet das?«

»Dafür kann es viele Erklärungen geben.« Er fuhr sich mit der Hand durch den dunklen Lockenschopf. »Vielleicht wurde er von einer Person gebracht, die namentlich nicht genannt werden wollte. In dem Fall wurden die Kinder einfach vor der Tür abgesetzt. Es kann aber auch sein, dass nur jemand vergessen hat, die Daten in die Liste einzutragen.« Ihm schien etwas einzufallen, denn er langte zurück zu der Akte und blätterte zu einer Seite. »Eigentlich dürfte ich es Ihnen gar nicht erzählen, aber im Aufnahmeprotokoll wurde vermerkt, dass Karl bei seiner Ankunft nur Dänisch sprach.« Er runzelte die Stirn. »Außerdem hatte er zahlreiche Wunden am Rücken. Offenbar ist er geschlagen worden. Hier ist auch eine Gesprächsnotiz. Karl erzählte, der Nachttroll hätte ihn vom Hof seiner Eltern entführt. Der arme Kerl muss völlig durcheinander gewesen sein.«

Vibeke horchte auf. »Er hat von einem Hof gesprochen? Steht da noch mehr dazu? Ein Ort vielleicht?«

»Leider nein.« Der Einrichtungsleiter schlug die Akte wieder zu. »Können Sie damit etwas anfangen?«

Sie stand auf. »Möglicherweise.«

Frank Baumgartner erhob sich ebenfalls. »Ich lasse die Akte bei mir im Büro. Sobald Sie den Beschluss haben, können Sie die kompletten Unterlagen einsehen.«

»Haben Sie vielen Dank.« Sie reichte ihm zum Abschied die Hand.

»Kann ich Sie nicht doch zu einer Führung überreden?«

Er hielt ihre Hand ein wenig zu lange, und Vibeke
zog sie zurück.

»Nein, wirklich nicht.«

»Man könnte glatt meinen, Sie hätten schlechte Er-
fahrungen mit Kinderheimen gemacht.« Er lächelte.
»Aber glauben Sie mir, die Kinder und Jugendlichen
fühlen sich wohl hier bei uns. Wir geben ihnen den
Halt, den sie anderswo nicht bekommen.«

Vibeke zwang sich zu einem Lächeln. Dann verließ
sie das Büro und eilte aus dem Gebäude. Als sie hinter dem Lenkrad saß, suchte ihr Blick die Inschrift in
dem weißen Backsteingemäuer. *Lasst die Kindlein zu
mir kommen!*

# 8. Kapitel

*Kiel, Deutschland 1987*

Heinrich Bentien war ein großer, kräftiger Mann, grauhaarig mit zurückgehendem Haaransatz und einer markanten Habichtsnase. Er hatte Karl zur Begrüßung weder umarmt noch die Hand gereicht, sondern ihn lediglich aus zusammengekniffenen Augen einer intensiven Musterung unterzogen. Jetzt standen sich die beiden Männer im Wohnzimmer stocksteif gegenüber.

Karl hatte sich ihre erste Begegnung anders vorgestellt. Nachdem er seinen Geburtseintrag im Kirchenbuch von Oksbøl gefunden hatte, waren etliche weitere Jahre vergangen, ehe er nach der Identität seiner Mutter Ilse auch die von ihrem Mann hatte ermitteln können. Nach zahlreichen Behördenanfragen war es schließlich die Deutsche Dienststelle »WASt« gewesen, die ihm den entscheidenden Hinweis geliefert hatte. Die Wehrmachtsauskunftsstelle für Kriegsverluste und Kriegsgefangene, die sämtliche Teilnehmer der Wehrmacht registrierte, die von Verwundung und Krankheit, Tod oder Gefangenschaft betroffen waren, führte auch die Personalien von vermissten Soldaten, die nach Kriegsende von ihren Angehörigen gesucht wurden.

Heinrich Bentien hatte den Krieg überlebt und

wohnte seitdem in Kiel. Keine hundert Kilometer von Flensburg entfernt.

Karl suchte im Gesicht des Älteren nach Ähnlichkeiten. Wie sprach man mit einem Vater, dem man nie zuvor begegnet war und an den man gefühlte tausend Fragen hatte? Zumal dieser einem so kühl gegenüberstand. Karl fühlte sich wie ein unsicherer Teenager, dabei war er mittlerweile selbst über vierzig, dazu ein verheirateter Mann und Vater eines dreijährigen Sohnes.

»Ich habe lange nach dir und meiner Mutter gesucht«, begann Karl zögerlich. Seine Hände waren schweißnass vor Nervosität.

»Ilse ist tot«, erklärte ihm Heinrich Bentien kalt.

Karl spürte eine plötzliche Enge im Hals, öffnete den Mund, um zu fragen, was mit seiner Mutter passiert war, doch kein einziger Laut drang über seine Lippen.

»Und nur, dass hier kein Missverständnis entsteht. Ich bin nicht dein Vater.«

Karl hatte das Gefühl, als zöge ihm jemand den Boden unter den Füßen weg. Enttäuschung und Verzweiflung machten sich in ihm breit.

»Du bist ein Naziabkömmling«, fuhr Heinrich Bentien ungerührt fort. »Oder ein Dänenbastard. Ein Verbrecherkind. Such es dir aus!« Er blähte die Flügel seiner Habichtsnase. »Von meiner Seite gibt es dazu nicht mehr zu sagen.« Seine Stimme triefte vor Verachtung.

Karl starrte ihn fassungslos an, dann drehte er sich um und verließ fluchtartig den Raum. Im Flur stieß er mit einem jungen Mann zusammen. Blond, einen fragenden Blick in den Augen, doch Karl eilte wortlos an ihm vorbei zur Wohnungstür.

Im Treppenhaus ließ er sich gegen die Wand fallen und schloss die Augen. Zwanzig Jahre Suche, eine tote Mutter, keine Antworten. Was war mit seiner Mutter passiert? Weshalb war sie gestorben? Wer war sein Vater?

Eine Erinnerung streifte ihn. »Drecksdäne« hatten ihm die Kinder in Flensburg auf dem Pausenhof der Schule zugerufen. Konnte es sein, dass es stimmte? Hatte er deshalb als kleiner Junge Dänisch gesprochen? Was, wenn der Mann hinter der Wohnungstür recht hatte und er womöglich das Kind eines Verbrechers war? Tiefe Verzweiflung übermannte ihn. Er würde seiner leiblichen Mutter nie mehr begegnen. Auch seine beiden Geschwister, deren Gräber er in Oksbøl auf dem Friedhof entdeckt hatte, waren tot und würden für immer Leerstellen in seinem Leben bleiben. Was war mit diesen drei Menschen geschehen?

*Südjütland, Dänemark*

Sie fuhren die Route 401 in Richtung Westen. Anders als an der Ostküste Jütlands, wo grüne Hügelketten, Mischwälder und raue Buchten eine reizvolle Mischung bildeten, war die Natur im Inneren des Festlands wenig kontrastreich. Schnurgerade Straßen, Felder und Wiesen, so weit das Auge reichte. Hin und wieder passierten sie kleine Ortschaften, die lediglich aus einer Handvoll Häuser bestanden. Menschen waren nur vereinzelt zu sehen. In der letzten Viertelstunde waren ihnen auf der Gegenfahrbahn gerade mal zwei Autos begegnet.

Die größte Anzahl an Lebewesen bildeten die Kühe, die auf den Weiden neben der Straße grasten.

Über ihnen war die Wolkendecke noch dichter geworden. Nicht mehr lange, und es würde regnen.

Rasmus hatte Vibeke am Parkplatz des Gemeinsamen Zentrums aufgesammelt. Seitdem hatte sie kaum eine Silbe gesprochen, saß still auf dem Beifahrersitz und starrte aus dem Fenster. Selbst für ihre Verhältnisse war das ungewöhnlich.

Die Ermittlerin wirkte noch blasser als sonst, und nach einem Blick auf das Pflaster an ihrem Hinterkopf fragte sich Rasmus, ob ihre Verletzung vielleicht doch schlimmer war, als sie zugab. Das letzte Mal, als er sie so in sich zurückgezogen erlebt hatte, war sie in Sorge um ihren Vater gewesen, der zu dem Zeitpunkt im Koma gelegen hatte. Doch das hatte Rasmus erst viel später erfahren, weil er zu der Zeit zu sehr mit sich selbst beschäftigt gewesen war. Damals hatte er sich vorgenommen, in Zukunft mehr auf die Menschen in seiner Umgebung zu achten.

»Ist mit dir alles in Ordnung?«

Ein seitlicher Blick aus ihren Gletscheraugen traf ihn. Vibeke trug diese ausdruckslose Miene zur Schau, aus der er nie schlau wurde. Sie murmelte irgendetwas und sah wieder aus dem Seitenfenster.

Rasmus konzentrierte sich auf die Straße. Manchmal verstand er die Frauen einfach nicht, und Vibeke Boisen war in dieser Hinsicht ein ganz besonderes Exemplar. Warum war sie oft so sonderbar? Sie ließ sich nie hinter ihre Fassade blicken. Dabei hatte er sich ihr gegenüber vor einiger Zeit geöffnet. Und das war ihm verdammt schwergefallen.

Camilla war da ganz anders. Sie trug ihr Herz auf der Zunge und hatte das Temperament einer Sizilianerin. Früher hatte er ihr jegliche Gefühlsregung an der Nasenspitze ablesen können. Nur in den letzten Monaten ihrer Ehe hatte sich das geändert. Doch er wollte jetzt nicht an seine Ex-Frau denken. Jonnas Anspielungen hatten ihm bereits letzte Nacht den Schlaf geraubt. Dabei war das Kapitel Camilla für ihn längst abgeschlossen.

Rasmus setzte den Blinker und bog auf die Landstraße Richtung Saksborg ab. Je tiefer sie nach Jütland hineinfuhren, desto verlassener wurde die Gegend. Es begann zu nieseln, als ihn das Navi auf eine schmale Straße zwischen Feldern und Wiesen führte. Der Asphalt hatte Risse und wies vereinzelt Schlaglöcher auf. Er fragte sich, wohin er ausweichen sollte, für den Fall, dass ihnen ein anderes Fahrzeug entgegenkam. Ein Seitenstreifen neben der Straße war quasi nicht vorhanden. Doch vermutlich war das ohnehin eine rein rhetorische Frage. Weit und breit war kein anderes Auto in Sicht. Häuser waren auch nicht zu sehen. Wenn er jetzt einen Unfall baute, würde es wahrscheinlich eine halbe Ewigkeit dauern, ehe man sie fand. Er schauderte.

Seine Gedanken glitten zu Vickie Brandt. Rasmus hatte sich noch von Esbjerg aus unter einem Vorwand beim GZ ihre Handynummer besorgt, um sie später anzurufen. Mittlerweile war ihm klar geworden, dass er Vickie wiedersehen wollte. Vorausgesetzt, sie wollte es auch.

»Halt an!« Vibekes Stimme vom Beifahrersitz riss ihn aus seinen Gedanken. »Halt sofort an!«

Sie hatte die rechte Hand auf das Brustbein unterhalb

des Halses gelegt, mit der linken rüttelte sie an der Schließe des Sicherheitsgurts. In ihren Augen spiegelte sich ein Ausdruck, den Rasmus noch nie an ihr gesehen hatte. Panik.

Augenblicklich drosselte er das Tempo, drückte gleichzeitig den Schalter für den Warnblinker und steuerte auf die Wiese neben dem Asphalt zu.

Sobald der Wagen zum Stillstand gekommen war, sprang seine Kollegin aus der Tür. Sie lief ein paar Schritte über ausgedörrtes Gras und blieb schließlich stehen. Ihr ganzer Körper schien zu beben. Sie beugte den Oberkörper leicht nach vorne. Ihre Schultern zuckten.

Übergab sie sich? Oder weinte sie? Die Vorstellung, die unterkühlte und stets kontrollierte Vibeke Boisen könnte auf einer Wiese mitten in Jütland stehen und weinen, war so fern jeder Wahrscheinlichkeit, dass er wie gelähmt hinter dem Steuer sitzen blieb und auf ihren Rücken starrte. Vibekes spitze Schultern schienen sich durch ihre Jacke zu bohren.

Rasmus konnte nicht länger zusehen. Diese Frau brauchte Hilfe. Egal, ob sie die wollte oder nicht.

Er stieg aus dem Wagen, eilte an die Seite seiner Kollegin. Sie war leichenblass. Schweißperlen standen auf ihrer Stirn, und ihre Hände umklammerten den Hals, während sie nach Luft rang.

Sie hat eine Panikattacke, dachte er alarmiert.

»Atmen, Vibeke, ganz ruhig atmen«, forderte er sie auf.

Seine Kollegin reagierte nicht.

Er rannte zum Kofferraum seines Autos und zog eine der Spurensicherungstüten heraus, die neben der

Schutzkleidung immer parat lagen. In wenigen Sekunden war er wieder an Vibekes Seite und drückte ihr die Tüte in die Hände.

»Atme da hinein. Komm schon, Vibeke, atme!« Das letzte Wort brüllte er. Doch es half.

Seine Kollegin umklammerte die Tüte mit beiden Händen, keuchte erst schnell und unkontrolliert hinein, atmete dann ruhiger. Schließlich ließ sie die Tüte wieder sinken. Ein paar Haarsträhnen hatten sich aus ihrem Pferdeschwanz gelöst, und ihr Gesicht glänzte vor kaltem Schweiß.

Rasmus hätte sie am liebsten in den Arm genommen, instinktiv hielt er sich jedoch zurück.

»Danke.« Vibeke sah ihn nicht an. Sie war immer noch blass, aber zumindest zitterte sie nicht länger.

»Hast du das öfter?«

Sie antwortete nicht, erwiderte aber seinen Blick. Argwohn spiegelte sich in ihren hellen Augen.

»Hey, hast du vergessen, wer ich bin?« Er legte sich mit theatralischer Geste die Hand auf die Brust. »Der Bulle, der vor Kurzem fast einen Menschen erschossen und ein Verfahren an den Hals gekriegt hätte, wenn du nicht gewesen wärst. Du glaubst doch nicht, dass ich irgendjemandem hiervon erzähle?«

Vibeke deutete ein Kopfschütteln an. »Es ist nicht das erste Mal.« Sie strich sich die losen Haarsträhnen hinters Ohr. »So etwas wird nie wieder vorkommen. Es war nur ...« Sie rang nach Worten.

»Einfach ein bisschen viel in den letzten Tagen«, beendete Rasmus ihren Satz.

Sie nickte.

»Panikattacken sind natürlich scheiße. Aber weißt

du was?« Er lächelte sie an. »Es erleichtert mich, dass bei dir auch nicht immer alles rundläuft. Deine Perfektion hat mir ehrlich gesagt schon ein wenig Angst gemacht.«

»Ich bin alles andere als perfekt«, murmelte Vibeke.

»Dann versuche es auch nicht ständig.« Rasmus fuhr sich übers Haar. »Es gibt Wichtigeres.« Er ließ den Blick über die Wiese in die Ferne schweifen. Eine Erinnerung streifte ihn. »Weißt du, was Anton zu mir gesagt hat, als ich ihn nach seinen Wünschen zu seinem letzten Geburtstag fragte?«

Seine Kollegin schüttelte den Kopf.

»Erst druckste er rum, und ich dachte, jetzt kommt so etwas wie ein neues Handy oder das coole Mountainbike, das er in einem Fahrradshop entdeckt hatte, doch stattdessen wünschte er sich, dass wir mal wieder zum Angeln gingen.« Rasmus schluckte bei der Erinnerung. Er hatte noch nie jemandem davon erzählt. »Anton war so viel klüger als ich. Er wusste, worauf es ankam im Leben. Und das mit gerade mal fünfzehn Jahren.«

»Hört sich ganz danach an.« Sie musterte ihn. »Wart ihr danach zusammen beim Angeln?«

Rasmus schüttelte den Kopf. »Ich hatte keine Zeit. Ich hatte einfach nie Zeit.«

Sie schwiegen einen Moment.

»Ich hätte Anton gerne kennengelernt«, sagte Vibeke schließlich. »Er muss ein prima Junge gewesen sein.«

Rasmus nickte. Der Kloß in seinem Hals, der sich in der letzten halben Minute verdreifacht hatte, wuchs bei ihren Worten noch ein wenig weiter an. Doch jetzt ging es nicht um ihn. Oder um Anton. Er musste sich zusammenreißen.

Rasmus räusperte sich. »Was ich dir eigentlich mit dem Ganzen sagen will: Solltest du mal jemanden zum Reden brauchen, bin ich da.«

Sie sah ihn skeptisch an.

»Wenn du willst, halte ich dabei auch die Klappe und höre nur zu«, schob er hinterher. »Aber friss deine Probleme nicht in dich rein. Glaub mir, ich kenne mich damit aus. Sie zerfleischen dich, machen dich irgendwann krank. Oder du landest im Knast. So wie ich.«

»Und seit dieser Erkenntnis handhabst du das so?« Erneut traf ihn ihr skeptischer Blick.

Rasmus zuckte die Achseln. »Sagen wir mal so: Ich arbeite daran.«

»Danke«, sagte Vibeke leise. »Dein Angebot ist sicher nett gemeint, aber ich kann das nicht.« Ihr Gesicht verschloss sich wieder. Im nächsten Moment knüllte sie die Papiertüte in ihrer Hand zusammen. »Hast du im Auto etwas zu trinken? Ich habe Durst.« Sie machte auf dem Absatz kehrt, ohne eine Antwort abzuwarten.

Rasmus starrte ihr mit offenem Mund hinterher. Vibeke Boisen war wie der Duracell-Hase, dem man neue Batterien eingesetzt hatte. Kopfschüttelnd folgte er seiner Kollegin zum Wagen.

*Solderup, Dänemark*

Der Bauernhof lag hinter einer Biegung. Drei u-förmig angelegte Gebäude mit verfärbter Hausfassade und bröckelndem Putz. Eines der Gebäude hatte ein großes Tor, ausreichend breit für eine ganze Kuhherde und einen angrenzenden überdachten Stellplatz. Der Mähdrescher, der Pick-up und der Traktor samt Hänger, die darunter abgestellt waren, wirkten genauso in die Jahre gekommen wie das restliche Anwesen.

Rasmus parkte den Dienstwagen gegenüber der Hofeinfahrt, direkt an einem Feld. Das Getreide war längst abgeerntet, der Boden trocken und ausgedörrt, sodass der Nieselregen in Rinnsalen durch die Furchen floss, anstatt in die Erde einzusickern. Am Ackerrand standen zwei einsame Bäume, deren Äste sich wie auseinandergebreitete Arme dem weiß-grauen Himmel entgegenstreckten.

Was für eine trostlose Gegend, dachte Rasmus, während er aus dem Auto stieg. Vibeke schlug bereits die Beifahrertür hinter sich zu und steuerte zielstrebig die Hofeinfahrt an. Sie hatte wieder ihre betriebsame Gangart eingelegt, so als wäre nichts geschehen.

Rasmus seufzte und eilte ihr hinterher.

Seine Kollegin drückte gerade den Klingelknopf am Haupthaus, als er neben sie trat. Das Holz der Eingangstür wies zahlreiche Risse auf, die Klinke war alt und abgegriffen, an einigen Stellen blätterte Farbe ab. Niemand öffnete.

Er zeigte auf das Hintergebäude. »Lass es uns dort versuchen.«

Doch auch an der zweiten Tür reagierte niemand auf ihr Klingeln.

Sie wechselten einen kurzen Blick und gingen zu dem dritten Gebäude. Das große Tor stand einen Spaltbreit offen. Rasmus schob es ein Stück weiter auf und streckte den Kopf hindurch.

»Hej! Ist hier jemand?«

Hinter dem Tor verbarg sich ein Kuhstall, der im Gegensatz zum Außenbereich vor nicht allzu langer Zeit modernisiert worden war.

»Hier hinten!«, schallte ihm eine männliche Stimme entgegen.

Die beiden Kriminalbeamten gingen hinein. Obwohl die Boxenlaufställe leer waren, roch es intensiv nach Kühen. Ein unangenehmer Mix aus Mist, Heu und Gülle.

Metallstangen unterteilten die Fläche in großzügige Abteile zu beiden Seiten. Das vordere Areal war hinter den Fressgittern mit einem Spaltenboden ausgelegt, während der hintere Teil mit Stroh bedeckt war. An einigen Stellen des Gitters waren in Schulterhöhe der Tiere runde Bürsten angebracht. Tageslicht drang durch den verglasten Dachfirst ins Innere des Stalls. Alles wirkte hell, geräumig und modern.

Rasmus und seine Kollegin gingen weiter in die Richtung, aus der die Stimme gekommen war. Am Ende der Boxengasse befand sich ein offenes Absperrgitter, dahinter führte eine Rampe in einen Raum mit zwei Dutzend Metallboxen: eine hochmoderne, glänzende Melkanlage, ausgestattet mit Monitoren und Stromaggregat und einem Schlauchsystem, das Rasmus an die Zapfsäulen einer Tankstelle erinnerte.

Ein etwa dreißigjähriger Mann in grüner Arbeitshose und Gummistiefeln trat ihnen entgegen. Er war kräftig gebaut, hatte strohblondes Haar und einen leichten Silberblick und säuberte sich gerade die verschmutzten Hände mit einem Lappen.

»Hej. Rasmus Nyborg von der Polizei Esbjerg.«

Rasmus deutete auf seine Kollegin. »Und das ist Vibeke Boisen, meine Kollegin aus Flensburg.«

»Svend Johannsen. Mir gehört der Hof.« Der Landwirt steckte den verdreckten Lappen in seine hintere Hosentasche. Unter seinem T-Shirt zeichnete sich ein muskulöser Oberkörper ab. »Was wollt ihr hier? Ich habe gerade wenig Zeit. Die Melkmaschine ist kaputt.«

»Wir versuchen, es kurz zu machen. Sagt dir der Namen Karl Bentien etwas?«

Svend Johannsen dachte einen Moment nach und schüttelte dann den Kopf. »Hab ich noch nie gehört.«

Vibeke hielt ihm das Display ihres Handys hin, auf dem ein Foto von Karl Bentien zu sehen war.

»Vor einiger Zeit war ein Mann hier. Er hat den Hof von der anderen Straßenseite aus beobachtet. Ich bin mir nicht ganz sicher, aber es könnte der Typ auf dem Foto gewesen sein. Was ist mit ihm?«

»Karl Bentien wurde letzte Woche ermordet.«

Der Landwirt wurde eine Spur blasser. »Das ist schlimm.«

Rasmus nickte. »Wann war das, als du ihn hier gesehen hast?«

»Irgendwann Anfang des Jahres. Vor einigen Wochen war er dann noch einmal hier.« Er legte den Kopf schief. »Das muss Ende August gewesen sein.«

»Hast du mit ihm gesprochen? Was wollte er hier?«

Svend Johannsens Gesicht verschloss sich. »Keine Ahnung. Er war verschwunden, ehe ich ihn fragen konnte.«

»Karl Bentien hat möglicherweise als Kind hier auf dem Hof gelebt«, mischte sich Vibeke ins Gespräch. »Ist Ihnen darüber etwas bekannt?«

»Hier?« Er schüttelte den Kopf. »Darüber weiß ich nichts.«

»Wem hat der Hof früher gehört?«

»Meinem Vater Evan. Und davor meinem Großvater. Der Hof gehört seit vielen Generationen unserer Familie.«

»Und wo ist Ihr Vater jetzt?«, hakte Vibeke nach.

»In seiner Wohnung im Nebengebäude. Die linke Tür. Die andere führt in den Pferdestall.«

»Wir haben dort bereits geklingelt«, übernahm Rasmus wieder das Ruder. »Es hat niemand aufgemacht.«

»Die Klingel ist kaputt. Ihr müsst klopfen und sagen, dass ihr es seid. Mein Vater öffnet sonst nicht, weil er denkt, dass ich es bin. Er spricht schon seit Jahren nicht mehr mit mir.« Svend Johannsen hielt einen kurzen Moment inne. Er sah zur Melkmaschine. »War es das jetzt? Ich muss die Anlage wieder in Gang kriegen, ehe ich die Tiere von der Weide reinhole.«

»Eine Frage habe ich noch«, sagte Rasmus. »Arbeitet außer dir noch jemand hier?«

»Schon lange nicht mehr.«

»Gut, das war es dann. Zumindest fürs Erste.« Rasmus war dem Blick des Landwirts gefolgt, der wieder auf die Melkanlage gerichtet war. »Gibt es dafür denn keinen Mechaniker?« Anstatt einer Antwort erntete er ein trockenes Lachen.

Keine Minute später klopfte Rasmus gegen die Tür des hinteren Gebäudes. »Polizei. Bitte aufmachen, wir müssen mit dir reden, Evan.«

Mittlerweile goss es in Strömen. Während seine Kollegin die Kapuze ihrer Jacke aufgesetzt hatte, lief ihm der Regen ungehindert in den Nacken.

Rasmus klopfte erneut. Dieses Mal deutlich energischer. »Aufmachen! Polizei.«

Es dauerte eine Weile, dann waren hinter der Tür schlurfende Schritte zu hören, und ihnen wurde geöffnet.

Evan Johannsen war ein kräftiger Mann mit teigigen Wangen und einer aufgedunsenen Nase, die auf einen erhöhten Alkoholkonsum schließen ließ. Sein Blick wanderte misstrauisch von dem Polizisten zu seiner Kollegin und zurück.

Rasmus stellte sie beide vor. »Wir ermitteln im Mordfall Karl Bentien. Ein Hinweis hat uns zu euch auf den Hof geführt.« Er deutete mit dem Zeigefinger Richtung Himmel. »Können wir vielleicht reinkommen? Hier draußen ist es ein wenig ungemütlich.«

Der alte Landwirt verzog missmutig das Gesicht, öffnete die Tür jedoch ein Stück weiter und ließ die Kriminalbeamten in den karg eingerichteten Vorraum eintreten. Eine Hakenleiste, an der eine Jacke baumelte, am Boden zwei Paar Stiefel mit dreckverkrusteten Sohlen. An der Wand neben der Eingangstür hing ein altmodischer Spiegel, dessen Glas im Laufe der Jahre blind geworden war. Mehr Einrichtungsgegenstände gab es nicht.

»Hier entlang.« Evan Johannsen führte die Polizisten durch einen Flur, an dessen Seiten sich meterhoch alte Zeitungen türmten. Es roch nach Müll.

Rasmus fragte sich, was sie in der Wohnung noch erwartete. Die Küche glich einem Schlachtfeld. In der Spüle stapelten sich verkrustete Töpfe, dreckiges Geschirr verteilte sich quer über die gesamte Arbeitsfläche, aus dem Mülleimer quoll zusammen mit einigen Plastikverpackungen ein übler Geruch. Eine grau getigerte Katze bediente sich gerade am Herd an den Essensresten in einer Pfanne und sprang schnell herunter, als sie die Neuankömmlinge bemerkte. Dabei stieß sie mit der Hinterpfote eine der leeren Bierflaschen um, die in einer Reihe neben dem Mülleimer standen. Restflüssigkeit lief auf den Küchenboden.

Evan Johannsen scheuchte das Tier mit einem zischenden Laut in den Flur hinaus und ließ sich auf einem der beiden Küchenstühle nieder. Vibeke trat an Rasmus vorbei in den Raum, warf einen Blick auf das fleckige Sitzkissen des verbliebenen Stuhls und lehnte sich gegen die Heizung. Durch das gekippte Fenster hinter ihrem Rücken konnte man in den Hof hinausschauen.

Rasmus blieb mitten im Raum stehen.

»Hätte ich gewusst, dass ihr kommt, hätte ich ein wenig Ordnung gemacht«, brummte Evan Johannsen. »Also, warum seid ihr hier?«

Vibeke hielt ihm ihr Handy-Display hin. »Der Mann auf dem Foto ist Karl Bentien. Er war bei Ihnen auf dem Hof, und wir möchten gerne wissen, warum.«

Der Landwirt betrachtete das Bild. Anstatt einer Antwort knetete er die Hände, die ineinander verschränkt auf der Tischplatte lagen. Grobe und schwielige Hände, wie Rasmus bemerkte. Hände, die zupacken konnten.

»Kann es sein, dass deine Eltern früher ein deutsches Flüchtlingskind aufgenommen haben?«, half er dem Mann auf die Sprünge.

Der Blick des Alten flackerte. »Möglich.«

»Geht es auch ein wenig konkreter?«, fragte Rasmus ungehalten. Die Situation begann ihm gründlich auf die Nerven zu gehen. Erst der Sohn, jetzt der Vater, erwachsene Menschen, die nicht miteinander sprachen und denen man jedes einzelne Wort aus der Nase ziehen musste. Dazu dieser abgeschiedene Hof, der noch weniger Behaglichkeit ausstrahlte als die Räume der Rechtsmedizin und von dem er so schnell wie möglich wieder wegkommen wollte. »War Karl Bentien dieses Kind?«

Evan Johannsen hob den Blick von seinen Händen.

»Der Deutsche hat das zumindest behauptet. Wollte bei uns in der Vergangenheit wühlen und hat Fragen gestellt, auf die ich keine Antworten hatte.« Empörung schlich sich in seine Stimme. »Ich war damals noch nicht einmal auf der Welt.«

Vibeke Boisen zückte ihr Notizbuch. »Was waren das für Fragen?«

»Angeblich war er auf der Suche nach seinem leiblichen Vater. Als wenn ich ihm dabei hätte helfen können.« Der alte Landwirt strich sich mit einer fahrigen Geste übers Gesicht. Rasmus bemerkte ein einzelnes Haar, das aus seiner Nase ragte.

»Karl Bentien sprach nur von seinem Vater?«, hakte Vibeke nach. »Was war mit der Mutter?«

Der Landwirt schnaubte verächtlich. »Woher soll ich das wissen? Ich habe nicht danach gefragt. Es hat mich nicht interessiert.«

»Leben deine Eltern noch?«, erkundigte sich Rasmus.

Evan Johannsen schüttelte den Kopf. »Mein Vater ist 1952 vom Scheunendach gefallen, als er es reparieren wollte. Er war sofort tot. Kurz danach hat meine Mutter erfahren, dass sie mit mir schwanger ist. Sie ist vor ein paar Jahren an Krebs gestorben.«

»Gibt es noch jemanden aus der Familie, mit dem wir sprechen können?«

»Das Gleiche hat der Deutsche auch gefragt«, stellte Evan fest. »Nein, meine Onkel und Tanten sind alle längst tot. Ich habe noch eine jüngere Schwester, sie lebt in Malmö. Ihr Vater war der zweite Mann meiner Mutter. Aber sie wird euch auch nichts sagen können.«

Vibeke Boisen reichte ihm Stift und Notizbuch. »Bitte schreiben Sie mir die Adresse Ihrer Schwester trotzdem auf.«

Er nickte und schrieb in krakeliger Schrift etwas in das Notizbuch hinein, ehe er es zurückgab.

»Danke.«

Sein Blick wurde wachsam. »Was ist denn eigentlich mit dem Deutschen?«

»Karl Bentien wurde ermordet«, erwiderte Rasmus. »Genauer gesagt, zu Tode getreten.«

»Das ist nicht schön.« Evan Johannsen nestelte an einem Ziehfaden seines Strickpullovers. »So zu sterben.«

»Nein. Ganz und gar nicht.« Rasmus musterte ihn. »Wo warst du letzten Dienstagabend?«

»Warum fragst du das? Werde ich verdächtigt?«

»Es ist mein Job, das zu fragen. Also?«

»Ich war auf dem Nachbarhof. Bei Bjørn Friis in Lund. Zum Kartenspielen.«

»Was genau habt ihr gespielt?«

»Skat.«

Rasmus kannte das deutsche Kartenspiel, das sich auch in Dänemark, vor allem in der Grenzregion, wachsender Beliebtheit erfreute. »Braucht man dafür nicht drei Spieler?«

Evan Johannsen nickte. »Bjørns Schwager war auch da.«

»Hast du noch alte Unterlagen von deinen Eltern? Vielleicht ein Familienbuch oder irgendwelche Fotos?«

Der Alte deutete ein Kopfschütteln an und verschränkte die Arme vor der Brust.

Rasmus unterdrückte ein Seufzen. Von dem Mann würden sie vorerst nichts mehr erfahren. »Gut. Dann verabschieden wir uns jetzt.« Er legte seine Visitenkarte auf den Tisch. »Melde dich, falls dir etwas einfällt, das wichtig sein könnte.«

Der Landwirt nickte, ohne ihn anzusehen.

»Wir finden alleine hinaus.« Rasmus verließ die Küche und ging mit schnellen Schritten an den aufgetürmten Zeitungen im Flur vorbei.

Draußen hatte es mittlerweile aufgehört zu regnen, doch der Himmel war noch immer grau und voller Wolken. Rasmus ließ den Blick über den Hof schweifen. Hatte Karl Bentien hier seine ersten Lebensjahre verbracht? Und wenn ja, warum ausgerechnet hier? Bis nach Oksbøl waren es über hundert Kilometer.

»Ein komischer Kauz.« Vibeke war ihm aus dem Haus gefolgt und stellte sich neben ihn.

Von seinem Standort aus konnte Rasmus die Felder sehen. Sein Blick streifte die fleckige Hausfassade, das vermoderte Holz der Fensterrahmen, die Scheiben, die vor Schmutz starrten. Alles an diesem Ort strahlte Einsamkeit und Trostlosigkeit aus. Genau wie seine Bewohner.

»Wollen wir?« Vibeke deutete mit dem Kopf zur Straße.

Rasmus nickte und folgte seiner Kollegin zum Dienstwagen. Ehe er einstieg, drehte er sich noch einmal um.

Svend Johannsen stand in der Einfahrt seines Hofes und starrte ihnen mit ausdrucksloser Miene hinterher.

*Solderup, Dänemark*

Svend wartete, bis der Wagen mit den Polizisten hinter der nächsten Biegung verschwunden war, dann überquerte er den Innenhof und klopfte energisch gegen die Tür des Hinterhauses.

»Mach auf, Vater! Wir müssen reden.«

Nichts passierte.

Svend ging zu dem Fenster, das noch immer gekippt war, und spähte in die Küche. Er konnte seinen Vater nicht sehen, doch Tisch und Stühle, die seitlich an der Wand standen, lagen nicht in seinem Blickwinkel.

»Ich weiß, dass du da drinnen sitzt und mich hörst, Vater. Entweder, du machst jetzt die verdammte Tür auf, oder ich schlag das Fenster ein. Es ist deine Entscheidung.«

Svend vernahm ein Murmeln und schlurfende Schritte. Er ging zurück zum Eingang.

Kurz darauf wurde die Haustür geöffnet, und er stand seinem Vater gegenüber. Dieser machte keinerlei Anstalten, ihn hineinzubitten.

Svend kam direkt zu Sache. »Warum hast du der Polizei erzählt, dass die Oma tot ist?«

»Du hast gelauscht?« Evan sah ihn erbost an.

Svend lächelte. »Du sprichst also wieder mit mir.«

Der Blick seines Vaters verfinsterte sich. »Bild dir bloß nichts darauf ein.«

»Also, was sollte das mit Oma?«

»Das geht dich nichts an.« Evan verschränkte die Arme vor der Brust.

»Entweder, du erzählst es mir jetzt, oder ich rufe diesen Rasmus Nyborg an. Dann kannst du ihm erklären, warum du gelogen hast.«

»Das ist Erpressung.«

»Nenn es, wie du willst.«

Sein Vater legte eine Hand an die Tür, und einen Moment befürchtete Svend, er würde sie ihm vor der Nase zuschlagen, doch stattdessen trat Evan beiseite, um ihn hineinzulassen.

Schweigend trat Svend über die Schwelle. Er hatte die Wohnung seit drei Jahren nicht mehr betreten. Ein unangenehmer Geruch strömte ihm entgegen. Abgestandener Schweiß gepaart mit dem Gestank von Müll.

Im Vorbeigehen registrierte er die Zeitungsberge im Flur. In der offenen Küchentür blieb er stehen und starrte fassungslos auf das Chaos. Wann hatte sich sein Vater zu einem Messie entwickelt? Und warum wusste er nichts davon? Heiße Scham überkam ihm.

»Warum sagst du nichts, wenn du Hilfe brauchst?« Er ließ den Blick über die dreckigen Geschirrberge schweifen.

»Weil ich keine Hilfe brauche.« Evan ließ sich auf einem der Stühle nieder. »Und von dir schon mal gar nicht. Du weißt ohnehin alles besser. Sieht man ja am Hof. Du hast keine fünf Jahre dazu gebraucht, um das in Grund und Boden zu wirtschaften, was Generationen unserer Familie in jahrzehntelanger Arbeit aufgebaut haben.«

Svends Puls stieg augenblicklich an, doch er bemühte sich, ruhig zu bleiben. »Es lief gut. Bis die Dürre kam. Und das ist wahrlich nicht meine Schuld. Die Meteorologen sagen, es war der trockenste Sommer seit 1992.«

»Pah!« Evan machte eine wegwerfende Handbewegung. »Für solche Fälle schafft man Rücklagen an.«

Es wurde so still in der Küche, dass das Ticken der Wanduhr zu hören war.

Der Blick seines Vaters wurde trüb. »Sag ehrlich. Muss ich hier weg auf meine alten Tage? Wenn ja, dann bring ich mich lieber gleich um.« Er schüttelte den Kopf, starrte stumpf auf die Wand. »Mich kriegt niemand hier raus. Nur mit den Füßen voran.«

Svend setzte sich zu seinem Vater an den Tisch. »Warum hast du der Polizei gesagt, die Oma wäre tot?«

Evan antwortete nicht. Schließlich löste er den Blick von der Wand. »Weil sie für mich schon vor langer Zeit gestorben ist.«

Svend seufzte. Er wusste von dem Streit zwischen seinem Vater und dessen Mutter, auch wenn ihm nie jemand erklärt hatte, worum es dabei ging. Seine Familie verbarg etwas, das war ihm schon lange klar. Irgendein düsteres Geheimnis. Er war nicht einmal sicher, ob er überhaupt wissen wollte, worum es dabei ging.

»Der Mann, dieser Karl Bentien, wegen dem die Polizei hier war – kanntest du den?«

Sein Vater schüttelte den Kopf. »Aber ich wusste, wer er ist.«

»Von der Oma?«

Schweigen.

»Warum war er hier?«, fragte Svend eindringlich. »Du weißt es doch, oder?«

Sein Vater sah ihm direkt in die Augen. »Manchmal ist es besser, die Vergangenheit ruhen zu lassen. Das gilt auch für dich. Und jetzt lass mich allein. Mein Redebedarf für heute ist gedeckt.«

Svend hätte am liebsten weiter nachgebohrt, doch er befürchtete, sein Vater würde wieder ganz verstummen.

»Kann ich wiederkommen? Vielleicht morgen, nachdem ich die Tiere versorgt habe? Wir frühstücken zusammen, und hinterher kann ich dir helfen, ein wenig Ordnung zu machen.«

Evan Johannsen nickte kaum merklich.

»Dann lass ich dich jetzt allein.« Svend erhob sich. »Die neue Melkmaschine hat rumgesponnen, aber ich habe sie wieder in Gang gekriegt. Ich hole jetzt die Tiere rein.« Er verließ die Küche.

Widersprüchliche Gefühle loderten in Svend, als er über den Hof zur Scheune ging. Einerseits war er froh, dass sein Vater endlich wieder mit ihm sprach, andererseits spürte er ganz deutlich, dass irgendetwas nicht stimmte. Und das hing eindeutig mit diesem Karl Bentien zusammen.

Svend hatte seine Hand bereits an den Griff des Tors gelegt, als eine Gestalt in einem roten Anorak mit dem Fahrrad über die Hofeinfahrt schoss. Bente.

»Die Polizei war bei uns«, berichtete sie mit vor Aufregung geröteten Wangen. »Die wollten wissen, ob dein Vater letzten Dienstagabend bei uns war.« Sie stieg vom Fahrrad und lehnte es gegen die Gebäudewand.

»Und?«, fragte Svend. »War er das?«

Bente nickte.

Er trat seiner Freundin entgegen und nahm sie in die Arme. »Es tut mir leid wegen neulich. Ich hätte meine

Sorgen nicht an dir auslassen dürfen.« Svend vergrub sein Gesicht in ihren Haaren.

»Du hast dich doch schon entschuldigt.«

»Dann tue ich es halt noch einmal. Ich freue mich doch auf unser Kind.«

»Wirklich?«

»Natürlich.«

Bente schmiegte sich enger an ihn. »Da bin ich aber froh. Ich dachte schon, ich müsste mir einen anderen suchen.«

Svend lachte. »Untersteh dich!«

Sie löste sich aus der Umarmung. »Was wollte die Polizei von deinem Vater?«

»Jemand, der als Kind bei uns auf dem Hof gelebt hat, wurde letzte Woche umgebracht. Jetzt spricht die Polizei wohl mit jedem, der mit dem Mann zu tun hatte. Die müssen ziemlich im Dunkeln tappen, wenn die sogar zu uns kommen.«

»Das klingt ganz schön gruselig.«

Svend nickte.

Bentes Gesicht erhellte sich. Sie ging zu ihrem Fahrradkorb und holte ein mit einem Geschirrtuch eingeschlagenes Päckchen heraus, das sie ihm reichte. »Meine Mutter hat den Apfelkuchen gebacken, den du so magst. Ich soll dir liebe Grüße bestellen.«

»Danke, das ist nett von ihr. Ich rufe sie später an.«

Bente wippte auf den Zehenspitzen. »Die eigentliche Überraschung kommt erst noch.« Sie zog ein zusammengefaltetes Stück Papier aus ihrer Jackentasche und hielt es ihm entgegen.

»Was ist das?«

»Eine Überweisungskopie.«

Svend nahm das Papier entgegen und faltete es auseinander. Er runzelte die Stirn. »Du hast diese Summe auf mein Konto überwiesen?«

Sie nickte. »Es reicht natürlich nicht, um die Hypothek abzulösen, aber zumindest kannst du damit deine Kühe über den Winter bringen.«

»Woher hast du so viel Geld?« Er sah seine Freundin fassungslos an.

»Mein Vater spart seit Jahren für meine Hochzeit. Ich konnte ihn überreden, mir das Geld jetzt schon zu geben.«

Svend schüttelte den Kopf. »Das kann ich nicht annehmen.«

»Doch, das kannst du. Wir sind bald eine Familie. Und in einer Familie hilft man einander.«

Svends Gedanken überschlugen sich. Es war der falsche Zeitpunkt, um stolz zu sein. Er musste an seine Tiere denken. Keines von ihnen würde sterben. Wenn er das Futter für einen guten Preis einkaufte, blieb sogar noch genug für die nächste Hypothekenrate ... Abrupt hielt er inne.

»Svend?« Bentes Stimme klang unsicher.

»Woher weißt du von der Hypothek?«

»Von dir. Du hast es mir doch neulich während unseres Streits erzählt. Erinnerst du dich nicht?« Sie schmiegte sich erneut in seine Arme.

Svend dachte fieberhaft nach. Er war sich sicher, Bente gegenüber die Hypothek nie erwähnt zu haben. Er hatte überhaupt niemandem davon erzählt. Langsam löste er sich aus der Umarmung.

Laute Stimmen drangen ihr aus dem Obergeschoss entgegen, als Clara durch die Haustür trat. Sie hatte in der
Bibliothek früher Feierabend gemacht, nachdem sie bereits den ganzen Tag unter Kopfschmerzen litt. Selbst
eine Tablette hatte kaum Linderung gebracht.

Sie war überrascht, dass ihr Mann schon zu Hause
war. In der Regel kam er nicht vor sechs. Nicht, weil er
im Flensborghus so viel zu tun hätte, sondern weil er
seine dortigen Tätigkeiten sehr liebte und sich dementsprechend engagierte. Zurzeit saß Valdemar im Bilder-
sammlungs- und im Theaterausschuss und unterstützte
darüber hinaus die Kulturabteilung des General-
sekretariats. Nächsten Monat würde in Kopenhagen die
alljährliche Kulturnacht stattfinden, in der rund zwei-
hundertfünfzig Museen, Bibliotheken, Kirchen, Thea-
ter und auch Ministerien für alle interessierten Besucher
die Tore nach den üblichen Schließungszeiten geöffnet
hielten und ein buntes Rahmenprogramm präsentier-
ten. Auch die dänische Minderheit würde in Christiansborg vertreten sein. Darüber hinaus plante Valdemar
seine Kandidatur für den geschäftsführenden Vorstand,
der alle zwei Jahre neu gewählt wurde.

Die Stimmen im Obergeschoss wurden lauter. Valdemar stritt sich offenbar mit jemandem. Clara hängte
ihre Jacke und ihre Tasche an die Garderobe und ging
die Treppe hinauf. Gerade wurde die Tür des Arbeitszimmers aufgerissen, und ihr Mann stürmte mit hochrotem Kopf heraus. Bei Claras Anblick blieb er ruck-
artig stehen, dann hob er mit einer abwehrenden Geste
die Hand und ging an ihr vorbei, ohne ein Wort zu

verlieren. Clara sah ihm erstaunt hinterher. Valdemars Verhalten änderte sich derzeitig so häufig wie ein Chamäleon seine Farbe. Bisher hatte sie es noch nicht über sich gebracht, mit ihm über ihre Affäre mit Karl zu sprechen. Wenn sie das tat, wäre ihre Ehe vielleicht am Ende. Es war nicht das bequeme Leben, das sie davon abhielt, diesen Schritt zu gehen, schließlich verdiente sie ihr eigenes Geld. Vielmehr war es die Hoffnung, dass ihre Liebe doch noch nicht ganz verloschen war. Der Abend vor ein paar Tagen, an dem Valdemars liebevolles Verhalten zunächst Skepsis bei ihr ausgelöst hatte, war wunderbar ausgeklungen. Sie hatten vorzüglich gegessen, anschließend sogar zusammen getanzt, und Valdemar hatte sie im Arm gehalten wie schon lange nicht mehr. Dass sie danach zusammen ins Bett gegangen waren, war die unweigerliche Folge gewesen. Clara hatte das Begehren ihres Mannes gespürt und auch ihr eigenes Verlangen, das sie seit Jahren begraben glaubte, und den Sex in vollen Zügen genossen. Seitdem schrieb sie Valdemars merkwürdiges Verhalten ihren eigenen Hirngespinsten zu. Schließlich war sie diejenige mit den Heimlichkeiten. Möglicherweise hatte Valdemar mit dem Aufdecken ihrer Affäre begriffen, dass er um seine Frau kämpfen musste, wenn er sie nicht verlieren wollte. Seit ihrem romantischen Abend war er so aufmerksam und liebevoll zu ihr wie zu Beginn ihrer Ehe. Es fühlte sich an, als wären sie wieder in den Flitterwochen. Zumindest bis jetzt.

Ein Schluchzen drang aus der offenen Tür des Arbeitszimmers in den Flur und riss Clara aus ihren Gedanken.

Karls Sohn Jan saß mit gesenktem Kopf auf dem Stuhl vor dem Schreibtisch. Er sah ungepflegt aus. Sein sonst so akkurat frisiertes Haar lag fettig an seinem Kopf an, und die Kleidung war zerknittert und fleckig, so als hätte er seit Tagen nichts anderes getragen.

Als er Clara bemerkte, hob er den Kopf. Seine Augen waren rot und verquollen, auf seiner Oberlippe mischten sich Tränen mit Schnodder. Sein Kinnbart benötigte dringend einen Schnitt.

Sofort war sie an seiner Seite.

»Jan, was ist los?« Sie legte eine Hand auf seinen Arm. »Ist es wegen Karl?«

»Nein.« Er stieß ihr eine Alkoholfahne ins Gesicht. Clara wich ein Stück zurück, ihre Hand ließ sie liegen.

»Was denn?« Sie war voller Mitgefühl mit Valdemars Patenkind, das von seinem Vater stets zu wenig Beachtung bekommen hatte.

»Ich habe mich verzockt.« Jan stieß eine weitere Alkoholfahne aus.

»Beim Kartenspielen?«

Er schüttelte den Kopf. »Online-Casino.«

»Und jetzt willst du, dass Valdemar dir unter die Arme greift.«

Jan nickte. »Er sagt, er kann mir nichts mehr geben.« Schnodder lief ihm aus der Nase.

Clara reichte ihm ein Taschentuch aus ihrer Hosentasche.

Er schnäuzte sich.

»Das heißt, es ist nicht das erste Mal?«

Jan nickte. »Valdemar hat mir schon mal aus der Patsche geholfen. Aber das ist ein paar Jahre her.«

»Vermutlich will er dich nur schützen«, sagte Clara. »Bei solchen Spielen kann man schnell süchtig werden. Das ist eine Spirale, aus der du nicht mehr so leicht herauskommst. Du solltest dir professionelle Hilfe holen.«

»Das habe ich alles schon durch. Es war ein Ausrutscher. Ich wollte mir das Geld von Valdemar nur vorübergehend leihen.« Er fuhr sich mit dem Handrücken unter der Nase entlang. »Bis ich mein Erbe ausgezahlt bekomme. Aber solange die Ermittlungen laufen, dauert das.«

»Über welchen Betrag sprechen wir?«

»Zehntausend Euro.«

»Das ist kein Pappenstiel. Woher hattest überhaupt so viel Geld?« Clara wusste, dass Jan in seinem Job nicht besonders viel verdiente.

»Bei Freunden geliehen, aber die wollen ihr Geld jetzt zurück. Von der Bank kriege ich nichts mehr, weil ich bereits meinen Dispo überzogen habe.« Seine Tränen versiegten. »Ich hätte nie gedacht, dass Valdemar mich hängenlässt. Irgendwie verhält er sich komisch in letzter Zeit. Mit meinem Vater hat er auch gestritten.«

Clara hob die Brauen. »Tatsächlich? Worüber denn?«

Jan zuckte die Achseln. »Keine Ahnung. Mir erzählt ja keiner was. Ich habe es nur durch Zufall von Hannah erfahren, als ich vor ein paar Tagen einige Unterlagen für die Versicherung aus dem Haus holen wollte.«

»Was genau hat Hannah gesagt?«

»Nur, dass Valdemar und Papa sich vor Kurzem gestritten haben. Angeblich so laut, dass sie es bis in ihre Wohnung hören konnte. Ich glaube, sie hat mal wieder am Fenster gelauscht.«

»Hast du der Polizei davon erzählt?«

Jan schüttelte den Kopf. »Nein. Hannah war für meinen Geschmack schon immer ein wenig zu neugierig.

Außerdem übertreibt sie gerne. Würde mich nicht wundern, wenn sie sich das Ganze nur ausgedacht hat, um sich wichtig zu machen.«

»Weißt du was?«, sagte Clara spontan. »Ich gebe dir das Geld. Als Darlehen. Du kannst es mir zurückzahlen, wann immer du möchtest.«

Jan machte runde Augen. »Echt jetzt?«

Clara nickte.

Er stand auf, um sie zu umarmen. »Danke.«

»Aber nur, wenn du mir versprichst, das Zocken in Zukunft sein zu lassen.«

»Versprochen.«

»Wie ist deine Kontonummer?« Clara langte nach Zettel und Stift vom Schreibtisch und notierte die IBAN, die Jan ihr nannte. »Ich überweise dir das Geld heute noch. Möchtest du zum Essen bleiben?«

Jan schüttelte den Kopf. »Ehrlich gesagt will ich Valdemar heute lieber kein zweites Mal begegnen. Gib mir einfach Bescheid, wenn er sich wieder beruhigt hat, dann komme ich vorbei.«

»Gut, dann begleite ich dich noch hinunter.« Clara ging zur Tür. Dabei schweifte ihr Blick zu dem Bild hinter Valdemars Sessel. Es war wirklich scheußlich. Die Fotos von Karl und ihr in der Schreibtischschublade fielen ihr wieder ein. Hatten die beiden Männer deshalb gestritten?

Nachdem sie Jan zur Haustür begleitet hatte, ging sie ins Wohnzimmer.

Valdemar hatte ihr den Rücken zugewandt und sah aus dem Panoramafenster. »Ich hoffe, du hast Jan kein Geld versprochen. Der Junge ist ein notorischer Spieler. Erst hat er sein eigenes Hab und Gut verspielt, danach hat er seinen Vater ausgenommen. Karls Haus gehört mittlerweile der Bank.« Er drehte sich zu ihr um. »Aber das hat Karl dir bestimmt erzählt, als ihr zusammen im Bett gelegen habt, oder?«


*Padborg, Dänemark*

Vibeke spritzte sich mit beiden Händen eiskaltes Wasser ins Gesicht. Die Panikattacke saß ihr noch immer in den Knochen. Sie hatte sich vor Rasmus mächtig zusammenreißen müssen, um nicht zu zeigen, wie sehr. Trotzdem hatte seine Anteilnahme sie berührt. Vibeke ahnte, wie schwer es ihm gefallen sein musste, ihr von der Geschichte mit Anton zu erzählen. Normalerweise trug Rasmus sein Herz nicht auf der Zunge. Eine der wenigen Eigenschaften, die sie miteinander teilten. Wobei der Däne verändert schien. Er wirkte längst nicht mehr so schwermütig und schlecht gelaunt wie bei ihrer letzten Ermittlung. Kurz war sie sogar versucht gewesen, ihm von ihrer Zeit im Theresienheim zu erzählen. Doch die Menschen bekamen immer diesen sonderbaren Gesichtsausdruck, wenn sie erfuhren, dass man im Heim gewesen war. Karl Bentien hatte diesen Blick mit Sicherheit auch gekannt. Davon abgesehen wollte sie vor Rasmus keine weitere Schwäche zeigen. Das machte sie angreifbar. Am Ende kam noch jemand auf die Idee, sie wäre nicht belastbar genug, und würde sie von dem Fall abziehen.

Vibeke spritzte sich eine weitere Wasserladung ins Gesicht. Als sie den Kopf hob, blickte sie in ihr Spiegelbild. Dunkle Schatten lagen wie Halbmonde unter ihren hellen Augen, und ihr Teint wirkte noch blasser als sonst. Die Strapazen der letzten Tage waren nicht spurlos an ihr vorbeigegangen.

Sie trocknete sich die Hände an einem der Papierhandtücher ab und feuerte es anschließend in den bereitstehenden Behälter. Anschließend ordnete sie ihren Pferdeschwanz neu, bis ihr Haar ordentlich am Kopf lag, und warf einen letzten Blick in den Spiegel. *Du schaffst das!*

Im Flur stieß sie mit Rasmus zusammen, der einen leichten Geruch nach Zigarettenrauch verströmte und ihr mit galanter Handbewegung den Vortritt ins Büro der Sondereinheit ließ.

Die Stellwände waren mittlerweile von oben bis unten dicht behängt und nahmen zwei komplette Raumseiten ein. Fotos, Pläne, Tabellen und Zeitungsausschnitte waren sorgfältig nebeneinander befestigt worden und zeigten eine exakte Rekonstruktion von Karl Bentiens Kammer.

Rasmus pfiff durch die Zähne.

»Hej, Pernille«, begrüßte Vibeke ihre dänische Kollegin, die als Einzige anwesend war und an ihrem Schreibtisch über ein paar Unterlagen brütete. »Ihr wart ganz schön fleißig.«

»Hej ihr.« Pernille lächelte. »Es ist unglaublich, was Karl Bentien über die Jahre zusammengetragen hat. Ein regelrechtes Zeitarchiv.« Sie stand auf, ging zu einer der Stellwände und zeigte auf eine Liste. »Das sind die Namen der rund siebenhundertneunzig Schiffe, die zwischen Januar und Mai 1945 deutsche Flüchtlinge über die Ostsee transportiert haben. Frachtschiffe,

Schnellboote, kleine Schlepper, Ozeanriesen. Es war die umfangreichste Rettungsaktion über See aller Zeiten. Ich habe im Netz recherchiert. Die Angaben über die Anzahl der Menschen schwanken zwischen achthunderttausend und zweieinhalb Millionen.«

»Wie viele davon kamen nach Dänemark?«, erkundigte sich Vibeke.

»Rund zweihundertfünfzigtausend Menschen. Zigtausende sind bei der Flucht ums Leben gekommen, weil die Schiffe entweder torpediert oder durch Fliegerbomben angegriffen wurden; manche Schiffe sanken, weil sie schlichtweg überladen waren. Leider gibt es keine offiziellen Passagierlisten, doch Karl Bentien hat einige Schiffe markiert, die im März 1945 von der Küste Pommerns nach Kopenhagen gefahren sind.«

Vibeke trat näher heran, um sich die angestrichenen Schiffsnamen durchzulesen.

»Auch aus den Internierungslagern gibt es so gut wie keine Aufzeichnungen«, fuhr Pernille fort. »Erst nach der Kapitulation wurden die Namen der Menschen in den Lagern von dänischer Seite erfasst. Es existieren Einträge und Flüchtlingslisten in den jeweiligen Kirchenbüchern.« Sie lehnte sich gegen ihren Schreibtisch. »Karl Bentien hat sämtliche Stellen kontaktiert, an die sich Betroffene wenden können, die auf der Suche nach Familienangehörigen sind. Neben den Kirchenbüchern existiert im Reichsarchiv in Kopenhagen eine Kartei, die Stammkarten über die Flüchtlinge führt, und der Suchdienst vom Deutschen Roten Kreuz verfügt über eine Zentrale Namenskartei. Karl Bentiens Aufzeichnungen nach ist er zu sämtlichen Orten gefahren, an denen Flüchtlinge untergebracht waren, um die Kirchenbücher einzusehen. Eine Lebensaufgabe, denn 1945 waren diese Lager übers ganze Land verteilt.« Pernille zeigte auf eine weitere Liste an der gleichen Stellwand. »Das ist eine kopierte Seite aus dem Kirchenbuch in Oksbøl.« Sie deutete auf zwei mit Leuchtstift markierte Einträge.

*Kurt Bentien. Geboren 10.4.1944.*
*Gestorben 11.4.45.*
*Mutter: Ilse Bentien.*
*Gerda Bentien. Geboren 12.1.1943.*
*Gestorben 16.4.45.*
*Mutter: Ilse Bentien.*

»Der Name Ilse Bentien taucht auch in weiteren Dokumenten auf«, fuhr Pernille fort, »und im selben Kirchenbuch gibt es ein Jahr später einen weiteren Eintrag.« Sie tippte auf die markierte Stelle eines Zettels.

*Karl Bentien. Geboren 25.05.1946.*
*Mutter: Ilse Bentien.*

»Dann war Ilse Bentien also Karls Mutter«, stellte Vibeke fest. »Und Kurt und Gerda waren Karls Geschwister.« Ihr fiel das Foto ein, das sie am Vortag vom Fußboden der Kammer aufgehoben hatte. »Es gibt ein Foto, auf dessen Rückseite der Name Ilse notiert war.«

Pernille nickte. Sie ging zu ihrem Schreibtisch, wühlte zwischen ein paar Unterlagen und reichte Vibeke schließlich das Foto.

Vibeke betrachtete das darauf abgebildete Paar. »Die

Frau muss Ilse Bentien sein.« Sie reichte das Foto an ihren Kollegen.

Rasmus runzelte die Stirn. »Ob das daneben ihr Mann ist?«

»Karl wurde im Mai 1946 geboren«, sagte Pernille. »Demnach fand die Zeugung irgendwann im Sommer 1945 statt. Zu dem Zeitpunkt muss Ilse bereits im Lager gewesen sein. Kann ihr Mann unter den Umständen überhaupt Karls Vater sein?«

»Es waren viele deutsche Soldaten im Lager«, erwiderte Rasmus. »Vielleicht auch ihr Mann. Ich habe übrigens auf dem deutschen Friedhof in Oksbøl die Gräber von Kurt und Gerda entdeckt. Wartet mal, ich hab's fotografiert.« Er zog sein Handy aus der Hosentasche.

»Lass nur.« Pernille ging zu einer anderen Stellwand und deutete auf ein Foto mit zwei Steinkreuzen. »Karl Bentien hat die Gräber ebenfalls gefunden.«

Die Tür wurde aufgerissen, und nacheinander erschienen Søren und Jens im Büro.

»Hej.« Søren schwenkte eine Papiertüte, aus der ein betörender Zimtduft drang. »Kaffeezeit. Ich habe uns etwas mitgebracht.«

»Wunderbar.« Pernille nahm die Tüte entgegen, während er sich aus seiner Jacke schälte.

»Ihr Dänen ernährt euch viel zu ungesund.« Jens bedachte seine Kollegen mit einem strengen Blick durch seine Brillengläser. »Weißt du eigentlich, wie viel Fett und Zucker in dem Zeug stecken?«

Søren zog eine Zimtschnecke aus der Tüte. »Keine Ahnung. Interessiert mich auch nicht.« Demonstrativ strich er sich über seinen gewölbten Bauch und biss genüsslich in das süße Gebäck.

»Das sollte es aber.«

»Lasst uns weitermachen«, unterbrach Vibeke die Kabbelei und erzählte den Kollegen von dem vorausgegangenen Besuch in Solderup.

»Ich frage mich, warum Karl damals ausgerechnet zu den Johannsens gekommen ist«, sagte Rasmus nachdenklich. »Oksbøl und Solderup liegen rund hundert Kilometer voneinander entfernt.«

Søren knüllte seine Papierserviette zusammen. »Eigentlich sollte die Frage eher lauten: Warum ist Karl nicht bei seiner Mutter geblieben? Ich habe fünf Kinder. Keine ihrer Mütter käme je auf den Gedanken, eins von ihnen wegzugeben.«

Rasmus nickte. »Du hast recht, das ist ein wichtiger Punkt. Leider kennen wir niemanden, den wir danach fragen können. Evan Johannsen wurde erst 1953 geboren, da war der Junge nicht mehr auf dem Hof.«

»Karl war zu dem Zeitpunkt im Kinderheim«, bestätigte Vibeke und berichtete dem Team in knappen Worten von dem Gespräch mit dem Einrichtungsleiter. »Da fällt mir ein, wir brauchen einen Beschluss, um die Akte einzusehen.«

»Ich kümmere mich darum«, bot Pernille an.

»Danke. Könntest du so nett sein und auch Evan Johannsens Schwester in Malmö kontaktieren? Das eilt nicht, ich wollte es nur nicht außer Acht lassen.« Sie reichte der Dänin ihr Notizbuch mit den Kontaktdaten.

»Und bei euch?« Rasmus sah die beiden Nachzügler an.

»Søren und ich haben mit Karl Bentiens alten Kollegen gesprochen«, erwiderte Jens. »Keinerlei Auffälligkeiten. So wie es aussieht, ist er mit allen gut ausgekommen. Auch mit den Schülern.« Er rückte seine Brille zurecht. »Eine Sache war allerdings interessant. Der Schulsekretärin gegenüber erwähnte Karl vor ein paar Jahren, dass er noch Familienangehörige in Kiel hätte.«

»Meinte er damit die Madsens?«, erkundigte sich Vibeke.

Jens schüttelte den Kopf. »Es handelt sich dabei wohl um Bentiens. Genauer gesagt sprach er von seinem Vater.«

»Ach.« Vibekes Blick glitt zu Pernille. »Hast du in den Unterlagen etwas über irgendwelche Verwandten in Kiel gefunden?«

Ihre Kollegin nickte. »Einen Namen und eine Adresse. Das wollte ich euch gleich noch erzählen. Moment.« Sie wühlte in einem Stapel Unterlagen und zog einen Notizzettel heraus. »Und zwar von einem Heinrich Bentien. Ich habe bereits mit dem Kieler Meldeamt gesprochen. Demnach ist der Mann bereits 2001 gestorben. Weitere Informationen wollte man mir am Telefon nicht geben.«

»Ich kann einen ehemaligen Kollegen beim LKA anrufen«, bot Jens an. »Er wird uns mit Sicherheit auf dem kurzen Dienstweg weiterhelfen können. Aber zuerst versuche ich es bei der Auskunft. Vielleicht existiert unter der Adresse noch ein eingetragener Anschluss.«

Vibeke nickte. »Danke, Jens.«

Pernille reichte ihm ihren Notizzettel, und Greve wandte sich ab, um zu telefonieren.

»Habt ihr sonst noch was?«, erkundigte sich Rasmus an Søren gewandt.

»Nur wundgelaufene Hacken.« Søren wischte sich

mit der Hand ein paar Gebäckkrümel aus dem Bart. »Nichts deutet darauf, dass der Mord mit seiner Zeit als Lehrer zu tun haben könnte.«

»Gab es bei den Befragungen irgendeinen Hinweis auf eine rechte Gruppierung?«

Søren schüttelte den Kopf.

»Wie weit seid ihr mit dem SSF?«

»Denkst du, wir können zaubern?«, schnaubte Søren. »Unser Tag hat auch nur vierundzwanzig Stunden.«

Rasmus winkte ab. »Schon gut.« Er ließ den Blick durch die Runde schweifen. »Ich war übrigens heute bei Oricon Medical in Esbjerg. Der Firmengründer Aksel Kronberg ist gestorben. Eine Woche vor seinem hundertsten Geburtstag.«

»Stolzes Alter.« Vibeke schenkte sich am Sideboard einen Kaffee an. »Hast du herausbekommen, was Karl Bentien bei Oricon gewollt hat?«

»Bisher nicht, aber ich bleibe dran. Irgendeine Verbindung wird es geben.« Rasmus wippte mit dem Fuß. »Davon abgesehen ist Aksel Kronberg bereits der zweite Tote während unserer Ermittlung.«

»Wenn jemand mit hundert stirbt, ist das in meinen Augen nicht ungewöhnlich«, sagte Søren. »Eher, überhaupt so alt zu werden.«

Rasmus fischte nach der Visitenkarte, die man ihm bei OMC ausgehändigt hatte, und warf einen Blick auf die handschriftliche Notiz. »War in Karl Bentiens Navi nicht eine Adresse in Hjerting eingespeichert?«

Søren nickte. »Strandpromenaden.«

»Dort wohnt auch Laurits Kronberg, der Geschäftsführer von OMC. Ich glaube, ich statte der Familie morgen einen Besuch ab.«

»Ich würde gerne mitkommen«, sagte Vibeke.
»Bleibst du über Nacht in Padborg?«

Rasmus deutete ein Nicken an.

Jens gab ein Handzeichen, während er sich am Telefon von jemandem verabschiedete. Sein Gesicht war vor Aufregung gerötet.

»Der Anschluss existiert tatsächlich noch«, informierte er seine Kollegen, sobald er aufgelegt hatte. »Volker Bentien hat sowohl die Telefonnummer als auch die Wohnung seines Vaters übernommen. Er ist Karls Halbbruder.«

»Das ist ja ein Ding«, sagte Vibeke.

Jens reichte ihr den Zettel mit der Adresse. »Er hat zugestimmt, mit uns zu sprechen.«

Vibeke und Rasmus griffen zeitgleich nach ihren Jacken.


*Kiel, Deutschland*


Volker Bentien wohnte im dritten Stock eines Rotklinker-Mehrfamilienhauses, die sich im Stadtteil Südfriedhof über ganze Straßenzüge reihten. Er war ein kleiner, schmaler Mann mit hellen Augen und beginnender Glatze am Hinterkopf. Reserviert hatte er die beiden Kriminalbeamten in ein zweckmäßig eingerichtetes Wohnzimmer geführt. Couchgarnitur, Tisch und Regale vom schwedischen Möbelriesen, ein TV-Gerät im XXL-Format, kahle Wände und Alu-Jalousien. Durch die Wand war der Fernseher der Nachbarn zu hören.

»Danke, dass Sie sofort bereit waren, mit uns zu

sprechen«, begann Vibeke das Gespräch, nachdem alle Platz genommen hatten.

Volker Bentien lächelte traurig. »Ich hatte ja keine Ahnung, dass der Tote, um den in den Zeitungen gerade so viel Wirbel gemacht wird, ausgerechnet Karl ist. Sonst hätte ich mich längst bei Ihnen gemeldet. Wissen Sie schon, wer es war?«

»Wir gehen gerade einer Reihe von Hinweisen nach.« Vibeke musterte den Mann aufmerksam. »Wann haben Sie Ihren Halbbruder zuletzt gesehen?«

»Puh, da fragen Sie mich was.« Nachdenklich presste Volker Bentien seine zusammengefalteten Hände gegen den Mund. »Das ist ewig her. Bestimmt an die fünfundzwanzig Jahre. Vielleicht auch noch länger. Ich habe Karl überhaupt nur ein einziges Mal gesehen.«

»Wie kommt das?«

Er zuckte die Achseln. »Zwischen ihm und unserem Vater gab es so gut wie keinen Kontakt. Erst als Karl eines Tages vor der Tür stand, erfuhr ich von seiner Existenz. Vermutlich hing es mit dem Tod von Papas erster Frau zusammen. Ilse.«

»Was ist passiert?«

»Sie hat Selbstmord begangen.«

Vibeke tauschte einen überraschten Blick mit Rasmus. »Hier in Kiel?«

Volker Bentien nickte.

»Wann war das?«

»Das muss ein paar Jahre nach dem Krieg gewesen sein. Ilse hat sich auf dem Dachboden erhängt.«

Vibeke schwieg einen Moment betroffen. »Wissen Sie, warum sie das getan hat? Gab es einen Abschiedsbrief?«

»Ich kann es Ihnen nicht sagen. Das Thema war ein absolutes Tabu in unserer Familie. Ich weiß nur, dass Ilse erst ein paar Monate zuvor aus einem dänischen Lager zurückgekommen war.« Volker Bentien strich sich mit der Hand über seinen Hinterkopf. »Zwei meiner Halbgeschwister sind dort gestorben. Vermutlich hat Ilse ihren Tod nicht verkraftet.«

»Sie kam ohne Karl zurück nach Deutschland, oder?«

»Ja, aber die Gründe dafür kenne ich nicht.«

Vibeke zog das Foto von Ilse Bentien und dem Unbekannten aus ihrer Tasche. »Der Mann auf dem Foto, ist das Ihr Vater?«

Er warf einen kurzen Blick darauf. »Nein, das ist er nicht. Aber die Frau ist Ilse, oder?«

»Davon gehen wir aus.« Vibeke steckte das Foto zurück an seinen Platz.

»Wo war Ihr Vater während des Krieges? War er Soldat?«

Volker Bentien nickte. »Aber er sprach nie darüber.«

»Haben Sie nach seinem Tod Kontakt zu Ihrem Stiefbruder aufgenommen?«

Volker Bentien schüttelte den Kopf. »Mein Vater hatte verfügt, dass Karl nicht über seinen Tod unterrichtet werden sollte. Daran habe ich mich gehalten.« Sein Blick glitt zum Fenster. Hinter den Scheiben wurde es bereits dunkel. »Ich wünschte, ich hätte es nicht getan. Jetzt ist es zu spät.«

Das Bedauern des Mannes erschien Vibeke aufrichtig. Mitleid regte sich in ihr. »Haben Sie eine eigene Familie?«

Er wandte ihr wieder den Blick zu. »Meine Frau und ich sind seit einigen Jahren geschieden. Unsere zwei

Kinder leben bei ihr.« Er klang resigniert. »Ich sehe die beiden nur selten.«

»Hat Ihr Vater eventuell alte Unterlagen von Ilse und Karl aufbewahrt? Oder existieren noch irgendwelche Briefe oder Fotos?«

»Nein. Papa hat bereits zu Lebzeiten alles entsorgt. Es gibt nur noch ein einziges Foto von Gerda und Kurt. Wenn Sie möchten, suche ich es Ihnen heraus.«

»Gerne.«

Volker Bentien erhob sich.

»Merkwürdige Geschichte«, sagte Rasmus, sobald der Mann den Raum verlassen hatte. »Karl kann einem leidtun. Niemand wollte diesen Jungen. Wie kann eine Mutter ihr Kind im Stich lassen?«

In Vibeke krampfte sich etwas zusammen. »Wir wissen nicht, was damals passiert ist. Und offenbar ging es Ilse damit nicht gut.« Ihre Stimme wurde scharf. »Sonst hätte sie sich kaum aufgehängt, oder?«

Ehe Rasmus antworten konnte, kehrte Volker Bentien ins Wohnzimmer zurück.

Er reichte ihr ein Schwarz-Weiß-Foto. Ein blond gelocktes Mädchen von etwa anderthalb Jahren hielt einen Säugling auf dem Schoß und lächelte schüchtern in die Kamera. Das Foto war alt und abgegriffen, so als hätte es jemand all die Jahre über in den Händen gehalten. Vibeke drehte es um. *Gerda und Kurt, August 1944* stand dort handschriftlich geschrieben.

»Ist es in Ordnung, wenn ich es abfotografiere?«

Volker Bentien nickte.

Sie zückte ihr Handy und machte Fotos von der Vorder- und Rückseite. »Haben Sie eigentlich auch ein Foto Ihres Vaters?«

Volker Bentien ging zur Fensterbank und griff nach einem gerahmten Bild, das ihn neben einem älteren Mann zeigte. Teigige Wangen, eine markante Nase und ein trüber Blick aus hellen Augen, auf dem Kopf war nur ein grauer Haarkranz verblieben.

»Die Aufnahme wurde ein Jahr vor Papas Tod aufgenommen.« Er reichte ihr das Foto.

Vibeke aktivierte die Handykamera. »Darf ich?«

Er nickte.

Rasmus beugte sich vor. »Hat Ihr Vater Ihnen eigentlich etwas vererbt?«

»Nicht viel«, erwiderte Volker Bentien irritiert. »Etwa siebentausend Euro. Davon musste ich allerdings noch die Beerdigungskosten bezahlen.«

»Und die Wohnung?« Rasmus ließ seinen Blick schweifen.

»Die ist gemietet«, stellte Volker Bentien klar. »Ich konnte nach dem Tod meines Vaters den Vertrag übernehmen. Zu der Zeit hatte ich mich gerade von meiner Frau getrennt. Das passte also ganz gut.« Er klang gereizt. »Was sollen diese Fragen? Glauben Sie etwa, ich habe etwas mit Karls Tod zu tun? Wegen einer Mietwohnung und ein paar tausend Euro?«

»Sagen Sie es mir.«

»Nein, verdammt!«, erwiderte er empört.

»Wir müssen Ihnen diese Fragen leider stellen«, erklärte Vibeke ruhig. »Wo haben Sie sich letzten Dienstagabend aufgehalten?«

Volker Bentien seufzte. »Da war ich im Kielär. Das ist eine Kneipe am Südfriedhof.«

Vibeke notierte sich den Namen des Lokals. »Wie sieht es mit Freitagabend aus? So gegen zwanzig Uhr.«

»Da war ich ebenfalls dort, so wie jeden Tag nach Feierabend.« Er wollte sich erneut mit der Hand über den Hinterkopf fahren, als er mitten in der Bewegung innehielt. »Mir fällt gerade noch etwas ein, das Ilse betrifft. Letztes Jahr habe ich den Dachboden entrümpelt und dabei in einem alten Nachtschrank ein Notizheft gefunden. Es schien sich um eine Art Tagebuch zu handeln. Ilses Name stand drin.«

»Haben Sie es noch?«

»Nein. Ich habe es Karl geschickt. Per Einschreiben mit Rückschein. Deshalb weiß ich, dass er die Sendung bekommen hat.«

Vibeke runzelte die Stirn. Soviel sie wusste, hatten sie kein Tagebuch in Karl Bentiens Haus gefunden. War es zusammen mit dem Laptop gestohlen worden? »Wissen Sie, was drinnen stand?«

»Leider nein. Ich konnte die Schrift nicht entziffern.«

Vibeke zog eine ihrer Visitenkarten heraus und legte sie auf den Couchtisch. Dann stand sie auf. »Danke für Ihre Mithilfe. Melden Sie sich bitte, wenn Ihnen noch etwas einfällt.«

Volker Bentien begleitete die beiden Kriminalbeamten zur Tür.

»Das war ein äußerst informativer Besuch«, sagte Vibeke, sobald sie im Treppenhaus standen.

»Mit jeder Menge neuer Fragen.« Rasmus klang verstimmt.

»Zumindest wissen wir jetzt, was aus Ilse Bentien wurde. Schrecklich, dass sie sich erhängt hat. Die Frau muss verzweifelt gewesen sein.«

Ihr Kollege nickte. »Ich frage mich nur, warum Heinrich Bentien nicht wollte, dass Karl nach seinem Tod benachrichtigt wurde.«

»In meinen Augen gibt es dafür nur eine Erklärung.« Rasmus hob die Brauen.

»Er war nicht Karls Vater«, sagte Vibeke. »Karl war ein Kuckuckskind. Deshalb war das Thema bei den Bentiens auch tabu. Weil Heinrich nicht wollte, dass irgendjemand davon erfuhr, dass seine Frau das Kind eines anderen bekommen hatte. Er schämte sich.«

Ihr Kollege sah sie skeptisch an. »Und wer ist dann deiner Meinung nach der Vater?«

»Genau das müssen wir herausfinden.«


*Flensburg, Deutschland*

Rasmus starrte auf den Bildschirm des Laptops. Schließlich lehnte er sich schwer atmend im Stuhl zurück. Mondlicht drang durch die Jalousie in die Küche und malte geisterhafte Schatten an die Wand. Siebentausend tote Kinder, dachte er.

Er hatte im Netz geforscht. Die unzähligen Kindergräber auf dem Friedhof in Oksbøl ließen ihn nicht los. Vor allem, seit er das Foto der Geschwister Gerda und Kurt Bentien gesehen hatte. Die beiden Namen auf dem Steinkreuz hatten plötzlich ein Gesicht bekommen. Und eine Geschichte.

Rasmus hatte zunächst nur die Deutsche Kriegsgräberstätte in Oksbøl als Suchbegriff eingegeben. Eintausendsiebenhundertsechsundneunzig Menschen lagen dort begraben, darunter einhunderteinundzwanzig

Soldaten, der Rest waren Flüchtlinge, fast die Hälfte davon Kinder. Die meisten unter zwei Jahren.

Im weiteren Verlauf war er auf die 2005 erschienene Dissertation einer dänischen Ärztin und Historikerin gestoßen, die den Leidensweg der deutschen Kinder dokumentierte, die in den Flüchtlingslagern gestorben waren. Es wurde von mangelhaften hygienischen Verhältnissen, fehlenden Lebensmitteln und Medikamenten im Lager berichtet. Davon, dass die Kinder unterernährt und körperlich zu schwach gewesen waren, um sich gegen Infektionen zu wehren – und dass der dänische Ärzteverband im März 1945 beschlossen hatte, den deutschen Flüchtlingen keinerlei Hilfe zukommen zu lassen. Auch den Kindern nicht. Weshalb hatte man so entschieden?, hatte sich Rasmus an der Stelle gefragt. Weil die Deutschen Feinde gewesen waren?

Fassungslos hatte er sich durch weitere Artikel und Zahlen gelesen. Allein bis Ende 1945 starben über dreizehntausend Menschen in den Flüchtlingslagern, mehr, als Dänen während des gesamten Krieges umkamen, darunter etwa siebentausend Kinder unter fünf Jahren.

Zahlreiche Ärzte hatten sich im Widerstand gegen die deutschen Besatzer engagiert und verweigerten ihre Hilfe. Andere verschlossen vor dem Leid der Flüchtlinge die Augen. In den Krankenhäusern wurden nur die dringlichsten Fälle behandelt. Infektionskrankheiten konnten in den Lagern unbehandelt wüten. Die Kinder starben an Scharlach und Diphtherie, an Magen-Darm-Störungen, Unterernährung und Flüssigkeitsmangel. Medizinische Berichte existierten nicht. Was blieb, waren die grauen Steinkreuze auf den Friedhöfen.

Rasmus erinnerte sich wieder, dass die Dissertation damals mächtig viel Staub aufgewirbelt hatte und lange umstritten gewesen war. Die Fragen nach dem Warum und die Antworten darauf hatten vielen Dänen nicht gepasst. Camilla hatte sich lange Zeit darüber empört, dass viele ihrer Landsleute, gerade die ältere Generation, die Geschehnisse lieber unter den Teppich kehrten, anstatt sich mit den Ereignissen auseinanderzusetzen und die Hintergründe zu diskutieren. Schließlich gab es auch Berichte, die von großer Hilfsbereitschaft und Mitgefühl der dänischen Bevölkerung für die Flüchtlinge zeugten. Trotz des von der Regierung erlassenen Fraternisierungsverbots und der drohenden Bestrafung hatte es zahlreiche Dänen gegeben, die den Deutschen halfen. Viele der Flüchtlinge verbanden deshalb bis heute auch gute Erinnerungen an ihre Zeit in Dänemark.

Rasmus war damals, als die gesellschaftliche Debatte entbrannt war, zu sehr mit Ermittlungen beschäftigt gewesen, um die Sache genauer zu verfolgen. Auch schien ihm der Zweite Weltkrieg schon zu der Zeit weit entfernt gewesen zu sein. Jetzt schämte er sich, dass er nicht besser zugehört hatte.

Karl Bentien musste befürchtet haben, dass sich die Geschichte wiederholte, schoss es Rasmus in den Sinn. Weil die Menschen nichts dazulernten. Erst der Wildschweinzaun, dann die Pläne der Regierung, auf der Insel Lindholm, wo das Veterinäramt seit Jahren Forschungsprojekte mit Viren betrieb, ein Ausreisecenter für kriminelle Ausländer entstehen zu lassen. Letzteres war wieder gekippt worden, nachdem das Vorhaben unter der benachbarten Bevölkerung für Unruhe gesorgt hatte und sich zahlreiche Protestgruppen gebildet hatten. Die Stimmen gegen Fremde im Land wurden immer lauter, und die zunehmende Zahl der Flüchtlingsfeinde machte Rasmus Angst. Es schienen täglich mehr zu werden, dabei wurden sie immer organisierter, durchzogen das ganze Land, nicht nur die rechten Parteien oder Gruppen, sondern mittlerweile die komplette Bevölkerung. Menschen, die im Alltag meilenweit voneinander entfernt gewesen waren, schienen sich zu verbünden, verbreiteten ihre Parolen und ihren Hass auf Zuwanderer in den sozialen Netzwerken. Das dies ausgerechnet in seinem Land, dem friedlichen Dänemark, geschah, verstärkte seine Angst.

Rasmus seufzte. Er überlegte, ob es Sinn machte, weiter zu recherchieren. Vielleicht verrannte er sich in etwas. Ein Blick auf die Uhr nahm ihm die Entscheidung ab. Es war fast Mitternacht. Davon abgesehen, dass er nicht wusste, ob ihm seine Recherchen für den Fall überhaupt nützlich sein konnten, brauchte er dringend Schlaf. Die Ermittlungen waren anstrengend, und so, wie die Dinge lagen, würden sie sich auch noch eine Weile hinziehen. Es waren zu viele Spuren und Hinweise, denen sie nachgehen mussten. Vielleicht dachten sie auch zu kompliziert, und das Mordmotiv war viel banaler als bislang angenommen. Am Ende handelte es sich bei dem Täter doch um den flinken Rudi, dem ein simpler Diebstahl aus dem Ruder gelaufen war.

Hinter den Fenstern drückte die Dunkelheit schwer gegen die Scheiben. Rasmus klappte den Laptop zu, langte nach der Brieftasche in seiner Jacke über dem Küchenstuhl und zog das Foto von sich und Anton heraus, von dem ein zweites an seinem Kühlschrank hing.

Sie beide trugen diese übergroßen grünen Anglerhosen, bei denen die Stiefel bereits dransteckten, und lachten übers ganze Gesicht. An Antons Angel zappelte ein riesiger Dorsch.

Das Display seines stumm geschalteten Handys neben dem Laptop leuchtete auf und zeigte den Namen von Camilla an. Er hatte die Nummer seiner Ex-Frau noch immer gespeichert, dabei war es Monate her, seit er zuletzt mit ihr gesprochen hatte. Warum rief sie ausgerechnet jetzt an? Mitten in der Nacht? Konnte sie etwa hellsehen und wusste, womit er sich gerade beschäftigte? Kurz überlegte er, das Gespräch anzunehmen, doch dann drückte er den Anruf weg.

Er steckte das Foto wieder an seinen Platz in die Brieftasche und ging von der Küche zurück ins Schlafzimmer. Dort schlüpfte er zu Vickie unter die Bettdecke. Sie murmelte im Halbschlaf seinen Namen und kuschelte sich dicht an ihn. Wenige Minuten später fiel Rasmus in einen unruhigen Schlaf.

# 9. Kapitel

»Wer ist Anton?« Vickie schenkte einen Becher mit Kaffee ein und stellte ihn vor Rasmus auf den Küchentisch.

»Warum fragst du mich das?« Er strich sich über sein unrasiertes Kinn.

»Du redest im Schlaf.«

»Das wusste ich nicht.« Rasmus nippte an seinem Kaffee.

Die Toten tauchten oft in den unpassendsten Momenten auf, gingen auch in der Nacht durch seine Träume. Manchmal war Anton unter ihnen, und er sprach mit ihm. Doch Rasmus konnte nie verstehen, was Anton sagte. Oft wachte er dann auf, schweißüberströmt und aufgewühlt. Seine dunkelsten Stunden.

Er sah sie an. »Anton war mein Sohn. Er starb letztes Jahr.«

Vickie setzte sich mit einem Becher Kaffee in der Hand gegenüber von ihm an den Tisch. »Das wusste ich nicht. Möchtest du darüber reden?«

»Ehrlich gesagt nein. Ich hoffe, das ist für dich in Ordnung.«

Vickie nickte und entblößte dabei ihr bezauberndes Lächeln. Sie trug ein gestreiftes Nachthemd, das aussah wie ein übergroßes Männerhemd, und ihre rotblonden, leicht zerzausten Haare fielen ihr bis über die Schultern. Ihre anspruchslose Leichtigkeit und ihr ungezügelter Appetit auf das Leben taten ihm unglaublich gut.

Rasmus wollte nicht, dass sie von seinen dunklen Gedanken erfuhr, seiner Schwermut, seiner Wut und seinem Schmerz, den er in sich trug. Zu viele Menschen hatten ihm deshalb den Rücken zugekehrt, selbst die Hartnäckigen unter ihnen hatte er damit in die Flucht getrieben. Rasmus hatte verlernt, auf andere Menschen zuzugehen und sich für ihr Leben zu interessieren, doch er arbeitete daran, es besser zu machen.

Ihm fiel ein, dass er sich mit Vibeke Boisen für acht Uhr am GZ verabredet hatte, um gemeinsam mit ihr nach Esbjerg zu fahren. Er warf einen raschen Blick auf das Display seines Handys. Ihm blieben nur noch zwanzig Minuten. Für einen kurzem Moment blieb sein Blick an dem Icon hängen, das eine Voicemail anzeigte. Offenbar hatte ihm Camilla bei ihrem Anruf letzte Nacht eine Sprachnachricht hinterlassen.

Rasmus trank hastig ein paar Schlucke Kaffee und stand auf. »Tut mir leid, aber ich muss los. Ich bin mit Vibeke am GZ verabredet.« Er verstaute seinen Laptop im Rucksack, den er aus dem Dienstwagen mit in Vickies Wohnung genommen hatte, und griff nach seiner Jacke.

Vickie erhob sich von ihrem Platz. »Wenn du kurz wartest, bis ich mich angezogen habe, können wir zusammen nach Padborg fahren.«

Rasmus schüttelte den Kopf. »Ich hab's wirklich eilig, lass du dir einfach Zeit.« Er war schon fast aus der Tür, als er noch einmal zurückging, um sie zum Abschied zu küssen. »Es war ein toller Abend.«

»Wir können das gerne wiederholen.« Vickie schlang

beide Arme um seinen Nacken, während sie seinen Kuss erwiderte.

»Gerne.« Rasmus löste sich lachend aus ihrer Umarmung. »Aber leider ein anderes Mal. Ich muss jetzt wirklich los.« Er eilte aus der Wohnung zu seinem Auto.

Als er hinter dem Lenkrad saß, war er kurz versucht, Camillas Nachricht auf seiner Mailbox abzuhören, dann verwarf er den Gedanken und startete den Motor.

*Hjerting, Dänemark*

Der Wohnsitz der Familie Kronberg lag sechs Kilometer nördlich von Esbjergs Zentrum im Vorort Hjerting, direkt an der Strandpromenade. Ein kubischer Bau mit drei versetzten Ebenen und Meerblick.

Vibeke stieg auf dem Seitenstreifen aus dem Wagen, während Rasmus noch sitzen blieb und telefonierte. Obwohl sie am vergangenen Abend früh ins Bett gegangen war, hatte sie die Augen auf der Fahrt nur unter größter Anstrengung offen halten können. Der Überfall, das Kinderheim, die Panikattacke, Karl Bentien, der nach seinen Eltern suchte. Das alles strengte sie unglaublich an, und dass ihr der Arzt das Wing-Tsun-Training für die nächsten zehn Tage untersagt hatte, machte es nicht besser.

Am Morgen hatte sie einen Anruf aus dem Krankenhaus bekommen. Ihr Angreifer hatte ihr Rohypnol verabreicht, ein Medikament mit dem Wirkstoff Flunitrazepam, das häufig als hochdosiertes Schlafmittel verschrieben und ebenso häufig von Kriminellen als

k. o.-Tropfen missbraucht wurde. Für die legale Beschaffung benötigte man in Deutschland ein BtM-Rezept, doch in ausländischen Online-Apotheken ließ sich das Medikament rezeptfrei bestellen und war damit für jedermann zugänglich.

Vibeke hatte das Gefühl, dass ihr Leben langsam aus den Fugen geriet. Sie kapselte sich ab, hatte sogar die Verabredung mit Kim und Nele für den Abend abgesagt. Denn sobald die Freundinnen witterten, dass es ihr nicht gut ging, würden sie Vibeke mit Fürsorge überschütten und gleichzeitig mit Fragen löchern. Ein Umstand, dem sie sich zurzeit nicht aussetzen wollte.

Sie trat an die Holzbalustrade und sah über das Wattenmeer.

Tiefhängende Wolken breiteten sich wie ein dunkler Schleier über die Nordsee. Kräftiger Wind bauschte das Wasser zu Wellen auf und spülte Schaumkronen an Land. Der Strand war hell- und feinsandig, ein ewig langer Holzsteg mit Bänken, Aussichtsplattformen und Rampen lud zum Flanieren ein. Holzpfähle in unterschiedlichen Höhen schossen aus dem Sand empor. Die Luft war klar und angenehm frisch, und sie schmeckte Salz auf den Lippen. *Was für ein herrlicher Ort.*

Vibeke blickte die Küstenstraße entlang. Moderne Villen mit ungewöhnlicher Architektur standen neben schlichten Einfamilienhäusern, ein Stück weiter die Straße hinauf geriet ein weißes Gebäude mit Giebeln und rotem Ziegeldach in ihr Blickfeld. Im Garten wehte an einem Fahnenmast der Dannebrog.

»Das ist das Strandhotel.« Rasmus war neben sie getreten und ihrem Blick gefolgt. »Eines der schönsten in Südjütland.«

Vibeke nickte. »Das glaube ich gerne.« Sie blickte zum Strand. Eine Gruppe Kinder spielte mit dem Fußball zwischen den Holzpfählen. »Wozu sind die Pfähle dort?«

»Sie werden zum Klettern und zum Messen des Wasserstandes genutzt«, erklärte Rasmus. »Deshalb sind sie von unterschiedlicher Höhe. Du solltest mal hier sein, wenn Ebbe herrscht. Man kann dann bis nach Langli durchs Watt wandern.« Er deutete mit dem Finger auf eine kleine Insel, die einige Kilometer vom Festland entfernt lag. »Allerdings sollte man sich dafür unbedingt mit den Gezeiten auskennen. Die Nordsee kann tückisch sein.«

»Davon habe ich ehrlich gesagt nicht die geringste Ahnung«, sagte Vibeke. »Ich habe die letzten sechzehn Jahre in Hamburg gelebt. Das ist das erste Mal seit Langem, dass ich an der Nordsee bin. Ich bin durch und durch ein Stadtmensch.« Sie drehte sich zum Haus der Kronbergs. »Wollen wir?«

Ohne eine Antwort abzuwarten, marschierte sie über die Straße.

In der Einfahrt standen der Transporter eines Blumenlieferanten und eine dunkle Limousine. Letzteres war hier ein seltener Anblick. Vibeke wusste, dass die meisten Dänen aufgrund der horrenden Zulassungssteuer in der Regel auf die Anschaffung solcher Luxuskarossen verzichteten.

Ein junger Mann kam vom Hauseingang und stieg in den Transporter. In der offenen Tür stand eine Frau in einem schlichten schwarzen Kleid und blickte ihnen entgegen.

Sie war eine dieser klassischen Schönheiten, alterslos und elegant, mit der Figur und der Größe eines Laufstegmodels. Ihr rotbraunes Haar trug sie straff am Hinterkopf zu einem perfekten Knoten frisiert.

Rasmus zückte seinen Dienstausweis und stellte sie vor. »Wir würden gerne mit Laurits Kronberg sprechen.«

»Das ist mein Mann«, erwiderte die Brünette reserviert. »Ich weiß nicht, ob er gerade Zeit hat. Wir haben einen Trauerfall in der Familie.«

Vibeke hatte sofort herausgehört, dass sie einer Landsmännin gegenüberstand. »Das ist uns bekannt. Unser aufrichtiges Beileid zum Tod Ihres Schwiegervaters.«

»Danke.«

»Esther?« Ein Mann tauchte hinter der Frau in der Tür auf. Er war etwa Mitte fünfzig, hatte volles dunkles Haar, leicht silbrig an den Schläfen, und römisch anmutende Gesichtszüge. Unter seinen Augen lagen dunkle Schatten. »Diese beiden Kriminalbeamten möchten mit dir sprechen.«

»Jetzt?« Laurits Kronberg trat neben seine Frau. Sein Blick glitt von Vibeke zu Rasmus. »Am besten, ihr macht einen Termin mit meinem Büro aus, es passt gerade nicht.«

»Unser Beileid zum Tod deines Vaters«, sagte Rasmus. »Leider duldet unser Anliegen keinen Aufschub. Aber wir versuchen, es kurz zu machen. Dürfen wir reinkommen?«

Laurits Kronberg verzog gequält das Gesicht, dann öffnete er die Tür ein Stück weiter, um die Kriminalbeamten ins Haus zu lassen.

Der Eingangsbereich glich einem Blumenmeer.

Zahlreiche Gestecke bedeckten einen Großteil des Fliesenbodens, auf einer Kommode stand etwa ein Dutzend Vasen mit Sträußen. Zwischen den Blumen steckten schwarz umrahmte Umschläge.

Die beiden Kriminalbeamten wurden in einen großzügig geschnittenen Wohnraum geführt. Esther Kronberg steuerte die Küche an, während ihr Mann mitten im Zimmer stehen blieb und die Hände in den Hosentaschen versenkte.

»Also, was kann ich für euch tun?«

»Wir ermitteln im Fall Karl Bentien.« Rasmus zog ein Foto des Toten aus der Innentasche seiner Jacke und hielt es dem Unternehmer hin. »Kennst du ihn?«

Laurits Kronberg runzelte die Stirn. »Den Mann habe ich schon einmal gesehen. Esther? Schau doch mal kurz!«

Seine Frau kam aus der Küche und warf einen Blick auf das Foto. »Das ist der Mann, der vor einiger Zeit bei Aksel war.«

»Ah, stimmt.« Laurits Kronberg wandte sich an Rasmus. »Mein Vater wohnte bei uns im Untergeschoss mit separatem Eingang.«

Vibeke zog Stift und Notizbuch aus ihrer Tasche. »Wann war das?«

Er überlegte einen Moment. »Das muss vor etwa drei Wochen gewesen sein.«

Seine Frau nickte. »Es war an einem Samstag. Laurits und ich wollten gerade zum Einkaufen fahren.« Sie ging zurück in die Küche.

Vibeke notierte sich die Angaben.

Der Unternehmer wies auf ein hellgraues Sofa. »Setzt

euch doch.« Er selbst nahm auf einem Butterfly-Sessel mit cognacfarbenem Lederbezug Platz und schlug die Beine übereinander.

»Was wollte Karl Bentien von deinem Vater?«, fragte Rasmus, sobald er und Vibeke sich ebenfalls gesetzt hatten.

»Das kann ich euch leider nicht sagen. Ich habe meinen Vater nicht danach gefragt. Wir wohnten zwar im selben Haus, aber jeder respektierte die Privatsphäre des anderen. Sonst wäre ein Zusammenleben kaum möglich gewesen.«

»Woran ist Ihr Vater eigentlich gestorben?«, erkundigte sich Vibeke. »War er krank?«

»Er war alt.« Der Unternehmer verschränkte die Hände ineinander. Aus der Küche war das Klappern von Geschirr zu hören. »Zudem litt mein Vater seit ein paar Jahren an einer Herzschwäche. Im Grunde ist es ein Wunder, dass er überhaupt so lange gelebt hat.«

Rasmus beugte sich vor. »Hatte dein Vater einen Bezug zu Oksbøl?«

»Nicht, dass ich wüsste.« Laurits Kronbergs Augen wurden schmal. »Worum geht es hier eigentlich? Was sollen die ganzen Fragen?«

»Karl Bentien wurde letzte Woche in Flensburg ermordet, und wir gehen einem Hinweis nach, der uns zu euch geführt hat.«

»Was für ein Hinweis?«

»Sowohl die Adresse von OMC als auch eure Privatadresse wurden beim Opfer gefunden.«

»Und deshalb kommt ihr zu uns nach Hause?« Laurits Kronberg klang zunehmend ungehalten. »Während wir um meinen Vater trauern?«

»Es ist unser Job, jedem Hinweis nachzugehen«, erklärte Rasmus.

»Lasst euch einen Termin von meiner Assistentin geben.« Laurits Kronberg stand auf. »Ich bin der Polizei gerne behilflich, aber nicht hier und nicht jetzt. Ich bitte euch, das zu respektieren.« Er deutete mit der Hand zur Tür.

Vibeke und Rasmus tauschten einen kurzen Blick und erhoben sich.

»Wir finden alleine raus.« Rasmus schlenderte betont lässig Richtung Ausgang.

»Vielen Dank für Ihre Zeit.« Vibeke folgte ihrem Kollegen ins Freie.

»Aksel Kronberg«, sagte Rasmus gerade in sein Handy. »Ich will einen umfangreichen Hintergrundcheck des Mannes.« Er wandte sich ab, und Vibeke konnte nicht länger verstehen, was er sagte.

Ein Motorrad bog in die Einfahrt. Der Fahrer in schwerer Lederkluft parkte sein Zweirad neben der Limousine und stieg von der Maschine. Er nahm den Helm ab, fuhr sich durch das platt gedrückte dunkle Haar und steuerte wortlos an den Kriminalbeamten vorbei auf den Hauseingang zu.

Vibeke beobachtete, wie er hinter der Tür verschwand. Sie schätzte den Motorradfahrer auf höchstens Mitte zwanzig. Vermutlich handelte es sich um den Sohn der Familie, zumindest hatte er wie eine jüngere Ausgabe von Laurits Kronberg ausgesehen.

Rasmus telefonierte noch immer.

Vibeke ging auf die andere Straßenseite, lehnte sich gegen den Dienstwagen und blickte übers Meer. Die Wolkendecke hatte sich ein wenig gelichtet, und auch der Wind hatte abgenommen. Urlauber spazierten die hölzerne Strandpromenade entlang, ein paar Kinder spielten am seichten Ufer. Am Himmel zogen Seevögel ihre Kreise.

Das Gespräch mit Laurits Kronberg hatte sie bei ihren Ermittlungen vorerst nicht vorangebracht. Sie hätte nur allzu gerne gewusst, was Karl Bentien hier zu suchen gehabt hatte.

»Vibeke!«

Sie drehte sich um.

Rasmus eilte mit grimmigem Gesichtsausdruck über die Straße. »Pernille hat gerade mit Evan Johannsens Schwester telefoniert.« Er klang verärgert. »Der Kerl hat uns angelogen. Die Mutter ist gar nicht tot, sondern lebt bei ihrer Tochter in Malmö.«

»Das ist ja ein Ding«, erwiderte Vibeke überrascht.

»Offenbar sprechen die beiden schon seit Jahren nicht mehr miteinander.« Rasmus kickte einen Kieselstein über den Gehweg.

»Und deshalb hat er seine Mutter einfach für tot erklärt? Ganz schön dreist. Offenbar hält Johannsen uns für zu dumm, um seine Angaben zu überprüfen.« Ihre Gedanken rotierten. »Ich frage mich, warum er überhaupt gelogen hat. Wir sollten direkt nach Solderup fahren, um das zu klären.«

Ihr Kollege öffnete die Fahrertür. »Ich habe eine viel bessere Idee.« Er stieg in den Wagen und ließ den Motor an.

Der Himmel öffnete seine Schleusen, und ein kräftiger Regenschauer ergoss sich über den Alten Friedhof. Die Wege zwischen den Gräberreihen waren menschenleer. Ein Zipfel rot-weißes Absperrband lugte unter einem der Gebüsche hervor und erinnerte an das Verbrechen, das eine Woche zuvor an diesem Ort geschehen war.

Clara stand unter dem Schutz ihres Regenschirms am Fuß des Idstedt-Löwen und betrachtete die Bodenplatte. Jemand hatte Blumen und ein Kerzenlicht dort hingestellt.

Der Sockel war längst gereinigt worden, trotzdem meinte sie, an einigen Stellen dunkle Verfärbungen zu erkennen. Sollten die Gerüchte stimmen, die in der Minderheit kursierten, war Karl direkt unterhalb der Gedenktafel gefunden worden. *Als Zeichen von Freundschaft und Vertrauen zwischen Dänen und Deutschen.*

Warum ausgerechnet hier? An ihrem heimlichen Treffpunkt? Clara hatte keine Antwort auf diese Frage, genauso wenig wusste sie, wie es mit ihrer Ehe weiterging.

Warum hatte Valdemar monatelang geschwiegen, obwohl er längst über ihre Affäre mit Karl Bescheid gewusst hatte? Als sie ihn danach gefragt hatte, war Valdemar ausgerastet, und sie hatten sich heftig gestritten. Eine Antwort hatte Clara trotzdem nicht bekommen. Stattdessen war erstmals das Wort Scheidung gefallen.

An diesem Punkt hatte Clara eingelenkt. Schließlich war sie diejenige gewesen, die ihren Mann betrogen hatte. Nicht umgekehrt. Sie hatte sich bei Valdemar entschuldigt und vorgeschlagen, gemeinsam eine Eheberatung aufzusuchen. Doch davon hatte ihr Mann nichts hören wollen. Er sagte, er wolle die Dinge kein weiteres Mal durchkauen und schon gar nicht vor Dritten. Das Einzige, was er jetzt brauche, seien Ruhe und Abstand. Dann war er gegangen. Die nächsten vierundzwanzig Stunden hatte Clara sich wie in einem Vakuum gefühlt, unfähig, auch nur einen einzigen klaren Gedanken zu fassen.

Die Zweifel kamen in kleinen Schritten. Winzige Ungereimtheiten, Dinge, die nicht zusammenpassten.

Warum hatte Karl sie nicht gewarnt, dass Valdemar über ihre Affäre Bescheid wusste? Schließlich hatte er laut Jan deshalb mit ihm gestritten. Und warum weigerte sich Valdemar, seinem Patenkind finanziell unter die Arme zu greifen? Auch ihr Argwohn, dass Valdemar vor ein paar Tagen plötzlich zum liebevollen Ehemann mutiert war, meldete sich erneut. War es ein Anflug von Melancholie gewesen? Das passte nicht zu Valdemar. Fast schien es, als wollte er sie in Sicherheit wiegen. Doch warum? Hatte er mitbekommen, dass sie ihm hinterherschnüffelte? Spielte ihr Mann ein falsches Spiel mit ihr? Oder sah sie langsam Gespenster?

Vielleicht war es an der Zeit, mit der alten Hannah zu reden. Sie war diejenige, die Jan von den Streitereien zwischen Valdemar und Karl erzählt hatte.

Clara legte ihre Hand für einen kurzen Moment auf den Sockelabsatz unterhalb der Gedenktafel, dann eilte sie mit dem Regenschirm in der Hand zum Ausgang des Friedhofs.

Eine Viertelstunde später drückte sie die Klingel an Karls Nachbarhaus. Nichts rührte sich. Offenbar war

Hannah nicht zu Hause. Erst jetzt fiel ihr auf, dass die alte Frau schon seit Tagen nicht mehr in der Bibliothek aufgetaucht war. Normalerweise kam sie täglich vorbei.

Clara klingelte erneut.

*Kopenhagen, Dänemark*

Vibeke erwachte, als sie mit dem Kopf gegen das Seitenfenster schlug. Gerade fuhren sie durch einen Tunnel. Lichter wurden von den weißen Wänden zurückgeworfen. Wie lange hatte sie geschlafen?

»So ein Idiot!« Rasmus drückte energisch auf die Hupe.

Vor ihnen rauschte ein schwarzer SUV mit deutschem Kennzeichen davon.

»Der ist mir direkt vor den Kotflügel gezogen!« Er hupte erneut, obwohl von dem Wagen nicht einmal mehr die Rücklichter zu sehen waren. »Was denkt der, wo er ist? In Deutschland?«

Vibeke gähnte. »Und wo sind wir?«

»Unter dem Meer«, knurrte ihr Kollege.

Sie rief sich die Strecke vom jütländischen Festland nach Kopenhagen in Erinnerung. »Zwischen Fünen und Seeland?«

Rasmus lachte leise. »Dort gibt es nur Brücken. Wir sind in Kopenhagen. Drogdentunnel. Du hast über zwei Stunden geschlafen.«

»Tatsächlich?« Vibeke setzte sich auf.

Sie konnte sich daran erinnern, dass sie über die Johannsens nachgedacht hatte, ehe sie eingeschlafen war.

Über Vater und Sohn, die nicht miteinander sprachen, über die Mutter und Großmutter, die angeblich tot war, aber stattdessen in Malmö lebte. Und dass diese Frau Karls Pflegemutter gewesen war und vielleicht die Antworten hatte, nach denen sie suchten.

Vibeke fuhr sich mit der Hand in den Nacken. Er fühlte sich verspannt an. Vielleicht war es aber auch ihr schlechtes Gewissen, das sich auf diese Weise bemerkbar machte.

Eigentlich hätte sie Kriminalrat Petersen über die neue Entwicklung informieren müssen, damit er bei den Schweden vorab einen Antrag auf Rechtshilfeersuchen stellen und genehmigen lassen konnte, ehe eine deutsche Polizeibeamtin auf schwedischem Boden ermittelte.

In Rasmus' Welt ersetzte diese übliche Behördenprozedur ein Anruf bei einem schwedischen Kollegen, den er noch aus seiner Zeit in Kopenhagen kannte. Kleiner Dienstweg, hatte Rasmus es genannt. Auf Vibekes Bedenken hatte er nur mit einem müden Lächeln reagiert.

Schon bei ihrem letzten gemeinsamen Fall hatte Vibeke sich über die unkonventionellen Arbeitsmethoden des Dänen geärgert, und sie konnte es kaum fassen, dass sie sich dieses Mal tatsächlich von ihm mitreißen ließ. Kriminalrat Petersen würde ihr die Hölle heißmachen. Ihr entfuhr ein tiefes Seufzen.

Rasmus warf ihr einen kurzen Seitenblick zu. »Machst du dir etwa immer noch Sorgen wegen deiner Genehmigung?«

»Ich riskiere eine Dienstaufsichtsbeschwerde«, stellte Vibeke trocken fest.

»Wenn du willst, lasse ich dich an der Mautstelle

aussteigen und fahre alleine weiter«, schlug er vor. »Ich kann auch deinen Namen in meinem Bericht weglassen, dann ist es, als wärst du nie dabei gewesen.«

»Wenn das rauskommt, bist du gleich mit dran.«

Rasmus rollte mit den Augen. »Wie sollte das rauskommen? Du hast doch nicht vor, in Malmö rumzuschießen, oder? Mach dich einfach mal ein bisschen locker.«

Vibeke hätte ihn am liebsten auf die Dienstvorschriften hingewiesen, doch dann zog sie es vor zu schweigen. Rasmus Nyborg ließ sich nicht belehren. Er zog immer sein Ding durch. Warum sollte es dieses Mal anders sein?

Davon abgesehen war sie freiwillig in sein Auto gestiegen. Niemand hatte sie gezwungen mitzufahren. Offenbar färbte sein schlechter Einfluss bereits auf sie ab.

Vibeke musste sich eingestehen, dass der Fall zu etwas Persönlichem geworden war. Dabei ging es nicht in erster Linie um die Parallelen mit dem Opfer, die unliebsame Kindheitserinnerungen bei ihr auslösten, sondern sie wollte um jeden Preis ihre Kontrolle zurück.

Der Überfall ließ sie nicht los. Bildfetzen und Geräusche tauchten auf. Das Quietschen des Regals, die Tür, die sich dahinter verbarg. Die Beklemmung. Die Dunkelheit. Der eigentümliche Geruch, von dem sie noch immer nicht wusste, was es gewesen war. Heiße Wut kroch in ihr hoch, und sie ballte die Hände zu Fäusten.

Am Ende des Tunnels wurde es heller. Kurz darauf fuhren sie an die Oberfläche. Neben der vierspurigen Autobahn befanden sich nun zu beiden Seiten breite Grünflächen.

Vibeke öffnete ein Stück weit das Fenster und sog die frische Luft ein, die durch den Spalt ins Wageninnere strömte. Ihre Anspannung ließ nach.

»Im Moment befinden wir uns noch auf Peberholm«, erklärte Rasmus in dem Tonfall eines Reiseleiters. »Das Betreten der Insel ist strengstens verboten. Sie wurde ausschließlich dafür angelegt, dass der Tunnel nicht überflutet wird.«

Vibeke schloss das Fenster wieder. »Warum gibt es überhaupt einen Tunnel?«

»Um den Luftverkehr nicht zu behindern. Der Kopenhagener Flughafen liegt ganz in der Nähe.« Er umfasste das Lenkrad mit beiden Händen. »Wenn man von der schwedischen Seite aus nach Dänemark fährt, wirkt es so, als würde die Brücke im Meer versinken. Großartig. Du wirst es auf dem Rückweg selbst sehen.«

Als sie Peberholm hinter sich ließen, erhob sich die Öresundbrücke majestätisch über dem Wasser. In der Mitte des Bauwerks ragten die vier Pylone aus Stahl mit ihren Schrägseilen empor, die der Hochbrücke ihr markantes Aussehen verliehen.

Ihr Kollege wechselte auf die linke Spur. Rechts krochen die LKW Stoßstange an Stoßstange Richtung Schweden.

Rasmus überholte einen Siebeneinhalbtonner. Eine Windböe erfasste ihren Wagen, und sie gerieten für einen kurzen Moment ins Schwanken. Obwohl Rasmus augenblicklich das Tempo drosselte, wurde Vibeke ein wenig mulmig.

»Ich bin die Strecke mehrere Hundert Mal gefahren«, sagte Rasmus, als hätte er ihre Gedanken erraten. »Wenn der Wind so stark ist, dass es gefährlich werden könnte, wird die Strecke gesperrt.« Er wechselte wieder auf die rechte Spur.

Inzwischen hatten sie den mittleren und höchstgelegenen Teil der Brücke erreicht. In der Ferne war Schwedens Küste zu sehen. Kleine Strände und Wälder, dahinter ließ sich die Silhouette von Malmö erahnen.

Vibeke blickte aus dem Seitenfenster. Hinter dem Sicherheitsgeländer ging es steil hinunter zum Wasser. Dunkel. Tief. Endlos.

Sie musste an den Einsturz der Autobahnbrücke in Genua denken, bei dem zahlreiche Menschen unter den Betonmassen zu Tod gekommen war. Ihr mulmiges Gefühl verstärkte sich.

»Warst du in Kopenhagen eigentlich auch bei der Mordkommission?«, fragte sie, um sich abzulenken.

Rasmus nickte, ohne den Blick von der Fahrbahn zu nehmen. »Auch. Vorher war ich verdeckter Ermittler bei der Abteilung für Organisierte Kriminalität. Wir hatten öfter grenzübergreifende Observationen. Aus der Zeit kenne ich auch Gösta. Er war mein Verbindungsmann bei der Polizei in Malmö. Du wirst ihn gleich kennenlernen. Wir treffen ihn auf dem Parkplatz hinter der Mautstelle.« Ein spöttisches Grinsen streifte seine Lippen. »Es sei denn, du willst vorher lieber aussteigen.«

Vibeke spannte sich augenblicklich wieder an. Kurz war sie versucht, Petersen anzurufen, um ihn von ihrem Vorhaben in Kenntnis zu setzen, doch der würde sie vermutlich auf der Stelle zurückpfeifen. Sie ärgerte sich, dass Rasmus nicht einfach die Klappe halten konnte.

»Wie geht es dir eigentlich so?« Ihr Kollege hatte jetzt jenen mitleidigen Tonfall, mit dem Menschen mit schweren Erkrankungen oder Schicksalsschlägen häufig bedacht wurden.

Vibeke wusste sofort, dass er auf ihre gestrige Panikattacke anspielte.

»Bestens«, erwiderte sie brüsk, um zu vermeiden, dass er weitere Fragen stellte.

Er warf ihr einen schnellen Blick zu, ehe er sich wieder auf die Straße konzentrierte. »Wir sind gleich an der Mautstelle.«

Vibeke reagierte nicht.

Sie erreichten das schwedische Festland. Neben der Fahrbahn wurde es grün und hügelig.

»Ich gebe mir Mühe, Vibeke«, sagte Rasmus in die Stille hinein.

»Dann üb noch ein wenig.« Sie blickte demonstrativ aus dem Seitenfenster.

Die restliche Fahrt herrschte im Wagen eisiges Schweigen.

*Malmö, Schweden*

Vigga Persson wohnte in einer ruhigen Straße mit gepflegten Einfamilienhäusern und blühenden Gärten im südlichen Stadtteil Limhamn, nur wenige Gehminuten von der Küste entfernt.

Rasmus hielt am Straßenrand und sah zu dem ockerfarbenen Flachdachbungalow. Dabei streifte sein Blick die stocksteife Gestalt auf dem Beifahrersitz.

Vibeke Boisens Miene war noch immer kühl und abweisend. Es schien, als hätte sich zwischen sie eine durchsichtige Wand geschoben. Ihr Verhalten ging ihm mittlerweile gewaltig auf die Nerven. Schließlich hatte er nur versucht, Verständnis und Anteilnahme zu zeigen. Er wusste, dass er nicht gut in solchen Dingen war. Freundschaften. Beziehungen. Kollegialität. Trotzdem hatte er sich Mühe gegeben. Offenbar war das gründlich in die Hose gegangen.

Rasmus räusperte sich. »Wir sind da.«

Vor ihnen stieg gerade Gösta Malmberg aus seinem dunkelgrauen Volvo. Der schwedische Polizist hatte sie bereits auf dem Parkplatz hinter der Mautstation begrüßt. Er war ein großer, kräftiger Mann mit groben Gesichtszügen und dunkelblonden Haaren, die er trotz seines zurückgehenden Haaransatzes etwas länger trug. Sein Bauch hatte deutlich an Umfang zugelegt, seit Rasmus ihn zuletzt gesehen hatte. Früher waren sie Freunde gewesen.

Vibeke war dem Schweden gegenüber freundlich und höflich gewesen. In perfektem Englisch hatte sie ihm für seine Unterstützung gedankt und dabei sogar gelächelt, während sie Rasmus weiterhin die kalte Schulter zeigte.

Wortlos stiegen sie jetzt aus dem Auto und folgten Gösta zum Hauseingang.

Eine solargebräunte Frau um die sechzig öffnete ihnen die Tür. Ihr Haar war kurz geschnitten und ebenso hell gebleicht wie ihre Zähne. Sie trug eine Lederhose, dazu einen Pullover mit Glitzersteinen und kiloweise Silberschmuck.

Gösta zeigte seinen Dienstausweis. »Astrid Persson?«

Sie nickte.

Die beiden wechselten ein paar Worte auf Schwedisch, von denen Rasmus nur Bruchstücke verstand.

Schließlich bat Astrid Persson die Kriminalbeamten ins Haus.

»Ihre Mutter weiß, dass wir kommen«, informierte Gösta seine Kollegen auf Englisch. »Am besten, ihr sprecht dänisch mit Vigga. Ihr Englisch ist nicht besonders gut.«

»Ist das ein Problem für dich?«, fragte Rasmus.

Gösta hob abwehrend die Hände. »Es ist eure Party. Ich bin hier nur der Anstandswauwau.« Er lächelte breit.

Astrid Persson führte sie durch den Wohnraum in den hinteren Teil des Hauses. Die Ausstattung schien, wie der Bungalow selbst, noch aus den 1970er-Jahren zu stammen. Beigefarbene Bodenfliesen, dunkle Holzvertäfelungen und Sitzelemente mit Cordbezügen. Im Vorbeigehen erhaschte Rasmus einen Blick auf ein grün gekacheltes Badezimmer. Angesichts des Designs drehte sich ihm der Magen um. Er fragte sich, wie man so leben konnte.

Die Tür am Ende des Flurs stand offen. Dahinter lag ein großzügig geschnittener Raum mit filigranen Möbeln aus Kirschholz, dekoriert mit Spitzendeckchen und einer Vielzahl an Nippes. Bodentiefe Fenster boten einen Ausblick in den hübschen Garten.

Vigga Persson war trotz ihres hohen Alters kräftig gebaut und thronte in einem türkisfarbenen T-Shirt und braunen Plisseerock in einem Ohrensessel. Sie trug eine dicke hautfarbene Strumpfhose, dazu abgewetzte Turnschuhe, die nicht so recht zu ihrem restlichen Outfit passen wollten. Ihr graues Haar war kurz geschnitten, das Gesicht darunter fahl und aufgedunsen. Um ihre Mundwinkel lag ein verbitterter Zug.

Sie wechselte ein paar Worte mit ihrer Tochter, ehe

diese den Polizisten zunickte und aus dem Zimmer verschwand.

Die Kriminalbeamten stellten sich vor. Als Vibeke an der Reihe war, schien sich die Miene der alten Frau zu verhärten.

»Was wollt ihr von mir?« Ihr Blick war voller Misstrauen. »Geht es um Karl?«

Rasmus nickte überrascht. »Du weißt, dass er ermordet wurde?« Unaufgefordert nahm er auf dem Sofa Platz, während sich seine Kollegin einen Stuhl heranzog. Gösta blieb im Hintergrund und lehnte sich neben der Tür gegen die Wand.

»Ich lebe in Malmö, nicht auf dem Mond.«

Rasmus beschloss, sich nicht lange mit Höflichkeiten aufzuhalten. Mit der Frau war offensichtlich nicht zu spaßen. »Wann hast du Karl zuletzt gesehen?«

Die Antwort kam wie aus der Pistole geschossen. »1952. Das war das Jahr, in dem mein Anders vom Scheunendach fiel.«

»Anders war dein Mann?«

Sie nickte.

»Und du wolltest Karl nicht behalten?«

Vigga Persson schüttelte energisch den Kopf. »Er war ein kleiner deutscher Bastard, der nichts als Scherereien machte.« Sie warf Vibeke einen provozierenden Blick zu.

Rasmus bemerkte, dass seine Kollegin den Mund öffnete, um etwas zu sagen, doch er bedeutete ihr mit einem leichten Kopfschütteln, nicht einzugreifen.

»Wie kommt es, dass Karl damals ausgerechnet zu euch nach Solderup kam?«

Die Alte schnaubte. »Der Bruder meines Mannes

hatte damals einen Hof in Oksbøl. Er lieferte Milch und Kartoffeln ins Flüchtlingslager. Als er die Arbeit alleine nicht mehr schaffte, hat Anders ihm geholfen.« Sie zupfte gedankenverloren an ihrem Rock. »Anders war ganz vernarrt in die Kinder, viele von ihnen waren ohne Eltern nach Dänemark gekommen. Er steckte ihnen ständig Essen zu, obwohl das streng verboten war. Immer wieder sprach er davon, dass wir eins der Kinder aufnehmen sollten. Wir hatten damals selbst versucht, ein Kind zu bekommen, doch vergeblich.« Sie nahm ihre Hände vom Rock und legte sie auf die Armlehnen. »Aber ich wollte keins von denen aus dem Lager.«

»Warum?«, mischte sich jetzt Vibeke ins Gespräch. »Weil es deutsche Kinder waren?«

»Ja.« In den Augen der Dänin lag ein böses Funkeln. »Ihr Deutschen seid in unser Land eingefallen, habt uns ausgeraubt und bedroht und alles beschlagnahmt, was euch unter die Finger gekommen ist. Wie Vieh habt ihr die Menschen aus ihren Häusern getrieben. Wegen euch mussten wir alle hungern.« Vigga Persson senkte die Stimme. »Und als wäre das nicht schlimm genug, habt ihr meinen Großvater ins KZ deportiert und zu Tode gefoltert. Nur weil er Jude war.« Sie reckte angriffslustig das Kinn. »Warum also sollte ausgerechnet ich ein deutsches Kind aufnehmen?«

Einen Moment blieb es völlig still im Raum.

Rasmus konnte die Reaktion der Frau durchaus nachvollziehen. Ein Großteil der dänischen Juden war im Oktober 1943 vor der Gestapo gerettet worden, nachdem deren Verhaftungspläne durch einen deutschen Diplomaten an die Dänen durchgesickert waren. In einer Nacht-und-Nebel-Aktion hatte man über siebentausend Menschen auf Booten über den Øresund ins neutrale Schweden gebracht. Rund vierhundert der älteren Juden, die ihre Heimat nicht verlassen wollten, wurden verhaftet und kamen in deutsche KZs. Die meisten von ihnen hatten überlebt, doch der Großvater von Vigga Persson hatte offenbar nicht dazugehört.

»Anfang 1945 wurde ich schwanger«, fuhr die Frau fort, »aber ich verlor das Kind im vierten Monat. Im Frühjahr 1946 stand dann plötzlich Anders mit einem Säugling vor der Tür. Karl.«

Rasmus massierte seine Fingerknöchel. »Warum ist Karl nicht bei seiner Mutter geblieben?«

»Anders erzählte, dass in dem Lager täglich Kinder starben, und am häufigsten traf es wohl die Neugeborenen. Karls Mutter hatte ihn angefleht, das Leben ihres Babys zu retten. Anders hatte Mitleid und half.«

»Wie gut kannte dein Mann die Frau?«

Vigga Perssons Blick wurde wachsam. »Nicht besonders gut. Sie arbeitete in der Lagerküche. Dort hatte Anders hin und wieder mit ihr zu tun.«

»Was war mit Karls Vater?« Rasmus ließ sie nicht aus den Augen.

»Ihrem Mann? Den hatten die Russen geschnappt. Zumindest erzählte Anders das.«

Rasmus kratzte sich nachdenklich am Hinterkopf. Konnte es sein, dass Anders Johannsen der Vater von Karl war? Während der Besatzungszeit und auch in den Jahren danach waren zahlreiche Kinder aus deutsch-dänischen Verbindungen hervorgegangen. Wenn seine Vermutung zutraf, ließ Vigga Persson sich zumindest nichts anmerken. »Wollte Karls Mutter ihr Kind denn später nicht wiederhaben?«

»Wir haben nie wieder von ihr gehört.« Sie schnaubte verächtlich durch die Nase. »Ich hätte das Kind sofort zurückgegeben, das könnt ihr mir glauben.«

»Wir gehen davon aus, dass Ilse Bentiens Mann nicht Karls Vater war. Deshalb stellt sich die Frage, ob es vielleicht Anders gewesen sein könnte.«

Vigga Perssons Lippen wurden schmal wie ein Stift.

Seine Kollegin zog das Foto von Ilse Bentien und dem Unbekannten aus ihrem Notizbuch und hielt es ihr hin. »Der Mann auf dem Foto, ist das Anders?«

Die alte Dänin starrte sekundenlang auf die beiden abgebildeten Personen. Tränen schossen in ihre trüben Augen. Schließlich nickte sie. »Sie hat meinen Anders eingewickelt. Er war ein mitfühlender Mensch, und diese Frau hat das eiskalt ausgenutzt. Trotzdem war Anders nicht Karls Vater.« Sie fingerte an den seitlichen Taschen ihres Rocks herum, zog ein Stofftaschentuch heraus und schnäuzte sich geräuschvoll die Nase. »Die hat es doch mit jedem getrieben.« Sie zischte kaum hörbar ein Wort.

Rasmus hatte es trotzdem verstanden. *Feldmadras. Feldmatratze.* So hatte man die dänischen Frauen genannt, die sich während der Besatzungszeit mit deutschen Soldaten eingelassen hatten. Doch scheinbar machte Vigga Persson da keine Unterschiede. Die Gesichter von Kurt und Gerda Bentien tauchten vor seinem inneren Auge auf.

Er beugte sich vor. »Ich kann verstehen, dass der Betrug deines Mannes für dich schmerzhaft ist. Aber diese Frau hat furchtbares Leid erlebt. Nicht nur den

Krieg und die Flucht, sondern auch den Tod von zwei Kindern.« Seine Stimme wurde eindringlich. »Ja, es ist schrecklich, was deinem Großvater zugestoßen ist, und ich kann deinen Hass auf diejenigen, die ihm das angetan haben, sehr gut nachvollziehen. Aber das waren nicht dieselben Menschen wie in dem Lager.«

»Wir Dänen haben dieser Frau das Leben gerettet«, Vigga Persson deutete mit dem Finger empört auf das Foto, das Vibeke noch immer in den Händen hielt, »und als Dank verführt sie nicht nur meinen Mann, sondern ich darf auch noch ihren Bastard großziehen.«

Rasmus entfuhr ein Seufzen. So würden sie nicht weiterkommen. Die Frau besaß keinen Funken Mitgefühl. Er zwang sich zur Sachlichkeit.

»Hat denn nie jemand nach Karl gesucht?«

»Nein.« Sie faltete ihre Hände und legte sie in den Schoß. »Ich habe Anders gebeten, den Jungen zurückzubringen, schon allein wegen der Behörden. Nach der Kapitulation war es verboten, deutsche Kinder aufzunehmen. Regelrecht angebettelt habe ich ihn, doch Anders blieb stur. Er änderte seine Meinung auch nicht, als ich mit Evan schwanger wurde. Als Anders starb, habe ich Karl in ein deutsches Kinderheim gebracht. Ich hatte gehört, dass dort Flüchtlingskinder aufgenommen wurden.«

»Sie haben ihn vor der Tür ausgesetzt«, sagte Vibeke mit schneidender Stimme.

»Ich wollte mir keinen Ärger einhandeln«, zischte Vigga Persson. »Schließlich war es nicht meine Idee, illegal ein deutsches Kind aufzunehmen.«

Die beiden Frauen starrten sich an.

Rasmus griff ein. »Hat dein Sohn dich über Karls Tod informiert?«

Sie nickte.

»Angenommen, Karl wäre doch Anders' Sohn gewesen, dann hätte er, rein rechtlich gesehen, auch ein Anrecht auf den Hof gehabt, oder?«

Der Blick der alten Frau wurde wieder wachsam. »Ich habe doch gesagt, dass Anders nicht der Vater war.«

»Es gibt Gentests«, erklärte Rasmus trocken.

Vigga Persson beugte sich aus ihrem Sessel vor. »Dieses Balg hätte niemals auch nur eine einzige Krone von dem bekommen, was mir und meinen Kindern gehört.« Ihre Stimme schraubte sich eine Oktave höher. »Und jetzt lasst mich endlich in Frieden!« Sie zitterte am ganzen Körper.

Astrid Persson eilte herbei und wechselte ein paar Worte mit ihrer Mutter. Schließlich wandte sie sich mit wütendem Blick zu den Kriminalbeamten um.

»Was fällt euch ein, eine alte Frau so aufzuregen?« Ihr Englisch hatte einen harten Akzent. »Geht jetzt!«

Gösta, der sich bislang im Hintergrund gehalten hatte, löste sich von seinem Platz an der Wand. »Ich denke auch, es reicht.«

Rasmus nickte, erhob sich vom Sessel und verabschiedete sich.

Vibeke folgte ihm. An der Tür drehte sie sich noch einmal um. Rasmus blieb ebenfalls stehen.

»Sie waren das«, sagte seine Kollegin auf Deutsch. »Sie haben Karl die Verletzungen auf seinem Rücken zugefügt.«

Ein Blick in das Gesicht der alten Frau genügte, um

zu wissen, dass sie die Worte verstanden hatte. Genugtuung lag in ihrer Miene.

»Schämen Sie sich!« Damit drehte Vibeke sich um und marschierte aus dem Haus.

*Esbjerg, Dänemark*

Laurits trat aus der Sicherheitsschleuse und streifte sich die Kopfbedeckung ab. Er hatte sich angewöhnt, in den Produktionshallen regelmäßig nach dem Rechten zu sehen.

Die Reinraumfertigung, in der ihre OP-Instrumente gasdurchlässig für den anschließenden EtO-Sterilisationsprozess verpackt wurden, unterlag strengsten Kontrollen, um die Kontaminierung mit gesundheitsschädlichen Substanzen und Keimen so niedrig wie möglich zu halten und die Qualitätssicherung zu gewährleisten. Er überzeugte sich höchstpersönlich davon, dass die Arbeitsschritte ordnungsgemäß dokumentiert und eingehalten und die Verhaltensrichtlinien zur Hygiene und Reinigung umgesetzt wurden. Außerdem war es eine gute Gelegenheit, um mit seinen Mitarbeitern zu sprechen, die größtenteils seit vielen Jahren für OMC tätig waren. Heute war er mit seinen Gedanken jedoch bei seiner Rede für die bevorstehende Trauerfeier gewesen und hatte dem Produktionsleiter deshalb nur mit halbem Ohr zugehört.

Laurits streifte die Überschuhe ab, schlüpfte aus dem Kittel und beförderte beides zusammen mit der Kopfbedeckung in die bereitstehenden Behälter.

Fünf Minuten später saß er an seinem Schreibtisch und starrte auf ein Stück weißes Papier. Warum war er nicht dazu in der Lage, die passenden Worte zu finden?

Vielleicht sollte er Esther die Rede überlassen. Manchmal kam es ihm so vor, als hätte sie seinen Vater von allen Menschen am besten gekannt. Vermutlich wäre sie auch die bessere Wahl, um die Firma zu führen.

Am Morgen, ehe die Polizei bei ihnen auftauchte, waren sie gemeinsam beim Notar gewesen. Überraschungen hatte es keine gegeben. Aksel hatte alles sauber geregelt, so wie angekündigt. Die Firmenanteile waren gerecht aufgeteilt worden, ein paar wohltätige Organisationen sowie langjährige Vertraute wurden mit einer großzügigen Summe aus Aksels Privatvermögen bedacht, der Rest davon floss in die Stiftung.

Laurits sollte Erleichterung verspüren, doch alles, was er empfand, war großer Verlust. Als kleiner Junge war Laurits häufig zu Besuch bei Oricon gewesen. Aksels Sekretärin Mathilde hatte ihm Mullverbände und Pflaster aus Produktionsresten zum Spielen gegeben, und sein Vater hatte ihm beigebracht, wie er seinen Teddy damit verbinden konnte. Er hatte seinen Sohn durch die riesigen Produktionshallen geführt, ihm die unterschiedlichen Verbandsstoffe gezeigt und genau erklärt, wofür jedes einzelne Produkt genutzt wurde. Laurits hatte aufmerksam zugehört, nicht weil ihn die Dinge sonderlich interessiert hätten, sondern weil er die Aufmerksamkeit seines Vaters genossen hatte. Abgesehen von den Strandspaziergängen war es die schönste gemeinsame Zeit gewesen, an die er sich erinnern konnte. Danach hatte Laurits sein Leben damit verbracht, die Erwartungen zu erfüllen, die an ihn gestellt wurden.

Er hatte davon geträumt, Ornithologe zu werden, stattdessen war er in die Firma eingestiegen. Die ersten Jahre hatte die Verantwortung wie ein Klotz an seinem Bein gehangen, doch als Esther erst in die Firma und später in sein Leben getreten war, war er zum Unternehmer geworden.

Doch die Zeiten für die Zulieferer von medizinischen Produkten gestalteten sich schwierig. Die Richtlinien für die Einhaltung der Qualitätsstandards wurden Jahr für Jahr anspruchsvoller, die Produktentwicklung und auch die Umweltaspekte spielten eine immer größere Rolle.

Die dänische Krankenhauslandschaft war im Umbruch. E-Health war das Schlagwort. Nach dem Start des digitalisierten Gesundheitsportals *sundhed*, das die medizinischen Daten aller Dänen bündelte und eine zentrale Zugangsstelle für Ärzte, Krankenhäuser, Pflegeeinrichtungen und Patienten bildete, sollten bis 2022 einundzwanzig Mega-Krankenhäuser die landesweite Versorgung der Dänen sicherstellen. Hochmodern. Vernetzt. Digital.

Die Umwandlung des Gesundheitssektors hatte auch Auswirkungen auf OMC, denn die Dienstleistungen und der Wareneinkauf für Krankenhäuser wurden nun ebenfalls gebündelt. Die fünf zuständigen Regionen koordinierten ihren Beschaffungsbedarf und zentralisierten den Einkauf, indem sie für bestimmte Produkte eine einzige große Ausschreibung für den gesamten Gesundheitssektor abgaben. Für OMC als Lieferant wurde der Wettbewerb immer härter.

Doch Esther und er hatten große Pläne. In naher Zukunft würden sie den Großteil der Produktionsstätten von Dänemark ins osteuropäische Ausland verlagern, was ihnen ermöglichte, die Herstellungskosten ihrer Produkte drastisch zu senken. Künftig würde ihr Erfolg nicht nur mit ihrer Region verknüpft sein, sondern sie bekamen die Chance, zu den Global Players des internationalen Marktes aufzusteigen.

Die Umsetzung ihres Vorhabens erforderte neben einer großen Investition jede Menge Arbeit, und allein der Gedanke daran machte ihn ein wenig schwindelig. Trotzdem konnte er nicht mehr zurück.

Ein Klopfen riss ihn aus seinen Gedanken. Mathilde erschien in der Tür. Ihre Augen waren vom vielen Weinen rot und verquollen.

»Brauchst du mich noch? Ansonsten würde ich jetzt nach Hause gehen.«

»Geh nur, Mathilde. Du kannst dir auch gerne den Rest der Woche freinehmen.«

Die Sekretärin schüttelte den Kopf. »Das geht doch jetzt nicht. Es ist so viel zu tun, nachdem Aksel ...« Sie verstummte, rang sichtlich um Fassung. »Wir sehen uns morgen bei der Trauerfeier.« Jetzt flossen doch die Tränen, und sie schloss schnell die Tür.

Laurits starrte wieder auf das leere Papier. Was hatte seinen Vater ausgemacht? Sturheit, schoss es ihm in den Sinn. Aksel gehörte zu der Generation, die wusste, was Verlust und Verzicht bedeuteten. Das hatte ihn hart und unnahbar gemacht und ihm die nötige Durchsetzungskraft verschafft. Trotzdem war Aksel allen Menschen stets freundlich und mit Respekt begegnet. An manchen Tagen hatte sich sein Vater von der Außenwelt zurückgezogen, und es war ihm so vorgekommen, als hätte er eine unsichtbare Mauer um sich herum gebaut. Je älter er wurde, desto häufiger schottete er sich ab und sinnierte über das Leben.

Doch sein Vater war auch ein großzügiger Mensch gewesen. Er zahlte seinen Angestellten überdurchschnittlich hohe Gehälter, bescherte ihnen an Weihnachten einen zusätzlichen Bonus und unterstützte zahlreiche Hilfsorganisationen mit regelmäßigen Spenden.

Laurits setzte den Stift auf dem Papier zum Schreiben an. Im nächsten Moment fegte er beides beiseite und erwischte dabei mit dem Handrücken sein Wasserglas, das mit einem lauten Knall auf dem Fußboden zerschellte.

*Kopenhagen, Dänemark*

Vibeke stand in der Rist Kaffebar und wartete auf ihre Bestellung. Es war ein kleines, gemütliches Café.

Schmale Holztische vor einer unverputzten Backsteinwand, Industrielampen, die von einem Metallgitter die Decke herabhingen, Metrofliesen, beschriftete Schiefertafeln und eine chromglänzende Siebträgermaschine.

Sie war aufgewühlt von der Begegnung mit Vigga Persson. Die hasserfüllte Stimme, mit der die alte Frau über Karl und seine Mutter Ilse gesprochen hatte, klang noch immer in ihren Ohren. Bei dem Gedanken daran, was der kleine Junge bei seiner Pflegemutter hatte erleiden müssen, schnürte es ihr die Kehle zu. Ihre Anspannung wuchs von Minute zu Minute. Mittlerweile war es kurz nach vier. Am liebsten wäre sie sofort nach

Solderup gefahren, um Evan und Svend Johannsen in die Mangel zu nehmen. Vibeke war sich sicher, dass Vigga Persson gelogen hatte, was die Vaterschaft ihres früheren Mannes betraf. Wenn Karl Bentien tatsächlich auf dem Hof aufgetaucht war, um sein Erbe einzufordern, hatten sie ein Mordmotiv.

Leider hatte Rasmus darauf bestanden, eine Pause einzulegen, ehe sie zurück nach Jütland fuhren. Ihren Vorschlag, an einer Autobahnraststätte anzuhalten, um Zeit zu sparen, hatte ihr Kollege brüsk abgelehnt. Stattdessen hatte er sie nach Kopenhagen in eines seiner Lieblingscafés geschleppt, und sie hatten Kaffee getrunken und ein paar reichlich belegte Brote verdrückt. Smørrebrød, wie die Dänen es nannten. Die Zusammenstellung fand Vibeke etwas gewöhnungsbedürftig, trotzdem hatte es ihr geschmeckt.

Sie beobachtete Rasmus, der draußen an einem der Tische saß, das Gesicht mit geschlossenen Augen in die Sonne hielt und rauchte. Der hatte wirklich die Ruhe weg.

Während sie bereits telefonisch sämtliche Hebel in Bewegung gesetzt hatte, damit der finanzielle Hintergrund der Johannsens gecheckt wurde, saß er einfach nur da und chillte.

Die Barista stellte zwei Kaffee zum Mitnehmen vor Vibeke auf den Tresen. Sie bezahlte und ging mit den Pappbechern in der Hand nach draußen.

Rasmus hatte sein Sonnenbad in der Zwischenzeit beendet und hielt sein Handy ans Ohr. Er wirkte ernst und angespannt. Seine Kiefermuskeln malmten. Als er seine Kollegin kommen sah, steckte er das Handy ein und griff nach seiner noch immer halb vollen Kaffeetasse.

»Findest du nicht, wir sollten langsam mal los?« Vibeke bemühte sich um einen freundlichen Tonfall.

Sie wusste, dass sie sich ihrem Kollegen gegenüber auf der Hinfahrt nicht besonders nett verhalten hatte, doch sie befürchtete, dass eine Entschuldigung nur einen Rattenschwanz an Fragen nach sich ziehen würde.

Rasmus hob die Brauen. »Darf ich noch in Ruhe meinen Kaffee austrinken?«

Vibeke nickte, stellte die beiden Pappbecher auf den Tisch und setzte sich.

»Ich habe Pernille angerufen«, informierte sie ihren Kollegen. »Sie checkt für uns die Finanzen der Johannsens.«

»Gut.« Rasmus krempelte die Ärmel seines Hemds hoch. »Ganz schön warm hier in der Sonne. Ich glaube, ich bestelle noch schnell ein Bier.« Er winkte nach der Bedienung. »Möchtest du auch eins?«

»Ich trinke nicht während der Arbeitszeit.«

Ihr Kollege lachte leise. »Dann sollten wir wohl Feierabend machen.«

»Nachmittags um vier?«, fragte Vibeke entsetzt.

»Warum nicht? Was spricht dagegen?«

»Wir müssen überprüfen, ob Svend ein Alibi hat.« Rasmus steckte sich eine neue Zigarette an.

Vibeke rollte innerlich die Augen. Sie hatte erst vor Kurzem gelesen, dass der durchschnittliche Däne laut der neuesten OECD-Studie nur dreiunddreißig anstatt der offiziellen siebenunddreißig Stunden arbeitete. Spätestens ab sechzehn Uhr waren die Büros in dänischen Unternehmen wie ausgestorben. Bislang war sie jedoch immer davon ausgegangen, dass dies nicht für Polizisten galt.

»Möglicherweise stimmen auch die Angaben von Evan und den Nachbarn nicht«, fuhr sie fort. »Ich meine, der Typ hat uns eiskalt angelogen, was seine Mutter betrifft. Wer weiß, ob der nicht noch mehr zu verbergen hat.«

»Hmh.« Ihr Kollege legte den Kopf in den Nacken und blies ein paar Rauchkringel in die Luft.

Vibeke sah erneut auf die Uhr. Der Sekundenzeiger jagte voran. Minuten und Stunden verflogen wie im Zeitraffer, während die Ermittlungen seit einer gefühlten Ewigkeit auf der Stelle standen. »Ich würde vorschlagen, wir fahren direkt nach Solderup.«

Rasmus runzelte die Stirn. »Jetzt?«

»Ja, natürlich jetzt. Wann dachtest du denn?«

»Morgen.« Er rieb sich mit der freien Hand den Nasenrücken. »Wenn wir uns ausgeruht und die Dinge sortiert haben. Ehrlich gesagt fehlt mir langsam der Überblick. Wir haben zu viele lose Fäden. Was die Johannsens betrifft, sollten wir ohnehin erst ihren Hintergrund kennen, ehe wir die Kavallerie losschicken. Am besten, wir beratschlagen uns erst mit dem Team.«

Vibeke nickte. »Gut, von mir aus fahren wir vorher noch nach Padborg.«

Rasmus starrte sie an. Dann drückte er seine Zigarette im Aschenbecher aus, schnappte sich einen der Pappbecher und stand auf.

Erleichtert folgte ihm Vibeke zum Dienstwagen. Wenn sie auf der Autobahn gut durchkamen, würden sie in drei Stunden in Padborg sein.

Während Rasmus das Auto durch Kopenhagens Straßen lenkte, glitten Vibekes Gedanken erneut zu den Johannsens. Warum hatte Evan behauptet, seine Mutter wäre tot? Vielleicht hatte ihn Vigga als Kind ebenfalls misshandelt. Wer einmal schlägt, schlägt häufig wieder, dachte Vibeke. Zumindest hatte sie das ihre Erfahrung als Polizistin gelehrt. Oder gab es andere Gründe, die zum Zerwürfnis der Familie geführt hatten?

Rasmus hatte recht, es waren zu viele lose Fäden, und es machte Sinn, zunächst mit dem Team zu sprechen. Vielleicht hatten die Kollegen in der Zwischenzeit etwas Neues herausgefunden. Es wäre an der Zeit, dass sie endlich den flinken Rudi zu fassen bekämen. Der konnte ihnen mit Sicherheit über einige Dinge Aufschluss geben. Im Zweifelsfall war er sogar der Täter. Gut, dass sie endlich unterwegs waren. Je eher sie sich einen Überblick verschafften, desto besser. Die ständigen Pausen der Dänen, ihre relaxte Arbeitseinstellung und der ganze Hygge-Kram waren für Vibeke noch immer gewöhnungsbedürftig. Sie machte lieber Nägel mit Köpfen. Auch wenn das bedeutete, Überstunden zu leisten.

Sie hielten an einer roten Ampel. Neben ihnen auf dem Radweg fuhren gerade ein paar Anzugträger mit fliegenden Krawatten auf ihren Fahrrädern vorbei. Es schien ein belebter Stadtteil zu sein. Kleine Geschäfte, Cafés und Restaurants reihten sich in stuckverzierten Gebäuden aneinander, Menschen saßen vor den Lokalen oder flanierten die schmalen Gassen entlang, auf den angrenzenden Kanälen schipperten Touristenboote.

Vibeke runzelte die Stirn. »Hier sind wir vorhin aber nicht entlanggefahren.«

»Eine Abkürzung«, murmelte Rasmus.

Die Ampel sprang um, und sie fuhren weiter. Ein prächtiges rotes Backsteingebäude kam in Sicht. Hohe

Giebel, Rundfenster und eine Vielzahl an kleinen Türmen.

Davor ein Getümmel aus parkenden Autos und Fahrrädern, Geschäftsleuten, die Trolleys hinter sich herzogen, Familien mit Kinderwagen und vollgestopften Taschen und Rucksack-bepackten Studenten.

Rasmus hielt in der zweiten Reihe und stellte den Warnblinker an, ohne auf das Hupen des nachfolgenden Autos zu achten.

»Ist das nicht ein Bahnhof?«, fragte Vibeke irritiert. »Was wollen wir hier?«

»Hier fährt dein Zug. Du wolltest doch sofort nach Padborg. Wenn du dich beeilst, erwischst du noch den ICL um 16:52 Uhr.«

Sie sah ihn fassungslos an. »Das ist jetzt nicht dein Ernst, oder?«

Rasmus verzog keine Miene. Das Hupen hinter ihnen wurde wütender.

»Du tickst doch nicht ganz sauber.« Vibeke stieg aus.

In der Hoffnung, dass sich ihr Kollege nur einen üblen Scherz erlaubte, sah sie noch einmal durch die offene Tür ins Auto hinein.

Rasmus hob zum Abschied die Hand. »Wir sehen uns dann morgen in Padborg.«

Vibeke schlug die Autotür zu. Fassungslos sah sie dabei zu, wie sich der Dienstwagen in Gang setzte und hinter der nächsten Biegung verschwand.

Das Hupen des nachfolgenden Fahrzeugs verstummte.

Die Haustür fiel mit einem lauten Krachen zu. Karl hörte durchs geschlossene Fenster, wie Monikas Absätze über das Kopfsteinpflaster klackerten. Er seufzte und wandte sich dem Stapel Aufsätze zu, die er bis zum nächsten Tag korrigieren musste.

Mit seiner Frau und ihm würde es nicht mehr lange gut gehen. Im Grunde hatte er das gleich zu Beginn ihrer Ehe geahnt. Drei Monate nach ihrem Kennenlernen war Monika bereits schwanger gewesen. Karl wusste sofort, dass er sich vor seiner Verantwortung nicht drücken würde. Also hatte er Monika einen Antrag gemacht, den sie freudestrahlend angenommen hatte. Anfangs war er noch voller Zuversicht gewesen, dass sein Leben eine Wende nehmen würde, sobald er erst einmal Ehemann und Vater war. Vielleicht würde ihm eine eigene Familie dabei helfen, mit der Vergangenheit abzuschließen. Leider wollten sich die Glücksgefühle, wie er sie bei den frischgebackenen Vätern in seinem Kollegen- und Bekanntenkreis beobachtet hatte, nach der Geburt seines Sohnes bei ihm nicht einstellen. Im Gegenteil. Obwohl Karl selbst sein Leben lang darunter gelitten hatte, unerwünscht zu sein, blieb er stets auf Abstand zu seinem Kind. Das hieß nicht, dass er seinen Sohn nicht liebte, das tat er sicher auf irgendeine Weise, doch insgeheim war er froh, wenn er das rotgesichtige, kreischende Bündel in die Obhut von Monika geben konnte und sich selbst so wenig wie möglich mit dem Jungen beschäftigen musste.

Jetzt war Jan fünfzehn und ihr Verhältnis vollkommen zerrüttet. Hatte sein Sohn im Kleinkindalter noch um jede Minute seiner Aufmerksamkeit gekämpft und später versucht, seinen Vater mit guten Noten zu beeindrucken, strafte er ihn seit Beginn der Pubertät mit Nichtachtung.

Karl hatte das Gefühl, nichts im Leben richtig zu machen, höchstens in seinem Beruf. Er wusste, dass er sowohl innerhalb des Lehrerkollegiums als auch bei seinen Schülern als Sonderling galt, trotzdem war er ein guter, aufmerksamer Lehrer und führte gerne tiefgründige Gespräche mit Schülern und Kollegen.

Das Zusammentreffen mit dem Mann seiner Mutter und die Nachricht über ihren Tod hatten ihn so mitgenommen, dass er seine Nachforschungen vorübergehend eingestellt hatte. Seine Rastlosigkeit war dennoch geblieben. Der Gedanke, möglicherweise ein »Täterkind« oder »Feindeskind« zu sein, ließ ihn nicht los. War sein Vater ein gefühlloser und berechnender Mensch oder gar ein Verbrecher gewesen?

Seit seinem Studium hatte er in Bibliotheken und Archiven über die Besatzungszeit in Dänemark recherchiert. Es gab zahlreiche Sachbücher, Romane, Erfahrungsberichte und Reportagen, allerdings kaum Material über die deutschen Flüchtlinge in den Lagern. Mehrfach war er nach Oksbøl gereist, hatte die ehemalige Flüchtlingsstätte aufgesucht, die jetzt ein Waldareal mit Wanderwegen war, und hatte viele Stunden am Grab seiner beiden Geschwister verbracht. Zudem hatte er lange Gespräche mit dem örtlichen Pfarrer geführt, der sich an die Besatzungs- und Flüchtlingszeit gut erinnerte.

Fünfunddreißigtausend Menschen hatten in dem Lager in Oksbøl gelebt. Zwanzig Blöcke, alphabetisch durchgezählt, mit meistens neun Unterkunftsbaracken, sowie Küche- und Speisesaalbaracken. Hinzu kamen ein eigenes Wasserwerk, ein Elektrizitäts- und Klärwerk, Lazarette mit Ärzte- und Schwesternhäusern, Garagen und Werkstätten, Arrest, Wäscherei und Badeanstalt, Leichenhalle und Friedhof, Schulen, Telefonzentrale und Postamt. Eine eigene Stadt, umzäunt von Stacheldraht, schwer bewacht von Soldaten mit Maschinenpistolen.

Im Frühjahr 1945 war die Lage für die Flüchtlinge im Lager katastrophal gewesen. Die Menschen lebten auf engstem Raum, und es mangelte an Verpflegung und medizinischer Versorgung. Sehr viele Kleinkinder und Säuglinge litten unter Ernährungsstörungen und Brechdurchfällen und starben. Darunter Gerda und Kurt, seine beiden Geschwister, deren Namen er im Kirchenbuch entdeckt hatte.

Karl trat über einen Verein mit anderen Betroffenen in Kontakt, die ähnliche Verluste erlitten hatten und ebenfalls nach Verwandten suchten. Darunter viele Wehrmachtskinder.

Zahlreiche dänische Frauen hatten während der Besatzungszeit ein Verhältnis mit deutschen Soldaten unterhalten. Liebesbeziehungen zwischen deutschen Flüchtlingsfrauen und dänischen Wachposten oder Handwerkern, die das Lager besuchten, hatte es ebenfalls gegeben. Bei den aus solchen Verbindungen entstandenen Kindern hatte man häufig versucht, ihre Herkunft zu verschleiern. Namen in kirchlichen Taufbüchern wurden gelöscht, Akten, Briefe und Fotos verschwanden. Kinder wurde zur Adoption freigegeben oder kamen in Pflegefamilien und Kinderheime.

Dänische Frauen, die sich mit Besatzungssoldaten eingelassen hatten, wurden nach der Kapitulation mit kahl geschorenen Köpfen durch die Straßen getrieben.

Karl hörte zahlreiche Geschichten, viele ähnelten seiner eigenen, zudem sprach er mit Menschen, die zur gleichen Zeit wie seine Mutter im Lager gewesen waren, doch keiner kannte Ilse Bentien. Die Suche nach weiteren Informationen schien aussichtslos, zumal die dänischen Archive ursprünglich für das Material von 1940 bis 1945 eine Sperrfrist von achtzig bis hundert Jahre festgesetzt hatten. Doch seit Kurzem gab es einen Lichtblick. Durch seinen Kontakt zum Danske KrigsBørns Forening, der dänischen Kriegskindervereinigung, hatte er erfahren, dass die Behörden und Archive ihre Praxis änderten und allen Kriegskindern Einsicht in die Akten gewährten.

Monika hatte mehrfach darauf gedrängt, dass er die Vergangenheit endlich ruhen ließ. Doch seine Frau hatte gut reden. Sie war in einer intakten Familie aufgewachsen, die den Krieg weitestgehend unbeschadet überstanden hatte.

Karl seufzte und wandte sich wieder dem Aufsatz eines Fünftklässlers zu. Nach den ersten korrigierten Sätzen schweiften seine Gedanken erneut ab, und er sinnierte zum gefühlt tausendsten Mal über die Identität seines Vaters. Würde er irgendwann mit seiner Recherche Erfolg haben? Und was würde dabei ans Tageslicht kommen?

Sein Blick fiel auf das Nachrichtenmagazin, das ihm einer seiner Kollegen empfohlen hatte, weil es einen Artikel über die deutschen Flüchtlinge während der Besatzungszeit enthielt. Er legte den Aufsatz des Fünftklässlers beiseite, griff nach der Zeitschrift und blätterte sie durch. Als Erstes stachen ihm die vielen Steinkreuze ins Auge. Karl runzelte die Stirn und wandte sich dem Beitrag zu. Bereits nach wenigen Worten spürte er ein leichtes Ziehen in seiner Magengegend. Als er den zweiseitigen Artikel schließlich zu Ende gelesen hatte, zitterte er am ganzen Körper.

*Kopenhagen, Dänemark*

Rasmus starrte die sanierte Backsteinfassade hinauf. Der prächtige Altbau, in dem Camilla wohnte, lag direkt am Sønderboulevard. Zwischen den beiden Fahrbahnen verlief ein breiter, parkähnlicher Grünstreifen.

Er konnte nicht fassen, dass seine Ex-Frau ausgerechnet in Vesterbro lebte, dem ehemaligen Schlachthofviertel südwestlich vom Hauptbahnhof, nur zwei Straßenzüge von ihrer ersten gemeinsamen Wohnung entfernt.

Dort, wo früher Bordelle und Kellerlokale angesiedelt waren, hatte die Gentrifizierung längst eingesetzt und die dunklen Ecken verschwinden lassen. Anstatt Prostitution und Drogenkriminalität lockten eine Vielzahl an Galerien, Design-Einrichtungsläden, Restaurants mit Michelin-Sternen und unzählige Cafés gut verdienende Hipster und junge Kreative ins Viertel. Alteingesessene Vesterbroer, wie zu der Zeit, als Rasmus hier gelebt hatte, traf man nur noch selten. Der Trend zu coolen Fahrrädern, schicken Bars und veganem Essen nahm hingegen ständig zu. Genau wie die Anonymität.

Rasmus hatte im Rist Camillas Nachricht auf seiner Mailbox abgehört. Sie hatte panisch geklungen und ihn gebeten zu kommen. Dabei hatte sie sich angehört, als weinte sie. Seine Ex-Frau neigte gewöhnlich nicht zu melodramatischen Ausbrüchen, deshalb war Rasmus augenblicklich alarmiert gewesen. Irgendetwas stimmte nicht. Doch warum rief Camilla ausgerechnet ihn an? Mitten in der Nacht?

Er hatte sie vom Rist aus zurückgerufen, doch sie war nicht an ihr Handy gegangen, was seine Besorgnis nur noch gesteigert hatte.

Nachdem er Vibeke am Bahnhof abgesetzt hatte, war er erst eine Weile ziellos durch die Straßen gefahren, ehe er in einer Parkbucht gehalten und erneut versucht hatte, Camilla zu erreichen. Erfolglos. Daraufhin hatte er im Bed & Breakfast angerufen, um Jonna zu fragen, ob sie etwas wusste, doch die war zum Einkaufen gefahren. Stattdessen hatte ihm seine Mutter in allen Einzelheiten von ihrem Wochenende mit dem Kegelklub in Kopenhagen vorgeschwärmt. Erst nach zwanzig Minuten war es Rasmus schließlich gelungen, ihren Redefluss zu stoppen, und nachdem er versprochen hatte, zu der Geburtstagsfeier seines Vaters in zwei Wochen zu kommen, hatte er das Gespräch beenden können.

Rasmus atmete ein letztes Mal tief durch, dann drückte er den Klingelknopf neben Camillas Namen. Kurz darauf ertönte der Summer. Im Treppenhaus nahm er den Fahrstuhl in den vierten Stock.

Camilla stand in der offenen Tür. Sie trug das Kleid in Wassertönen, das er bereits von Livs Taufe kannte und das ihr so wunderbar stand. Darunter zeichnete sich deutlich ein runder Babybauch ab. Die rotblonden Locken fielen ihr offen über die Schultern. Sie war barfuß und völlig ungeschminkt. Er hatte seine Ex-Frau noch nie so schön gesehen.

»Rasmus.« Camilla schaffte es wie keine andere Person, einen Strauß an Gefühlen in seinen Namen zu packen. In diesem Fall Verwunderung, Wärme und Vorwurf zugleich. Von Panik und Tränen schien sie hingegen meilenweit entfernt zu sein.

Irgendwo in der Wohnung lief Musik. Eine jazzige Nummer mit Saxofon. Solche Songs hatten sie früher gemeinsam gehört. »Was machst du hier?«

»Du hast auf meine Mailbox gesprochen, dass ich kommen soll.« Rasmus breitete in einer schwungvollen Geste die Hände aus, darum bemüht, sich seine Unsicherheit nicht anmerken zu lassen. »Also, da bin ich.«

Camilla schmunzelte. »Du tust doch sonst auch nicht, was man dir sagt.« Sie wurde ernst. »Entschuldige, dass ich dich letzte Nacht angerufen haben, es war aus der Situation heraus.« Sie warf einen Blick über ihre Schulter. »Komm doch rein.«

Rasmus trat an Camilla vorbei in die Wohnung. Es war ein typischer Altbau. Hohe Decken, Parkett und Kassettentüren. Die Wände waren in einem lichten Grau gestrichen. Im Flur entdeckte er die antike Kommode, die zuvor in ihrer gemeinsamen Wohnung in Aarhus gestanden hatte. Darüber hing ein Bild von Anton. Es war in einem ihrer Sommerurlaube entstanden. Am Strand von Skagen. Sein Sohn hatte gerade seinen oberen Schneidezahn verloren und grinste breit in die Kamera. Rasmus spürte ein Ziehen in seiner Brust.

Camilla bat ihn ins Wohnzimmer. Die Einrichtung war schlicht und modern, eine Mischung aus Designklassikern und geerbten Möbelstücken, und auch hier befanden sich ein paar Überbleibsel aus ihrem alten Leben. Die schwarzen Wishbone-Chairs, der antike Barschrank, der noch von Camillas Großeltern stammte, und die weiße PH5-Leuchte, die früher ihren Platz in der Küche gehabt hatte und jetzt über einem runden Esstisch hing. Zwei gefüllte Sektgläser standen neben einer Flasche alkoholfreiem Prosecco. Daneben brannte eine Kerze.

»Du hast Besuch?«

Wie aufs Stichwort erschien ein dunkelhaariger, athletisch aussehender Mann in der Tür, der Rasmus die Hand entgegenstreckte. »Hej, ich bin Liam.« Sein Lächeln saß genauso perfekt wie seine Föhnfrisur. Unter dem roséfarbenen Polohemd zeichnete sich ein gut trainierter Oberkörper ab.

Rasmus konnte ihn schon auf den ersten Blick nicht leiden.

»Hej«, erwiderte er knapp.

Liam zog seine Hand zurück. »Ich glaube, ich gehe dann mal lieber.« Er küsste Camilla flüchtig auf die Wange.

Sie lächelte. »Ich rufe dich später an.«

Er nickte, warf Rasmus einen argwöhnischen Blick zu und verschwand aus der Tür.

Rasmus hob die Brauen. »Liam?«

»Du hättest netter sein können«, wies ihn seine Ex-Frau zurecht.

Er ging nicht darauf ein. »Warum hast du mich angerufen?«

»Setz dich doch.« Sie wies auf die Stühle am Esstisch. Seine Stühle. Wenn er gewusst hätte, dass irgendwann ein Typ mit roséfarbenem Polohemd darauf sitzen würde, hätte er sie Camilla nicht so großzügig überlassen.

Rasmus nahm Platz, während Camilla aus dem Fenster blickte. Draußen war es noch immer hell. Schließlich drehte sie sich um.

»Ich hätte dich nicht anrufen sollen.« Sie lehnte sich gegen die Fensterbank. »Das war etwas vorschnell von mir, aber ich war in Panik.«

»Warum?«

Camilla legte in einer beschützenden Geste ihre Hände auf den Bauch. »Ich habe gestern Abend vorzeitig Wehen bekommen und musste deshalb ins Krankenhaus, doch wie es aussieht, waren es nur Übungswehen. Dem Kind geht es gut.« Sie strich sich eine Locke aus dem Gesicht. »Trotzdem hatte ich furchtbare Angst. Das Baby ist noch zu klein, um auf die Welt zu kommen, und nachdem wir bereits Anton verloren haben ...« Sie brach ab.

Erst jetzt bemerkte Rasmus die dunklen Ringe unter Camillas Augen, und er ahnte, was sie in der Nacht zuvor durchgemacht haben musste.

»Warum hast du ausgerechnet mich angerufen?«

Sie sah ihm direkt in die Augen. »Weil du der Vater bist, Rasmus.«

Ihre Blicke verkeilten sich ineinander, und die Zeit schien stillzustehen. Ein Anflug von Freude breitete sich in Rasmus aus. Wie war das möglich? Im nächsten Moment hatte er das Gefühl, als würde ihm etwas die Luft abdrücken. Konnte er es überhaupt schaffen? Noch einmal Vater sein?

Es dauerte einen Moment, ehe er seine Sprache wieder-fand. »Wie kann das sein?« Er fuhr sich mit der Hand übers Gesicht. »Du sagtest, das Kind kommt im Winter.«

Camilla nickte. »Der Stichtag ist der erste Dezember. Rechne neun Monate zurück.«

Rasmus runzelte die Stirn. Anfang März hatten sie einen letzten gemeinsamen Abend verbracht, um ihre Scheidung zu regeln. Am Ende waren sie zusammen im Bett gelandet. Ein einmaliger Rückfall, der an Camillas Entscheidung trotzdem nichts geändert hatte. Gleich am nächsten Morgen hatten sie sich am Computer in dem betreffenden Online-Portal eingeloggt, und ein paar Worte, Kennziffern und Mausklicks später war ihre Scheidung durchgeführt. Die amtliche Bestätigung hatte kurz darauf in seinem Briefkasten gelegen.

»Wir haben doch verhütet.«

Camilla schüttelte den Kopf. »Wenn überhaupt, dann habe immer ich verhütet. Doch zu dem Zeitpunkt hatte ich die Pille längst abgesetzt. Warum Hormone nehmen, wenn man sowieso keinen Sex hat? Leider war ich an dem Abend zu beschwipst, um daran zu denken.«

Rasmus raufte sich die Haare. »Warum hast du nie etwas gesagt?«

»Ich habe es versucht, Rasmus. Mehrfach sogar.«

Seine Gedanken überschlugen sich. Es stimmte, was Camilla sagte. Sie hatte mehrere Versuche unter-nommen, um ihn zu einem Gespräch zu bewegen, doch er hatte alles abgeblockt. Als sie bei Livs Taufe erwähnt hatte, dass das Baby im Winter kommen würde, war Rasmus automatisch von Januar oder Feb-ruar ausgegangen. Für ihn begann der Winter mit dem kalendarischen Datum am 21. Dezember, während

Camilla den Winteranfang bereits mit dem Anzünden der Kalenderkerze am 1. Dezember zelebrierte.

Rasmus vergrub sein Gesicht in den Händen. Als er wieder aufsah, hatte sich Camilla zu ihm an den Tisch gesetzt.

»Du hättest es mir gleich sagen müssen.«

Der Vorwurf hing wie eine dunkle Wolke im Raum.

»Mir ist das alles nicht leichtgefallen«, erwiderte Camilla leise. »Es ist noch nicht lange her, seit wir Anton verloren haben. Anfangs wusste ich überhaupt nicht, ob ich das Kind nach all dem überhaupt behalten will. Aber sie ist Antons Schwester. Wie könnte ich sie da nicht bekommen?«

»Es wird ein Mädchen?«

Camilla nickte.

Rasmus spürte einen Kloß im Hals. Er räusperte sich. »Wer weiß noch davon? Jonna? Meine Eltern?«

»Nur deine Schwester. Sie musste mir versprechen, dir nichts zu sagen.«

Er nickte. Ähnliches hatte er sich bereits gedacht. Plötzlich ergaben Jonnas Anspielungen einen Sinn. Es musste ihr unglaublich schwergefallen sein, nichts zu verraten. Eigentlich sollte er jetzt auf seine Schwester sauer sein. Immerhin war er ihr großer Bruder.

»Bitte mache Jonna deshalb keine Vorwürfe«, bat Camilla. »Ich hatte gehofft, du würdest langsam selbst begreifen, dass es dein Kind ist. Es gab keinen anderen Mann in meinem Leben. Es gab immer nur dich.« Sie holte tief Luft. »Zumindest bis vor vier Wochen.«

Rasmus erstarrte.

»Etwa dieser Liam?«, brauste er auf. »Soll der mein Kind großziehen?«

»Du wirst der Vater sein«, beruhigte ihn Camilla. »Und damit auch immer ein Teil meines Lebens bleiben. Aber uns als Paar wird es nicht mehr geben.« Tränen standen in ihren Augen. »Ich habe dich verloren, Rasmus. Und das schon vor langer Zeit. Jetzt will ich ein anderes Leben.«

Rasmus war nicht in der Lage, etwas dazu zu sagen. In seinem Kopf herrschte ein einziges Durcheinander.

»Es ist besser, wenn du jetzt gehst.« Camilla wischte sich die Tränen mit dem Handrücken weg. »Wir sprechen ein anderes Mal weiter.«

Er nickte und schob seinen Stuhl zurück. An der Haustür streckte er die Hand nach Camillas Wange aus, zog sie dann wieder zurück und verließ die Wohnung.

Dieses Mal nahm Rasmus die Treppe. Im Freien angekommen, blieb er vor dem Hauseingang stehen. Er wusste nicht genau, was er fühlte. Freude. Wut. Verlust. Reue. Überforderung. Alles gleichzeitig. Tränen schossen ihm in die Augen, liefen ihm ungehindert übers Gesicht. Er wurde Vater.

Rasmus legte den Kopf in den Nacken und lachte. Laut und unendlich befreiend. Ein paar Frauen, die sich wenige Meter entfernt auf dem Bürgersteig unterhielten, drehten ihre Köpfe.

Rasmus fuhr sich mit der Hand übers Gesicht und schlug den Weg zu seinem Auto ein. Am Sønderboulevard herrschte jetzt reges Treiben. Menschen saßen vor den Cafés, genossen ihren Feierabend bei milder Abendluft und einem Glas Wein, eine Gruppe Teenager spielte Volleyball auf dem breiten Grünstreifen. Grillgeruch wehte an seine Nase. Spontan ging Rasmus an seinem Dienstwagen vorbei und ließ sich durch Kopenhagens Straßen treiben.

*Flensburg, Deutschland*

Vibeke drückte die schwere Eingangstür der Polizeidirektion auf und nahm die Treppe in den dritten Stock. Sie wollte noch ihre Berichte schreiben und bei der Gelegenheit in ihrem Büro nach dem Rechten sehen. Im GZ hatten die Kollegen längst Feierabend gemacht.

Sie spürte erneut ein schlechtes Gewissen, dass sie in Schweden ohne Genehmigung ermittelt hatte, doch es kam für sie nicht infrage, diesen Umstand zu verheimlichen, egal, was ein Rasmus Nyborg darüber dachte. Bei dem Gedanken an ihn verschlechterte sich ihre Laune augenblicklich.

Vibeke wusste, dass sie bei dem Fall zu verbissen vorging, trotzdem konnte sie noch immer nicht fassen, dass ihr Kollege sie tatsächlich am Bahnhof aus dem Auto geworfen hatte. Ausgesetzt wie ein lästig gewordenes Haustier. Der hatte echt Nerven.

Im Flur der Mordkommission war es vollkommen still. Die Türen der angrenzenden Büros standen offen. Keine Menschenseele war zu sehen. Sie ging in die kleine Küche, um sich etwas zu trinken zu holen. In der gläsernen Kaffeekanne schwamm nur noch eine dunkelbraune Pfütze. Niemand hatte sich die Mühe gemacht, den Rest wegzugießen.

Vibeke nahm ein Glas aus einem der Schränke, füllte

es mit Leitungswasser und leerte den Inhalt mit einem Zug. Anschließend stellte sie das benutzte Glas in den Geschirrspüler und ging zu ihrem Büro am Ende des Flurs.

An der offenen Tür blieb sie abrupt stehen. In dem zum Fenster gedrehten Schreibtischstuhl saß jemand im Halbdunkel.

»Werner!«, rief Vibeke überrascht. »Was machst du denn hier?«

»Ich schaue mir die Abenddämmerung an.« Ihr Vater winkte sie zu sich heran. »Sieh dir das an.« Er deutete zum Fenster. »Ist das nicht wunderschön?«

Vibeke trat an seine Seite. Der Himmel leuchtete in satten Rot- und Orangetönen über dem Hafen. Oberhalb der Baumwipfel ragten die Masten der Segelschiffe als dunkle Silhouetten empor. »Ja. Es ist wirklich schön. Aber warum siehst du dir das von hier aus an? Von meinem Büro?«

»Früher war das mal mein Büro«, murmelte Werner kaum hörbar. Dann räusperte er sich. »Ich musste mal raus. Deine Mutter macht mich wahnsinnig. Ständig wuselt sie um mich herum, legt mir irgendwelche Decken über die Beine oder bringt mir grünen Tee.« Er schüttelte sich. »Alle fünf Minuten fragt sie mich, wie es mir geht. Das hält doch kein Mensch aus.«

Vibeke lächelte. Sie kannte das Problem nur allzu gut.

»Wenn es lediglich um ein paar Tage ginge«, schob Werner hinterher, »dann ließe sich das vielleicht irgendwie aushalten, aber Elke hat sich vier Wochen unbezahlten Urlaub genommen. Vier Wochen! Wo ist bloß die Frau geblieben, die ich vor dreißig Jahren geheiratet habe? Ich hätte nie gedacht, dass sie dazu in der Lage wäre, so einen Zirkus zu veranstalten.«

»Elke macht sich halt Sorgen«, nahm Vibeke ihre Mutter in Schutz. »Schließlich hattest du einen Schlaganfall und keinen Schnupfen.«

»Sie treibt mich noch in den Wahnsinn.«

»Dann rede mit ihr.«

Werner sah Vibeke an, als hätte sie ihm gerade vorgeschlagen, eine Bank zu überfallen.

Sie seufzte. »Wie bist du eigentlich hergekommen? Darfst du schon wieder Auto fahren?«

Er schüttelte den Kopf. »Ich habe Holtkötter angerufen, der hat mich am Nachmittag abgeholt und hergebracht.«

Ausgerechnet Holtkötter, dachte Vibeke und nahm zum ersten Mal ihren Schreibtisch in Augenschein. Auf der vormals aufgeräumten Fläche lagen nun Akten, Formulare und Notizen zahlreich verstreut, dazu prangten diverse Abdrücke eines Kaffeebechers auf ihrer Schreibtischunterlage. Ihr Stellvertreter schien nicht nur vorübergehend die Leitung der Abteilung, sondern entgegen der Absprache auch ihr Büro besetzt zu haben. Sie nahm sich vor, Holtkötter bei nächster Gelegenheit einen Einlauf zu verpassen.

»Die Polizeibehörde will mich jetzt endgültig in den Ruhestand schicken«, sagte Werner in die Stille hinein. Er schwenkte mit dem Stuhl herum.

Das kam nicht unerwartet. Das Verfahren zur Feststellung der Polizeidienstunfähigkeit P hing schon eine Weile in der Schwebe, zudem war Werner mit neunundfünfzig im richtigen Alter für die Pension. Nur wenige Polizeibeamte blieben bis zum offiziellen Rentenalter im Dienst. Soweit sie wusste, lag, bezogen auf Werners Geburtsjahr, die Altersgrenze in Schleswig-Holstein bei einundsechzig.

Sie setzte sich auf den Besucherstuhl. »Und was willst du?«

»Die zwei Jahre, die mir bleiben, weiterarbeiten«, erklärte Werner knurrig. »Ich gehöre doch noch nicht zum alten Eisen!« Ein Schatten legte sich über sein Gesicht. »Meinen Abschied habe ich mir auch irgendwie anders vorgestellt. Ich bin seit einunddreißig Jahren Polizist, da will ich nicht wegen einer Krankheit ausscheiden.«

Vibeke nickte. »Was sagen denn die Ärzte?«

»Pah.« Er machte eine wegwerfende Handbewegung. »Geduld soll ich haben. Als wenn es die irgendwo zu kaufen gäbe.« Er schüttelte resigniert den Kopf. »Der Arzt meint, wenn es in den nächsten Wochen mit der Physiotherapie weiter gut vorangeht, gibt er grünes Licht für eine Wiedereingliederung.«

»Und was sagt Wegener dazu?«, fragte Vibeke.

Hartmut Wegener war Flensburgs Polizeichef. Er hatte erst zwei Jahre zuvor den Staffelstab seines Vorgängers übernommen. Sie wusste, dass er und Werner sich gegenseitig sehr schätzten.

»Ich habe noch nicht mit Hartmut gesprochen.«

»Dann solltest du das schleunigst tun.«

Werner nickte. »Ich wollte erst hören, was du dazu sagst.« Er räusperte sich. »Es bedeutet mir viel, dass du jetzt hier arbeitest, Vibeke. Ich wünschte, wir könnten das noch eine Weile gemeinsam tun.«

Vibeke streckte ihre Hand über die Tischplatte aus und drückte kurz den Arm ihres Vaters. »Eigentlich hatte ich vor, noch etwas Papierkram zu erledigen, aber das kann ich auch später von zu Hause aus tun. Was hältst du davon, wenn wir eine Kleinigkeit essen gehen?«

»Gute Idee.« Werner strich sich über den Bauch. »Aber etwas Anständiges. Zu Hause gibt es fast nur noch Grünzeug.«

»Kompromiss. Wir gehen zu Henningsen Fisch essen. Aber vorher rufen wir Elke an, die macht sich bestimmt schon Sorgen. Vielleicht möchte sie ja dazukommen.«

Werner murmelte etwas, das sich für Vibeke nach einer Zustimmung anhörte, und sie griff nach ihrem Handy.

Die Berichte für Petersen würden fürs Erste warten müssen.

# 10. Kapitel

Rasmus erwachte mit einem Ruck. Gerade noch hatte er Antons Hand umklammert, während dieser vom Dach eines zehnstöckigen Hochhauses herunterhing. Fast dreißig Meter über dem Asphalt. In dem Moment, wo ihre Finger auseinanderglitten und sein Sohn in die Tiefe fiel, war er schweißüberströmt hochgeschreckt.

Es dauerte eine Weile, ehe Rasmus begriff, dass er sich in seinem Schlafzimmer befand. In der Nacht war er, aufgeputscht vom Adrenalin, von Kopenhagen nach Esbjerg gefahren, zurück in sein leeres Apartment, das ihm jetzt noch seelenloser erschien als zuvor. Er strich sich mit der Hand über die schweißnasse Stirn. Der Albtraum kam in abgewandelter Form immer wieder, nur das Ende war gleich. Sein totes Kind, das er nicht zu retten vermochte.

Seine Gedanken wanderten zu Camilla. Langsam realisierte Rasmus, dass er tatsächlich Vater wurde. Fragen häuften sich in seinem Kopf. Fragen, die er seiner Ex-Frau längst gestellt hätte, wäre er am vorigen Abend nicht zu überrumpelt gewesen. War das Baby gesund? Verlief die Schwangerschaft normal? Hatte Camilla schon einen Namen ausgesucht? Wie lange hatte sie vor, Elternzeit zu nehmen, und inwieweit hatte sie Rasmus in ihre Pläne einbezogen? Womöglich betrachtete Camilla ihn nur als Vater auf dem Papier, doch das würde er nicht zulassen. Dieses Mal würde er es besser machen.

Sein Blick fiel auf seine Armbanduhr, die neben dem Bett auf dem Boden lag. Es war bereits Viertel nach neun. Er hatte verschlafen. Zudem fühlte er sich krank. Sein Hals schmerzte, und er hatte ein pelziges Gefühl auf der Zunge. Vielleicht bahnte sich ein Infekt an, doch fürs Kranksein war jetzt definitiv ein schlechter Zeitpunkt.

Obwohl Rasmus am liebsten liegen geblieben wäre, rappelte er sich hoch und schob die Bettdecke beiseite. Sein Blick fiel aus dem bodentiefen Fenster. Heute schien auch an Jütlands Westküste die Sonne. Weiße Schäfchenwolken am sattblauen Himmel. Die Nordsee lag ruhig und glatt da wie ein Spiegel.

Rasmus ging unter die Dusche. Während die warmen Wasserstrahlen auf seine Schultern prasselten, kehrten langsam seine Lebensgeister zurück. Sobald er fertig geduscht und angezogen war, griff er nach seinem Handy und wählte die Nummer von Eva-Karin Holm in der Polizeistation. Er wollte seine Chefin telefonisch auf den neuesten Ermittlungsstand bringen, ehe er nach Padborg fuhr.

Silje Sørensen vom Empfang nahm seinen Anruf entgegen.

»Hej, Silje«, begrüßte er sie. »Ist Eva-Karin noch nicht im Büro?«

»Sie hat sich den Vormittag freigenommen«, informierte ihn Silje. »Soweit ich weiß, wollte sie zu einer Trauerfeier.«

Rasmus konnte sich nicht daran erinnern, dass seine Chefin einen Todesfall erwähnt hatte. »Ich hoffe, es handelt sich um niemand Nahestehenden.«

»Ein Bekannter der Familie. Aksel Kronberg, falls dir der Name etwas sagt.«

»Ach.« Rasmus überlegte, ob er mit seiner Vorgesetzten bereits über die Kronbergs gesprochen hatte, kam aber zu keinem Ergebnis. Aus dem Impuls heraus fragte er: »Weißt du, wo die Trauerfeier stattfindet?«

»Leider nicht. Du, Rasmus, ich muss jetzt Schluss machen, da kommt gerade ein neuer Anruf rein. Hej, hej.« Sie legte auf.

Rasmus wählte die Telefonnummer von Oricon. Zwei Minuten später hatte er die Antwort auf seine Frage.

*Hjerting, Dänemark*

Die Trauerfeier neigte sich gerade dem Ende zu, als Rasmus das Kirchenportal der Hjerting Kirke betrat. Die schräg zum Altar ausgerichteten Kirchenbänke waren komplett belegt. Orgelmusik schallte durch den lichtdurchfluteten Innenraum, während sich die Menschen von ihren Plätzen erhoben.

Rasmus stellte sich hinter die letzte Reihe und wartete geduldig, bis sich die Trauergäste langsam Richtung Ausgang schoben. Die meisten trugen Schwarz und hatten ernste Gesichter, einige weinten.

Eigentlich sollte Rasmus längst auf dem Weg nach Padborg sein, doch etwas, kaum mehr als ein Bauchgefühl, hatte ihn zur Kirche getrieben, zusammen mit seiner Neugier, was seine Chefin mit der Unternehmerfamilie verband.

Jens Greve hatte am Telefon nicht erfreut geklungen, als Rasmus seine Verspätung im GZ angekündigt hatte. Ursprünglich war die Teambesprechung für elf Uhr angesetzt. Doch das würde er nicht einmal schaffen, wenn er sofort in seinen Bulli stieg.

Er bemerkte Eva-Karin Holm, die am Arm eines hochgewachsenen Mannes und mit gesenktem Blick den Gang entlangschritt. Ganz zuletzt kamen die Kronbergs. Laurits ging kerzengerade und mit schmerzerfülltem Gesicht neben der eleganten Esther, die ihren Arm tröstend um die Schultern eines etwa zwölfjährigen Blondschopfs gelegt hatte. Dahinter schluchzte ein junges Mädchen herzzerreißend, an ihrer Seite ein dunkelhaariger Mann Mitte zwanzig, in dem Rasmus den Motorradfahrer vom Haus der Kronbergs wiedererkannte. Im Gegensatz zu allen anderen Beteiligten stellte er eine betont gelangweilte Miene zur Schau.

Rasmus trat hinter den beiden in den nun freien Gang und blickte zum Altar, auf dem der Pfarrer gerade die Kerzen ausblies. Sonnenlicht glitzerte durch das Buntglasfenster der Kirche und warf ein lebhaftes Farbspiel auf den weiß lackierten Sarg. Der Platz davor glich einem Blumenmeer. Prachtvolle Gestecke und Kränze, Sträuße und vereinzelte Rosen waren auf dem Boden abgelegt worden.

Rasmus wandte sich ab und folgte den Trauergästen ins Freie. Er war froh, der Kirche wieder entfliehen zu können. Im Gegensatz zu seinen Eltern war er noch nie ein fleißiger Kirchengänger gewesen, und seit Anton gestorben war, spürte er immer eine leichte Beklemmung, sobald er ein Gotteshaus betrat.

Vor dem Kirchenportal hatten sich einige Trauergäste zu Grüppchen formiert und unterhielten sich mit gesenkter Stimme, während andere bereits eine Schlange gebildet hatten, um der Familie des Verstorbenen zu kondolieren.

Rasmus sah, wie Eva-Karin Holm und ihr Begleiter erst Laurits, dann Esther Kronberg umarmten und auch die Kinder mit einer mitfühlenden Geste bedachten, ehe sie sich zu einem kleinen Kreis von Anzugträgern gesellten.

Rasmus steuerte auf die Gruppe zu und trat mit etwas Abstand neben Eva-Karin Holm. Als diese ihren Mitarbeiter bemerkte, hob sie irritiert die Brauen.

»Rasmus!«, rief sie aus. »Das ist ja eine Überraschung. Was tust du hier?«

Offenbar hatte er seiner Chefin doch nicht davon berichtet, dass der Name Kronberg im Laufe der Ermittlung aufgetaucht war. »Am besten, ich erkläre es dir unter vier Augen.«

Ihre Brauen rutschten noch ein Stück höher.

»Entschuldigung«, Eva-Karin wandte sich an ihre Gesprächspartner und zeigte auf Rasmus. »Darf ich vorstellen? Rasmus Nyborg. Er arbeitet wie ich bei der Polizei in Esbjerg.«

Rasmus deutete ein Lächeln an. »Hej.« Vier Augenpaare musterten ihn.

Ihre Hand wanderte zu einem hellblonden Bartträger. »Das ist Johan Christiansen. Sein Unternehmen hat sich auf den Bau von Offshore-Windkraftanlagen spezialisiert.« Ihre Hand ging weiter zu einem südländisch aussehenden Mann Mitte fünfzig und einem übergewichtigen Glatzenträger. »Rafael Helmersson von Medicon Industrien. Das neben ihm ist Mikkel Rommedahl von RFI, und dieser gut aussehende Kerl hier«, ihre Fingerspitzen berührten den hochgewachsenen Mann an ihrer Seite, »ist mein Mann Liam.«

Liam? Rasmus konnte im letzten Moment ein Stöhnen unterdrücken. Er zwang sich zu einem Lächeln. »Freut mich.«

Die Vizepolizeiinspektorin legte kurz eine Hand auf den Arm ihres Mannes. »Rasmus und ich müssen kurz etwas besprechen. Ich bin gleich wieder zurück.«

Sie nickte Rasmus zu, und sie entfernten sich ein paar Schritte.

»Also, was treibt dich hierher?«, wiederholte Eva-Karin ihre Frage.

»Die Kronbergs sind während der Ermittlungen im Fall Karl Bentien aufgetaucht«, informierte er seine Chefin.

»Und warum weiß ich nichts davon?«

Rasmus kratzte sich verlegen am Hinterkopf. »Weil ich die Berichte noch nicht fertiggeschrieben habe.«

Eva-Karin Holms Gesicht verzog sich verärgert.

»Sie sind aber in Arbeit«, schob Rasmus schnell hinterher. Was natürlich gelogen war, doch das wusste seine Chefin ja nicht.

Er fasste die Ereignisse der letzten achtundvierzig Stunden für Eva-Karin Holm knapp zusammen und legte dabei auch dar, inwieweit Oricon und die Kronbergs bislang in die Ermittlungen verwickelt waren.

»Und woher kennst du die Familie?«, rückte Rasmus mit der Frage heraus, die ihm seit dem Telefonat mit Silje unter den Nägeln brannte.

»Vom Golfplatz.« Ihr Blick wurde streng. »Du denkst doch nicht, dass jemand aus der Familie mit dem Mord in Flensburg zu tun hat?«

Rasmus zuckte die Achseln. »Im Moment glaube ich gar nichts. Wir sind gerade dabei, Aksel Kronberg zu überprüfen.«

Eva-Karin lachte amüsiert auf. Köpfe flogen zu ihnen herum, und die Blicke ließen die Vizepolizeiinspektorin augenblicklich verstummen.

Sie senkte ihre Stimme. »Ihr zieht doch nicht etwa ernsthaft in Erwägung, dass ein knapp Hundertjähriger einen dreiundsiebzigjährigen Mann zu Tode getreten haben könnte?«

Rasmus schüttelte den Kopf. Das war tatsächlich nur schwer vorstellbar. »Kanntest du Aksel persönlich? Weißt du, ob er eine Verbindung nach Oksbøl hatte?«

»Wird das hier jetzt etwa ein Verhör?«, fragte Eva-Karin Holm sichtlich verärgert.

Rasmus antwortete nicht.

»Ja, ich kannte Aksel. Er war ein feiner Mann. Hochintelligent und bis in die Haarspitzen anständig. Zur zweiten Frage kann ich nichts sagen, weil ich die Antwort nicht kenne. Reicht dir das?« Ihre Augen wurden schmal. »Du denkst noch immer an einen Zusammenhang mit dem Flüchtlingslager. Weil Karl Bentien dort geboren wurde? Oder geht es dir um seine beiden Geschwister?«

Rasmus strich sich mit einer fahrigen Geste übers Haar. »Ehrlich gesagt, ich weiß es nicht.« Er erzählte seiner Vorgesetzten von seinen Nachforschungen im Netz.

»Ich habe von der Dokumentation gehört«, sagte

Eva-Karin, sobald er seinen Bericht beendet hatte. »Es ist tragisch, dass damals so viele Kinder gestorben sind. Aber wo soll da ein Zusammenhang mit dem Mord an Karl Bentien bestehen? Das Ganze ist über siebzig Jahre her.« Ihre Stimme wurde eindringlich. »Du verrennst dich da in etwas, Rasmus. Glaub mir.«

Rasmus versenkte seine Hände in den Hosentaschen. »Möglich, dass ich mich verrenne, aber ich kann das nicht einfach ruhen lassen. Wenn die Medien von der Geschichte Wind bekommen, will ich nicht derjenige sein, der einer Spur nicht nachgegangen ist. Du etwa?«

Eva-Karins Gesicht wurde starr wie eine Maske. Schließlich seufzte sie. »Sprich mit Mathilde Sabroe, wenn du etwas über Aksel wissen willst.« Sie deutete auf eine rundliche, etwa sechzigjährige Frau, die gerade Laurits Kronberg umarmte und dabei heftig weinte. »Sie war vierzig Jahre Aksels engste Mitarbeiterin. Aber tu mir einen Gefallen, Rasmus, und setz der Frau nicht allzu sehr zu. Wir sehen uns dann später.« Sie machte auf dem Absatz kehrt und ging zu ihrem Mann und der Gruppe Anzugträger zurück.

Rasmus überlegte kurz, was seine Chefin mit »später« gemeint hatte, zuckte dann die Achseln und steuerte auf Mathilde Sabroe zu, die nun etwas abseits stand. Ihr Gesicht war größtenteils von einem Taschentuch verdeckt, das sie sich gegen die Nase presste.

»Mathilde? Entschuldige, dass ich störe. Ich bin Rasmus Nyborg von der Polizei in Esbjerg. Darf ich dich kurz ein paar Dinge fragen?«

Die Frau ließ das Taschentuch sinken. Rot verquollene Augen kamen zum Vorschein. »Worüber?«

»Über den Verstorbenen.«

»Ich versuch's.« Sie schluchzte auf.

Rasmus wartete, bis sie sich wieder gefasst hatte. »Hat Aksel jemals über einen Karl Bentien gesprochen?«

Mathilde Sabroe schüttelte den Kopf. »Nein, aber er kannte den Mann. Sein Name steht auf der Gästeliste.«

Rasmus hob fragend die Brauen.

»Für Aksels Geburtstagsfeier.« Ein neuer Schwall Tränen schoss aus ihren Augen. »Jetzt muss ich alles absagen. Es sollte ein riesiges Fest mit fast dreihundert Gästen werden. Aksel wollte am liebsten jeden dabeihaben, den er kannte.« Sie blickte gedankenverloren in die Ferne, während sie das Taschentuch in ihrer Hand zu einer kleinen Kugel zusammenknüllte. »Zumindest wird jetzt nicht die ganze Firma auf den Kopf gestellt.«

»Die Feier sollte bei Oricon stattfinden?«, fragte Rasmus überrascht. Für das Geburtstagsfest eines Hundertjährigen hätte er sich einen etwas feierlicheren Rahmen als ein Firmengebäude vorgestellt.

»Ja, das war Aksels Wunsch. Ich habe mich da auch gewundert. Langsam wurde er halt doch ein wenig schrullig.« Erschrocken legte sie die Hand vor den Mund. Dieses Mal kamen die Tränen in einer wahren Flutwelle, und verzweifeltes Schluchzen schüttelte den rundlichen Körper.

Laurits Kronberg eilte herbei und legte einen Arm um die Frau. »Alles in Ordnung, Mathilde?«

»Ja.« Sie schniefte. »Mir wird nur gerade alles zu viel.«

»Dann lass uns gehen.« Er warf Rasmus einen verärgerten Blick zu, ehe er sich wieder an die Sekretärin seines Vaters wandte. »Wir haben zu Hause eine Kleinigkeit zum Essen vorbereitet. Du fährst mit uns.«

Mathilde hakte sich dankbar bei Laurits Kronberg unter.

»Auf Wiedersehen.« Sie lächelte den Polizisten gequält an.

Rasmus sah dem ungleichen Paar nachdenklich hinterher. Als er kurz darauf ebenfalls den Ausgang ansteuerte, bemerkte er Eva-Karin Holm, die auf dem Parkplatz an einer geöffneten Autotür stand und zu ihm hinüberblickte.

Er hob die Hand zum Gruß, doch die Vizepolizeiinspektorin reagierte nicht und stieg in den Wagen.


*Padborg, Dänemark*

Vibeke heftete ein Foto von Vigga Persson ans Whiteboard und drehte sich zu ihren Kollegen um. Dabei fiel ihr Blick auf den einzigen freien Schreibtisch. Was Rasmus wohl gerade trieb? Jens Greve gegenüber hatte er sich nicht über seinen Aufenthaltsort geäußert, sondern lediglich ausrichten lassen, dass er später kam. Erneut wallte Verärgerung in ihr auf.

Sie zwang sich zur Konzentration und fasste für das Team das Gespräch mit Karl Bentiens ehemaliger Pflegemutter zusammen. Als sie an die Stelle kam, an der Vigga Persson von ihrem Großvater erzählt hatte, der im KZ gestorben war, blickte sie in betretene Gesichter. Zuletzt berichtete sie ihren Kollegen, dass es die Pflegemutter gewesen war, die dem Jungen die Wunden am Rücken zugefügt hatte.

»Ich will die Frau ja nicht in Schutz nehmen«, sagte

Søren, sobald Vibeke ihren Bericht beendet hatte, »Kinder schlagen geht gar nicht, aber dass diese Frau den Deutschen gegenüber nicht besonders freundlich eingestellt war, kann man ihr wohl kaum übel nehmen nach dem, was sie erlebt hat.« Er blickte mit ernstem Gesicht in die Runde. »Meine Großeltern haben mir davon erzählt, wie es damals war, als die Deutschen im April 1940 in Dänemark eingefallen sind. Frühmorgens gab es einen Höllenlärm, da lagen alle noch in ihren Betten. Hunderte Flugzeuge flogen über Jütland, so niedrig, dass meine Großmutter sogar die Piloten im Cockpit erkennen konnte. Später kamen dann die Soldaten, und am Abend war ganz Dänemark besetzt. Es gab zahlreiche Schießereien. Viele Menschen mussten ihre Häuser verlassen. Die Deutschen haben nicht nur Gebäude beschlagnahmt, sondern auch Lebensmittel, Getreide und sogar das Schlachtvieh. Plötzlich hatten alle nicht mehr genug zu essen.« Er strich sich über den Bart. Vibeke hatte den fröhlichen Dänen noch nie so ernsthaft erlebt. »Meine Großeltern sagten, es war eine grässliche Zeit. Vor allem, als der deutsche Befehlshaber der Wehrmacht 1943 den militärischen Ausnahmezustand verhängte und es zum Kampf mit dem dänischen Militär kam, weil es sich der Entwaffnung widersetzte. Es gab zahlreiche Tote. Die dänische Armee wurde entwaffnet und interniert, später übernahm die Wehrmacht auch die Polizeigewalt. Über zweitausend Polizisten landeten in deutscher KZ-Haft. Die Dänen haben die Deutschen damals gehasst.«

Einen Moment war es völlig still im Raum.

»Die Menschen in den Lagern konnten aber nichts dafür«, stellte Jens Greve mit angespanntem Gesichtsausdruck fest. Er schien mit sich zu kämpfen. »Die Zeit des Naziregimes wird immer ein Teil unserer Geschichte bleiben«, fuhr er betont sachlich fort, »niemand darf das verharmlosen. Deshalb tragen wir auch die Verantwortung dafür, dass unsere Kinder und Enkel erfahren, was damals geschehen ist, damit nichts in Vergessenheit gerät und sich die Geschichte niemals wiederholt. Aber wisst ihr, was ich langsam satthabe?« Hinter seinen Brillengläsern flackerte es. Röte kroch in sein blasses Gesicht, und er stand auf. »Dass es ständig heißt ›ihr Deutschen‹, auch noch zwei Generationen später! Es gibt doch keine Kollektivschuld. Nicht alle Deutschen waren Täter. Genauso wenig, wie alle Dänen Opfer waren. Nur dass das niemand hören will.« Er hatte sich in Rage geredet. »Was ist zum Beispiel mit den jungen deutschen Soldaten, die in Blåvand zu Kanonenfutter verheizt wurden?« Sein Blick heftete sich auf Søren. »Warum wird darüber nicht gesprochen? Weil es Flecken auf eurer weißen Weste verursachen könnte? Oder weil es eure Glückseligkeit gefährdet?«

Søren scharrte mit seinem Stuhl über den Boden und erhob sich nun ebenfalls. »Du tickst ja nicht ganz sauber!« Er war hochrot im Gesicht. »Wer hat denn die Minen an unseren Stränden überhaupt erst gelegt?«

Vibeke griff ein. »Es reicht!«

Aus den Augenwinkeln bemerkte sie, dass auch Luís und Pernille Anstalten machten, etwas zu sagen, doch Jens Greve war nicht mehr zu bremsen.

»Ja, ja, ihr seid immer nur die Guten«, schob er sarkastisch hinterher. »Schließt ruhig schön die Augen. Uns wurde immer gesagt: Wer wegschaut, macht sich genauso schuldig.«

»Du willst uns doch nicht etwa mit den Nazis in einen Topf werfen?« Sørens Baritonstimme schien den ganzen Raum beben zu lassen. Der Däne hatte sich zur vollen Größe aufgerichtet, das Kinn nach vorne gereckt, die Hände zu Fäusten geballt. Ein Wikinger im Angriffsmodus.

Vibeke schlug auf den Tisch. »Jetzt ist Schluss! Was zum Himmel ist denn in euch gefahren? Verlegt eure Hahnenkämpfe gefälligst woandershin.« Sie blickte von einem zum anderen. »Falls ich euch erinnern darf, wir haben hier einen Mordfall aufzuklären. Wer sich also nicht im Griff hat, verlässt augenblicklich das Büro.«

Jens Greve und Søren Molin starrten einander wütend an. Die Luft zwischen ihnen schien förmlich zu vibrieren.

»Habe ich mich klar ausgedrückt?«, setzte Vibeke scharf nach.

»Glasklar.« Jens Greve strich seine Krawatte zurecht und setzte sich wieder.

Schließlich nickte auch Søren. Er ließ sich auf seinen Stuhl sinken und verschränkte die Arme vor der Brust. Dabei bedachte er seinen deutschen Kollegen mit einem finsteren Blick.

Von der Tür her ertönte lautes Klatschen. Rasmus lehnte lässig neben dem Eingang an der Wand. Offenbar hatte der Ermittler während des Wortgefechts unbemerkt den Raum betreten.

»Wenn ich gewusst hätte, dass hier eine Party steigt, wäre ich eher gekommen.« Er wies auf das gekippte Fenster. »Ihr seid bis auf den Parkplatz zu hören.« Ein spöttisches Lächeln streifte seinen Mund, als er sich

Vibeke zuwandte. »Du hast anscheinend alles bestens im Griff.«

»Deinen Sarkasmus kannst du dir sparen«, erwiderte Vibeke scharf.

Unbeeindruckt holte sich Rasmus am Sideboard einen Kaffee, knuffte Luís im Vorbeigehen freundschaftlich an der Schulter und schlenderte zu seinem Platz.

Vibeke sah in die Runde. »Lasst uns jetzt weitermachen. Ich würde vorschlagen, wir besprechen die Informationen, die neu dazugekommen sind.«

Zustimmendes Gemurmel.

Sie griff nach ihrem Kaffeebecher. »Wir beginnen mit Valdemar Frolander. Was konntet ihr über ihn ausgraben?«

»Nicht viel.« Pernille zog ein paar Unterlagen zu sich heran. »Der Mann ist offenbar an Kunst interessiert und investiert in Werke von aufstrebenden Künstlern. Wenn man den Informationen der hiesigen Presse Glauben schenken mag, scheint er dabei ein gutes Händchen zu haben, zumindest soll er mehrere Male Bilder für ein Vielfaches wiederverkauft haben. Im letzten Jahr ist im *Flensburger Kurier* ein Artikel über Kunstspekulation erschienen, darin wurde auch Frolander erwähnt.«

»Ist das nicht ein kostspieliges Hobby?« Rasmus ließ eine Packung Zigaretten zwischen seinen Händen kreisen.

»Nicht, wenn man klug investiert«, erwiderte Jens. Er hatte sich offenbar wieder berappelt und klang gewohnt sachlich. »Dafür muss man sich natürlich auf dem Kunstmarkt gut auskennen und bereit sein, ein gewisses Risiko einzugehen, nur ein Bruchteil der Nachwuchskünstler schafft es langfristig, sich auf dem Markt zu etablieren. Doch es gibt immer wieder Ausnahmen.«

»Ich bin übrigens bei meiner Recherche auf ein interessantes Detail gestoßen«, sagte Pernille. »Valdemar Frolanders Vater war Soldat bei der deutschen Armee. Daher kannte er auch Friedjof Madsen, Karl Bentiens Adoptivvater. Ich weiß natürlich nicht, ob das für unseren Fall überhaupt eine Rolle spielt, aber ich wollte es zumindest nicht unerwähnt lassen.«

Vibeke nippte nachdenklich an ihrem Kaffee. »Und eure Recherche beim SSF? Ist euch dabei noch etwas über die Unstimmigkeiten zwischen Frolander und Karl Bentien zu Ohren gekommen?«

»Niemand wusste davon«, meldete sich nun auch Søren zu Wort.

Seine Gesichtsfarbe hatte sich in der Zwischenzeit wieder neutralisiert, doch sein Blick war noch immer grimmig. »Allerdings munkelt man dort, dass Valdemar Frolander vorhat, für den Vorsitz des SSF zu kandidieren.«

Vibeke speicherte diese Information ab. »Konnte jemand etwas zu der Ausstellung sagen, die Karl Bentien plante?«

Søren und Jens schüttelten gleichzeitig die Köpfe.

Ihr Blick glitt zu den Stellwänden. »Wisst ihr, was ich mich frage? Warum haben wir nirgends Material für diese Ausstellung gefunden? Eine Mappe mit Fotos zum Beispiel.«

»Vielleicht befindet sich das Zeug auf dem Laptop«, sagte Luís.

Rasmus klemmte sich eine Zigarette hinters Ohr. »Oder es gibt überhaupt keine Ausstellung.«

»Du meinst, Valdemar Frolander hat die Geschichte erfunden?«

Ihr Kollege zuckte die Achseln. »Zumindest war er derjenige, der uns davon erzählt hat.«

»Dann sollten wir noch mal mit Valdemar Frolander sprechen«, erwiderte Vibeke. »Und auch mit seiner Frau Clara. Als wir sie das letzte Mal befragt haben, wurde ich das Gefühl nicht los, dass sie Karl Bentien besser gekannt hat, als sie uns gegenüber zugibt.« Sie wechselte das Thema. »Lasst uns zu Aksel Kronberg kommen. Seine Rolle ist derzeit noch völlig unklar.«

Rasmus räusperte sich. »Ich war gerade in Esbjerg bei der Trauerfeier. Eventuell könnte es sich lohnen, mit Mathilde Sabroe zu sprechen. Sie war vierzig Jahre lang die engste Mitarbeiterin von Aksel Kronberg. Leider war sie für ein ausführliches Gespräch zu mitgenommen. Doch wie es aussieht, plante Aksel Kronberg ein großes Fest anlässlich seines Geburtstags.«

»Wenn ich mal hundert werde, lasse ich es auch so richtig krachen.« Sørens finstere Miene verwandelte sich in ein breites Grinsen.

Rasmus wandte sich an Pernille. »Was hast du über Aksel Kronberg rausgefunden?«

Pernille schnappte sich einen blauen Schnellhefter. »Aksel Kronberg, geboren 1919 in Esbjerg, war Hauptanteilseigner von Oricon Medical Care ApS. Das Unternehmen hat er 1949 zusammen mit seiner Frau Astrid aufgebaut, der Tochter eines Arzneimittelherstellers. Sie ist 2002 verstorben. Anfang der Achtzigerjahre gründete Kronberg die Oricon Foundation, eine Stiftung zur Unterstützung kranker und benachteiligter Kinder. Ende der Neunziger hat er sich aus der operativen

Geschäftsführung zurückgezogen und den Vorsitz an seinen Sohn Laurits übergeben. Bis zuletzt war Aksel Kronberg Vorsitzender des Aufsichtsrats.«

»Was hat Aksel Kronberg vor dem Aufbau seiner Firma gemacht?«, hakte Rasmus nach.

Pernille blätterte durch die Seiten. »Er hat an der Universität in Kopenhagen Wirtschaftsingenieurwesen studiert.«

»Könntest du mir eine Liste mit den Projekten besorgen, die Kronbergs Stiftung unterstützt?«

»In Ordnung.« Pernille griff nach dem Stift, der in ihrem zu einem Knoten gerollten Pferdeschwanz steckte, und machte sich eine Notiz.

»Warum willst du das wissen?«, fragte Vibeke. »Hast du einen bestimmten Verdacht?«

»Ich möchte einfach nichts außer Acht lassen«, erklärte Rasmus. »Das ist doch auch in deinem Interesse, oder?«

Ehe sie antworten konnte, wurde die Tür aufgestoßen, und Vizepolizeiinspektorin Eva-Karin Holm kam dicht gefolgt von Kriminalrat Hans Petersen ins Büro. Vibeke bemerkte augenblicklich den missmutigen Gesichtsausdruck, mit dem sie ihr Vorgesetzter bedachte. Offenbar hatte er ihre Berichte gelesen.

»Hej.« Eva-Karin Holm wies auf den Kriminalrat. »Das ist Hans Petersen von der Flensburger Polizei.«

»Guten Tag.« Vibekes Chef nickte in die Runde.

»Hans und ich wollten uns einen Eindruck davon verschaffen, wie es mit den Ermittlungen läuft«, informierte Eva-Karin Holm das Team.

»Wir kommen voran«, erwiderte Vibeke. Es klang zuversichtlicher, als es sich anfühlte.

Die beiden Führungskräfte gingen die Stellwände entlang, sahen sich die Zeitungsausschnitte, Listen und Fotos an. Vor dem Plan des Flüchtlingslagers blieben beide stehen und betrachtete ihn eine Weile.

Eva-Karin Holm drehte sich um. »Ich hoffe, ihr konzentriert euch nicht nur auf Oksbøl, sondern geht auch anderen Spuren nach.«

Rasmus straffte sich. »Natürlich.«

Seine Chefin und der Kriminalrat wechselten einen Blick, dann zog sich Hans Petersen einen Stuhl heran, während sich Eva-Karin Holm gegen die Fensterbank lehnte.

»Macht ruhig weiter mit eurer Besprechung«, forderte die Vizepolizeiinspektorin das Team auf. »Wir hören nur zu.«

»Gut.« Vibeke übernahm wieder das Ruder. »Kommen wir zu den Johannsens. Es besteht die Möglichkeit, dass Anders Johannsen der leibliche Vater von Karl Bentien war. Sollte dieser Fall zutreffen, ergibt sich daraus eine völlig neue Sachlage. Karl Bentien könnte den Versuch unternommen haben, seinen Anspruch auf den Hof geltend zu machen. Daraus ergibt sich für die Johannsens ein Mordmotiv, vor allem, wenn sie nicht in der finanziellen Lage waren, Karl seinen Erbanteil auszuzahlen.«

»Sind uneheliche Kinder überhaupt erbberechtigt?«, warf Luís die Frage auf.

»Ich habe das vor der Besprechung recherchiert«, erwiderte Vibeke. »Nach dänischem Erbgesetz sind Abkömmlinge einschließlich nicht ehelicher oder adoptierter Kinder erbberechtigt. Zusammen mit dem überlebenden Ehepartner, der fünfzig Prozent des

Nachlasses erhält. Inwieweit es zeitlich begrenzte Ausnahmen gibt, konnte ich nicht herausfinden. Dafür müssten wir einen Anwalt für Erbrecht hinzuziehen.« Sie wandte sich an Pernille. »Haben wir schon Einsicht in die Vermögensverhältnisse der Johannsens?«

Pernille schüttelte den Kopf. »Der zuständige Richter hat den Antrag auf Konteneinsicht heute früh abgelehnt. Es besteht kein hinreichender Anfangsverdacht für einen Beschluss.«

Vibeke seufzte. Etwas Ähnliches hatte sie bereits befürchtet. Bislang hatten sie kaum mehr als Vermutungen.

Søren räusperte sich. »Ich habe mich ein wenig umgehört. Um die Bauern in Jütland ist es zurzeit wirtschaftlich schlecht bestellt. Die Hitzeperiode hat zu hohen Ernteeinbußen geführt, zahlreiche Landwirte können ihre Tiere nicht füttern, deshalb ist es vielerorts zu Notschlachtungen gekommen. Besonders hart hat es die Biomilchbauern betroffen, die das fehlende Gras für ihre Kühe nicht so einfach ersetzen können.«

»Svend Johannsen hat seinen Hof erst vor ein paar Jahren auf Biobetrieb umgestellt«, sagte Rasmus. »Die Stallanlagen und auch die Melkanlage sind komplett neu.«

»Dann ist die Situation für ihn vermutlich doppelt tragisch.«

Vibeke nickte. Sie erinnerte sich an den Blick des Landwirts, den er Rasmus zugeworfen hatte, als der ihm vorschlug, einen Techniker zur Reparatur der Melkanlage zu bestellen. Svend Johannsen musste das Wasser bis zum Hals stehen. Wie sollte er da einem plötzlich aufgetauchten Onkel sein Erbe auszahlen?

Sie sah Rasmus an. »Lass uns im Anschluss an die Besprechung nach Solderup fahren.«

Ihr Kollege nickte. »Ich bin ohnehin erstaunt, dass du da noch nicht längst aufgeschlagen bist.«

Vibeke hätte ihm gerne einen passenden Spruch reingedrückt, doch angesichts der ohnehin angespannten Stimmung und der Anwesenheit ihres Vorgesetzten erschien ihr dies nicht besonders klug. Jemand musste schließlich einen kühlen Kopf bewahren, damit die Ermittlungen nicht aus dem Ruder liefen.

Jens Greve klopfte mit dem Stift auf ihre Schreibtischunterlage. »Ich will ja kein Spielverderber sein, aber weshalb seid ihr euch eigentlich so sicher, dass Anders Johannsen der Vater von Karl Bentien war? Wenn ich es richtig verstanden habe, streitet Vigga Persson das ab.« Er blickte in die Runde. »Wer sagt uns denn, dass nicht Aksel Kronberg der vermeintliche Erzeuger war? Das könnte auch der Grund gewesen sein, warum Karl Bentien ihn aufgesucht hat.«

Einen Moment blieb es still im Raum.

Vibeke wechselte einen Blick mit Rasmus. In seiner Miene spiegelte sich ihre eigene Überraschung. Der Gedanke war ihnen beiden noch nicht gekommen. Ihr Kollege erhob sich langsam von seinem Platz und ging zu der Stellwand mit den Steinkreuzen. »Wir reden immer nur über Vaterschaft. Was ist mit den beiden hier … Mit Gerda und Kurt?« Er deutete auf die beiden Kindernamen. »Ihre Mutter hat sich auf einem Dachboden in Kiel erhängt, und ihr Tagebuch, das sich in Karls Besitz befand, hat sich in Luft aufgelöst. Interessiert es denn niemanden von euch, was mit diesen Menschen passiert ist? Also mich schon. Und Karl Bentien mit Sicherheit auch. Die Frage ist doch: Hat er es herausgefunden?«

Der Vizepolizeiinspektorin entfuhr ein tiefes Seufzen. Offenbar war Eva-Karin Holm von den Schlussfolgerungen ihres Mitarbeiters nicht besonders begeistert, und auch Vibeke fragte sich, ob er nicht übers Ziel hinausschoss. Jeder in diesem Raum wusste, was mit Anton Nyborg geschehen war, und der Gedanke, dass Rasmus angesichts der toten Kinder emotional überreagierte, lag nahe. Dennoch wusste Vibeke, dass ihr Kollege über einen ausgezeichneten Instinkt verfügte.

Sie klatschte in die Hände. »Wir sollten langsam zum Ende kommen. Was haben wir sonst noch?«

»Karl Bentiens Akte aus dem Kinderheim ist auf dem Weg zu uns«, informierte sie Pernille. »Wenn du möchtest, sehe ich mir die Unterlagen gleich an, sobald sie hier sind.«

»Danke, Pernille.«

»Die Ergebnisse der Kriminaltechnik sind gekommen.« Jens Greve zog einen Papierausdruck zu sich heran. »Die Fußabdrücke auf der Kellertreppe sind, wie bereits erwartet, nicht verwertbar. Die Stofffasern, die an einem der Gebüsche gesichert wurden, stammen von Vibekes Pullover. Im Keller selbst wurden nur die Fingerabdrücke unserer Kollegin und von Karl Bentien gefunden. Allerdings gab es jede Menge Handschuhspuren.«

Vibeke unterdrückte ein Seufzen. »Das bringt uns nicht wirklich weiter. Gibt es schon etwas Neues bezüglich des Navis?«

Jens schüttelte den Kopf. »Du weißt doch, wie es läuft.«

Sie nickte. Das Problem war allgemein bekannt. Mittlerweile gab es kaum noch Delikte, bei denen IT keine Rolle spielte. Bei fast allen Ermittlungen und Hausdurchsuchungen wurden Computer, Laptops und Tablets sichergestellt, mit mehreren Gigabyte an Daten. Allein die Auswertung eines Smartphones beanspruchte selten weniger als einen Arbeitstag. Zudem hatten sich die digitalen Betrügereien in den letzten Jahren explosionsartig entwickelt. Die Kollegen der Flensburger IT-Forensik waren mit ihren Auswertungen mehrere Monate im Rückstand. Beim LKA in Hamburg war es zuletzt sogar ein Jahr gewesen, und das, obwohl man bereits private Dienstleister zur Unterstützung herangezogen hatte, damit sich die Wartezeiten nicht noch weiter ausdehnten. Rechenzentren hatten Hochkonjunktur, und das Datenvolumen stieg Tag für Tag weiter an.

»Ich hatte gehofft, wir kämen endlich an die Fahrtrouten.«

»Unsere Leute vom NKC wären vermutlich auch nicht schneller«, gab Rasmus freimütig zu.

Kriminalrat Petersen räusperte sich. »Ich werde sehen, ob sich die Angelegenheit beschleunigen lässt.«

Vibeke nickte.

»Gibt es eigentlich etwas Neues bezüglich Rudolf Makowski?«, erkundigte sich Jens.

Sie schüttelte den Kopf. »Ich habe heute früh mit der Fahndungsabteilung telefoniert. Der Mann ist nach wie vor wie vom Erdboden verschwunden.«

»In der Presse ist noch immer zu lesen, dass es sich bei dem Mord an Bentien um einen Anschlag handeln könnte«, sagte Luís. »Schließen wir das jetzt völlig aus?«

»Dazu kann ich etwas sagen«, meldete sich Kriminalrat Petersen erneut zu Wort. »Es sind Gespräche mit dem Landeskriminalamt und dem BKA gelaufen, und Eva-Karin, ihr habt auch mit dem PET gesprochen«, die Vizepolizeiinspektorin nickte. »Bei keiner dieser Behörden ist ein Bekennerschreiben eingegangen. Wir schließen daher aus, dass es sich bei der Tat um einen gezielten Anschlag auf die dänische Minderheit handelte. Zumal Karl Bentien dort kein hochrangiges Amt bekleidete. Das wurde auch dementsprechend an die Presse kommuniziert. Trotzdem können wir natürlich einen politischen Hintergrund für die Tat nicht vollständig ausschließen, deshalb ist die Lage derzeit sehr angespannt. Man erwartet Ergebnisse.«

»Wir bemühen uns, diese so schnell wie möglich zu liefern.« Vibeke sah in die Runde. »War es das?«

Alle nickten.

»Gut. Rasmus und ich machen uns auf den Weg nach Solderup und bitten Evan Johannsen um eine Speichelprobe für einen DNA-Abgleich. Anschließend sprechen wir mit den Frolanders.« Sie wandte sich an Pernille. »Bis die Akte aus dem Kinderheim eintrifft, gehst du bitte noch einmal die bisherigen Befragungsprotokolle durch. Ich will sicher sein, dass wir nichts übersehen haben. Luís hilft dir dabei.«

Der Portugiese nickte.

»Jens, du fühlst bitte Jan Bentien noch einmal auf den Zahn. Er ist der Einzige, der von der Kammer wusste. Außerdem hat er für beide Tatzeiträume kein Alibi.« Vibekes Blick glitt zu Søren. »Kann ich euch zusammen losschicken?«

Beide nickten. Ihre Mienen waren verschlossen.

»Alles klar. Dann legen wir los.«

Stühle scharrten.

Rasmus' Handy piepte, und er eilte aus dem Raum. Jens und Søren gingen ebenfalls. Die Kluft zwischen ihnen war noch immer spürbar. Vibeke hoffe, dass sie keinen Fehler machte, indem sie die beiden gemeinsam ermitteln ließ.

»Vibeke, auf ein Wort.« Kriminalrat Petersen hatte sich ebenfalls erhoben und deutete mit dem Kopf zur Tür.

Sie folgte ihrem Vorgesetzten zum Ende des Flurs.

»Was zum Himmel ist eigentlich in Sie gefahren?« Er musterte sie aus zusammengekniffenen Augen. »Warum musste ich erst aus Ihrem Bericht erfahren, dass Sie in Schweden waren? Noch dazu ohne jegliche Genehmigung.«

»Tut mir leid, das war so nicht geplant.«

»Und warum haben Sie mich nicht eher informiert? Sie sind doch sonst in solchen Dingen zuverlässig.« Sein Blick wurde argwöhnisch. »Hat Sie der dänische Kollege in irgendeiner Weise dazu genötigt?«

»Rasmus? Natürlich nicht. Es war ein spontaner Entschluss. Wir wissen doch, wie lange so ein Ersuchen um Amtshilfe dauern kann. Davon abgesehen hat Rasmus mit der schwedischen Polizei schon häufiger zusammengearbeitet.«

Hans Petersen legte die Stirn in Falten. »Dieser Nyborg scheint mir sehr unkonventionell zu arbeiten.«

Vibeke teilte seine Meinung, trotzdem hatte sie nicht vor, ihrem Kollegen in den Rücken zu fallen.

»Wir sind nicht ohne das Wissen der Schweden ins Land gereist«, erklärte sie ihrem Vorgesetzten. »Gösta

Malmberg von der Malmöer Polizei hat uns noch vor der Grenzüberschreitung seine Unterstützung zugesagt. So steht es auch in meinem Bericht.«

Der Kriminalrat fegte sich einen imaginären Fussel von seinem Jackett. »Gut. Ich regle die Angelegenheit. Aber lassen Sie mir so etwas nicht zur Gewohnheit werden.«

»Das habe ich nicht vor.« Vibeke lächelte ihren Vorgesetzten an.

Ein leichtes Schmunzeln streifte seine Lippen, dann wurde er wieder ernst. »Ich hatte heute früh ein unerfreuliches Gespräch mit dem Innenminister und dem Landespolizeidirektor. Der Fall Karl Bentien sorgt für mächtig viel Wirbel. Wir brauchen Ergebnisse, Vibeke. Sonst weiß ich nicht, wie lange ich Ihnen noch den Rücken freihalten kann. Von Eva-Karin Holm habe ich erfahren, dass Kopenhagen sich ebenfalls eingeschaltet hat.« Er räusperte sich. »Dieser Fall könnte über die Zukunft der Sondereinheit entscheiden. Ich habe mich dabei mächtig weit aus dem Fenster gelehnt, was Sie betrifft. Also enttäuschen Sie mich bitte nicht.«

»Es würde schneller gehen, wenn wir mehr Leute hätten.«

Hans Petersen runzelte die Stirn. »Sie wissen, dass wir bereits chronisch unterbesetzt sind. Ich kann keine zusätzlichen Beamten entbehren.«

Vibeke seufzte. Es war immer das Gleiche. Alle wollten schnelle Ergebnisse sehen. Tatzeitnahe Festnahmen anstatt gründlicher Polizeiarbeit. Hinterher war dann das Geschrei groß, wenn unter dem Erfolgsdruck, einen Täter zu präsentieren, ein Fehler geschah. »Ich gebe mein Bestes. So wie alle im Team.«

Am anderen Ende des Flurs öffnete sich die Tür vom Büro der Sondereinheit, und Eva-Karin Holm erschien. »Wollen wir, Hans?«

»Ich komme.« Der Kriminalrat wandte sich an Vibeke. »Sie halten mich auf dem Laufenden.« Ohne eine Reaktion abzuwarten, eilte er auf die Vizepolizeiinspektorin zu.

Vibeke sah aus dem Fenster. Rasmus Nyborg lehnte an seinem Bulli und unterhielt sich angeregt mit Vickie Brandt, die gerade aus einem Streifenwagen gestiegen war. Die beiden wirkten vertraut miteinander. Sie zog den Schlüssel zu ihrem Dienstwagen aus der Tasche. Dieses Mal würde sie fahren.

*Flensburg, Deutschland*

»Hej, hej.« Clara winkte ihrer Kollegin zum Abschied und trat aus der Tür.

Sie wollte ihre Mittagspause dazu nutzen, um Valdemar in seinem Büro aufzusuchen. Seit zwei Tagen hatte sie nichts mehr von ihrem Mann gehört oder gesehen. An sein Handy ging er auch nicht. Sie schwankte zwischen Wut und Sorge.

Zuvor würde sie auf einen Abstecher bei der alten Hannah vorbeischauen, die auch an diesem Morgen nicht zur gewohnten Zeit in der Bibliothek aufgetaucht war. Wenn sie wieder nicht die Tür öffnete, würde Clara die Polizei verständigen.

Das weiße Spitzgiebelhaus lag im Schatten des Baumes, als Clara wenige Minuten später aus dem Durchgang trat. Sie blieb stehen und starrte auf die Tür, durch die sie so oft gegangen war. Die Affäre mit Karl war ein Fehler gewesen, das wusste sie jetzt. Sie hatte nicht länger als ein dreiviertel Jahr gedauert, trotzdem hatte es eine Weile so ausgesehen, als könnte sogar mehr daraus werden. Im Gegensatz zu Valdemar, der laut und gesellig war und eine große Abendgesellschaft ganz allein unterhalten konnte, war Karl ein nachdenklicher und sehr feinfühliger Mensch gewesen. Eigenschaften, die Clara angezogen hatten. Erst spät hatte sie erkannt, dass es in ihren Gesprächen eigentlich immer nur um Karl und um die Suche nach seinem leiblichen Vater gegangen war und nie um Clara.

Sie gab sich einen Ruck und steuerte auf das Nachbarhaus zu.

Die alte Hannah öffnete sofort nach dem Klingeln, so als hätte sie direkt hinter der Tür gestanden.

Clara atmete erleichtert auf, dann bemerkte sie den Augenverband. »Hej, Hannah. Was ist mit dir?«

»Ach das.« Hannah machte eine wegwerfende Handbewegung. »Ich habe mir das Auge operieren lassen.«

»Warst du deshalb seit ein paar Tagen nicht mehr in der Bibliothek? Ich habe mir schon Sorgen gemacht.«

Hannah nestelte an ihrem Verband. »Die Ärzte haben darauf bestanden, mich im Krankenhaus zu behalten. Zur Sicherheit. Irgendetwas stimmte wohl mit meinem Blutdruck nicht.«

»Brauchst du Hilfe?«, fragte Clara. »Kann ich dir vielleicht etwas einkaufen?«

Hannah schüttelte den Kopf. »Ich habe alles da, was ich brauche.« Mit dem freiliegenden Auge musterte sie ihre Besucherin. »Was willst du eigentlich hier? Du kommst doch sonst auch nicht vorbei.«

»Ich wollte dich etwas fragen.« Clara war ihr Anliegen auf einmal unangenehm. »Stimmt es, dass du mitbekommen hast, wie Karl und Valdemar sich vor Kurzem gestritten haben?«

Hannah nickte.

»Hast du zufällig gehört, worum es dabei ging?«

»Dein Mann meinte, Karl würde sich für Dinge interessieren, die ihn nichts angingen. Dabei hat er sich furchtbar aufgeregt.«

»Was für Dinge?«

»Danach musst du Valdemar fragen.« Die Nachbarin wirkte plötzlich verlegen. »Karl hat mich entdeckt und das Fenster zugemacht. Vermutlich dachte er, ich würde ihn belauschen.«

»Hast du der Polizei von dem Streit erzählt?«

Hannah schüttelte den Kopf. »Niemand hat mich danach gefragt.« Sie legte die Hand an die Tür. »War es das? Ich will mich ausruhen.«

Clara nickte. »Wenn du mal Hilfe brauchst, sag mir Bescheid.« Nachdenklich machte sie sich auf den Weg zum Flensborghus.

Was waren das für Dinge, die Karl nichts angingen? Valdemars Telefonat, das sie heimlich belauscht hatte, fiel ihr wieder ein. Ihr Gefühl, dass irgendetwas nicht stimmte, kehrte zurück. Und dabei ging es mit Sicherheit nicht um ihre Affäre mit Karl. Sie würde Valdemar zur Rede stellen und nicht lockerlassen, bis er ihr reinen Wein einschenkte.

In der Eingangshalle traf sie auf Ida.

»Hej, Ida«, begrüßte sie die blonde Empfangsmitarbeiterin. »Ich möchte zu Valdemar. Weißt du, ob er da ist?«

Ida sah sie erstaunt an. »Hat dein Mann dir nichts gesagt?«

»Nein. Was denn?«

»Dass er hier nicht mehr arbeitet und sämtliche Ämter niedergelegt hat.«

Clara riss die Augen auf. »Wann?«

»Gestern.« Idas blaue Augen blickten sie mitleidig an. »Und warum?«

Idas Miene verschloss sich. »Am besten, du fragst ihn selbst danach.«

Clara presste die Lippen zusammen. Einen kurzen Moment schien es ihr, als würde sie den Halt verlieren. Warum in aller Welt hatte Valdemar das getan?

»Clara, geht es dir gut?« Ida sah sie besorgt an.

Sie riss sich zusammen. »Ist William in seinem Büro?«

Ida nickte. »Ich weiß allerdings nicht, ob es gerade günstig ist. Wir haben die Wirtschaftsprüfer im Haus.«

Clara schob sich ohne ein weiteres Wort an ihr vorbei und nahm die Treppe in den ersten Stock. Die Tür zum Büro des Generalsekretärs war geschlossen. Sie klopfte kurz an, dann trat sie ein.

»Clara!« William Olsen hob den Kopf von ein paar Unterlagen. Er war ein korpulenter grauhaariger Mann mit hoher Stirn und Brille. Sein Lächeln wirkte angespannt. »Was kann ich für dich tun?«

»Hej, William.« Sie blieb vor seinem Schreibtisch stehen. »Ich habe gerade von Ida erfahren, dass Valdemar seine Ämter niedergelegt hat.«

William lehnte sich in seinem Stuhl zurück. »Das stimmt.«

»Und warum?«

»Das besprichst du besser mit deinem Mann. Ich möchte mich dazu im Moment lieber nicht äußern.«

Clara schossen Tränen in die Augen. »Valdemar ist vor zwei Tagen ausgezogen. Ich weiß nicht, wo ich ihn erreichen kann. An sein Handy geht er auch nicht.«

»Das tut mir leid, Clara. Leider kann ich dir dabei nicht helfen.« William wies auf seinen Schreibtisch. »Wenn du mich jetzt entschuldigst. Ich habe viel zu tun.«

Clara sah ihn fassungslos an. Dann machte sie auf dem Absatz kehrt und eilte zurück ins Erdgeschoss. Als sie nach der Türklinke griff, spürte sie Idas Blick im Nacken.

Alle wissen Bescheid, dachte Clara. Nur ich nicht.

*Solderup, Dänemark*

Evan Johannsen führte gerade ein Pferd auf den Hof, als Rasmus und Vibeke an der Straße aus dem Dienstwagen stiegen. Als der Landwirt die Polizisten bemerkte, band er das Tier an einer Halterung fest, tätschelte ihm sanft den Hals und sprach ein paar Worte in sein Ohr.

Das Anwesen wirkte im Sonnenlicht noch trister und schäbiger, als Rasmus es in Erinnerung hatte. Die Verfärbungen an den weiß getünchten Fassaden zeichneten sich deutlich ab, und er bemerkte erstmals die vielen Risse in den oberen Holzverkleidungen.

Er trat in etwas Weiches. Kuhscheiße.

»So ein Mist.« Rasmus fluchte leise und wischte die Schuhsohle notdürftig an einem Grasbüschel neben der Einfahrt ab.

Anschließend eilte er seiner Kollegin hinterher. Sobald er wieder neben ihr war, warf er ihr einen verstohlenen Seitenblick zu. Vibekes Gesicht war noch immer verschlossen. Außer ihrer Mitteilung, dass sie dieses Mal fahren würde, hatte sie kaum ein Wort geredet. Was ihm auch ganz recht war. Schwierige Themen hatte er gerade genug. Selbst das Gespräch mit Vickie war nicht besonders harmonisch gelaufen. Obwohl er Camilla und das Baby mit keinem Wort erwähnt hatte, schien Vickie zu ahnen, dass irgendetwas im Busch war. Vermutlich hatte sie wie viele Frauen einen siebten Sinn, sobald ihr ein Mann etwas verschwieg. Zumindest hatte sie wissend geschaut, als er auf ihre Nachfrage, ob alles in Ordnung sei, erklärt hatte, dass sein derzeitiger Fall ihn gerade sehr in Anspruch nehme und er sich zudem gesundheitlich etwas angeschlagen fühle. Beides war nicht einmal gelogen. Glücklicherweise gehörte Vickie nicht zu den Frauen, die unendlich weiterbohrten. Wenn er nicht aufpasste, würde er sich noch in sie verlieben.

»Was wollt ihr schon wieder hier?« Evan Johannsens schroffe Stimme riss ihn aus seinen Gedanken.

Der Landwirt sah den beiden Beamten mit finsterem Blick entgegen.

»Wir haben neue Informationen im Fall Karl Bentien«, sagte Rasmus, sobald sie dem Mann gegenüberstanden. »Einige davon betreffen dich. Wollen wir das vielleicht lieber drinnen besprechen?«

Der Alte schüttelte den Kopf. Seine Augen waren rot

unterlaufen, und er stank nach Alkohol. »Ich lasse euch nicht noch einmal in meine Wohnung.«

»Wie du möchtest«, erwiderte Rasmus. Zumindest blieb ihm jetzt der Messie-Anblick erspart. Schlimm genug, dass sie überhaupt noch einmal zu diesem grässlichen Hof mussten. Je eher sie hier wieder wegkamen, desto besser. »Meine Kollegin und ich waren gestern in Malmö. Bei deiner Mutter Vigga. Wir waren schon ein bisschen überrascht, sie so quicklebendig vorzufinden.«

Evan Johannsen murmelte etwas, das Rasmus nicht verstand.

»Warum haben Sie behauptet, Ihre Mutter wäre tot?«, fragte Vibeke.

»Weil sie für mich schon vor vielen Jahren gestorben ist.« Es klang feindselig. »Die Gründe gehen niemanden etwas an. Auch die Polizei nicht.«

Das Pferd schnaubte und hielt seine ausdrucksvollen dunklen Augen auf den Landwirt gerichtet. Offenbar spürte das Tier die Anspannung seines Besitzers.

»Was hat Karl Bentien auf dem Hof wirklich gewollt?«, fragte Rasmus. »Ging es ihm nur darum, seine Familie kennenzulernen, oder war er hier, um sein Erbe zu verlangen?«

Sämtliche Farbe wich aus Evan Johannsens Gesicht. Die rotblauen Äderchen an seiner Nase traten deutlich hervor. »Was redest du da für einen Unsinn?«

»Das ist kein Unsinn«, erwiderte Rasmus lässig. »Ein DNA-Test wird das beweisen. Dafür brauchen wir nur eine Speichelprobe von dir.«

»Die kriegt ihr nicht«, stieß der Landwirt hervor.

»Dir ist schon klar, dass wir jetzt auf die Idee kommen könnten, dass du etwas mit Karls Tod zu tun hast, indem du uns den Speicheltest verweigerst.«

Evan Johannsen schnaubte. »Es ist mir völlig gleich, was ihr denkt.«

Rasmus unterdrückte ein Seufzen. Der Alte war ein harter Brocken. »Dann sprechen wir jetzt mit deinem Sohn. Ich bin gespannt, was er über die Angelegenheit denkt, schließlich geht es hier um seinen Hof. Weiß du, wo er gerade steckt?«

»Vermutlich arbeitet er irgendwo auf den Feldern.«

Rasmus sah zu dem überdachten Stellplatz. Der Traktor samt Anhänger fehlte. »Wo war eigentlich Svend letzten Dienstagabend?«

Evan Johannsens Augen verengten sich zu schmalen Schlitzen. »Ich beantworte keine Fragen mehr.«

»Wir können das Gespräch auch bei uns auf der Dienststelle fortsetzen, wenn dir das lieber ist.«

»Ihr kriegt mich hier nicht weg.« Der Landwirt klang zunehmend aggressiv. »Niemand kriegt mich hier weg! Und jetzt verschwindet von meinem Hof!«

Vibeke trat näher an Rasmus heran. »Lass uns gehen«, sagte sie leise. »Es hat keinen Zweck. Der Mann ist betrunken.«

Evan Johannsen hatte sie offenbar verstanden, denn er brüllte: »Haut endlich ab!« Im nächsten Moment drehte er sich um und verschwand hinter einer zweigeteilten Tür.

Das Pferd stieß ein leises Schnauben aus. Aus dem Gebäude drang lautes Scheppern.

Rasmus folgte seiner Kollegin zur Straße. Während Vibeke ihr Handy zückte, ließ er den Blick über die Felder schweifen. Was würde er tun, wenn seiner Familie

der Verlust des Bed & Breakfast drohte? Der Vierseit-
hof war nicht nur ihrer aller Zuhause, er sicherte darüber hinaus die Existenz seiner Eltern und die seiner
Schwester. Langsam begann Rasmus zu ahnen, wie es
sich für die Johannsens anfühlen musste, den Hof, der
sich seit Generationen in Familienbesitz befand, möglicherweise zu verlieren. Wie weit waren Vater und
Sohn bereit zu gehen, um das zu verhindern?

*Flensburg, Deutschland*

Clara Frolander öffnete ihnen die Haustür. Rasmus bemerkte sofort, dass die Frau geweint hatte. Ihre Augen
waren verquollen, die blassen Wangen mit roten Flecken übersät.

Beim Anblick der beiden Kriminalbeamten strich sie
sich mit einer nervösen Geste das blonde Haar hinter
die Ohren.

»Ich hoffe, wir kommen nicht unpassend«, sagte
seine Kollegin. »Aber wir müssen dringend mit Ihnen
und Ihrem Mann sprechen.«

»Kommen Sie rein.« Clara Frolanders Stimme klang
belegt.

Rasmus trat hinter Vibeke ins Haus und ließ den Blick
durch die Eingangshalle schweifen. Sie war so groß wie
ein Tanzsaal. Das gradlinige und puristische Design der
Außenfassade setzte sich im Inneren des Hauses fort.
Alles wirkte kantig und symmetrisch und außerordent-
lich kühl. Eine Treppe aus Stahl führte sowohl ins
Obergeschoss als auch hinunter in den Wohnbereich.

Die weiß gestrichenen Wände standen im starken Kontrast zu den schwarzen Bodenfliesen und bildeten den perfekten Hintergrund für die großformatigen abstrakten Bilder.

Rasmus fand, es sah aus wie in einer Galerie. Er ging hinter den beiden Frauen die Treppe in den Wohnbereich hinunter. Auch hier war die Einrichtung schnörkellos und minimalistisch. Schwarzes Leder, weiße Regale, moderne Leuchten. Hinter bodentiefen Fenstern lag die Flensburger Förde. Segelschiffe, Motorboote und kleine Kutter auf schimmerndem Wasser.

Rasmus pfiff durch die Zähne.

Clara Frolander trat neben ihn. »Der Ausblick versöhnt mich mit vielem. Im Grunde ist er das Einzige, was mir hier wirklich gefällt.«

»Sie mögen Ihr Haus nicht?«, fragte Vibeke überrascht.

»Valdemar hat es gekauft«, erwiderte Clara Frolander, als erklärte das alles, und ging in den angrenzenden Küchenbereich.

Rasmus sehnte sich nach einem Kaffee. Sein Blick wanderte die Küchenzeile entlang. In der Kaffeemaschine stand noch eine halb gefüllte Kanne. Vielleicht hatte er ja Glück, und Clara Frolander würde ihnen etwas davon anbieten. Im nächsten Moment wurde seine stille Bitte erhört.

»Möchtet ihr einen Kaffee?« Die blonde Frau hantierte an einem der Küchenschränke herum.

»Gerne«, entgegneten er und seine Kollegin unisono.

Rasmus bemerkte, dass Vibeke zum x-ten Mal auf ihr Handy starrte. Sie hatte Svend Johannsen eine Nachricht mit der Bitte um Rückruf auf die Mailbox gesprochen, doch bislang hatte sich der Landwirt nicht gerührt.

Rasmus setzte sich auf die Ledercouch. Der unangenehme Geruch von Kuhmist stieg ihm in die Nase. Offenbar klebten noch immer Reste unter seiner Sohle. Erst jetzt bemerkte er die Schlieren, die seine Schuhe auf dem Weg von der Treppe zur Couch auf den matten Fliesen hinterlassen hatten. Er stöhnte leise. Hoffentlich würde er nie wieder einen Fuß auf diesen verdammten Hof setzen müssen.

Clara Frolander kam mit einem voll beladenen Tablett aus der Küche und stellte drei gefüllte Kaffeetassen, Milch, Zucker und eine Schale mit Schokoladenkeksen auf den Couchtisch. »Bedient euch.«

Das ließ Rasmus sich nicht zweimal sagen. Er schob sich einen der Kekse in den Mund und spülte genüsslich mit einem Schluck Kaffee hinterher. Seit dem Hot Dog an der Tankstelle in Esbjerg hatte er nichts mehr zwischen die Zähne bekommen. Er hatte Vibeke vorgeschlagen, erst einen kurzen Zwischenstopp einzulegen, ehe sie nach Flensburg fuhren, doch seine Kollegin hatte dies mit einem ihrer Gletscherblicke abgelehnt. Da sie an diesem Tag über die Schlüsselgewalt des Dienstwagens verfügte, hatte er sich nicht getraut, hartnäckiger zu sein. Am Ende zahlte sie es ihm mit gleicher Münze heim und setzte ihn irgendwo im jütländischen Nirwana aus. So sauer, wie Vibeke immer noch war, traute er es ihr durchaus zu. Er schnappte sich den nächsten Keks.

»Ich habe versucht, Ihren Mann zu erreichen«, eröffnete Vibeke das Gespräch. »Eigentlich hatten wir vor, auch mit ihm zu sprechen.«

Clara Frolander umklammerte ihre Kaffeetasse mit beiden Händen. »Dann geht es Ihnen wie mir.«

»Was ist los, Frau Frolander?«, fragte seine Kollegin behutsam.

»Ich kenne meinen Mann nicht wieder«, flüsterte Clara.

»Können Sie das genauer erklären?«

»Ich verstehe es ja selbst nicht.« Sie holte tief Luft. »Valdemar und ich haben vor ein paar Tagen gestritten. Am nächsten Morgen ist er ausgezogen. Seitdem habe ich nichts mehr von ihm gehört.« Sie stellte ihre Kaffeetasse auf dem Couchtisch ab. »Im Flensborghus erzählte man mir, Valdemar habe sämtliche Ämter und auch seine Arbeit in der Kulturabteilung niedergelegt.«

Rasmus beugte sich vor, um sich den nächsten Keks aus der Schale zu nehmen. »Aber du wusstest nichts davon?«

»Nein. Und ich verstehe es auch nicht. Der SSF ist sein Leben.«

Er bemerkte, dass der Frau Tränen in den Augen standen. Es war offensichtlich, wie sehr sie das Verhalten ihres Mannes verletzte. »Hatte euer Streit in irgendeiner Weise mit Karl Bentien zu tun?«

Clara Frolander nestelte an ihrem Ehering. Sie schien mit sich zu kämpfen. »Ich hatte vor einiger Zeit eine Affäre mit Karl. Valdemar hat das seit Monaten gewusst, mich aber erst während unseres Streits vor zwei Tagen darauf angesprochen.«

»Warum hat dein Mann so lange geschwiegen?«

»Das habe ich ihn auch gefragt. Er hat mir keine Antwort darauf gegeben.«

Vibeke erhob sich von der Couch. »Warum haben

Sie uns nicht eher erzählt, dass Sie eine Affäre mit dem Mordopfer hatten?«

Clara Frolander drehte weiter an ihrem Ehering.

»Befürchten Sie, Ihr Mann könnte etwas mit dem Mord zu tun haben?«

»Ich weiß nicht mehr, was ich glauben soll. Aber Eifersucht passt nicht zu Valdemar.« Sie senkte den Blick. »Dafür bin ich ihm nicht wichtig genug.«

Vibeke blickte einen Moment aus dem Fenster, ehe sie sich wieder umwandte. »Dann war es kein Zufall, dass ich Sie an dem Tag am Alten Friedhof gesehen habe, an dem Herr Bentien dort tot aufgefunden wurde?«

»Der Idstedt-Löwe war unser geheimer Treffpunkt«, gestand Clara Frolander. »Ich habe dort oft zusammen mit Karl meine Pausen verbracht. Es war sein Lieblingsplatz. Er sagte, näher könne man der Geschichte nicht kommen. Ich hatte keine Ahnung, dass Karl an dem Tag dort sein würde. Aber als ich die Polizeisirenen hörte, hatte ich gleich so ein ungutes Gefühl.«

Vibeke setzte sich wieder neben Rasmus auf die Couch. »Wusste Ihr Mann, dass Sie sich dort mit Karl trafen?«

Die blonde Frau zögerte einen Moment, ehe sie nickte.

»Was hat Karl Ihnen über seine Familie erzählt?«

»Nicht viel.« Clara Frolander strich sich eine Haarsträhne aus dem Gesicht. »Ich weiß nur, dass er lange Zeit nach seinen leiblichen Eltern gesucht hat. Die Mutter soll wohl schon vor Jahren gestorben sein. Den Vater hat Karl nie ausfindig machen können.«

»Hat er mal seine zwei Geschwister erwähnt?«, hakte Vibeke nach.

»Nein. Ich wusste noch nicht einmal, dass er welche hatte.«

Rasmus trank den restlichen Inhalt seiner Kaffeetasse und stellte sie ab. »Karl plante offenbar eine Ausstellung im Flensborghus. Weißt du irgendetwas darüber?«

»Eine Ausstellung?« Clara Frolander klang überrascht. »Karl hatte mir vor ein paar Wochen in der Bibliothek erzählt, dass er den großen Saal mieten wollte, aber nicht, wofür. Er tat ziemlich geheimnisvoll.«

»Wie viele Leute passen denn so in den großen Saal?«

»Rund zweihundertsiebzig Personen. Der Raum hat eine Bühne und verfügt auch über Licht und Tontechnik. Ich war schon einige Male mit Valdemar zu Konzerten dort. Hin und wieder finden auch Theateraufführungen, Feste oder Versammlungen im Saal statt.«

Rasmus tauschte einen Blick mit seiner Kollegin, ehe er sich wieder Clara Frolander zuwandte. »Was glaubst du, was Karl plante?«

Sie überlegte einen Moment. »Es gab zwei Themen, die Karls Leben bestimmten. Seine leiblichen Eltern zu finden und die Aufarbeitung der deutschen Besatzungs- und Flüchtlingszeit in Dänemark. Ich könnte mir vorstellen, dass es um Letzteres ging.«

»Und das war auch das Thema seines Buches?«

Clara Frolander nickte. »Karl hatte im Lauf der Jahre mit vielen Menschen gesprochen, die ebenfalls in dänischen Lagern waren. Er wollte ihre Geschichten festhalten. Und natürlich auch seine eigene. Karl hatte während seiner Recherche festgestellt, dass es nur wenige Bücher zu diesem Thema gab. Es war ihm wichtig,

aufzuklären und mit ein paar falschen Annahmen auf-
zuräumen.«

»Du weißt nicht zufällig, für wann er die Veranstaltung im Flensborghus plante?«

»Doch. Nächsten Monat, am 22. Oktober. Das ist
ein Tag vor dem Geburtstag meiner Mutter. Deshalb
konnte ich mir das Datum gut merken.«

Vibeke zückte ihr Notizbuch. »Wo können wir Ihren
Mann erreichen?«

»Valdemar wollte in ein Hotel gehen. Leider weiß ich
nicht, in welches.«

»Könnte vielleicht sein Patenkind Bescheid wissen?«

»Jan?« Clara Frolander entfuhr ein Seufzen. »Das
glaube ich eher weniger. Die beiden haben sich über-
worfen.«

»Weshalb?«

Clara Frolander zögerte. »Jan hat meinen Mann um
Geld gebeten, doch Valdemar wollte ihm nichts geben.
Also habe ich meine Hilfe angeboten. Valdemar war
deshalb stocksauer.«

»Wofür benötigte Jan das Geld?«

»Er hatte Spielschulden. Zehntausend Euro. Doch
das ist jetzt geklärt. Ich habe Jan den Betrag geliehen.«

Vibeke machte sich eine entsprechende Notiz und
klappte ihr Notizbuch wieder zu. »Bitte sagen Sie Ihrem
Mann, er soll uns anrufen, wenn er sich bei Ihnen
meldet. Danke, dass Sie sich Zeit für uns genommen
haben.«

Rasmus schnappte sich die verbliebenen zwei Kekse
und folgte den Frauen zur Treppe. An der Haustür verabschiedeten sie sich.

Sobald sie im Freien standen, drückte ihm Vibeke

eine Packung Taschentücher in die Hand. »Mach endlich deine Schuhe sauber. Du hast der armen Frau den ganzen Fußboden versaut.«

Ihr Blick ließ ihn schrumpfen. Dabei hasste er es, wenn ihn Menschen bevormundeten, besonders wenn sie dabei auch noch recht hatten. Seufzend setzte sich Rasmus auf die Gartenmauer des Nachbarhauses und zog seinen verdreckten Schuh vom Fuß.

*Flensburg, Deutschland*

Im Wagen herrschte angespanntes Schweigen. Die Ermittlungen wurden immer komplexer, und Rasmus fragte sich, ob sie den Fall überhaupt irgendwann lösen würden. Es war wie bei Hydra, der vielköpfigen Schlange. Sobald man einen ihrer Köpfe abschlug, wuchsen an gleicher Stelle zwei weitere nach. So verhielt es sich in ihrem Fall mit den Fragen. Sobald sie die Antwort auf eine kannten, entstanden an gleicher Stelle zwei neue.

Es frustrierte ihn, dass sie bislang keine weitere Verbindung nach Oksbøl gefunden hatten. Offenbar ließ ihn dieses Mal sein Bauchgefühl im Stich. Hoffentlich entpuppte sich der Mord am Ende nicht als Zufallstat. Raub mit Totschlag. Damit wäre das Team nicht nur die Lachnummer des Jahres, sondern man würde ihnen vermutlich auch den Geldhahn zudrehen. Dann hieße es bye-bye, Sondereinheit.

Rasmus sehnte sich nach einer Zigarette. Hunger hatte er auch. Zudem tat ihm wieder der Hals weh. Vielleicht sollte er seine Kollegin bitten, bei einer Apotheke anzuhalten. Das konnte sie ihm schlecht abschlagen. Allerdings wäre es gut, ihr vorher ein wenig den Wind aus den Segeln zu nehmen. Nur für den Fall der Fälle.

Er räusperte sich. »Das mit gestern ... Ich meine, dass ich dich in Kopenhagen am Bahnhof abgesetzt habe, das war wohl nicht meine beste Idee. Sorry.«

Vibeke verzog keine Miene. »Angekommen.«

Er runzelte die Stirn. Was hieß das jetzt wieder? Hatte sie seine Entschuldigung angenommen? Oder klang es nur so, weil sie keinen weiteren Krach riskieren wollte? Um ihre gemeinsamen Ermittlungen nicht zu gefährden? Er hasste es, wenn sie so distanziert und sachlich war, anstatt Klartext zu reden. »Und was soll das heißen?«

»Dass ich deine Entschuldigung vernommen habe«, erklärte sie kühl.

Rasmus verdrehte die Augen. »Kannst du nicht einmal im Leben direkt sagen, was du denkst? Musst du vorher immer jedes einzelne Wort abwägen? Sei doch einfach mal spontan!«

Im nächsten Moment bremste Vibeke nach einem schnellen Blick in den Rückspiegel scharf ab, riss das Lenkrad herum und scherte auf eine Bushaltestelle aus, wo sie den Dienstwagen abrupt zum Stehen brachte.

Rasmus wurde ein Stück weit nach vorne geschleudert, ehe der Sicherheitsgurt ihn zurück in seinen Sitz katapultierte. Er schnappte nach Luft.

»War dir das spontan genug?« Vibeke wandte ihm ihr Gesicht zu. In ihren Augen loderte es. »Und wenn du wissen willst, was ich denke: Ich fand deine Aktion gestern beschissen. Getoppt wurde das Ganze nur noch von Vigga Persson, die fand ich noch beschissener. Ich verabscheue Menschen, die Genugtuung oder Vergnügen dabei empfinden, Kinder zu quälen. Sei es nun physisch oder psychisch.« Sie schlug mit beiden Händen aufs Lenkrad. »Was ist das nur für eine kranke Gesellschaft.«

»Endlich sprechen wir die gleiche Sprache«, erwiderte Rasmus zufrieden, während sich sein Puls langsam wieder normalisierte. »Wobei ich doch stark hoffe, dass du mich nicht mit Vigga Persson und ihresgleichen in einen Topf wirfst.«

»Natürlich nicht. Aber diese Frau ...« Sie behielt den Rest des Satzes für sich. Ihr Gesicht war kalkweiß vor Anspannung.

Er musterte sie. »Ich hätte nie gedacht, dass dich die Ermittlung so aufwühlt.«

Vibeke schwieg. So lange, dass Rasmus bereits fürchtete, es wäre mit ihrer Offenheit schon wieder vorbei.

»Ich war in demselben Kinderheim wie Karl Bentien«, sagte seine Kollegin schließlich in die Stille hinein. »Ich weiß, wie es sich anfühlt, keine Eltern zu haben. Wenn man hilflos ist, ängstlich und einsam und sich nicht gegen Erwachsene wehren kann, weil man zu klein ist.« Sie schob sich eine Haarsträhne aus dem Gesicht. »Du wirst zwischen Pflegefamilien und Heimen hin- und hergeschoben wie ein Möbelstück, und niemand interessiert sich dafür, wie es dir dabei geht. Weil du im Grunde allen nur lästig bist.«

Rasmus sah Vibeke betroffen an, während sie ihren Blick starr auf die Windschutzscheibe gerichtet hatte. Innerlich verfluchte er sich für seine gestrige Bahnhofsaktion.

»Viele Kinder zerbrechen daran«, fuhr seine Kollegin mit leiser Stimme fort, »sie sind als Erwachsene nicht fähig zu lieben, weil sie selbst nie geliebt wurden. Ich glaube, so ging es auch Karl Bentien.« Vibeke wandte ihm den Blick zu. »Und es gibt diejenigen, die rebellieren und kämpfen und versuchen, sich vom Leben nicht kleinkriegen zu lassen. Das macht sie hart, und sie wirken auf Außenstehende häufig unnahbar. Weil sie nicht zulassen wollen, dass man ihnen wieder wehtut.«

Rasmus traute sich kaum zu atmen. Der Schmerz in Vibekes Stimme war nahezu greifbar. Er konnte nur erahnen, was sie in jungen Jahren erlebt haben musste, und das erschütterte ihn. Er selbst war in seiner Familie sehr glücklich und behütet aufgewachsen.

Er blickte sie an. »Ich weiß gar nicht, was ich sagen soll.«

»Du musst auch nichts sagen«, erwiderte Vibeke. »Jeder von uns hat sein eigenes Päckchen zu tragen.« Sie straffte sich. »Ich will den Täter schnappen. Wenn nicht wir Karl Bentien Gerechtigkeit widerfahren lassen, wer sollte es sonst tun?«

Ehe Rasmus zustimmen konnte, klingelte Vibekes Handy in der Mittelkonsole. Sie warf einen Blick aufs Display und nahm das Gespräch an. Ihre Brauen schossen in die Höhe, während sie der Person am anderen Ende lauschte.

»Ich bin ganz in der Nähe«, sagte sie jetzt. »Sie unternehmen nichts, bis ich vor Ort bin. Nur wenn es unbedingt erforderlich ist.«

Vibeke feuerte das Handy wieder in die Mittelkonsole, ließ das Seitenfenster hinunter und zog hinter dem Fahrersitz ein mobiles Blaulicht hervor, das sie routiniert aufs Wagendach setzte. Zurück auf der Straße, drückte sie aufs Gaspedal.

*Solderup, Dänemark*

Svend wischte sich den Schweiß von der Stirn. Die Temperaturen waren seit der Mittagszeit auf fünfundzwanzig Grad geklettert, doch der Regen der vergangenen Tage hatte den Weiden gutgetan. Das Gras war nachgewachsen, hatte das triste Braun der stoppeligen Wiesen vertrieben. Nährstoffkonzentration und Grasnarbe waren nicht von gleicher Qualität wie in der Hauptwachstumsphase im Frühjahr, doch ausreichend für die nächsten Wochen. Spätestens Anfang November waren die Weidegänge ohnehin vorbei. Die Tiere würden den Winter über im Stall bleiben, bis sich am Økodag, dem Tag der tanzenden Kühe Mitte April, die Scheunentore wieder öffneten und die Biobauern ihre Herden auf die Weiden entließen. Eine langjährige Tradition und zugleich ein großartiges Spektakel, bei dem die Familien aus den umliegenden Städten und Dörfern auf die rund siebzig teilnehmenden Bauernhöfe strömten, um dabei zuzusehen, wie die Kühe hüpfend und tanzend den Stall verließen.

Svend war erleichtert, dass Bentes unerwarteter Geldsegen es ihm ermöglichte, seinen Tieren ausreichend Futter für den Winter zu kaufen, doch er würde ihr den Betrag bis auf die letzte Krone zurückzahlen. Noch immer herrschte schlechte Stimmung zwischen ihnen. Bente behauptete nach wie vor steif und fest, dass Svend ihr von der Hypothek erzählt hatte, während er sich sicher war, dies nicht getan zu haben. Obwohl es im Grunde keinen Unterschied machte, ließ ihn die Sache nicht los. Denn wenn er eins hasste, dann waren es Lügen. Davon gab es in seiner Familie reichlich genug.

Ein sanftes Stupsen riss ihn aus seinen Gedanken. Svend drehte sich um, sah direkt in die samtig braunen Augen von Luna, einer besonders zutraulichen Kuh. Er erkannte sie anhand der Fellzeichnung, so wie jedes seiner Kühe und Rinder. Die meisten Bauern in Dänemark vergaben nur noch Nummern an ihre Tiere, doch Svend konnte sich mit dieser Vorgehensweise nicht arrangieren. Jedes seiner Tiere hatte einen Namen.

Luna stieß ihm erneut mit ihrer feuchten Schnauze an die Schulter, und Svend klopfte dem Tier sanft auf den Hals. Lautes Muhen drang über die Weide. Die Tiere waren schon den ganzen Morgen unruhig. Irgendwo kreischte eine Motorsäge. Vermutlich beim alten Jesperson, drüben in Lund, der seinen Vorrat an Feuerholz auffüllte.

Svend überlegte, ob jetzt der richtige Zeitpunkt war, um den Roggen auszusäen. Sonnenscheindauer, Temperaturen und Regenmenge, all diese Faktoren hatten Einfluss auf das Pflanzenwachstum. Und natürlich die Bodenbeschaffenheit. Fein und locker-krümelig war ideal. Eine zeitige Aussaat führte zu einer ausreichenden Bestockung und zu zwei, möglicherweise auch drei oder vier kräftigen Trieben. Eine spätere Aussaat minderte hingegen die Herbstverunkrautung und damit das Risiko von Ertragsverlusten.

Die Tiere muhten erneut. Diesmal auch Luna, die immer noch neben ihm stand. Dabei senkte sie den

Kopf, um ihren Unmut zu signalisieren. Im nächsten Moment setzte sich die Kuh in Gang und trottete zu ihren Artgenossen. Ein neues Muhen ging durch die Herde. Kräftiger. Aufbrausend. Es klang fast wie ein Brüllen. Einige Tiere blähten ihre Nasenlöcher. Etwas stimmte nicht. Svend ließ seinen Blick schweifen und erfasste eine riesige Rauchfontäne über den Dächern.

Sein Hof brannte.


*Flensburg, Deutschland*

Vibeke drückte sich mit dem Rücken gegen das Heck des Wohnmobils mit Dortmunder Kennzeichen, das am oberen Parkplatz des Uferwegs stand, die Hand griffbereit am Waffenholster. Neben ihr spähte Rasmus mit einem Fernglas um die Ecke des Fahrzeugs.

Rudolf Makowski war am Steg F des Im-Jaich-Jachthafens dabei gesehen worden, wie er in ein Segelboot gestiegen war. Nur wenige Hundert Meter Luftlinie von der Polizeidirektion entfernt. Der Gesuchte hatte sich die ganze Zeit direkt vor ihrer Nase aufgehalten.

Ausgerechnet Kriminalhauptkommissar Klaus Holtkötter war einer der ersten Beamten vor Ort gewesen. Jetzt saß ihr Stellvertreter in einem schwarzen Ford Mondeo aus dem Dienstwagenpool am anderen Ende des Uferwegs. Auf halber Höhe, hinter der Biegung am Fischereimuseum, blitzte das Silberblau der Streifenwagen hinter den Büschen hervor.

Kurz hatte Vibeke überlegt, dass MEK anzufordern, doch bis das Einsatzkommando aus Kiel eintraf, war der Flüchtige vermutlich längst über alle Berge. Stattdessen war sie jetzt übers Headset mit integrierter Lautsprechereinheit mit den anderen Einsatzkräften verbunden.

»Alles ruhig.« Rasmus warf ihr einen kurzen Blick über die Schulter zu.

Vibeke lächelte flüchtig. Zwischen ihnen hatte sich etwas verändert. Es war ihr schleierhaft, wie es der Däne angestellt hatte, dass sie ihm einen Blick hinter ihre Fassade gewährt hatte, doch er hatte genau richtig darauf reagiert. Hatte zugehört. Ohne große Worte. Es schien, als hätten sie einen stummen Pakt geschlossen, nachdem nun jeder den Schmerz des anderen kannte.

»Wenn es gleich losgeht«, sagte Vibeke. »Du denkst an deinen Beraterstatus, oder?« Als Gast-Polizist durfte ihr Kollege nur im Notfall eingreifen.

»Ich denke an nichts anderes«, murmelte Rasmus.

Vibeke spähte um die Ecke des Wohnmobils.

Steg F lag nur etwa dreißig Meter entfernt.

Die Nachmittagssonne stand hoch am Himmel, und die Segelboote lagen ruhig im Wasser. Nur vereinzelt waren Menschen an Bord zu sehen. Das Gittertor, das den Zugang zum Steg für Unbefugte versperrte, war geschlossen.

»Da tut sich etwas.« Rasmus reichte ihr das Fernglas. »Ist das unser Mann?«

Vibeke hielt das Fernglas an die Augen. Ein hagerer Typ im schwarzen Hoodie und mit Baseballkappe trat von einem der Boote auf den Steg. »Das ist Rudi. Wir warten, bis er durchs Tor an Land ist, damit er uns nicht über die Wasserseite entwischt.« Sie gab Rasmus das Fernglas zurück und öffnete ihr Pistolenholster. Ihre

Anspannung spiegelte sich im Gesicht ihres Kollegen. »Kannst du erkennen, ob er bewaffnet ist?«

Rasmus sah erneut durchs Fernglas. »Nein. Aber das muss nichts heißen.«

Hinter dem Gebäude des Fischereimuseums waren kaum erkennbare Bewegungen zu erahnen. Die Einsatzkräfte hielten sich bereit.

Vibeke spürte das kühle Metall der Walther in ihrer Hand.

Rudi trat durch die Gittertür. Er zog seine Kappe tiefer ins Gesicht. Nur noch wenige Meter trennten ihn vom Ufer. Er blickte kurz in beide Richtungen, ohne die Polizeibeamten zu bemerken, und schlug dann den Weg ins Zentrum ein. An seinem Hosenbund war eine Wölbung zu erkennen.

»Zugriff!« Vibeke sprang hinter dem Heck des Wohnmobils hervor und sprintete mit gezogener Pistole über den Asphalt. Die Uniformierten am Fischereimuseum setzten sich aus der Gegenrichtung in Gang. »Polizei! Stehen bleiben!«

Rudi blieb für den Bruchteil einer Sekunde wie angewurzelt stehen, schlug im nächsten Moment einen Haken und hechtete mit wenigen Schritten die kleine Anhöhe zum Hafendamm hinauf. Dort überquerte er vor einem entgegenkommenden Bus haarscharf die zweispurige Straße. Das alles geschah innerhalb weniger Sekunden.

»Verdammt!« Vibeke lief hinterher. Sie registrierte, wie der Ford Mondeo und ein Streifenwagen, der offenbar am Hafendamm Stellung bezogen hatte, mit quietschenden Reifen losfuhren.

Eine Frau mit Hund kam aus einem der angrenzenden

Wohnhäuser und machte auf dem Absatz kehrt, als sie die bewaffnete Polizistin erblickte.

Rudi hatte gute fünfzig Meter Vorsprung. Vibeke lief schneller. Der Mann durfte keinesfalls in die Innenstadt gelangen. Da waren zu viele Menschen. Im Handumdrehen konnte es dort zu einer unübersichtlichen Gefahrensituation kommen.

In diesem Moment bog Rudi in eine der Seitenstraßen und lief den Fördehang hinauf. Adrenalin schoss in ihre Blutbahnen, während sie das Tempo mit zusammengebissenen Zähnen weiter anzog. Aus den Augenwinkeln nahm sie wahr, wie Rasmus in die Parallelstraße einbog. So viel zu seinem Beraterstatus. Offenbar hatte er vor, dem Flüchtigen den Weg abzuschneiden.

Der Abstand zwischen ihr und Rudi verringerte sich, doch lange würde sie das Tempo nicht mehr halten können. Sie musste handeln, ehe er in einem der Hinterhöfe verschwand. Die Straße war frei von Menschen.

»Stehen bleiben!« Vibeke feuerte einen Warnschuss in die Luft.

Rudi sah für den Bruchteil einer Sekunde über die Schulter, geriet anschließend leicht ins Taumeln und lief direkt in ein abgestelltes Motorrad hinein. Er machte einen Salto über das Gefährt und landete unsanft auf dem Asphalt.

Rasmus erschien am anderen Ende der Straße und traf zeitgleich mit Vibeke bei Rudi ein, der sich am Boden laut wimmernd das Bein hielt. Der Unterschenkel stand in einem unnatürlichen Winkel ab.

Vibeke steckte ihre Waffe zurück ins Holster, wählte auf dem Handy den Notruf und orderte einen Krankenwagen. Als bei Rudi die Handschellen klickten, tauchten an beiden Straßeneinmündungen Streifenwagen auf.

»Sie sind vorläufig festgenommen.« Vibeke zog sich das Headset aus dem Ohr und klärte den Verletzten über seine Rechte auf.

Rudi verzog schmerzverzerrt sein Gesicht. »Ich habe nix getan.«

»Das werden wir dann sehen.«

In der Ferne ertönten Sirenen.

*Esbjerg, Dänemark*

Laurits löste den Knoten seiner Krawatte und legte die Füße auf den Schreibtisch. Es war ein anstrengender Tag gewesen, und er fühlte sich erschöpft und ausgelaugt. In Gedanken ließ er die letzten Stunden Revue passieren. Von den vielen Menschen, die auf der Trauerfeier erschienen waren, um seinem Vater die letzte Ehre zu erweisen, hatte so gut wie keiner den wahren Aksel Kronberg gekannt. Die zahlreichen Beileidsbekundungen, dazu die aufgelöste Mathilde, seine heulende Tochter und sein älterer Sohn, der mit Mitte zwanzig anscheinend eine Art zweite Pubertät durchlief, hatten seine Nerven strapaziert. Der Polizist, der plötzlich an der Kirche aufgetaucht war, um Fragen zu stellen, hatte dem Ganzen noch die Krone aufgesetzt.

All das hatte ihn müde gemacht. Die Einzige, die dem ganzen Rummel halbwegs gewachsen schien, war Esther. Sie würde in Hjerting die Stellung halten, bis das Fisch- und Kuchenbuffet restlos geplündert, sämtliche

Flaschen Gammel Dansk geleert waren und auch der letzte Trauergast ihr Haus verlassen hatte. Auf Esther war immer Verlass.

Laurits selbst war schon vor über einer Stunde in die Firma geflüchtet. Bis auf die Mitarbeiter der Produktion hatte er allen Angestellten diesen Tag freigegeben. Sein Blick fiel auf die Akten auf dem Schreibtisch. Ganz oben lagen die Unterlagen für RFI.

Ihm entfuhr ein tiefes Seufzen. In Kürze würden die Einkaufszentralen der fünf Regionen die neue Ausschreibung für die landesweite Auftragsvergabe von medizinischen Verbrauchsprodukten für die Krankenhäuser veröffentlichen. Solange OMC die Produktionsstätten noch nicht ins Ausland verlegt hatte und damit international wettbewerbsfähig war, benötigten sie diesen Auftrag dringend. In den vergangenen Jahren hatten sie stets den Zuschlag bekommen, doch das Blatt konnte sich jederzeit wenden.

Laurits nahm die Füße vom Schreibtisch. Es war ein antikes und massives Modell aus blank poliertem Mahagoni, mit Messingbeschlägen und einer Schreibfläche aus dunkelgrünem Leder. Er öffnete das Fach, in dem sein Vater stets einen alten Single Malt für besondere Anlässe aufbewahrt hatte, nahm die Flasche und ein Whiskyglas heraus und schenkte sich großzügig davon ein. Nachdem er sich ein paar Schlucke genehmigt hatte, versuchte er, die Schreibtischschublade aufzuziehen. Sie ließ sich nicht öffnen. Laurits griff in die Hosentasche und beförderte den Schlüssel hervor, der sich noch vor Kurzem am Schlüsselbund seines Vaters befunden hatte, und steckte ihn ins Schloss. Er passte.

In der Schublade lag ein Haufen Papiere. Alles

Geschäftsunterlagen, wie es schien. Er nahm den Stapel heraus, legte ihn auf die Schreibtischplatte und tastete mit seiner rechten Hand den Schubladenboden entlang bis zu der Stelle, an der sich das darunterliegende Geheimfach mit einem Federdruck öffnen ließ.

Die Farbe der Ledermappe in besagtem Fach war im Lauf der Jahre verblasst, die Ecken abgestoßen. Zum ersten Mal hatte er sie als kleiner Junge zu Gesicht bekommen, als er auf dem Schoß seines Vaters gesessen hatte. Aksel hatte ihm nie erlaubt hineinzusehen, und Laurits hatte die abenteuerlichsten Theorien entwickelt, was sich im Inneren der Mappe befinden könnte. Von einer Schatzkarte über Anweisungen für einen Geheimagenten bis hin zu Wertpapieren, die ihnen ein Leben im Luxus ermöglichten, war nahezu alles vertreten gewesen.

Laurits strich mit den Fingerspitzen über das poröse Leder, zögerte, die Mappe zu öffnen. Noch immer war Aksels Anwesenheit im Raum nahezu greifbar. Im nächsten Moment schüttelte er über sich selbst den Kopf und schlug den Deckel auf.

Im Inneren lagen ein paar handgeschriebene Schriftstücke. Zunächst verstand Laurits nicht, was er vor sich hatte, und fing an zu lesen. Zeile für Zeile. Seite für Seite.

Nachdem er ans Ende gelangt war, lehnte er sich schwer atmend im Schreibtischsessel zurück. Dann schloss er die Augen.

Rasmus drückte den Lichtschalter. Die Neonröhren tauchten das Büro der Sondereinheit in helles Licht. Vor den Fenstern setzte gerade die Abenddämmerung ein.

Die letzten Stunden war er zusammen mit Vibeke in einem Flensburger Krankenhaus gewesen. Dort hatte man Rudolf Makowski direkt nach seiner Einlieferung in den OP gebracht.

Rasmus bewunderte seine Kollegin für ihre Coolness. Sie war im Einsatz fokussiert und nervenstark geblieben, obwohl sie kurz zuvor noch aneinandergeraten waren. Jetzt hielt Vibeke mit ihrem Flensburger Kollegen im Krankenhaus die Stellung, bis der Verletzte aus der Narkose erwachte.

Rasmus ging zu seinem Schreibtisch, zog das verbliebene Päckchen Zigaretten und den Aschenbecher aus der Schublade und zündete sich einen Glimmstängel an. Eigentlich hatte er sich vorgenommen, nie wieder eine Zigarette anzurühren, doch außergewöhnliche Situationen erforderten außergewöhnliche Maßnahmen. Bis sein Kind auf die Welt kam, hatte er noch genügend Zeit, sich das Rauchen abzugewöhnen. Bei dem Gedanken an das ungeborene Baby durchströmte ihn ein tiefes Glücksgefühl.

Er hatte Camilla vom Krankenhaus aus angerufen und mit ihr ein Treffen in der nächsten Woche vereinbart. Es schien ihm, als hätte seine Ex-Frau erfreut geklungen, als er sich meldete, doch vielleicht bildete er sich das auch nur ein. Es war ein seltsames Gespräch gewesen. Höflich und distanziert – und trotzdem vertraut.

Kurz hatte er überlegt, nach Esbjerg zu fahren, doch in seiner Wohnung erwartete ihn niemand. Nur die Leere der Räume. Da Vickie an diesem Abend Dienst hatte, wollte er im GZ noch einmal sämtliche Fallunterlagen sichten. Er hatte das Gefühl, irgendetwas übersehen zu haben. Ein Gedanke, den er nicht greifen konnte, schwirrte in seinem Hinterkopf.

Rasmus nahm noch ein paar letzte Züge von seiner Zigarette, drückte dann den Stummel im Aschenbecher aus und stand auf. Er ging die Stellwände entlang, betrachtete sorgfältig jeden Zeitungsausschnitt, jedes Foto und jeden Schnipsel Papier, den Karl Bentien über die Jahre zusammengetragen hatte. Anschließend setzte er sich wieder an seinen Schreibtisch, blätterte durch die Fallakte und ging die Befragungsprotokolle durch. An Valdemar Frolanders erster Aussage blieb er hängen. Die geplante Ausstellung, die scheinbar keine Ausstellung war. Rasmus dachte an das Gespräch mit Clara Frolander zurück, als sie vom großen Saal im Flensborghus gesprochen hatte, erinnerte sich an die Veranstaltungen, die dort stattfanden. Konzerte, Theateraufführungen, Versammlungen und Feste. Er stutzte. Es war meilenweit hergeholt, und trotzdem gab es eine zweite Person innerhalb ihrer Ermittlung, die vor Kurzem ebenfalls eine Veranstaltung in dieser Größenordnung geplant hatte. Aksel Kronberg.

Rasmus wusste, die Verbindung war extrem dünn, trotzdem musste er sich Gewissheit verschaffen. Von Clara Frolander wusste er, dass Karl Bentien geplant hatte, den großen Saal für den 22. Oktober zu mieten. An welchem Tag hatte Aksel Kronberg Geburtstag? Er dachte fieberhaft nach, ob Pernille das Datum genannt hatte, als sie von ihrer Recherche berichtet hatte. Er konnte sich nicht erinnern.

Rasmus ließ seinen Computer hochfahren, um die Datenbanken zu durchforsten. Das Geburtsdatum würde ihm allerdings nur weiterhelfen, wenn Aksel Kronberg für den gleichen Tag auch seine Feier geplant hatte. Ihm kam eine bessere Idee.

Er warf einen Blick aus dem Fenster. Draußen war es mittlerweile stockdunkel. Ein Blick auf die Armbanduhr zeigte ihm, dass es bereits nach zweiundzwanzig Uhr war. Eigentlich zu spät, um eine alte Dame anzurufen. Er würde es trotzdem versuchen.

Er fand die Nummer im öffentlichen Telefonverzeichnis. Bereits nach dem dritten Klingeln wurde abgenommen. Mathilde Sabroe schien über den späten Anruf nicht verstimmt zu sein, sondern wirkte lediglich überrascht angesichts seiner Frage. Sobald Rasmus seine Antwort hatte, bedankte er sich und legte wieder auf.

Bingo, dachte er. Karl Bentien und Aksel Kronberg hatten an ein und demselben Tag eine Veranstaltung geplant. Ein Zufall? Rasmus glaubte nicht an Zufälle. Trotzdem hatte er nicht die geringste Ahnung, was er mit seinem neuen Wissen anfangen sollte. Er musste weitersuchen.

»Hej!«

Rasmus zuckte zusammen. Er war so vertieft in seine Gedanken gewesen, dass er nicht bemerkt hatte, wie Vibeke Boisen den Raum betreten hatte. Sie trug zwei flache Pizzakartons und ein Sechserpack Bier in der Hand.

Beim Duft der Pizza lief ihm augenblicklich das Wasser im Mund zusammen.

»Kannst du hellsehen?« Er zog für seine Kollegin einen zweiten Stuhl heran.

»Du hast doch immer Appetit.« Lächelnd platzierte sie die Pizzakartons auf seinem Schreibtisch.

Es war dieses offene, herzliche Lächeln, das sie ihm nur bei seltenen Gelegenheiten gewährte und welches ihre ernsten Gesichtszüge weich werden ließ.

Rasmus zog einen der Kartons zu sich heran. »Gibt's was Neues vom flinken Rudi?« Er schnappte sich das erste Pizzastück und biss genüsslich hinein.

Vibeke öffnete erst das Fenster, ehe sie sich zu ihm an den Schreibtisch setzte und nach einem Bier griff. Bei einem Blick aufs Etikett stellte Rasmus enttäuscht fest, dass es sich um eine alkoholfreie Variante handelte. Eigentlich dürfte ihn das nicht sonderlich überraschen, schließlich lehnte seine Kollegin Alkohol während der Arbeitszeit rigoros ab. Trotzdem hatte er gehofft, dass Vibeke zusammen mit ihrer Verschlossenheit auch ein paar ihrer Regeln auf Eis legen würde. Doch da hatte er offensichtlich umsonst gehofft.

»Rudi hat die OP gut überstanden. Er war sogar schon wieder ansprechbar und kann in ein paar Tagen aus dem Krankenhaus entlassen werden.«

»Und auf direktem Weg auf einer Pritsche ins Gefängnis wandern.« Rasmus grinste. »Der flinke Rudi war nicht flink genug.« Er langte nach einem zweiten Stück Pizza. »Konntest du mit ihm sprechen?«

»Nur ganz kurz. Für eine offizielle Vernehmung war er noch nicht in der richtigen Verfassung. Rudi sagt, er sei nur zufällig am Alten Friedhof vorbeigekommen. Als er jemand am Idstedt-Löwen liegen sah, wollte er nachsehen, ob die Person Hilfe braucht. Dabei habe er angeblich die Balance verloren und sei auf den Toten gestürzt.«

»Glaubst du ihm?«, fragte Rasmus zwischen zwei Bissen.

»Schwer zu sagen.« Vibeke hatte ihre Pizza bislang nicht angerührt. »Rudi ist ein notorischer Lügner.«

»Warum hat er sich nicht gleich bei der Polizei gemeldet?«

»Er wusste, dass ein Haftbefehl gegen ihn vorliegt. Bei seiner Vorgeschichte hätte ihm vermutlich niemand geglaubt.« Sie setzte die Bierflasche an die Lippen und trank einen Schluck. »Den Teil der Geschichte, dass er Karl Bentien helfen wollte, kaufe ich Rudi jedenfalls nicht ab. Wenn überhaupt, wollte er ihn ausnehmen.«

»Und hat ihn bei der Gelegenheit totgetreten?«

»Ehrlich gesagt traue ich ihm diese Kaltblütigkeit nicht zu.«

»Der Kerl ist trotzdem ganz schön abgebrüht, wenn man bedenkt, wo er sich die ganze Zeit versteckt hielt. Direkt auf dem Präsentierteller.«

Vibeke nickte. »Laut dem Hafenmeister hat das Segelboot einen Dauerliegeplatz. Jens hat vorhin den Besitzer kontaktiert, der ist wohl gerade für zwei Monate in Florida. Rudi muss das irgendwo aufgeschnappt haben.«

»Den Täter hat er aber nicht zufällig gesehen?«

Seine Kollegin schüttelte den Kopf. »Aber dafür hat Rudi ein Auto beobachtet, das vom Alten Friedhof weggefahren ist.«

»Was war das für ein Auto? Hat er sich das Kennzeichen gemerkt?«

»Er war sich nicht sicher, mir schien es, als wäre Rudi

von der Narkose noch ein wenig benebelt. Wir mussten dann abbrechen. Allerdings erwähnte er vorher noch einen Aufkleber am Heck des Fahrzeugs. Er konnte ihn sogar beschreiben.« Sie machte eine bedeutsame Pause. »Vier bunte Figuren, ein Haus und ein Baum«, zählte sie auf, »das ist das Logo des Theresienheims.«

Rasmus runzelte die Stirn. »Wie passt das jetzt zusammen?«

»Das Gleiche habe ich mich auch gefragt. Deshalb werde ich gleich morgen früh mit dem Einrichtungsleiter sprechen.«

Ihm kam ein Gedanke, und er ging zu Pernilles Schreibtisch, auf dem die Unterlagen penibel angeordnet lagen. Sie schien irgendein System zu haben.

»Pernille reißt dir den Kopf ab, wenn du etwas durcheinanderbringst«, sagte Vibeke, als er damit begann, die Papiere zu sichten.

»Ich weiß.«

»Was suchst du?«

»Pernille sollte mir doch eine Liste mit Projekten der Oricon-Medical-Stiftung zusammenstellen«, erwiderte Rasmus, ohne seine Arbeit zu unterbrechen.

»Vielleicht probierst du es mal hiermit?«

Er blickte auf.

Vibeke hielt ihm ein DIN-A4-Blatt entgegen.

Rasmus ging zurück zu seinem Schreibtisch und nahm ihr die gewünschte Liste aus der Hand. »Woher hast du die?«

»Lag in deinem Ablagefach. Pernille erledigt die Dinge am liebsten sofort.«

Er fand den Namen auf der zweiten Seite ganz unten. »Die OMC-Stiftung unterstützt das Theresienheim.«

»Und du witterst da einen Zusammenhang mit Karl Bentien?«

»Natürlich. Du etwa nicht?«

»Es könnte ein Zufall sein. Wenn ich mich recht erinnere, wurde die Stiftung erst Anfang der 1980er-Jahre gegründet. Zu dem Zeitpunkt war Karl Bentien längst erwachsen.«

Rasmus ließ sich nicht beirren. »Vielleicht hat Kronberg bereits vorher gezahlt.«

»Du hast dich echt auf den Mann eingeschossen, oder?« Sie beugte sich vor. »Hör mal zu, Rasmus. Das Auto mit dem Aufkleber könnte jedem gehören, der mit dem Theresienheim zu tun hat, einschließlich den Mitarbeitern und dem Heim selbst.«

»Es ist nicht die einzige Überschneidung.« Rasmus berichtete seiner Kollegin, was er zuvor herausgefunden hatte. »Und jetzt sag mir nicht, dass das auch ein Zufall ist, das wäre dann nämlich schon der zweite. Für mich sieht es eher danach aus, als planten Aksel Kronberg und Karl Bentien gemeinsam eine Veranstaltung. Nachdem es mit dem Raum im Flensborghus nicht geklappt hatte, sollte das Ganze bei Oricon Medical stattfinden.«

»Und was sollte das sein?«, fragte Vibeke skeptisch.

Rasmus kratzte sich nachdenklich hinter dem Ohr. »Vielleicht hat Jens recht mit seiner Theorie, und Aksel Kronberg war Karls Vater. Vielleicht wollten die beiden das bei der Gelegenheit offiziell bekannt geben. Was wäre dafür besser geeignet als ein großes Fest?«

Vibeke hob ihre Brauen. »Und stattdessen hat Aksel Kronberg seinen Sohn dann ermordet?«

»Er nicht, aber vielleicht jemand, der nicht wollte, dass Karl etwas vom Kuchen abbekommt.«

»Du sprichst von Laurits Kronberg?«

»Das wäre zumindest ein Szenario.«

»Klingt ziemlich abenteuerlich.« Vibeke langte nach dem zweiten Pizzakarton. »Dann solltest du mit Kronberg sprechen, eher gibst du ja ohnehin keine Ruhe.«

Rasmus grinste. »Genau das habe ich vor.«

# 11. Kapitel

*Esbjerg, Dänemark*

Die gläserne Fahrstuhltür glitt auseinander, und Rasmus betrat die dritte Etage des OMC-Firmengebäudes.

Er hatte die Nacht auf der Matratze im VW-Bus verbracht und war erst am Morgen nach Esbjerg aufgebrochen. Eigentlich hatte er vorgehabt, noch kurz nach Hause zu fahren, um sich umzuziehen, doch da er ohnehin spät dran war, hatte er sich auf einer Autobahnraststätte nur einer Katzenwäsche unterzogen und sich die Zähne geputzt. Sein Hals schmerzte noch stärker als am Vortag.

In Hjerting angekommen, hatte er feststellen müssen, dass die gesamte Familie Kronberg bereits ausgeflogen war. Als im gleichen Moment Eva-Karin Holm angerufen hatte, hatte Rasmus nicht zum ersten Mal gedacht, dass seine Chefin hellseherische Fähigkeiten besaß. Die Vizepolizeiinspektorin war alles andere als begeistert gewesen, als sie von seinem Plan erfahren hatte. Deshalb wunderte es ihn auch nicht im Geringsten, als ihm nun im Flur von OMC seine Chefin entgegenkam. Eva-Karin Holm trug einen ihrer strengen Hosenanzüge, passend zu ihrem Gesichtsausdruck. Ihr Blick wanderte über seine Erscheinung, registrierte die zerzausten Haare, sein unrasiertes Kinn und das zerknitterte Hemd. Angesichts seiner verdreckten Schuhe bewegten sich ihre Augenbrauen ein Stück weiter nach oben.

Rasmus fuhr sich mit der Hand über die Haare. »Hej, Eva-Karin. Was machst du hier?«

»Aufpassen, dass du nicht wieder den falschen Leuten auf die Füße trittst«, entgegnete seine Vorgesetzte scharf. »Hättest du dir nicht zumindest ein frisches Hemd anziehen können?«

»Was gibt es an diesem auszusetzen?« Er strich eine Falte glatt.

Eva-Karin Holm seufzte, dann wies sie mit der Hand auf eine Tür. »Wir sollten Laurits nicht länger warten lassen. Er ist ein viel beschäftigter Mann.« Sie machte auf dem Absatz kehrt.

»Nicht nur er«, murmelte Rasmus und folgte seiner Chefin.

Das Büro des Unternehmers war schlicht und zweckmäßig eingerichtet. Ein großer Schreibtisch aus hellem Holz, weiße Bücherregale und Aktenschränke, eine Sitzgruppe mit vier Sesseln und einem runden Tisch. An den Wänden hingen gerahmte Fotos, die den Bau des Firmengebäudes in seinen unterschiedlichen Stadien zeigten.

Hinter den Fenstern ragten in der Ferne die Hafenkräne von Esbjerg am sattblauen Himmel empor.

Laurits Kronberg erhob sich hinter seinem Schreibtisch, als er die Neuankömmlinge bemerkte. Er wirkte blass und mitgenommen und hatte einen angespannten Zug um den Mund.

»Eva-Karin«, begrüßte er die Vizepolizeiinspektorin freundlich. Anders als am Vortag gab es keine

Umarmung. »Was kann ich für euch tun? Du hast am Telefon so geheimnisvoll geklungen.«

Eva-Karin Holm lächelte angestrengt. »Das wird Rasmus dir erklären.«

»Gut, dann setzen wir uns am besten.« Er wies auf die Sitzecke. »Ich hoffe, es dauert nicht allzu lange. Auf meinem Schreibtisch türmt sich jede Menge Arbeit.«

Rasmus kam ohne Umschweife zur Sache. »Aksels Geburtstag, was hattet ihr dafür geplant?«

»Um mich das zu fragen, seid ihr extra hergekommen?« Laurits Kronberg zupfte einen imaginären Fussel von seinem Hosenbein. Als Rasmus nicht reagierte, setzte er zu einer Antwort an. »Mein Vater hat sich erst vor ein paar Wochen zu einer Feier entschieden, ursprünglich wollte er keine. Esther und ich boten an, alles zu organisieren, aber er bestand darauf, die Planung selbst zu übernehmen.«

»War das, bevor Karl Bentien bei euch zu Hause war oder erst danach?«

»Daran kann ich mich ehrlich gesagt nicht erinnern. Hat das irgendeine Bedeutung?«

Rasmus ging nicht auf die Frage ein. »Letzte Woche Dienstag. Wo hat sich Aksel am Abend aufgehalten?«

»Mein Vater war in seiner Wohnung, so wie immer.«

»Nimmst du das an, oder hast du dich selbst davon überzeugt, dass er dort war? Schließlich verfügt die Wohnung über einen separaten Eingang.«

»Ich nehme es an.« Laurits Kronberg klang gereizt. »Ein Mann in diesem Alter geht abends nicht mehr allzu häufig aus.«

Rasmus lehnte sich im Sessel zurück und schlug lässig die Beine übereinander. »Wo warst du an dem Abend?«

»Fragst du mich jetzt etwa nach meinem Alibi?« Um den Mund des Unternehmers erschien ein arroganter Zug.

Rasmus nickte. »Solche Fragen gehören zu meinem Job. Ist reine Routine.«

»Ich war ebenfalls zu Hause. Bei Esther und meinen Kindern. Wir haben alle zusammen zu Abend gegessen.«

»Und Aksel? Isst er nicht mit euch?«

»In der Regel schon. Aber an dem Abend fühlte er sich nicht ganz wohl und wollte früh zu Bett gehen.«

Ein Piepen auf Rasmus' Handy kündigte den Eingang einer Kurzmitteilung an.

»Entschuldigung.« Er sah aufs Display und las die Nachricht, die ihm Vibeke geschickt hatte. Anschließend wandte er sich wieder dem Unternehmer zu. »Hatte dein Vater eine Verbindung nach Oksbøl?«

»Nicht, dass ich wüsste. Aber Oksbøl liegt nur einen Katzensprung entfernt. Mit Sicherheit wird er irgendwann einmal dort gewesen sein.«

Rasmus tippte mit den Fingerspitzen nachdenklich auf die Tischplatte. Der Mann hatte für jede Frage eine passende Antwort. Es wurde Zeit, ein wenig am Lack zu kratzen.

»Während unserer Recherchen sind wir darauf gestoßen, dass die OMC-Stiftung das Theresienheim in Sieverstedt unterstützt. Dort war Karl Bentien während seiner Kindheit untergebracht.«

Laurits Kronberg runzelte die Stirn. »Das halte ich für einen Zufall. Unsere Stiftung unterstützt eine Vielzahl solcher Institutionen.«

»Wer wählt diese aus?«

»Bislang war das mein Vater. Die Stiftung war sein persönliches Steckenpferd.«

Rasmus legte die Hand auf sein Handy. »Ich habe gerade die Information erhalten, dass dein Vater das Theresienheim bereits seit 1952 finanziell unterstützt. Das ist das Jahr, in dem Karl dort zum ersten Mal untergebracht wurde. Wie erklärst du dir das?«

Laurits Kronberg schwieg. Dabei verzog er keine Miene.

»In welcher Beziehung stand dein Vater zu Karl Bentien?«, schob Rasmus scharf hinterher.

Er rechnete damit, dass Eva-Karin Holm ihn jeden Moment zurückpfiff, doch seine Chefin wartete augenscheinlich genauso interessiert wie er selbst auf die Antwort des Unternehmers.

Sein Blick flackerte. »Ich habe nicht die geringste Ahnung.«

»Dann bist du damit einverstanden, uns eine Speichelprobe für eine DNA-Analyse zu überlassen?«

Der Unternehmer sah zu Eva-Karin Holm. »Bin ich dazu verpflichtet?«

»Nein, das bist du nicht«, erklärte die Vizepolizeiinspektorin. »Aber es würde uns die Ermittlung erleichtern, wenn du dich freiwillig dazu bereit erklärst.«

»Ich will mir das überlegen.«

»Das ist dein gutes Recht«, sagte Rasmus. »Und natürlich kannst du das ablehnen, allerdings würde ich mich in dem Fall fragen, welchen Grund du dafür hast. Während du überlegst, spreche ich mit deiner Frau. Wo finde ich sie?«

Laurits Kronberg suchte den Blick von Rasmus' Vorgesetzter. »Brauche ich einen Anwalt?«

»Das kannst nur du selbst entscheiden«, erwiderte Eva-Karin Holm.

Der Unternehmer wandte sich an Rasmus. »Esthers Büro liegt am Ende des Flurs auf der linken Seite.«

Rasmus erhob sich von seinem Platz. Er war sich sicher, dass Laurits Kronberg etwas verschwieg. Und er würde herausfinden, was es war.


*Flensburg, Deutschland*


Vibeke ließ ihr Notizbuch in die Tasche gleiten, während sie dabei zusah, wie Kriminalhauptkommissar Klaus Holtkötter auf dem Krankenhausparkplatz in den Dienstwagen stieg und davonbrauste.

Keine Minute länger hätte sie es mit diesem Stinkstiefel ausgehalten. Ihr Stellvertreter hatte während der vorausgegangenen Vernehmung keine Gelegenheit versäumt, um ihr mit boshaften Spitzen und verächtlichen Blicken zu verstehen zu geben, was er von ihr hielt. Ein absolut unprofessionelles und inakzeptables Verhalten. Als sie ihn sich im Anschluss zur Brust genommen hatte, war er beleidigt abgerauscht. Sie hatte die Nase gestrichen voll.

Dem flinken Rudi ging es nach der Operation den Umständen entsprechend gut. Bleibende Schäden waren keine zu erwarten. Seine Angaben zum Mordabend waren im Großen und Ganzen gleich geblieben. Nur zum Auto waren ihm im Nachhinein ein paar Dinge eingefallen. Ein weißer Kombi sei es gewesen. Mit dänischem Kennzeichen. An weitere Einzelheiten konnte er sich nicht erinnern. Vibeke hatte die Fahrzeuginformationen an Luís weitergegeben, der sich um alles Weitere kümmern würde.

Sie verließ das Krankenhausgelände Richtung Flensborghus. Bis dahin waren es nur gute zehn Minuten Fußmarsch. Vielleicht würde die frische Luft ihre Müdigkeit vertreiben. Sie hatte in der vergangenen Nacht kaum Schlaf bekommen. Der Fall nagte an ihr, und der frühmorgendliche Besuch des Theresienheims hatte es nicht besser gemacht. Frank Baumgartner war hilfsbereit gewesen, hatte sämtliche Fragen beantwortet und ihr freiwillig eine Liste mit den zugelassenen Fahrzeugen und die Kontaktdaten seiner Mitarbeiter ausgehändigt. Im Hinblick auf die Aufkleber hatte er erklärt, dass diese bereits seit vielen Jahren im Umlauf waren und auf Sommerfesten, Sportveranstaltungen und an Spender und Unterstützer des Theresienheims verteilt wurden. Zuletzt hatte ihr der Institutsleiter sein eigenes Auto gezeigt. Es passte nicht zu Rudis Beschreibung. Sie war froh gewesen, den Ort, mit dem sie zahlreiche Erinnerungen verband, wieder verlassen zu können.

Vibeke griff nach dem Handy und wählte die Nummer von Svend Johannsen. Der Landwirt hatte sie immer noch nicht zurückgerufen. Die Mailbox sprang an, und sie hinterließ eine Nachricht mit der Bitte um dringenden Rückruf. Wenn er sich in den nächsten Stunden nicht meldete, würde sie nach Solderup fahren müssen. Svend Johannsens Alibi war noch immer nicht geklärt.

Wenige Minuten später erreichte sie das Flensborghus. Im Eingangsbereich kam ihr die blonde Empfangsmitarbeiterin entgegen. Vibeke erinnerte sich, dass sie Ida hieß.

»Ich würde gerne mit dem Generalsekretär sprechen.«

In Idas Augen blitzte Interesse auf. »William ist in seinem Büro«, erklärte sie freundlich. »Erste Etage. Linke Flurseite.«

»Danke.« Vibeke ging am Fahrstuhl vorbei und nahm die Treppe.

Wieder einmal wunderte sie sich über die Lockerheit der Dänen. Bei deutschen Führungsspitzen konnte man nicht einfach so in deren Büro hineinspazieren. Doch vermutlich zählte es hier, ähnlich wie bei den Politikern im Folketing, zur Bürgernähe.

Sie entdeckte William Olsen in einem der offen stehenden Räume hinter dem Schreibtisch. Sie kannte das Gesicht des Generalsekretärs bereits aus den Medien.

Sein Büro glich dem von Valdemar Frolander. Der gleiche Terrakottaton an den Wänden, die alten Dielen und auch die Einrichtung samt Louis-Poulsen-Lampe waren nahezu identisch. Keinerlei Standesdünkel wie in deutschen Behörden und Unternehmen, in denen sich die Hierarchien anhand von Größe und Ausstattung der Büros ableiten ließen.

Sie blieb in der offenen Tür stehen. »Hallo, ich bin Vibeke Boisen von der Mordkommission Flensburg.«

William Olsen hob den Blick von seiner Computertastatur und betrachtete sie über den Rand seiner Brille hinweg. »Ich weiß, wer Sie sind. Sie leiten den Fall Karl Bentien.«

Sie nickte. »Haben Sie ein paar Minuten Zeit für mich?«

Er wies auf den Besucherstuhl vor seinem Schreibtisch. »Setzen Sie sich.«

Vibeke nahm Platz. »Ich bin wegen Valdemar Frolander hier.«

Die Miene des Generalsekretärs verschloss sich.

»Ich habe von seiner Frau Clara erfahren, dass er hier nicht mehr arbeitet«, fuhr sie fort.

»Das stimmt.«

»Verraten Sie mir, weshalb?«

William Olsen rückte seine Brille zurecht. »Warum ist das für Ihre Ermittlung wichtig? Wird Valdemar in irgendeiner Weise verdächtigt?«

»Darüber darf ich Ihnen zum jetzigen Zeitpunkt keine Auskunft geben.«

Der Generalsekretär legte einen Moment bedächtig die Fingerspitzen aneinander. Es schien, als hätte er etwas abzuwägen. Dann stand er auf und schloss die Tür.

»Valdemar hat Vereinsgelder veruntreut«, sagte William Olsen, sobald er wieder hinter dem Schreibtisch saß. »Vor einiger Zeit sind mir Unregelmäßigkeiten in unserer Buchhaltung aufgefallen, deshalb waren vor Kurzem die Wirtschaftsprüfer bei uns im Haus. Bei einer Stichprobenprüfung wurde entdeckt, dass Rechnungen für das Catering von Veranstaltungen ausgestellt wurden, für die keine Gegenleistung erfolgte. Alle diese Rechnungen wurden von Valdemar abgezeichnet. Bei der Vollprüfung, die wir danach in Auftrag gegeben haben, ist herausgekommen, dass er und der Caterer gemeinsame Sache gemacht haben.«

»Wurde Strafanzeige gestellt?«

»Heute Morgen. In Kürze werden wir ein offizielles Statement dazu abgeben.«

»Weiß Herr Frolander davon?«

»Bislang nicht. Der SSF hatte erst überlegt, einen außergerichtlichen Vergleich anzustreben, um ein langwieriges Strafverfahren zu vermeiden, doch Kopenhagen hat anders entschieden. In unserem System beruht vieles auf Vertrauen. Gerade was den Arbeitsbereich anbelangt, gibt es nur wenige Kontrollen. Das schafft Zufriedenheit unter den Mitarbeitern. Aber natürlich gibt es auch bei uns schwarze Schafe, die versuchen, das System auszunutzen. Und diejenigen müssen die Konsequenzen tragen. Ich habe Valdemar dazu geraten, sich einen Anwalt zu nehmen.« Er fuhr sich über den grauen Schopf und wirkte erschöpft. »Das ist ein gewaltiger Schlag für den SSF. Erst wird eines unserer Mitglieder ermordet, und nun das. Valdemars Veruntreuung wird erneut für Unruhe sorgen.«

»Über welche Summe sprechen wir?«

»Auf Details darf ich nicht eingehen.«

Vibeke nickte. »Wissen Sie, warum Herr Frolander Geld unterschlagen hat?«

»Nein. Valdemar wollte sich dazu nicht äußern.«

»Ist es denkbar, dass Karl Bentien von der Veruntreuung wusste?«

»Ausschließen kann ich es jedenfalls nicht. Die beiden waren über viele Jahre befreundet.«

Vibeke strich sich nachdenklich eine Haarsträhne aus dem Gesicht. »Wann haben Sie zuletzt mit Herrn Frolander gesprochen?«

»Vorgestern. Es war ein sehr unerfreuliches Gespräch.«

»Das denke ich mir. Haben Sie irgendeine Ahnung, wo er sich aufhalten könnte?«

Der Generalsekretär schüttelte bedauernd den Kopf. »Leider nicht.«

Sie erhob sich. »Vielen Dank für Ihre Offenheit.«

»Darf ich Sie auch um etwas bitten?«

Vibeke nickte.

»Geben Sie mir Bescheid, wenn Sie wissen, wer es war?«

»Das mache ich. Auf Wiedersehen.« Vibeke verließ das Büro.

Vor dem Gebäude betrachtete sie nachdenklich das alte Gemäuer.

Hatte Karl Bentien von der Unterschlagung Wind bekommen? War es bei dem Streit zwischen ihm und seinem Freund darum gegangen? Und nicht um die Affäre? Clara Frolanders Worte über ihren Mann fielen ihr wieder ein: »Dafür bin ich ihm nicht wichtig genug.« Vielleicht hatte sie mit ihrer Äußerung ins Schwarze getroffen.

Doch wo steckte Valdemar Frolander jetzt?


*Flensburg, Deutschland*

Clara starrte der davoneilenden Kriminalbeamtin hinterher. Sie hatte eigentlich vorgehabt, William wegen Valdemar noch einmal auf den Zahn zu fühlen, doch dann hatte sie ihn in seinem Büro mit Vibeke Boisen reden hören und das Gespräch vor der Tür belauscht. Valdemar sollte Vereinsgelder veruntreut haben? Es fiel ihr schwer, das zu glauben. Der SSF war für sie beide ein wichtiger Bestandteil ihres Lebens und ihrer Kultur.

Ihr Mann engagierte sich zudem seit einer halben Ewigkeit für den Verein, größtenteils sogar ehrenamtlich. Fast alle ihre Freunde und Bekannten waren Mitglieder. Sie waren wie eine große Familie.

Das Gespräch mit Jan kam ihr wieder in den Sinn. Er hatte gesagt, sein Patenonkel könne ihm kein Geld mehr geben. Vielleicht war es die Wahrheit gewesen.

Clara hatte keinen Überblick über die Finanzen ihres Mannes, da sie seit jeher getrennte Konten hatten. Ihr war es immer wichtig gewesen, finanziell unabhängig zu bleiben, um sich nicht für jedes Paar Schuhe oder einen teuren Friseurbesuch rechtfertigen zu müssen, so wie einige ihrer Freundinnen. Sie und Valdemar teilten ihre Kosten anteilig nach ihrem Einkommen und hatten sich für den Notfall gegenseitig eine Konto-Vollmacht eingeräumt.

Wozu brauchte Valdemar das Geld? Das Haus hatte ihr Mann von dem Verkaufserlös seiner Consultingfirma gekauft, offene Kredite gab es nicht. Zumindest nicht, dass sie wusste.

Clara eilte die Treppe ins Erdgeschoss hinunter und verließ das Flensborghus, ohne auf Idas fragenden Blick zu reagieren.

Keine dreißig Minuten später legte sie den Finger auf den Türscanner am Eingang der Villa.

Im Haus schien alles unverändert. Sie hängte ihre Handtasche an die Garderobe, zog die Schuhe aus und nahm die Treppe ins Obergeschoss. Dort angekommen, ging sie direkt in Valdemars Büro. Hatte Clara beim letzten Mal noch Skrupel gehabt, öffnete sie die Schreibtischschublade nun ohne jegliches Zögern. Das Rechnungsbuch, in dem Valdemar fein säuberlich

Ausgaben und Einnahmen notiert hatte, war verschwunden.

Sie ließ den Computer ihres Mannes hochfahren. Vielleicht fand sie in seinen Dateien irgendeinen Hinweis, wofür er das Geld gebraucht hatte oder wo er sich aufhalten mochte. Am Bildschirm ploppte ein kleines Fenster auf und forderte sie auf, das Passwort einzugeben. Clara versuchte es mit Geburtsdaten, Namen und Begriffen, doch es war zwecklos. Vielleicht konnte sie über Valdemars Bankkonto an Informationen gelangen. Ärgerlich war nur, dass sie den Zettel mit der Geheimzahl an einem Ort versteckt hatte, der ihr damals ebenso einfach wie genial erschienen war und an den sie sich jetzt nicht mehr erinnern konnte.

Sie seufzte und wandte sich der nächsten Schreibtischschublade zu. Der Umschlag mit den Fotos von ihr und Karl lag unverändert da. Darunter lugte das alte Heft hervor, das sie bereits beim letzten Mal gesehen hatte.

Clara zog es heraus und schlug es auf. Das Papier war vergilbt und hatte an einigen Stellen Fettflecken. Eine schnörkelige, schwer entzifferbare Schrift bedeckte die Seiten. Manche Buchstaben waren verwischt, so als hätte die Person geweint, die sie geschrieben hatte. Erst jetzt entdeckte Clara den Namen und das Datum am oberen rechten Rand: *Ilse Bentien. 22. Januar 1945.*

Im Büro der Sondereinheit war es warm und stickig. Pernille saß an ihrem Schreibtisch und telefonierte, während Søren konzentriert am Computer arbeitete. Die Plätze von Rasmus und Luís waren leer.

Vibeke steuerte direkt auf die Kaffeekanne zu, während Jens Greve, den sie zuvor im Treppenhaus getroffen hatte, sich erst umständlich aus seinem Sakko wand, ehe er die Papiertüte in seiner Hand auf Sørens Schreibtisch legte. »Mein Friedensangebot. Ich bin gestern wohl übers Ziel hinausgeschossen.«

Søren griff nach der Tüte und sah hinein.

»Kanelsnegle«, stellte er mit zufriedenem Gesicht fest und nahm eine Zimtschnecke heraus. »Angebot ist angenommen.« Er hielt seinem Kollegen die Tüte hin.

Jens hob abwehrend die Hände. »Den Tag wirst du niemals erleben.«

Søren lachte dröhnend und reichte die Tüte an Pernille weiter, die ihr Telefonat in der Zwischenzeit beendet hatte.

Vibeke schenkte sich einen Kaffee ein und lehnte sich mit dem Becher in der Hand gegen ihren Schreibtisch. »Es gibt einiges an Neuigkeiten.« Sie fasste die Ereignisse der letzten Stunden für ihre Kollegen zusammen. »Wie es aussieht, ist Valdemar Frolander wie vom Erdboden verschwunden.«

Søren wischte sich mit einer Serviette ein paar Krümel aus dem Bart. »Vermutlich hat er sich dünne gemacht.«

»Und wenn dem Mann etwas zugestoßen ist?«, warf Pernille ein. »Vielleicht weiß er etwas über den Täter und ist ihm zu gefährlich geworden.«

»Oder er ist selbst derjenige, der Karl Bentien umgebracht hat«, setzte Søren trocken nach. »Weil der
hinter die Veruntreuung gekommen ist.« Er holte sich
die nächste Zimtschnecke aus der Tüte.

Vibeke übernahm wieder das Ruder. »Wie auch
immer. Ich habe mit Kriminalrat Petersen gesprochen.
Wir werden Frolander zur internen Fahndung ausschreiben.« Sie wandte sich an Jens Greve, der sich bislang zurückgehalten hatte. »Wie lief es mit Jan Bentien?«

»Da gibt es nichts Neues. Er hat nur bestätigt, was
Clara Frolander bereits ausgesagt hat. Dass sein Patenonkel ihm kein Geld mehr geben wollte. Den Weg hätten wir uns also sparen können.«

Søren nickte zustimmend.

»Wie sieht es bei dir aus, Pernille?«, fragte Vibeke.

»Ich bin Karl Bentiens Akte aus dem Theresienheim
durchgegangen.« Sie warf ihren Zopf über die Schulter.
»Er war insgesamt dreimal dort, bei seinem letzten Auf-
enthalt waren es fast zwei Jahre. Berichte beschreiben
ihn als nervöses und schwieriges Kind, demnach gab
es immer wieder Probleme beim Essen. Er litt unter
starkem Untergewicht und hat sich regelmäßig eingenässt. Mit den anderen Kindern kam es auch häufig zu Schwierigkeiten. Karl galt als Außenseiter. Heute
würde man es wohl Mobbing nennen, was mit ihm geschah. Mit zwölf kam Karl dann zu seinen späteren
Adoptiveltern.« Sie klopfte mit der flachen Hand auf
die Akte. »Ermittlungsrelevantes war in meinen Augen
nicht dabei.«

»Wie geht es eigentlich Rudi Makowski?«, warf Jens
Greve ein.

Vibeke berichtete dem Team von dem OP-Verlauf und Rudis Aussage. »Hat sich Rasmus in der Zwischenzeit gemeldet?«

Pernille nickte. »Ich habe gerade mit ihm telefoniert. Laurits Kronberg hat angegeben, dass die ganze Familie am Mordabend in ihrem Haus in Hjerting gewesen sei. Seine Frau hat das bestätigt.«

»Hat Rasmus gesagt, wann er hier ist?«

»Nein. Er meinte, er müsse noch etwas überprüfen.«

»Und was?«

Pernille entblößte ihre Zahnlücke. »Du solltest ihn langsam kennen.«

Das Telefon auf Sørens Schreibtisch klingelte. Der Ermittler nahm ab, und Vibeke beobachtete, wie er runde Augen machte.

»Wir fahren hin.« Søren legte den Hörer auf.

»Was ist passiert?«

»Auf dem Hof der Johannsens hat es gestern Nachmittag gebrannt.«

Vibeke schnappte sich den Autoschlüssel.


*Oksbøl, Dänemark*

Die Sonne stand hoch am Himmel und brannte ungehindert in seinen Nacken, doch Rasmus bemerkte es kaum. Er verharrte an Ort und Stelle, die Augen auf das Steinkreuz gerichtet. Gerda und Kurt. Was war den beiden Kindern widerfahren? Hätte man ihr Sterben verhindern können?

Es waren die gleichen Fragen, wie sie ihn seit Antons Tod umtrieben und ihn an manchen Tagen schier zur Verzweiflung brachten. Er schluckte hart. Sein Blick glitt zu dem daneben liegenden Grab und weiter von Steinkreuz zu Steinkreuz.

Erstmals nagten Zweifel an ihm. Seit Tagen suchte er nach einer Verbindung zwischen dem Mord an Karl Bentien und dem Flüchtlingslager. Gab es womöglich gar keinen Zusammenhang? War er auf der Suche nach einer Antwort, die es nicht gab?

Rasmus schloss für einen kurzen Moment die Augen. Als er sie wieder öffnete, hatte er einen Entschluss gefasst. Er würde nicht aufgeben. Zumindest vorerst nicht. Das Gemeindeamt in Oksbøl hatte ihm einen vielversprechenden Kontakt hergestellt. Dieser Möglichkeit wollte er noch nachgehen. Er warf einen letzten Blick auf die beiden eingravierten Namen, dann verließ er den Friedhof und stieg in seinen Bus.

Keine zehn Minuten später saß er in einem prächtigen Garten, umgeben von blühenden Hortensienbüschen. Zwischen mehreren aufeinandergeschichteten Findlingen und Quellsteinen plätscherte das Wasser eines Brunnens. Vögel zwitscherten in den Bäumen, durch die Blätter schimmerte das mit Blei eingedeckte Dach der Aal Kirke.

Lars Hoelgaard, der Sohn des früheren Pfarrers, hatte sich sofort zu einem Gespräch bereit erklärt, nachdem Rasmus ihm den Grund für sein Kommen geschildert hatte.

»Es verirrt sich nur selten jemand hierher, um über die Besatzungszeit zu sprechen«, begann Hoelgaard. Er war ein schmaler grauhaariger Mann mit eindringlichem Blick. »Deshalb kann ich mich auch gut an Karl Bentien erinnern.«

»Wann ist er hier gewesen?«, erkundigte sich Rasmus. Ihm war warm, und er krempelte die Ärmel hoch.

»Das erste Mal liegt schon viele Jahre zurück. Damals hat mein Vater noch gelebt. In seiner Zeit als Gemeindepfarrer hat er die Besatzung und die Flüchtlingswelle selbst miterlebt.« Lars Hoelgaard griff nach der Thermoskanne, schenkte Kaffee in die beiden bereitstehenden Tassen ein und reichte eine davon an Rasmus weiter. »Karl bat meinen Vater darum, die Kirchenbücher einsehen zu dürfen. Er war auf der Suche nach Familienangehörigen. Die beiden sprachen viel über die Flüchtlingslager und die Menschen, die dort starben. Allen voran die kleinen Kinder. Mein Vater sagte immer, es sei eine riesige Tragödie, die dort passiert sei. Später stellte sich heraus, dass auch Karls Geschwister darunter waren. Das hat Karl sehr mitgenommen.« Er rührte etwas Milch in seinen Kaffee. »Du sagst, er wurde ermordet?«

»Jemand hat ihn totgetreten.«

Lars Hoelgaard hielt mitten in der Bewegung inne. »Furchtbar.«

Sie schwiegen einen Moment.

»Du hast gerade erwähnt, dass Karl damals das erste Mal hier gewesen sei«, nahm Rasmus den Faden wieder auf. »Heißt das, er ist danach noch einmal gekommen?«

Lars Hoelgaard nickte. »Er war mehrmals hier. Zuletzt vor etwa einem Jahr, da war mein Vater bereits gestorben. Karl erkundigte sich nach einem Arzt, der damals in Oksbøl praktiziert hatte. Villads Rommedahl.«

Rasmus horchte auf. Irgendetwas klingelte in seinem Hinterkopf. Er war sich sicher, den Namen schon einmal gehört zu haben. »Kanntest du den Mann?«

»Ja, er war ein Freund meines Vaters. Villads ist Anfang der Achtzigerjahre gestorben. Die Praxis existiert schon länger nicht mehr. Seine Söhne haben andere Wege eingeschlagen. Der eine ist in die Wirtschaft gegangen und der andere zu irgendeiner Behörde nach Kopenhagen. Ich war mit den beiden als Kind auf derselben Schule.« Lars Hoelgaard trank einen Schluck Kaffee, ehe er weitersprach. »Villads hat die Deutschen bis aufs Blut gehasst. Sein Bruder gehörte der Widerstandsbewegung an und wurde von den Wehrmachtssoldaten erschossen.«

»Das ist schlimm.« Rasmus ließ eine kurze Pause verstreichen, ehe er die nächste Frage stellte. »Gehörte Villads zu den Ärzten, die sich weigerten, die Flüchtlinge zu behandeln?«

Lars Hoelgaard krauste die Stirn. »So einfach war das damals nicht. Es gab eine Anweisung vom Ärzteverband, die die medizinische Versorgung der Flüchtlinge unterband. Dänische Ärzte durften zivile deutsche Flüchtlinge nicht behandeln, da sie laut Wehrmachtsbestimmung als Wehrmachtsangehörige zu betrachten waren und damit der deutschen ärztlichen Hilfe unterstanden.«

»Aber Ärzte unterstehen doch in erster Linie ihrem hippokratischen Eid und nicht irgendeiner Kammer.« Rasmus dachte an die vielen Steinkreuze auf dem Friedhof. »Die Deutschen waren in den Lagerlazaretten mit der Anzahl der Flüchtlinge völlig überfordert. Dänische Hilfe wäre unerlässlich gewesen.«

»Weshalb man sich darauf einigte, die komplizierten chirurgischen und lebensbedrohlichen Fälle in dänischen Krankenhäusern zu behandeln.«

»Nur nicht die zigtausend kranken Kinder in den Lagern«, entgegnete Rasmus schärfer als beabsichtigt. Eigentlich hatte er vorgehabt, emotionale Distanz zu halten, doch es gelang ihm nicht.

»Die Kinder starben, weil sie von der Flucht geschwächt waren und sich auf den Schiffen Verwundungen und Infektionen zuzogen«, hielt Lars Hoelgaard dagegen.

»Mit der richtigen medizinischen Versorgung hätten viele dieser Kinder überleben können«, beharrte Rasmus.

Die beiden Männer starrten sich an.

Rasmus hätte beinahe angefangen zu streiten, doch er musste sich auf seinen Fall konzentrieren. Eine hitzige Debatte würde ihn dabei keinen Schritt voranbringen.

»Du hast recht, was Villads betrifft«, räumte Lars Hoelgaard ein. »Er weigerte sich, die Flüchtlinge zu behandeln, selbst wenn die Menschen direkt bei ihm in der Praxis erschienen und um Hilfe baten. Vor der Kapitulation konnten die Flüchtlinge das Lager noch verlassen, anschließend durfte sich kein Deutscher mehr auf der Straße zeigen.« Er rührte gedankenverloren mit dem Löffel in seiner Kaffeetasse. »Es gibt noch viel aufzuarbeiten, deshalb planen die Varde-Museen derzeit ein Flüchtlingsmuseum in Oksbøl, um die Geschichte der deutschen Flüchtlinge zu erzählen. Der erste Spatenstich wird voraussichtlich noch dieses Jahr erfolgen.«

»Das halte ich für eine gute Sache.«

Lars Hoelgaard nickte. »Ich habe noch ein paar Fotos von Villads aus der Zeit. Möchtest du sie sehen? Ich habe die Fotos auch Karl Bentien gezeigt.«

»Sehr gerne.« Rasmus lächelte versöhnlich.

Lars Hoelgaard erhob sich und verschwand im Haus.

Rasmus atmete tief durch. Das Thema ging ihm an die Nieren. Er musste sehen, dass er sich im Griff hatte. Um sich abzulenken, zog er sein Handy aus der Hosentasche und hörte seine Mailbox ab. Vickie hatte ihm eine Nachricht hinterlassen, in der sie ihn nach seinen Plänen für den Abend fragte. Schnell tippte er eine SMS an sie, dass er sich später bei ihr melden würde.

Lars Hoelgaard kehrte mit einem in Leinen gebundenen Fotoalbum aus dem Haus zurück. Er zog seinen Stuhl näher zu Rasmus heran, blätterte in dem Album und schlug schließlich eine Seite mit der Überschrift »Oksbøl 1945« auf. Die Schwarz-Weiß-Fotos waren leicht vergilbt und wiesen zum Teil Flecken auf. Er deutete auf ein Foto in der obersten Reihe. Zwei Männer in weißen Kitteln standen vor einem Hauseingang.

»Der rechte Mann ist Villads.«

Rasmus musterte den Brillenträger mit dem lichten Haarkranz und strengen Gesichtsausdruck. »Und der andere?«

»Das ist einer der Facharztanwärter, die wechselten häufiger mal. Villads gehörte zu den weiterbildenden Hausärzten in der Region.«

Rasmus betrachtete den Mann neben Villads Rommedahl. Dunkelhaarig und hoch aufgeschossen, schaute er mit ernstem Blick in die Kamera. Der junge Arzt war Aksel Kronberg.

Karl stand an der Holzbalustrade der Strandpromenade und blickte regungslos auf den kubischen Bau mit den drei versetzten Wohnebenen. Dort wohnte er also, der Mann, nach dem er jahrelang gesucht hatte.

Schweiß strömte ihm über die Stirn. Trotz der Hitze trug Karl einen Anzug. Das Hemd war im Laufe der Jahre ein wenig eng geworden, und der Kragen scheuerte unangenehm in seinem Nacken. Die Kleidung erschien ihm dem Anlass angemessen. Nur die Krawatte hatte er weggelassen, das war vielleicht dann doch ein wenig zu viel des Guten.

Karl wusste nicht, wie lange er schon hier stand. Vermutlich würde er noch einen Hitzschlag bekommen, wenn er nicht bald aus der Sonne rauskam, doch er war unfähig, sich zu bewegen. Er hatte so lange auf diesen Moment gewartet, und jetzt, wo es endlich so weit war, fürchtete er sich vor der Begegnung. Der unvermeidbaren Konfrontation. Wie würde der Mann reagieren?

Aus Ilses Tagebuch, das Volker Bentien ihm zugeschickt hatte, hatte Karl von all den schrecklichen Dingen erfahren, die seine Mutter hatte durchleiden müssen. Sie hatte ihre alten Eltern in ihrer Heimatstadt Köslin Ende Februar 1945 zurücklassen müssen, nachdem diese sich standhaft geweigert hatten, ihre Wohnung zu verlassen, um vor der Roten Armee zu fliehen. Kein Betteln, Bitten oder Drohen hatte geholfen. Hin- und hergerissen zwischen dem Wunsch, die Eltern nicht im Stich zu lassen und ihre Kinder in Sicherheit zu bringen, hatte Ilse Gerda und Kurt schließlich in den Handwagen gesetzt, etwas Kleidung und Bettzeug verstaut und sich zusammen mit den Nachbarn einem der zahllosen Trecks angeschlossen.

Ilse berichtete in kaum lesbarer Schrift von den schier endlosen Menschenströmen, die sich zu den Hafenstädten entlang der Ostseeküste durch die Straßen schoben. Viele Flüchtlinge hatten Fahrräder oder Handwagen dabei, vollgepackt von unten bis oben. Eingeschneite Leichen lagen am Wegesrand, kleine Kinder, in Tüchern festgebunden an ihre Mütter, schrien vor Hunger oder waren bereits gestorben, überall zerschossene Häuser und brennende Gehöfte. Die Stadt Kolberg, von deren Hafen die rettenden Schiffe über die Ostsee ablegten, war von Flüchtlingen überlaufen. Erschöpfte und kranke Menschen belagerten Straßen und Gebäude, täglich brachten kleinere Schiffe aus der Danziger Bucht weitere Menschenfracht. Ilse und ihre Kinder fanden vorübergehend Unterschlupf in einer Turnhalle, ehe es ihnen schließlich gelang, die letzten Plätze auf einem Frachter zu ergattern.

Seine Mutter war glücklich gewesen, ihre Kinder nach Dänemark und damit in Sicherheit bringen zu können. Wie sehr sie sich doch geirrt hatte ...

»Geht es Ihnen nicht gut?« Die Stimme einer jungen Frau drang an Karls Ohr und riss ihn aus seinen Gedanken. Besorgte Augen blickten ihn an.

»Danke«, erwiderte er. »Es ist alles in Ordnung.«

Die Frau ging weiter.

Karl wischte sich mit dem Handrücken den Schweiß von der Stirn, dann straffte er sich und überquerte die Straße. In der Auffahrt vor dem Haus stand ein schwarzes Motorrad. Ein gleichfarbiger Helm baumelte am Lenker.

Er steuerte auf den Seiteneingang zu, an dem eine kleine Treppe ins Souterrain führte. Hinter einem der Fenster im Erdgeschoss stand ein junger Mann und beobachtete ihn ungeniert.

Karl ging die Stufen hinab. Vor der Haustür zögerte er. Er war so nervös, dass er am liebsten auf der Stelle kehrtgemacht hätte, um ein anderes Mal wiederzukommen. Du kannst jetzt nicht kneifen, Karl. Der erste Schritt ist ohnehin getan. Es gibt kein Zurück.

Die Tür wurde von innen geöffnet, ehe Karl auf die Klingel drückte.

Der Mann war erstaunlich groß und trotz seines weit fortgeschrittenen Alters von kerzengerader Statur. Sein Haar war schlohweiß, das Gesicht mit zahlreichen Altersflecken überzogen. Er musterte seinen Besucher aus klaren hellen Augen.

Karl rang nach den Worten, die er sich bereits zurechtgelegt hatte, doch der Ältere kam ihm zuvor.

»Ich habe immer auf diesen Moment gewartet. Mein Leben lang.« Aksel Kronberg trat beiseite, um den Besucher in sein Haus zu lassen.


*Solderup, Dänemark*

Das mittlere Gebäude der Hofanlage war bis auf die Grundmauern abgebrannt. Verkohlte Holzbalken verteilten sich zwischen kaputten Ziegeln, Scherben und Geröll. Von den Fenstern ragten Metallstreben wie Speere aus den Trümmern. Übrig geblieben war ein schwarzes Gerippe aus Schutt und Asche.

Fassungslos starrte Vibeke auf das zerstörte Wohnhaus samt Pferdestall. Die Feuerwehr hatte das einsturzgefährdete Gebäude mit Absperrband notdürftig gesichert, ein Schild warnte vor dem Betreten. Der Brandgeruch war gewaltig. Er würde sich nicht nur in Haut und Haaren, sondern vermutlich in jeder einzelnen Faser ihrer Kleidung festsetzen.

Søren kam aus dem angrenzenden Haupthaus, zusammen mit Svend Johannsen. Der junge Biobauer wirkte blass und mitgenommen. Seine Augen waren rot geädert.

»Was ist passiert, Herr Johannsen?«, fragte Vibeke.

Er schüttelte stumm den Kopf.

»Wurde jemand verletzt?«

»Mein Vater liegt mit einer Rauchvergiftung im Krankenhaus.« Seine Stimme klang rau. »Aber die Ärzte sagen, er wird wieder.«

»Svend hat ihn aus dem brennenden Haus geholt«, sagte Søren und nickte dem Landwirt anerkennend zu.

»Und die Tiere?«

»Die Kühe waren zum Glück noch auf der Weide«, erwiderte Svend. »Und Bella lief auf der Straße herum. Ein Nachbar hat sie eingefangen.«

»Wie ist es zu dem Brand gekommen?«

Svend Johannsen starrte sie aus seinen geröteten Augen stumpf an. »Es war ein Unfall. Mein Vater war betrunken. Er wusste nicht, was er tat.«

»Dann zahlt die Versicherung nicht?«, fragte Søren.

»Sie hätte sowieso nicht bezahlt. Ich habe den letzten Beitrag nicht überwiesen.« Svend Johannsens Blick glitt zu Vibeke. »Warum habt ihr uns nicht einfach in Ruhe gelassen? Dann wäre das alles nicht passiert.« Er wies mit beiden Händen auf das zerstörte Gebäude. »Ihr habt meinen Vater in die Enge getrieben. Dabei hat er nicht das Geringste mit Karls Tod zu tun. Genauso wenig wie ich. Wann begreift ihr das endlich?«

Vibeke hörte die Verzweiflung in seiner Stimme, trotzdem registrierte sie augenblicklich seine Wortwahl. Er hatte den Toten »Karl« genannt. Sonst hatte er immer von »dem Mann« oder »dem Deutschen« gesprochen.

»Dann sagen Sie mir die Wahrheit«, forderte sie ihn auf. »Was wollte Karl Bentien auf dem Hof?«

Svend Johannsens Schultern sackten herab. »Er wollte uns kennenlernen.« Er starrte auf einen imaginären Punkt auf dem Boden. »Anders, mein Großvater, war Karls leiblicher Vater.«

Also doch, dachte Vibeke, während sie nickte.

»Alle wussten es. Alle außer mir. Mein Vater rechnete wohl seit Jahren damit, dass Karl auf dem Hof auftauchen würde.«

»Und woher wusste Ihr Vater davon?«, hakte Vibeke nach. »Von Vigga?«

»Bjørn Friis, Bentes Vater, hat es ihm erzählt.«

Vibeke runzelte die Stirn. »Bente ist Ihre Verlobte, oder?«

Er nickte. »Sie war ebenfalls im Bilde und hat mir keinen Ton davon gesagt. Dabei hat sie hinter meinem Rücken mit meinem Vater gesprochen.« Es klang traurig und verbittert. »Es existiert ein Zeugentestament, in dem mein Großvater Karl als alleinigen Erben eingesetzt hat. Bjørn war dabei, als es damals von seinem Vater Alfred und meinem Großonkel unterschrieben wurde, und er hat versprochen, das Dokument aufzubewahren. Das hat er all die Jahre getan. Ursprünglich existierten zwei Exemplare.«

»Also hatte Karl Anspruch auf den Hof«, stellte Søren fest.

»Ja.« Der Blick des Landwirts flackerte. »Aber er wollte ihn nicht geltend machen. Er versicherte meinem Vater, dass es ihm nur darum ginge, seine Vergangenheit aufzuarbeiten. Karl hatte als Kind wohl einiges durchgemacht, und offenbar war meine Großmutter daran nicht ganz unbeteiligt.«

»Wusste Vigga von dem Testament?«, fragte Søren.

Svend Johannsen nickte. »Was glaubt ihr, warum das Exemplar meines Großonkels verschwunden ist? Vigga konnte ihn dazu überreden, es ihr auszuhändigen. Solange das Testament offiziell nicht existierte, war meine Großmutter zusammen mit meinem Vater erbberechtigt. Als sie damals nach Malmö zog, wollte sie den Hof verkaufen, doch mein Vater sperrte sich dagegen. Er erzählte Bjørn davon und erfuhr so von der Existenz des Testaments. Er benutzte es als Druckmittel gegen Vigga. Seitdem haben die beiden kein Wort mehr miteinander gesprochen.« Sein Blick glitt zu Vibeke. »Der Hof hat unsere Familie zerstört, aber er war nicht der Grund, weshalb Karl sterben musste. Mein Vater und ich haben nichts damit zu tun. Das müsst ihr mir glauben.«

Vibeke musterte ihn. »Warum haben Sie uns das alles nicht schon längst erzählt?«

»Weil ich es erst seit gestern weiß«, erwiderte der Biobauer. »Davon mal abgesehen, hätten Sie mir denn geglaubt?«,

»Vermutlich nicht«, gab Vibeke zu. »An dem Abend, an dem Karl Bentien ermordet wurde, wo waren Sie da?«

»Hier auf dem Hof. Leider gibt es keinen Zeugen, der das bestätigen kann.« Die Verzweiflung in seinem Tonfall war Müdigkeit gewichen. »Was passiert jetzt?«

»Die Ermittlungen der Polizei zu behindern ist ein Straftatbestand«, erklärte Vibeke.

Svend Johannsen wurde noch eine Spur blasser.

»Doch inwieweit das in Ihrem Fall zutrifft, bleibt zu klären. Wir werden noch einmal mit Ihrem Vater sprechen müssen. Sofern Sie mir die Wahrheit gesagt haben und nichts mehr nachkommt, sehe ich keinen Grund, die Angelegenheit an die große Glocke zu hängen.« Sie deutete ein Lächeln an. »Allerdings werden Sie sich, was die Erbschaftsangelegenheit betrifft, irgendwann mit Karl Bentiens Sohn auseinandersetzen müssen. Am besten, Sie erkundigen sich bei einem Anwalt, was zu tun ist.«

Svend Johannsen nickte.

»Was wirst du jetzt damit machen?« Søren deutete auf das zerstörte Gebäude.

»Neu aufbauen. Mein Vater wird mir dabei helfen, sobald er wieder auf den Beinen ist.«

»Das klingt gut«, sagte Søren. »Familie ist das Wichtigste.«

Svend Johannsen schwieg, schließlich nickte er.


*Padborg, Dänemark*


Es war kurz vor vier Uhr nachmittags, als Vibeke mit Søren im Schlepptau wieder im Büro der Sondereinheit eintraf. Bis auf Pernille, die als Einzige an ihrem

Schreibtisch saß, waren sämtliche anderen Plätze verwaist.

»Hej, Pernille.« Vibeke schenkte sich eine Tasse Kaffee ein. »Wo stecken denn alle?«

»Luís ist bei der Kfz-Fahndung und kümmert sich um die Sache mit dem weißen Kombi. Jens hat vor ungefähr einer Stunde einen Anruf bekommen und ist weggefahren, und Rasmus ist heute noch gar nicht aufgetaucht.«

Vibeke verspürte einen Anflug von Ärger. »Macht hier eigentlich jeder, was er will?«

Pernille zuckte die Achseln. »Also ich nicht.«

Im nächsten Moment flog die Tür auf, und Rasmus stürmte ins Büro. Er wirkte erhitzt und angespannt.

»Wo ist Jens?« Er fingerte an seiner Hemdtasche herum.

»Keine Ahnung«, erwiderte Vibeke säuerlich. »Es scheint hier ja in Mode gekommen zu sein, nicht Bescheid zu geben, was man gerade treibt.«

Ihr Kollege reagierte nicht auf ihre Anspielung, sondern hielt ein Schwarz-Weiß-Foto in die Höhe. Sie kniff die Augen zusammen, um etwas darauf erkennen zu können. Zwei Männer in Arztkitteln.

»Aksel Kronberg hat in der Zeit, als Ilse Bentien mit ihren Kindern im Flüchtlingslager war, in einer Arztpraxis in Oksbøl gearbeitet«, erklärte Rasmus triumphierend. »Das ist die Verbindung, nach der wir die ganze Zeit gesucht haben.«

Vibeke sah ihn verblüfft an. »Wie ist das möglich? Wir haben keinen einzigen Hinweis auf ein Medizinstudium in seinem Werdegang gefunden.«

»Weil Aksel Kronberg die Verbindung nach Oksbøl vertuschen wollte. Er hat dort den praktischen Teil seiner Facharztausbildung in der Praxis von Villads Rommedahl absolviert. Kronberg hat seinen Lebenslauf frisiert.« Rasmus wandte sich an Pernille. »Du hast doch diese Freundin, die im Universitätsarchiv in Kopenhagen arbeitet.«

»Du meinst Laura?«

»Genau die. Könntest du sie bitte kontaktieren, um die Sache zu überprüfen?«

Pernille nickte. »Kein Problem.«

Rasmus sah in die Runde. »Sagt euch eigentlich der Name Rommedahl etwas? Er ist mir schon einmal an anderer Stelle untergekommen, aber ich kann mich nicht erinnern, wo.«

Alle schüttelten die Köpfe.

»Es hat sich übrigens herausgestellt, dass Anders Johannsen tatsächlich der Vater von Karl Bentien war«, sagte Vibeke, als Jens Greve den Raum betrat. »Nur, falls du in dieser Hinsicht einen Zusammenhang mit Aksel Kronberg vermutest.«

Rasmus deutete ein leichtes Kopfschütteln an. »Ich denke, es geht um die Kinder. Villads Rommedahl, der Arzt, bei dem Aksel Kronberg damals gearbeitet hat – der gehörte zu denjenigen, die sich weigerten, deutsche Flüchtlinge zu behandeln. Was, wenn es auch Gerda und Kurt Bentien betraf?«

»Und warum wurde dann Karl Bentien ermordet?«

Ihr Kollege strich sich nachdenklich mit Daumen und Zeigefinger über den Nasenrücken. »Weil nicht Villads Rommedahl der Verantwortliche war, sondern Aksel Kronberg.«

Einen Moment wurde es mucksmäuschenstill im Raum.

»Das können wir nicht beweisen«, sagte Vibeke. »Das Foto allein reicht für eine solche Anschuldigung nicht aus.«

Jens, der zunächst sein Sakko fein säuberlich über einen Bügel an der Garderobe gehängt hatte, hielt ein altes Notizheft in die Höhe. »Vielleicht kann uns das hier weiterhelfen.«

»Was ist das?«, fragte Vibeke interessiert.

Ein wohlgefälliges Lächeln flog über Jens' Lippen, ehe er die Bombe platzen ließ. »Die Tagebuchaufzeichnungen von Ilse Bentien.«

»Das glaub ich ja nicht.« Rasmus stand auf und nahm ihm das Heft aus der Hand. Er blätterte durch die ersten Seiten und hob den Blick. »Woher zum Teufel hast du das?«

»Clara Frolander hat angerufen, als ihr alle weg wart. Sie hat das Heft im Schreibtisch ihres Mannes gefunden.«

»Das ist ja ein Ding.« Rasmus reichte es an Vibeke weiter.

Sie blätterte durch die Seiten. Altdeutsche Schrift auf vergilbtem Papier. »Dann war es Valdemar Frolander, der mich überfallen hat?« Ihre Gedanken rasten.

»Sieht ganz danach aus«, erwiderte Jens.

»Was ist mit Karl Bentiens Laptop?«

»Davon wusste Frau Frolander nichts.«

»Ich veranlasse, dass ein Team hingeschickt wird.« Vibeke wollte nach dem Telefon greifen, als ihr ein Gedanke kam. »Warum geht Frolander das Risiko ein, eine Polizeibeamtin niederzuschlagen, um ein Tagebuch zu stehlen, das er anschließend achtlos in seinem Schreibtisch liegen lässt?«

Jens zuckte die Achseln. »Das wird vermutlich nur er selbst erklären können. In seinem Büro hing übrigens ein Bild von Trudy Bensson.«

Vibeke hob fragend die Brauen.

»Das ist eine New Yorker Künstlerin, sehr angesagt«, erklärte Jens. »Vor zehn Jahren erzielten ihre Werke noch vierstellige Preise, mittlerweile bewegen sie sich im fünfstelligen Bereich.«

»Dann hat er einen teuren Geschmack, würde ich mal sagen.«

Rasmus wippte ungeduldig mit dem Fuß. »Wir müssen das Tagebuch lesen. Ich befürchte nur, wir benötigen dafür einen Experten. Die Schrift ist kaum zu entziffern.«

»Ich kann die Einträge lesen«, sagte Jens. »Ich habe vor einiger Zeit einen Kurs für Sütterlinschrift an der Volkshochschule belegt.«

»Welchen Kurs hast du eigentlich nicht belegt?«, fragte Søren.

»Ach, da gibt es noch so einiges auf meiner Liste.« Jens lächelte zufrieden. Dann wurde er wieder ernst. »Auf den ersten Seiten berichtet Ilse Bentien von ihrer Flucht aus Pommern und wie sie für sich und ihre Kinder Plätze auf einem Frachtschiff ergattern konnte. Zweimal gab es Torpedoalarm. Es muss grauenvoll gewesen sein. Alle Passagiere dachten, es ginge nach Swinemünde, doch die Stadt war von einer US-Bomberflotte zerstört worden, deshalb fuhr der Frachter nach Kopenhagen.«

Vibeke reichte ihm das Heft. »Bitte konzentriere dich auf den Zeitraum um den 11. April. An dem Tag starb Kurt Bentien.«

Jens nickte und vertiefte sich an seinem Schreibtisch in die Lektüre. Die restlichen Ermittler sahen ihm gebannt dabei zu. Er hob den Kopf. »Es geht nicht schneller, wenn ihr mich so anstarrt.«

»Jens hat recht.« Vibeke sah in die Runde. »Wir machen dann schon mal weiter. Nehmen wir an, die These von Rasmus stimmt, und Karl Bentien machte Aksel Kronberg für den Tod seiner Geschwister verantwortlich. Was könnte passiert sein?«

»Er hat Kronberg aufgesucht und ihn mit seinem Wissen konfrontiert«, erwiderte Rasmus.

»Um was zu erreichen? Ging es Karl Bentien um ein Schuldeingeständnis, oder wollte er den Mann erpressen und drohte damit, die Sache öffentlich zu machen?«

»Vermutlich trifft beides zu.«

»Ich weiß nicht, wie es euch geht«, warf Pernille ein. »Aber ich kann mir einfach nicht vorstellen, dass ein fast Hundertjähriger dazu fähig ist, einen anderen Menschen totzutreten. Schon allein körperlich war ihm Karl Bentien haushoch überlegen.«

»Trotzdem ist es möglich«, entgegnete Vibeke. »Stellt euch folgendes Szenario vor: Die beiden geraten in Streit, dabei wird Karl Bentien von Aksel Kronberg geschubst, er verliert das Gleichgewicht, stürzt und schlägt mit dem Hinterkopf gegen die Sockelkante. Anschließend liegt er schwer verletzt am Boden. Fürs Zutreten benötigte Aksel Kronberg nicht allzu viel Kraftaufwand.« Sie blickte in skeptische Gesichter.

Jens räusperte sich. »Ich habe etwas gefunden. Soll ich die Stelle vorlesen?«

Zustimmendes Nicken.

»*8. April 1945. Kurts Fieber ist weiter gestiegen.*

*Er schreit fast die ganze Zeit, auch sein Durchfall ist schlimmer geworden. Er ist grün und blutig. Gerda hat jetzt ebenfalls Fieber. Ich habe die Soldaten gebeten, einen Arzt zu rufen, doch bisher ist niemand gekommen. Fast alle Kinder in unserer Baracke sind krank.«* Jens blätterte zur nächsten Seite. »*10. April 1945. Kurt schreit nicht mehr. Er liegt apathisch in seinem Bett und glüht vor Fieber. Ich habe eine der Frauen gebeten, auf ihn und Gerda aufzupassen, und bin zu Fuß in den Ort gelaufen, um einen Arzt zu holen. Ich fand eine Praxis, doch der Arzt weigerte sich, mit mir ins Lager zu kommen. Er war sehr jung, sagte, er dürfe keine Flüchtlinge behandeln. Ich habe gebettelt und gefleht, doch er schickte mich weg. Den Namen des Mannes werde ich nie vergessen. Aksel Kronberg.«*
Jens blickte auf. »Kurt starb am nächsten Morgen. Fünf Tage später starb auch seine Schwester Gerda.«

Niemand sprach. Das Bild der todkranken Kinder ließ sich nur schwer abschütteln.

Vibeke sah, dass Pernille mit den Tränen kämpfte, und auch sie selbst hatte einen dicken Kloß im Hals. Sie wagte kaum, Rasmus anzusehen. Als sie es schließlich doch tat, wirkte sein Gesicht wie in Stein gemeißelt, die Konturen traten deutlich hervor, seine Kiefer malmten.

»Sterbenden Kindern die Hilfe zu verweigern ...«, sagte Søren mit belegter Stimme, »in meinen Augen gibt es nichts Schlimmeres.« Er sprach aus, was alle dachten. »Noch dazu als Arzt. Die haben doch einen Eid geschworen! Wie kann so ein Mensch jemals wieder in den Spiegel sehen? Also für mich ist das Mord, egal, was die Paragrafen dazu sagen.«

Vibeke nickte. »Ich denke, wir sehen das alle ähnlich. Trotzdem sollten wir versuchen, einen kühlen Kopf zu bewahren. Lasst uns noch einmal auf den Punkt von vorhin zurückkommen. Angenommen, Karl Bentien hat damit gedroht, Aksel Kronbergs Schuld öffentlich zu machen. Was könnte in dem Fall passiert sein?«

»Rein rechtlich wäre es vermutlich schwer gewesen, den Mann zu belangen«, erwiderte Jens. »Zumindest ist mir kein Fall bekannt, bei dem einer dieser Ärzte für die unterlassene Hilfeleistung zur Verantwortung gezogen wurde. Aber gesellschaftlich gesehen wäre Aksel Kronberg erledigt gewesen. Auf jeden Fall hätte es einen großen Imageverlust für die Firma bedeutet, schließlich reden wir hier von einem Familienunternehmen, das mit nachhaltigen, umwelt- und sozialverträglichen Produkten ein Weiße-Weste-Image pflegt. Tote Kinder machen sich in dem Fall nicht so gut.«

»Wir reden hier aber nicht über ein millionenschweres Aktienunternehmen, bei dem die Kunden und Aktionäre reihenweise abspringen«, gab Pernille zu bedenken. »In Dänemark werden die Aufträge für Krankenhausbedarf durch Ausschreibungen von den zuständigen staatlichen Stellen vergeben.«

»Dann ist die Situation womöglich noch viel schlimmer«, entgegnete Jens. »OMC könnte der Ausschluss drohen. In dem Fall wäre das Unternehmen erledigt.«

Rasmus strich sich mit einer nachdenklichen Geste übers Kinn. »Ich glaube, wir machen einen Gedankenfehler, was Aksel Kronberg betrifft. Die Menschen, mit denen ich in den letzten Tagen gesprochen habe, schwärmten in höchsten Tönen von diesem Mann. Er galt als freundlich, engagiert und klug, und mit seiner

Stiftung setzte er sich zudem für benachteiligte Kinder ein.«

»Nachdem er zuvor Kinder hat sterben lassen?« Søren klang skeptisch. »Für mich klingt das eher nach einem Wolf im Schafspelz.«

Vibeke nippte an ihrem Kaffee. »Oder er versuchte Wiedergutmachung zu erlangen.«

Rasmus nickte. »Ich habe noch einmal über den Tatort nachgedacht. Ursprünglich war der Idstedt-Löwe ein dänisches Siegesmonument, doch heute gilt er in der Grenzregion als Symbol des Friedens.«

»Als Zeichen von Freundschaft und Vertrauen zwischen Dänen und Deutschen«, gab Vibeke den Text der Gedenktafel wieder.

»Karl Bentien und Aksel Kronberg wollten die Sache öffentlich machen«, fuhr Rasmus fort. »Gemeinsam. Karl Bentien ging es um Gerechtigkeit für seine toten Geschwister, gleichzeitig wollte er aufgrund der aktuellen Flüchtlingspolitik die Bevölkerung und Politiker aufrütteln, damit sich die Dinge nicht wiederholen. Aksel Kronberg haderte mit seiner Schuld und hatte deshalb mit Hinblick auf seinen hundertsten Geburtstag vor, reinen Tisch zu machen. Deshalb trafen sie sich am Idstedt-Löwen, um die Sache zu besiegeln.«

Die Tür schwang auf, und Luís rollte herein.

»Das klingt ja alles schön und gut«, sagte Søren. »Aber warum sind dann jetzt alle beide tot?«

»Weil jemand verhindern wollte, dass die ganze Geschichte herauskommt«, kam Vibeke Rasmus zuvor, »und zwar genau aus den Gründen, die wir eben durchgegangen sind. Oricon Medical wäre erledigt.«

»Ich glaube, das ist mein Stichwort.« Luís rollte hinter seinen Schreibtisch. »Zumindest habe ich drei interessante Neuigkeiten für euch.« Er grinste.

»Spann uns nicht auf die Folter«, bat Rasmus.

Luís nickte. »Ich habe heute in den Datenbanken der Zulassungsstellen die eingetragenen Fahrzeuge vom Theresienheim und dessen Mitarbeitern überprüft. Keiner von denen fährt einen weißen Kombi. Deshalb habe ich auch die Privat- und Firmenfahrzeuge der Familie Kronberg und von Oricon Medical überprüft. Ebenfalls ohne Ergebnis.« Sein Grinsen wurde noch eine Spur breiter. »Allerdings ist ein weißer Skoda Octavia Kombi auf die OMC-Stiftung zugelassen. Und wie die Kollegen aus Esbjerg vor Ort feststellen konnten, hat genau dieser Skoda am Heck einen Aufkleber vom Theresienheim.«

Vibeke und Rasmus tauschten einen Blick. »Also stimmt unsere Theorie.« Ihr Blick glitt zu Luís. »Du sagtest eben, du hättest drei Neuigkeiten. Das waren erst zwei.«

»Das Sahnehäubchen habe ich mir bis zum Schluss aufgehoben. Über die Benutzung der Firmenfahrzeuge wird eine Liste geführt, die haben sich die Esbjerger Kollegen zeigen lassen. Und ratet mal, wer den Kombi am Tag des Mordes genutzt hat.«

»Laurits Kronberg«, erwiderte Rasmus trocken.

Der Portugiese nickte.

Rasmus griff zum Telefon.

*Esbjerg, Dänemark*

Laurits Kronberg schwieg schon eine ganze Weile. Er trug seine Bürokleidung, einen dunkelblauen Anzug und ein weißes Hemd, und saß zurückgelehnt auf seinem Stuhl, die Arme ausgestreckt auf den Lehnen. Lediglich eine vereinzelte Schweißperle unter dem Haaransatz verriet seine Anspannung.

Die Mühlen der Justiz hatten schneller gemahlen als üblich. Nach Rasmus' Anruf bei Eva-Karin Holm hatte es keine zwei Stunden gedauert, bis der zuständige Richter die benötigten Beschlüsse genehmigt und der Tatverdächtige in seinem Büro bei Oricon Medical verhaftet worden war. Mittlerweile hatte die Abenddämmerung eingesetzt.

Rasmus unternahm einen weiteren Versuch, den Unternehmer zum Sprechen zu bewegen.

»Wenn es so ist, wie du behauptest, und du nichts mit dem Mord an Karl Bentien zu tun hast, warum wurde dann genau der Wagen am Tatort gesehen, den du an dem Tag nachweislich gefahren hast?«

Laurits Kronberg verzog keine Miene. »Das kann ich nicht sagen. Ich war an dem Abend zu Hause bei meiner Familie. So wie es meine Frau bereits bestätigt hat.«

»Du streitest also ab, dass du den Kombi eurer Stiftung an dem Tag gefahren hast?«

»Nein, das tue ich nicht, aber am Abend stand das Auto frei zugänglich vor meinem Haus.«

Rasmus wechselte einen Blick mit Vibeke. Die Vernehmung drehte sich im Kreis. So kamen sie nicht weiter. Es wurde Zeit, weitere Geschütze aufzufahren.

Er öffnete die Akte, die vor ihm auf dem Tisch lag, und nahm drei Fotos heraus. Das erste zeigte Gerda und Kurt Bentien, das zweite ihren Grabstein, und auf dem letzten waren Aksel Kronberg und Villads Rommedahl zu sehen.

Schweigend breitete Rasmus die Fotos nacheinander auf der Tischplatte aus. »Sieh hin.«

Laurits Kronberg warf einen kurzen Blick auf die Fotos und runzelte die Stirn. »Warum zeigst du mir das?«

»Das sind die Geschwister von Karl Bentien. Kurt war ein Jahr alt, Gerda zwei, als beide im Flüchtlingslager Oksbøl starben, weil ein dänischer Arzt seine Hilfe verweigerte. Dieser Arzt war dein Vater.«

Die Gesichtszüge des Unternehmers verhärteten sich. »Das sind unglaubliche Anschuldigungen. Nie im Leben könnt ihr das beweisen.«

»Doch, das können wir.« Rasmus lehnte sich in seinem Stuhl zurück. »Im Universitätsarchiv in Kopenhagen befinden sich noch die Rechtsnachweise für das Medizinstudium deines Vaters. Zudem hat Ilse Bentien, die Mutter der Kinder, Tagebuch geführt und darin alles schriftlich festgehalten, auch Aksels Namen. Karl hat das alles ans Licht gebracht und wollte es öffentlich machen. Deshalb hat er deinen Vater aufgesucht.«

Laurits Kronberg schwieg erneut, so lange, dass Rasmus bereits befürchtete, er wäre vollkommen verstummt. Dabei starrte er wie gebannt auf das Foto mit den beiden Männern.

»Und jetzt glaubt ihr, mein Vater hätte Karl Bentien umgebracht?«

»Sag du es mir.«

»Das ist doch lächerlich.« Laurits Kronberg schüttelte den Kopf.

»Und deshalb glauben wir auch, dass du es warst.«

Die Gesichtszüge des Unternehmers entgleisten. »Welches Motiv sollte ich haben, so etwas Absurdes zu tun?«

»Um deine Existenz zu schützen«, erklärte Rasmus trocken. »In dem Moment, in dem öffentlich wird, dass dein Vater sterbenden Kindern die Hilfe verweigerte, wird man sich von Oricon Medical abwenden. Niemand will mit Menschen Geschäfte machen, die derart skrupellos sind. Und man wird Überlegungen dazu anstellen, ob dein Vater womöglich die Schuld am Tod weiterer Flüchtlinge trägt.« Seine Stimme wurde hart. »Diese Art von Schuld lässt sich niemals abwaschen, egal, wie viel Zeit vergeht. Über kurz oder lang wird eure Familie alles verlieren.«

An Laurits Kronbergs Hals pulsierte eine Ader. »Ihr habt keinen einzigen stichhaltigen Beweis gegen mich in der Hand.«

Rasmus ließ sich nicht aus der Ruhe bringen. »Ein unschuldiger Mann würde anders antworten.«

»Ich bin es nicht gewesen.« Der Blick des Unternehmers huschte zu dem Foto mit den beiden Männern.

Ein Gedanke schoss Rasmus durch den Kopf. »Kennst du eigentlich Villads Rommedahl?«

»Ich habe den Mann noch nie gesehen.«

»Aber sein Name sagt dir etwas?«, hakte Rasmus nach.

In den Augen des Unternehmers flackerte es. »Nicht, dass ich wüsste.«

Rasmus beugte sich vor. »Ich rieche es, wenn es

irgendwo stinkt. Und hier stinkt es gerade ganz gewaltig.«

»Ich möchte meinen Anwalt sprechen.« Die Herablassung in Laurits Kronbergs Stimme war verschwunden.


*Esbjerg, Dänemark*

Es war nach dreiundzwanzig Uhr, als Rasmus die Tür zu seinem Apartment aufsperrte. Dunkelheit drückte schwer gegen die bodentiefen Fenster. Das Meer war von der Nacht verschluckt, nur vereinzelt schimmerten an der Küste entfernte Lichter.

Rasmus knipste die Lampen an. In den Scheiben blickte ihm sein Spiegelbild entgegen.

»Hier wohnst du also.« Vibeke hatte hinter ihm die Wohnung betreten.

In Anwesenheit seiner Kollegin erschien Rasmus die moderne weiße Küche noch steriler als sonst, der offene Wohnraum in seiner Kargheit kalt und seelenlos. Es roch noch immer nach Farbe.

Er stellte die Pappschachteln vom Thai-Imbiss auf dem Küchentresen ab. »Möchtest du Teller und Besteck?«

»Nur keine Umstände.« Vibeke stellte ihre Tasche ab und zog sich einen Barhocker heran.

Es fühlte sich komisch an, sie in seiner Wohnung zu haben. Doch er hatte seiner Kollegin den unnötigen Aufwand ersparen wollen, zurück nach Flensburg zu fahren, nur um am nächsten Morgen wiederzukommen.

Deshalb hatte Rasmus ihr spontan seine Couch zur Übernachtung angeboten. Sie war die erste Besucherin in seiner neuen Wohnung.

Er holte zwei Flaschen Bier aus dem Kühlschrank und reichte nach dem Öffnen eine davon an Vibeke weiter.

»Danke.« Sie schaute sich um. Es war ihr nicht anzumerken, was sie dachte. »Wie lange wohnst du schon hier?«

»Ein paar Wochen.« Er langte nach einer der Pappschachteln. Das Nudelgericht war lauwarm und fettig, doch es war das einzig Essbare, das in seiner Gegend um diese Zeit noch aufzutreiben war.

Gerade als er den ersten Bissen hinuntergeschluckt hatte, klingelte sein Telefon. Es war Luís, der ihm mitteilte, dass das Handy von Laurits Kronberg am Abend von Karl Bentiens Ermordung ausgeschaltet gewesen war und sich demnach nicht in eine Flensburger Funkzelle eingeloggt hatte.

»Verdammt!« Rasmus schlug mit der flachen Hand auf den Tresen.

»Was ist los?«, fragte seine Kollegin alarmiert.

Er erzählte es ihr.

»Das bedeutet nur, dass die Auswertung der Handydaten nicht als Beweismittel herangezogen werden kann, und nicht, dass Kronberg zur Tatzeit nicht in Flensburg war.«

»Das hat Luís auch gesagt, trotzdem spielt es Kronbergs Anwalt in die Hände.« Er griff nach den Essstäbchen und schob sich ein paar Nudeln in den Mund.

»Luís wird etwas anderes finden«, sagte Vibeke aufmunternd. »Bestimmt sichtet er gerade das ganze Videomaterial noch einmal nach dem Kombi.«

Rasmus nickte. Sein Hals schmerzte wie die Hölle. Bei jedem Bissen, den er hinunterschluckte, wurde es schlimmer. Außerdem schwitzte er wie verrückt. Es schien, als hätte sich die Hitze des Nachmittags unter seinem Hemd gestaut. Er griff nach der Bierflasche und trank ein paar Schlucke. Für einen kurzen Moment linderte die kühle Flüssigkeit die Schmerzen in seinem Hals.

»Geht es dir nicht gut?« Vibeke blickte ihn besorgt an.

»Doch, doch. Alles in Ordnung.« Er öffnete die oberen Hemdknöpfe. »Ich mache mir nur Gedanken wegen Kronberg. Vermutlich holt ihn sein Anwalt schneller wieder aus seiner Zelle raus, als uns lieb ist.«

Vibeke stocherte in ihrem Essen herum. »Sein Alibi ist alles andere als wasserdicht. Gleich morgen früh setzen wir bei seiner Frau die Daumenschrauben an. Und wir sehen zu, dass Mathilde Sabroe ein wenig aus dem Nähkästchen plaudert. Schließlich war sie Aksels engste Mitarbeiterin.«

Rasmus nickte und schob die noch zur Hälfte gefüllte Pappschachtel von sich. Sein Kopf schien von innen schier zu zerbersten. Gleichzeitig legte sich ein starkes Kältegefühl über seine Glieder. Er stand auf. »Ich hole dir ein Kissen und eine Decke, dann haue ich mich aufs Ohr.«

Als er an Vibeke vorbeigehen wollte, streckte sie ihre Hand aus und befühlte seine Stirn.

»Rasmus, du glühst wie ein Lagerfeuer. Leg dich hin, ich suche mir die Sachen selbst zusammen. Hast du irgendwo etwas gegen Fieber, das du nehmen kannst?«

»In der Küchenschublade.« Fröstelnd schleppte er

sich ins angrenzende Schlafzimmer und schlüpfte in voller Montur unter die Bettdecke.

In der Küche hörte er seine Kollegin rumhantieren. Er zitterte jetzt am ganzen Körper und zog die Bettdecke bis zum Kinn. Seine Gedanken schweiften zu Camilla und seiner ungeborenen Tochter, mischten sich mit bleierner Müdigkeit.

Als Vibeke neben sein Bett trat, um ihm ein Glas Wasser zusammen mit einer Packung Aspirin zu bringen, war er bereits in einen unruhigen Schlaf geglitten.

# 12. Kapitel

*Esbjerg, Dänemark*

Der Geruch von Feuchtigkeit und Moder hing schwer in der Luft, dazu kam der widerliche Gestank von Fäulnis. Irgendetwas bewegte sich in der Dunkelheit über ihre nackten Füße. Sie zog die Beine dicht zu sich heran, umschlang sie mit beiden Armen und presste ihren hageren Körper gegen die kahle Wand. Es fiel ihr schwer zu atmen, die Luft schien zum Schneiden dick. Ihr Brustkorb kribbelte. Wieder streifte etwas ihren kleinen Zeh. Sie wollte aufstehen, wegrennen, doch sie konnte sich nicht bewegen. Die Panik legte sich wie ein stählerner Panzer um ihren Oberkörper. Sie rang nach Luft.

Ein Lichtstrahl fiel in den Raum. Eine Gestalt, kaum mehr als eine dunkle Silhouette, stand in der Tür. Erst beim Näherkommen gewann das Gesicht an Konturen und Schärfe.

»Hallo, Vibeke.« Eisblaue Augen in einem faltigen Gesicht. Ein Lächeln, so kalt wie der Tod. »Endlich.«

Hände legten sich um ihren Hals. Und drückten zu.

Vibeke schreckte hoch. Sie japste nach Luft, suchte panisch unter dem Kopfkissen nach der Papiertüte, die für Notfälle bereit lag, und griff ins Leere. Sie taumelte von der Couch zum Fenster, riss es auf, ließ die frische Nachtluft in ihre Lunge strömen und zwang sich, dabei tief ein- und auszuatmen. *Ein und wieder aus.* Ihr Atem normalisierte sich.

Im Traum war Vibeke wieder neun Jahre alt gewesen, eingesperrt in den Keller, wie immer, wenn sie sich weigerte zu beten. Doch anstatt der Pflegemutter war ihre Erzeugerin gekommen, um sie zu holen. Die Frau, der sie bislang nur in ihren Albträumen begegnet war.

Warum sperrten Erwachsene Kinder in Keller ein? Als Erziehungsmaßnahme? Oder um ihnen Angst zu machen? Wussten sie denn nicht, was sie damit in den Kinderseelen anrichteten? Im Kinderheim hatte man ihr das Gleiche angetan. Einmal war sie sogar über Nacht eingeschlossen gewesen. Ohne Essen und Trinken, bei völliger Dunkelheit.

Vibeke zwang die Erinnerungen beiseite. Das T-Shirt klebte ihr schweißnass am Körper, und das schulterlange Haar hing ihr in feuchten Strähnen über die Stirn. Nach einem Blick auf die leuchtend roten Ziffern der Küchenuhr beschloss sie, duschen zu gehen.

Sobald die warmen Wasserstrahlen auf ihre Schultern prasselten, begann Vibeke sich zu entspannen. Ihre Gedanken glitten zu Laurits Kronberg, der nur wenige Kilometer entfernt in einer Zelle in der Polizeistation saß, weiter zu Karl Bentien und seinen toten Geschwistern und gelangten schließlich zu Valdemar Frolander, ihrem Angreifer. Wo hielt er sich in diesem Augenblick auf?

Mit einem Schlag kehrte ihre Anspannung zurück. Sie mussten diesen Mann schnappen. Unbedingt. Ansonsten würde sie ewig von Kellern träumen.

Wenige Minuten später drückte Vibeke in der Küche auf den Startknopf des Kaffeevollautomaten.

Es brodelte, zischte und dampfte. Ihr Blick fiel auf ein Foto, das am Kühlschrank hing. Es zeigte Rasmus zusammen mit einem etwa zwölfjährigen Blondschopf, an dessen Angel ein riesiger Fisch zappelte. Beide trugen Anglerhosen und hatten strahlende Gesichter. Das ist also Anton, dachte Vibeke. Rasmus sah auf dem Foto völlig anders aus. Gepflegter. Glücklich.

Ehe sie sich mit der gefüllten Tasse an den Tresen setzte, lauschte sie einen kurzen Moment an der Schlafzimmertür ihres Kollegen. Aus dem angrenzenden Raum drang kein Ton.

Vibeke schwang sich auf einen der Barhocker und griff nach ihrem Handy. Søren nahm erst nach einer halben Ewigkeit ab.

»Wie lange brauchst du nach Esbjerg?«, kam sie ohne Umschweife zur Sache.

»Warum?« Er klang verschlafen. »Was soll ich dort?«

»Rasmus ist krank, und alleine darf ich hier niemanden befragen.« Vibeke nippte an ihrem Kaffee und fügte erklärend hinzu: »Beraterstatus.«

Als Reaktion drang ein lang gezogenes Stöhnen durch den Hörer. Sie wartete.

»Anderthalb Stunden«, brummte der Däne. »Möglicherweise auch zwei.«

Vibeke runzelte die Stirn. »Geht das auch schneller?«

»Wenn du vermeiden willst, dass ich im Pyjama aufkreuze, dann nicht.«

»Also gut, wir treffen uns in spätestens zwei Stunden am Haus der Kronbergs. Beeil dich!« Sie legten auf.

Während Vibeke ihren Kaffee trank, sah sie sich in der Wohnung um. Hohe Decken, eingebaute Leuchten, teure Fliesen. Alles in dem Apartment wirkte modern und exklusiv und besaß dennoch denselben Charme wie ein steriles Hotelzimmer. Es fiel ihr schwer zu glauben, dass Rasmus sich hier wohlfühlte.

Der Blick aus den bodentiefen Fenstern war allerdings phänomenal. Draußen setzte gerade die Dämmerung ein, und der Himmel am Horizont verfärbte sich in ein tiefes Orange. Erste Lichtstrahlen brachen sich auf der Wasseroberfläche der Nordsee und ließen sie silbrig schimmern. In der Ferne lag eine Insel, und Vibeke vermutete, dass es sich dabei um Fanø handelte. Erst jetzt erkannte sie, dass sich der Apartmentkomplex auf einer künstlich angelegten Landzunge befand, die sich direkt ins Hafenbecken erstreckte.

Beim Blick nach rechts sah sie den Strand von Sædding. Auf einer Anhöhe thronte eine weiße Skulpturengruppe.

Sechs bis sieben Kilometer weiter die Küste hinauf lag Hjerting, schoss es ihr in den Sinn. Unruhe wallte in ihr auf. Am liebsten hätte sie sich direkt auf den Weg gemacht. Kurz war sie versucht, Rasmus zu wecken, doch so krank, wie der Ermittler am späten Abend gewesen war, brauchte er dringend Schlaf. Sie würde sich gedulden müssen, bis Søren eintraf. Leider gehörte Geduld nicht zu ihren Stärken.

*Hjerting, Dänemark*

Sie war eine halbe Stunde zu früh, als sie in Hjerting um zwanzig nach acht aus dem Dienstwagen stieg.

Eine leichte Brise wehte von der Nordsee an die

Küste, doch der Himmel war wolkenfrei, und erste Sonnenstrahlen versprachen einen weiteren warmen Spätsommertag. An der Promenade waren um diese Uhrzeit kaum Menschen zu sehen. Zwei Jogger liefen Richtung Strandhotel, ein älterer Mann drehte mit seinem Rauhaardackel die Morgenrunde.

Es herrschte Ebbe in der Ho Bugt. Sandwatt und Schlick, so weit das Auge reichte. Die Holzpfähle, die zur Messung der Gezeiten dienten, ragten wie Stelzen in die Höhe. Dazwischen saß eine riesige Schar Vögel, die langen Schnäbel auf Nahrungssuche in die mit Wasser gefüllten Vertiefungen versenkt. Auch am Himmel kreisten die Vögel. Hin und wieder setzte einer zum Sinkflug an, um sich zu seinen Artgenossen auf den Boden zu gesellen.

Was für ein idyllisches Plätzchen Erde, dachte Vibeke. Sie fragte sich, wie es wohl sein mochte, an einem Ort zu leben, an dem andere Leute Urlaub machten.

Sie drehte dem Meer den Rücken zu und überquerte die Straße. In der Auffahrt der Kronbergs stand dieselbe dunkle Limousine wie beim letzten Mal. Die Türen und Fenster des Hauses waren geschlossen, die Vorhänge zugezogen.

Vibeke sah auf ihre Armbanduhr. Der Zeiger hatte sich seit ihrer Ankunft kaum von der Stelle bewegt. Von Søren war weit und breit nichts zu sehen.

Vielleicht wäre es doch besser gewesen, Rasmus zu wecken. Er würde ihr die Hölle heißmachen, wenn es Kronbergs Anwalt gelang, seinen Mandanten aus der Haft zu entlassen, ohne dass sie auch nur einen einzigen Hebel in Bewegung gesetzt hatte. Grenzen ausdehnen, hatte Rasmus ihr vorgeschlagen.

Vibeke gab sich einen Ruck und steuerte auf die Haustür zu. Sie drückte die Klingel. Nichts geschah. Auch beim zweiten Versuch öffnete niemand. Sie trat ein paar Schritte zurück und legte den Kopf in den Nacken. Im Obergeschoss waren ebenfalls sämtliche Fenster geschlossen.

Sie ging zurück zu ihrem Wagen. An den Kotflügel gelehnt, rief sie Søren an, doch eine Sprachansage teilte ihr mit, dass der Teilnehmer vorübergehend nicht erreichbar war. Vermutlich steckte er gerade in einem Funkloch.

Ihr Blick glitt über die Bucht. In der Ferne entdeckte sie am Strand eine einsame Gestalt. Dahinter erstreckten sich die Umrisse der Marschinsel Langli.

Sie öffnete die Beifahrertür und nahm das Fernglas aus dem Handschuhfach. Die Person, die im Watt wanderte, war eine große, schmale Frau mit dunklen Haaren. Die Gesichtszüge waren auf die Entfernung nicht auszumachen, doch anhand der Statur meinte sie zu erkennen, dass es sich um Esther Kronberg handelte.

Vibeke legte das Fernglas auf den Beifahrersitz, schnappte sich ihr Notizbuch und schrieb eine Nachricht für Søren. Anschließend riss sie die Seite heraus und klemmte sie hinter die Scheibenwischer ihres Dienstwagens.

Nachdem sie das Fahrzeug wieder verschlossen hatte, nahm sie die kleine Treppe, die von der Holzpromenade an den Strand hinunterführte.

Der Sand war feucht und trittfest. Die am Boden sitzenden Vögel stoben auseinander und erhoben sich kreischend in die Höhe, als Vibeke in ihre Nähe kam. Sonnenstrahlen wärmten ihr das Gesicht. In einem schmalen Priel plätscherte das Wasser. Es fühlte sich fast wie Urlaub an, und kurz war sie versucht, die Schuhe auszuziehen und ihre nackten Zehen in den Sand zu stecken.

Doch sie hatte keinen Urlaub, sondern musste die Frau eines Tatverdächtigen aus der Reserve locken. Natürlich hätten sie Esther Kronberg auch offiziell in der Polizeistation vernehmen können, aber die Erfahrung hatte gezeigt, dass sich Zeugen bei einer informellen Befragung in ihrer gewohnten Umgebung wohler fühlten. Sie wähnten sich im Kokon der Sicherheit, wurden unvorsichtig und ließen sich leichter in Widersprüche verwickeln. Sofern es denn welche gab.

Vibeke trat in eine Senke. Schlamm quoll über den Rand ihrer Schuhe. Sie war derart in Gedanken versunken, dass sie nicht aufgepasst hatte. Die Wattlandschaft hatte sich verändert. Der Untergrund war jetzt nicht mehr überall trittfest, sondern zum Teil schlammig und uneben. An einem Miesmuschelfeld bedeckten Zigtausende silbrig-schwarze Hüllen den Wattboden.

Sie steuerte eine Sandbank an. Gleich daneben verlief ein großer Priel, in dem das Wasser mehrere Zentimeter hoch stand. Nur ein paar Schritte weiter nach rechts, und sie würde nasse Füße bekommen. Das Gehen wurde mühsamer. Der feuchte Boden war jetzt fast überall mit Rillen durchzogen, durch die Wasser lief. Gleichzeitig hatte der Wind abgeflaut. Die Sonne strahlte noch immer vom wolkenlosen Himmel, doch die Sicht war diesig. Watt und Horizont schienen hinter einer satinierten Scheibe ineinander zu verschmelzen.

Die Frau, die sie zuvor durch das Fernglas beobachtet

hatte, war nur noch etwa hundert Meter entfernt. Beim Näherkommen erkannte Vibeke, dass es sich bei der Wattwanderin tatsächlich um Esther Kronberg handelte. Sie war leger gekleidet, trug ein helles Poloshirt zur aufgekrempelten Jeans, und um die Hüfte hatte sie sich einen Kapuzensweater geschlungen. Ihre nackten Füße waren schlammverschmiert, die dunklen Haare hatte sie zu einem lässigen Pferdeschwanz gebunden. Zudem war sie völlig ungeschminkt. Als sie die Polizistin erkannte, blieb sie unvermittelt stehen.

»Was machen Sie hier?« Esther Kronberg wirkte angespannt, was angesichts der Tatsache, dass ihr Mann verhaftet worden war, nicht ungewöhnlich erschien.

»Ich möchte mit Ihnen reden.«

Sie hob die Brauen. »Das hätten wir auch in meinem Büro tun können.«

»Oder in der Polizeistation«, stellte Vibeke gleich klar.

»Sie wollen mit mir über das Alibi meines Mannes sprechen.« Sie blickte suchend über Vibekes Schulter Richtung Straße. »Wo steckt Ihr Kollege?«

»Der parkt noch das Auto.«

»Wir wissen beide, dass das nicht stimmt. Sie sind allein.« Esther Kronberg lächelte flüchtig. »Waren Sie schon einmal im Watt?«

»Bisher noch nicht. Ich bin eher der Stadtmensch.«

»Es ist unvernünftig, ins Watt zu gehen, wenn man sich nicht auskennt«, erwiderte die Unternehmerin leicht tadelnd. »Hier lauern zahlreiche Gefahren. Die Touristen unterschätzen das immer wieder.«

Vibeke ließ sich nicht verunsichern. »Warum sind Sie

hier? Haben Sie in der Firma nicht alle Hände voll zu tun, jetzt, wo Ihr Mann ausfällt?«

»Ich konnte nicht mehr schlafen, und ein Spaziergang am Strand ist die beste Art, um den Kopf freizubekommen.«

»Und Ihre Kinder?«

»Sie übernachten bei Schulfreunden. Aber um mich das zu fragen, sind Sie sicher nicht extra aus Flensburg gekommen, oder?«

Vibeke schüttelte den Kopf. »Ihre Vermutung war richtig. Ich wollte mit Ihnen noch einmal über letzten Dienstag sprechen.«

»Laurits war den ganzen Abend zu Hause. Bei mir und meinen Kindern«, erwiderte Esther Kronberg. »So, wie ich es Ihrem Kollegen bereits erzählt habe.«

»Und vorher?«

»Da waren wir in der Firma. Ich bin gegen halb fünf Uhr nach Hause gefahren, mein Mann kam etwa eine Stunde später. Er hatte noch einen Termin.«

»Wer hatte Zugang zum Autoschlüssel des Kombis?«

Die Unternehmerin runzelte die Stirn. »Meine Familie und natürlich die Angestellten. Es gibt für jedes Fahrzeug einen Zweitschlüssel. Diese sind frei zugänglich.«

»Das heißt, jeder kann sich einfach bedienen?«, fragte Vibeke überrascht.

»Theoretisch ja, aber natürlich tun das nicht alle. Die Autos aus dem Fahrzeugpool sind ausschließlich für Dienstfahrten bestimmt.« Sie legte die Stirn in Falten und deutete mit dem Kopf zum Meer. »Wir sollten jetzt lieber zurückgehen. Die Flut wird bald einsetzen.«

Sie schlugen den Weg Richtung Küste ein.

»Sie wirken erstaunlich ruhig dafür, dass wir Ihren Mann festgenommen haben«, stellte Vibeke fest.

»Weil ich weiß, dass er nicht getan hat, was Sie ihm vorwerfen.« Esther Kronberg lächelte. »Laurits könnte keiner Fliege etwas zuleide tun.« Sie wich einer mit Wasser gefüllten Senke aus.

»Der Wagen Ihrer Stiftung wurde am Tatort gesichtet.«

»Sagt wer?«

Vibeke ging nicht darauf ein. »Davon abgesehen hat Ihr Mann ein starkes Motiv. Was wissen Sie über die Vergangenheit Ihres Schwiegervaters?«

Esther Kronberg blieb stehen. »Sie reden von Aksels Tätigkeit als Arzt während der Besatzungszeit?«

Vibeke nickte.

»Hören Sie. Ich will nicht gutheißen, was Aksel damals getan oder, besser gesagt, was er nicht getan hat, aber er hat sich nur an die Anweisungen gehalten. Keiner von uns kann wirklich beurteilen, wie die politischen Umstände damals waren. Wir waren nicht dabei. Gerade als Deutsche sollten wir vorsichtig mit unseren Äußerungen sein.« Sie setzte sich wieder in Bewegung. »Rein rechtlich gesehen hätte man Aksel niemals belangen können.«

»Ich nehme an, Ihre Auftraggeber sehen das nicht ganz so entspannt, wenn sie davon erfahren, dass sich Ihr Schwiegervater weigerte, sterbenden Kindern zu helfen«, hielt Vibeke dagegen. »Und soweit ich informiert bin, hatte er vor, mit seiner Schuld an die Öffentlichkeit zu gehen.«

»Davon weiß ich nichts, aber ich verstehe durchaus, was Sie damit andeuten wollen«, entgegnete die Unternehmerin leicht säuerlich.

Vibeke warf ihr einen Seitenblick zu.

»Sie haben von unserer Branche nicht den blassesten Schimmer, oder?« Esther Kronberg lächelte spöttisch. »Wir sind kein börsendatiertes Unternehmen und somit weder auf die Gunst von Kunden noch von Aktionären angewiesen.« Unter ihren nackten Füßen spritzte das Wasser auf, als sie ein paar scharfkantigen Miesmuschelhüllen auswich. »Unsere Auftraggeber sind Krankenhäuser und Apotheken. Das läuft alles über öffentliche Ausschreibungen der Behörden. Dabei spielt eine Vielzahl von Kriterien eine Rolle, aber bestimmt nicht die Behandlung von Flüchtlingen während der Besatzungszeit. Was glauben Sie denn, von wem die Anweisungen damals kamen, keine Deutschen zu behandeln? Die Behörden waren in alles involviert, es war ein einziges politisches Kalkül. Die Flüchtlinge dienten lediglich als Verhandlungsobjekt.« Sie blieb erneut stehen. »Ihr Kollege und Sie, Frau Boisen, Sie beide haben sich da in etwas verrannt. Tun Sie sich also selbst einen Gefallen, lassen Sie meinen Mann frei, und suchen Sie Ihren Mörder woanders. Bei uns werden Sie ihn jedenfalls nicht finden. Und wenn ich Ihnen noch einen persönlichen Rat geben darf: Sehen Sie zu, dass Sie an Land kommen. Die Priele laufen langsam voll.« Damit drehte sie sich um und stapfte eilig davon.

Rasmus öffnete die Augen. Er fühlte sich völlig gerädert. Etwas vibrierte an seinem Oberschenkel. Irritiert bemerkte er, dass er vollständig bekleidet unter der Decke lag. Sonnenlicht schien hell durch die bodentiefen Fenster in sein Schlafzimmer. Auf dem Boden neben seinem Bett stand ein Glas Wasser neben einer Packung Aspirin. Das Vibrieren hörte auf, und er kroch tiefer unter die Decke und versuchte, noch mal einzuschlafen. Dann fiel ihm alles wieder ein. Die Vernehmung von Laurits Kronberg, die lauwarmen Nudeln vom Thai-Imbiss, sein Schüttelfrost und Vibeke Boisen, die im Wohnzimmer auf seiner Couch schlief. Schlagartig war er hellwach.

Er schob die Decke beiseite und erhob sich von seinem Bett. Noch immer war er ein wenig wackelig auf den Beinen, doch zumindest schien das Fieber verschwunden zu sein. Und auch sein Hals schmerzte nicht mehr ganz so stark wie am Abend zuvor. An seinem Oberschenkel vibrierte es erneut. Er zog das Handy aus seiner Hosentasche und nahm das Gespräch entgegen.

»Rasmus, endlich.« Eva-Karin Holm klang verstimmt. »Ich wollte dich darüber informieren, dass wir Laurits Kronberg vor etwa einer halben Stunde auf freien Fuß setzen mussten. Wo zum Teufel bist du gewesen? Hasen jagen?«

Rasmus nahm das Handy vom Ohr und warf einen Blick auf die Uhrzeit am Display. Es war bereits Viertel nach neun. Verdammter Mist.

»Rasmus?!«

Er hielt den Hörer wieder ans Ohr. »Tut mir leid,

Eva-Karin.« Sein Blick glitt zum Bett. »Ich war krank.« Obwohl es der Wahrheit entsprach, klang es wie eine lahme Ausrede.

»Deine Teamkollegen etwa auch?«

Rasmus wollte antworten, doch die Vizepolizeiinspektorin ließ ihn nicht zu Wort kommen.

»Ich will, dass ihr jetzt Vollgas gebt, Rasmus. Auf meine Anweisung hin wurde nicht nur einer der einflussreichsten Unternehmer Esbjergs, sondern einer meiner engsten Freunde verhaftet. Ich will nicht, dass das alles umsonst gewesen ist, nur weil der verantwortliche Ermittler einen Schnupfen hat. Haben wir uns verstanden?«

»Glasklar.« Rasmus legte auf und feuerte das Handy wutentbrannt aufs Bett. Dann riss er die Tür zum Nebenraum auf. »Vibeke?!«

Die Couch war leer. Der Küchentresen, auf dem am Vorabend noch Pappschachteln mit Essensresten und Bierflaschen gestanden hatten, war aufgeräumt und blitzblank. Ein leichter Hauch von Kaffee hing in der Luft.

Rasmus ging zurück ins Schlafzimmer und wühlte zwischen Bettdecke und Laken nach dem Handy. Sobald er es in der Hand hielt, rief er Vibeke an. Ihre Mailbox sprang an. Er hinterließ eine Nachricht und wählte im Anschluss die Nummer der Sondereinheit in Padborg.

Pernille nahm nach dem ersten Klingeln ab. »Geht es dir besser?« Ihre dunkle, warme Stimme klang besorgt.

»Ja, danke.« Er fuhr sich rastlos über die Stirn. »Weißt du, wo Vibeke steckt? Sie geht nicht an ihr Handy.«

»Sie wollte zusammen mit Søren zu Esther Kronberg fahren.«

»Es wäre besser gewesen, sie hätte mich geweckt«, erwiderte Rasmus verstimmt. »Laurits Kronberg wurde gerade auf freien Fuß gesetzt.« Mit dem Handy am Ohr ging er zum Kleiderschrank und zog frische Klamotten aus dem Regalfach. »Hat Luís schon etwas Neues bezüglich des Kombis?«

»Er ist dabei. Du weißt ja, wie aufwendig es ist, die ganzen Bänder durchzusehen.«

»Jens soll ihm dabei helfen.«

»In Ordnung, richte ich aus. Noch etwas anderes. Du hast doch gestern danach gefragt, ob uns der Name Rommedahl schon einmal untergekommen ist.«

Rasmus horchte auf. »Hast du etwas herausgefunden?«

»Das könnte man so sagen.«

Ohne Pernille zu sehen, wusste Rasmus, dass sie lächelte.

»Spann mich nicht auf die Folter«, bat er. »Im Moment kann ich jede gute Nachricht gebrauchen.«

»Villads Rommedahl hatte einen Sohn, der in Kopenhagen für die Gesundheitsbehörde gearbeitet hat«, berichtete die Ermittlerin. »Beide sind mittlerweile tot. Aber jetzt wird es interessant. Es gibt einen Enkel, der für RFI arbeitet. Mikkel Rommedahl.«

Rasmus fiel es wie Schuppen von den Augen. Der übergewichtige Glatzenträger. »Ich kenne den Mann. Eva-Karin Holm hat ihn mir bei der Trauerfeier von Aksel Kronberg vorgestellt. Sie spielen alle zusammen Golf. Warum ist der Zusammenhang mit RFI interessant? Was ist das überhaupt?«

Das Rascheln von Papier war zu hören.

»RFI ist ein Kooperationsmodell der regionalen Behörden zur gemeinsamen Beschaffung von Waren und Dienstleistungen für Krankenhäuser«, erklärte Pernille. »Ausgenommen sind dabei nur Medikamente, die werden von einer Firma namens Amgros erworben. Der Rest läuft über die Regionen. Zuständig sind die Haupteinkäufer der jeweiligen Einkaufszentralen. RFI bündelt quasi den Bedarf der Regionen und betreibt dafür ein gemeinsames Ausschreibungsportal. Mikkel Rommedahl ist der Einkaufsmanager für die Hauptstadtregion.«

»Demnach ist er einer der Entscheidungsträger?« Rasmus' Gedanken rotierten.

»Nicht nur das. Als Verantwortlicher für die bevölkerungsstärkste Region wurde er von der Koordinationsgruppe für die gemeinsame Ausschreibung einiger ausgewählter Verbrauchsgüter bestimmt. Genauer gesagt hält er bei der Auftragsvergabe von Verbänden und Nahtmaterial die Zügel in der Hand.«

»Das sind die Kernprodukten von Oricon Medical«, stellte Rasmus überrascht fest.

»Ganz genau. Und jetzt rate mal, welches Unternehmen bislang den Zuschlag bekam, weil es sämtliche Kriterien am besten erfüllte.«

»Oricon Medical.«

»Und dabei ist die Höhe des Auftragsvolumens immer unter dem Schwellenwert geblieben, der eine EU-weite Ausschreibung erfordert hätte.«

»Das stinkt zum Himmel.« Rasmus dachte angestrengt nach. »Es muss irgendein Abkommen zwischen Rommedahl und Kronberg bestehen, damit OMC den Zuschlag für die Aufträge erhält.«

»Du meinst Bestechung?«

»Irgendeine Abmachung.« Ein Pakt der Großväter, schoss es Rasmus in den Sinn. »Eine Art Schuldenbegleichung. Aber welche Gründe auch immer – sollte sich bewahrheiten, dass Mikkel Rommedahl Oricon Medical die Aufträge zugeschustert hat, könnte das zu einem der größten Korruptionsskandale des Landes werden.« Er spürte, wie das Adrenalin durch seine Blutbahnen schoss.

Hatten sie soeben das Mordmotiv aufgedeckt? Hatte Karl Bentien während seiner Nachforschungen über Aksel Kronberg von der Bestechung erfahren und war für die Beteiligten zum Risiko geworden? Wen hatte er am Idstedt-Löwen getroffen? Wer hatte am meisten zu verlieren? Laurits Kronberg? Oder war es eine Person, die sich bislang im Hintergrund gehalten hatte? Mikkel Rommedahl?


*Hjerting, Esbjerg*


Vibekes Füße waren klatschnass. Schlamm quoll aus den Seiten ihrer Schuhe. Das Wasser bedeckte den Wattboden mittlerweile fast überall zentimeterhoch. Mit dem Gehen ging es nur noch langsam und mühevoll voran.

Ihr Blick war Richtung Küste gerichtet. Sie versuchte, Søren Molin unten den Menschen an der Promenade auszumachen, doch die Entfernung war noch immer zu groß. Etwa fünfzig Meter weiter vorne ging Esther Kronberg.

»Ah!« Vibeke schrie auf. Ihr linkes Bein versank bis zum Knie in einem Schlickloch. Als sie versuchte, es herauszuziehen, rutschte sie auch mit dem anderen Fuß tiefer in den Schlamm.

»Nicht bewegen!« Esther Kronberg hatte ihren Schrei offenbar gehört und war zurückgeeilt. Mit einem Abstand von einigen Metern blieb sie stehen und tastete sich vorsichtig heran, nachdem sie die Beschaffenheit des Untergrunds vorab mit dem Fuß getestet hatte. Schließlich streckte sie Vibeke die Hand entgegen. »Kommen Sie, ich ziehe Sie raus.«

Vibeke griff nach ihrer Hand. Es folgte ein heftiger Ruck, und mit einem lauten Schmatzen löste sich ihr linkes Bein erst aus ihrem Schuh und dann aus dem Schlick. Sie fiel zusammen mit der Unternehmerin zu Boden, landete mit dem Gesicht direkt auf der Hand der anderen Frau.

Es war nur ein schwacher, kaum wahrnehmbarer Hauch von frischer Baumwolle, der ihr in die Nase stieg, doch er traf sie wie ein Stromschlag. Schlagartig wich Vibeke zurück. Als sie aufblickte, sah sie direkt in die Augen der Unternehmerin.

»Was hat mich verraten?« Esther Kronbergs Gesicht glich dem einer kalten Maske, während sie aufstand. Dann runzelte sie die Stirn. »Es ist die Handcreme, oder?«

Vibeke versuchte ebenfalls, auf die Beine zu gelangen, doch ihr rechter Fuß rutschte sofort wieder tiefer in den Schlick. Sie sank zurück auf den Boden. »Warum waren Sie in Karl Bentiens Haus?«

»Ich wollte das Tagebuch holen, in dem Aksels und Villads' Namen standen, aber es war nicht da.«

»Hatte Laurits Ihnen das aufgetragen?«

»Dafür brauche ich keinen Mann.« Esther Kronberg lächelte kalt. »Was glauben Sie, wer OMC an die Spitze geführt hat? Ohne mich hätten Aksel und Laurits die Firma längst an die Wand gefahren. Weil sie nicht dazu in der Lage sind, über den Tellerrand zu schauen oder ein Risiko einzugehen. Mein Geld, das gesamte Erbe meiner Eltern, habe ich in OMC gesteckt, es ist meine Existenz und die meiner Kinder. Das lass ich mir von niemandem nehmen.« Sie blickte zu Vibeke herab. »Karl Bentien wollte das alles zunichtemachen, zusammen mit Aksel, diesem Weltverbesserer. Selbst als der unsägliche Bentien längst tot war, wollte er noch immer reinen Tisch machen und sich seiner Schuld stellen. Dabei war es ihm völlig gleichgültig, dass er damit ein Abkommen gebrochen hätte, bei dem die Existenz von OMC auf dem Spiel gestanden hätte. Verfluchter alter Narr.«

Vibeke starrte sie entsetzt an. »Sie haben Ihren Schwiegervater umgebracht.« Hektisch versuchte sie, ihren Fuß zu befreien, erreichte damit aber nur, dass er noch tiefer in den Schlamm rutschte.

»Sie werden nichts von alledem nachweisen können. Ich muss jetzt los. Das Wasser kann jeden Moment hier sein.« Das kalte Lächeln umspielte erneut ihre Lippen. »Sie sollten sich lieber auch beeilen.«

Vibeke wäre der anderen Frau am liebsten an die Gurgel gegangen, doch sie überwand ihren Stolz. »Helfen Sie mir.«

Esther Kronberg warf ihr einen verächtlichen Blick zu. »Ich habe Sie gewarnt, Frau Boisen. Sie hätten die Gefahr im Watt nicht unterschätzen sollen.« Damit drehte sie sich um und stapfte mit eiligen Schritten davon.

Vibeke langte nach ihrer Waffe. Der Griff war schlammverschmiert. »Stehen bleiben!«

Die Unternehmerin lief unbeirrt weiter.

Vibeke biss vor Anspannung die Zähne zusammen. Sie durfte nicht einfach jemanden in den Rücken schießen, allerhöchstens einen Signalschuss abgeben, um ihren Kollegen auf ihren Standort aufmerksam zu machen. Sie hielt die Pistole in die Höhe, zog den Abzug durch. Nichts geschah. Das Scheißding hatte eine Ladehemmung.

Vibeke brüllte ihre Wut laut heraus. Anschließend steckte sie die Waffe zurück ins Holster und atmete mehrfach tief durch, um sich zu beruhigen. Keinesfalls durfte sie jetzt die Nerven verlieren. Sie legte sich so flach wie möglich auf den Boden. Wasser umspülte ihr Kinn. Es schien von Sekunde zu Sekunde zu steigen. Behutsam bewegte sie ihren festsitzenden Fuß in alle Richtungen. Als sie das Gefühl hatte, dass sich der Schlick ein wenig lockerte, umfasste sie mit beiden Händen in Kniehöhe ihr Bein und zog unter Aufbietung sämtlicher Kraft an ihrem Unterschenkel. Begleitet von einem Schmatzen glitt ihr Fuß aus dem Schlamm. Sie robbte keuchend auf festeren Untergrund, dann kam sie auf die Knie, zerrte den verbliebenen Schuh von ihrem Fuß und schleuderte ihn von sich.

Das Wasser reichte ihr bereits über die Knöchel, als sie sich barfuß ihren Weg durchs Watt bahnte. Sie hatte Mühe voranzukommen. In etwa hundert Meter Entfernung lag eine Sandbank, doch es schien eine halbe Ewigkeit zu vergehen, ehe sie diese schließlich erreichte.

Ein ganzes Stück vor ihr näherte sich Esther Kronberg bereits dem Ufer.

Sie beschleunigte ihre Schritte auf dem festen Untergrund, nur um kurz darauf entsetzt festzustellen, dass das Watt außerhalb der Sandbank vollkommen überflutet war. Völlig unscheinbar hatte sich das Wasser seinen Weg gebahnt, kam jetzt nicht nur von hinten, sondern von allen Seiten. Vibeke war eingekreist.

Ein ungutes Gefühl machte sich in ihrer Magengegend breit, trotzdem trat sie ohne jegliches Zögern ins Wasser. Sie durfte keine weitere Zeit verlieren. Der Untergrund war jetzt uneben, und das Wasser reichte ihr bereits bis zu den Knien. Mit jedem Schritt wurde auch der Widerstand stärker. Nicht lange, und sie stand hüfttief im Meer. Ihr Tempo verlangsamte sich zusehends. Irgendwann verlor sie den Bodenkontakt und musste schwimmen. Ihre Kleidung sog sich mit kaltem Wasser voll, drohte, sie in die Tiefe zu ziehen.

Die Küste war nicht mehr weit entfernt, trotzdem kam es ihr so vor, als bewegte sie sich mit jedem weiteren Zug vom Ufer weg, anstatt näher heranzukommen. Ihre Kleider wurden sekündlich schwerer, und auch ihre Beine wurden immer kälter. Zeitgleich schwanden ihre Kräfte. Sie hob den Arm aus dem Wasser, um die Menschen am Ufer auf ihre Not aufmerksam zu machen, doch das Winken bewirkte nur, dass sie ein Stück weit abgetrieben wurde. Die Strömung war zu stark. Ein Schwall Meerwasser schwappte in ihren Mund, als sie um Hilfe schrie. Keuchend und prustend schnappte sie nach Luft. Erstmals schwante ihr, dass sie ertrinken könnte. Keine zweihundert Meter von der Küste entfernt. Am helllichten Tag.

Sie drehte den Kopf. In allen Richtungen war Wasser, sämtliche Sandbänke waren verschwunden, auch die, auf der sie gerade noch gestanden hatte. Panik und Kälte lähmten ihren Körper. Es kam keine Rettung. Sie würde hier sterben. Jede Sekunde wurde es schwieriger, das Kinn über Wasser zu halten.

Vielleicht sollte sie sich nicht länger gegen das Unausweichliche wehren. Dann ging es schneller vorbei. Das Wasser würde sie unter die Oberfläche ziehen, ihre Lunge bekäme keinen Sauerstoff mehr zum Atmen, und das Blut in ihren Adern würde langsamer fließen, bis es schließlich ganz stillstand.

Was für eine beschissene Art zu sterben, schoss es ihr in den Sinn. Mit diesem Gedanken erwachte ihr Überlebensinstinkt.

*Kämpfe, Vibeke, du musst kämpfen. Bis zum letzten Atemzug. Aufgeben ist keine Option. Dafür hast du schon zu vieles überstanden.*

Sie rief sich in Erinnerung, was sie über Strömungen wusste, mobilisierte sämtliche Kräfte und schwamm schließlich seitlich der Küste entgegen. Salzwasser schwappte ihr ins Gesicht, doch sie hielt die Lippen fest aufeinandergepresst, das Kinn leicht angehoben, die Konzentration auf ihr Ziel gerichtet. Wenn ich hier lebend rauskomme, treffe ich meine leibliche Mutter, schoss es Vibeke durch den Kopf. Dann mache ich endlich reinen Tisch.

Die Sekunden vergingen wie Minuten, und ihre Lunge schien kurz vor dem Platzen, doch sie kam voran. Ihre Kräfte schwanden zunehmend. Plötzlich ragten vor ihr die hölzernen Pfähle empor.

Mit einem letzten entschlossenen Zug erreichte sie

den äußersten Pfahl, umklammerte ihn mit ihren kalten Gliedern. Sie lehnte ihr Gesicht gegen das Holz, schloss für einen kurzen Moment die Augen und schluchzte vor Erleichterung.

Als sie die Augen wieder öffnete, sah sie am Ufer eine kleine Ansammlung von Menschen stehen, die in ihre Richtung starrten. Was dachten die, was sie hier tat? Auf den nächsten Bus warten?

Ihr Blick glitt weiter zu den Häusern hinter der Strandpromenade. Sie dachte an Esther Kronberg, die zwei Menschen getötet und sie in Karl Bentiens Haus niedergeschlagen hatte. Mit neuer Entschlossenheit glitt Vibeke zurück ins Wasser.

*Esbjerg, Dänemark*

Rasmus drückte aufs Gaspedal. Seine Nerven waren zu Drahtseilen gespannt, seitdem er wusste, dass Esther Kronberg hinter dem Mord an Karl Bentien steckte.

Ein Schwarzlichtblitzer der Verkehrsüberwachung hatte den weißen Kombi der Stiftung in der Mordnacht in Flensburg erfasst. Anders als in Dänemark, wo lediglich das Kennzeichen vom Scanner erfasst wurde, gab es bei den deutschen Kollegen ein Lichtbild des Fahrers dazu. In diesem Fall eins der Fahrerin. Esther Kronberg.

Während er in rasanter Geschwindigkeit mit dem Dienstwagen über die Landstraße Richtung Hjerting schoss, stellten die Kollegen der Wirtschaftskriminalität die Geschäftsräume von Oricon Medical und in Kopenhagen das Büro von Mikkel Rommedahl auf den Kopf.

Er hatte auch die Sondereinsatzgruppe alarmiert, nachdem weder Vibeke noch Søren zu erreichen waren.

Rasmus überholte ein anderes Auto und drückte weiter aufs Gaspedal. Der Zeiger auf dem Tacho rückte unaufhaltsam nach rechts.

Die Ho Bugt kam in Sicht. Linker Hand erstreckte sich die Nordsee, auf der gegenüberliegenden Seite standen erste Häuser mit Meerblick.

Rasmus presste vor Anspannung die Zähne zusammen. Am Ortseingang drosselte er das Tempo. Eine Gruppe Urlauber überquerte in Höhe des Strandhotels die Fahrbahn. Laut fluchend bremste er ab. Ein Stück weiter die Straße hinauf entdeckte er auf dem Seitenstreifen die Autos von Søren und Vibeke, dicht hintereinander geparkt. Das Haus der Kronbergs lag direkt gegenüber auf der anderen Straßenseite. Er scherte in eine freie Lücke. Sobald der Motor ausging, riss er die Tür auf.

Die Sonne strahlte am Himmel und trieb ihm augenblicklich den Schweiß auf die Stirn. Ein paar Seevögel kreisten über dem Meer, Urlauber tummelten sich auf der Promenade und am Strand. Direkt am Wasser hatte sich eine kleine Menschentraube gebildet.

Rasmus dachte zuerst, seine Augen würden ihm einen Streich spielen, dann sah er fassungslos, wie Vibeke Boisen vollbekleidet aus dem Wasser stieg. Sie war klitschnass und dazu beängstigend blass, doch sie hatte einen fest entschlossenen Gesichtsausdruck. Ihm fiel auf, dass sie keine Schuhe trug. Jemand hielt ihr ein Handtuch hin, doch sie fegte es mit einer rüden Armbewegung beiseite.

Rasmus eilte ihr entgegen. »Was um Himmels willen …«

»Später«, unterbrach ihn seine Kollegin. »Für Erklärungen ist jetzt keine Zeit. Bist du Esther Kronberg begegnet?«

Rasmus schüttelte den Kopf. »Ich bin gerade erst gekommen. Aber ich weiß Bescheid. Sie hat Karl Bentien umgebracht.«

»Wir müssen uns beeilen.« Vibeke lief barfuß die Treppe zur Promenade hinauf und weiter zur Straße. An der Parkbucht erblickte sie Sørens Wagen und drehte sich zu Rasmus um.

»Ist Søren auch informiert?«

Augenblicklich spürte er einen Kloß im Hals. »Ich konnte ihn bislang nicht erreichen.«

»Esther war diejenige, die mich in Bentiens Keller niedergeschlagen hat«, informierte ihn Vibeke. »Demnach ist sie auch im Besitz meiner Waffe.« Sie sah zur anderen Straßenseite, wo gerade eine Urlaubergruppe mit kleinen Kindern vergnügt den Bürgersteig entlangschlenderte.

»Ich habe Verstärkung angefordert. Auch das …« Ehe Rasmus den Satz zu Ende sprechen konnte, krachte ein Schuss aus dem Haus der Kronbergs.

Die Urlaubergruppe blieb wie angewurzelt wenige Meter vor der Einfahrt stehen. Ein Mädchen im Krippenalter begann lauthals zu weinen. Am anderen Ende der Küstenstraße kam ein Streifenwagen in Sicht.

»Verdammter Mist.« Rasmus' Hand ging zum Waffenholster. Im nächsten Moment spürte er das kalte Metall zwischen den Fingern. »Ich gehe rein. Du bringst die Leute von hier weg und instruierst die Kollegen. Sorg dafür, dass niemandem etwas passiert.« Er preschte über die Straße.

»Rasmus, warte!«, rief ihm Vibeke hinterher, doch er sprintete bereits mit gezogener Waffe die Einfahrt entlang.

Hinter der schwarzen Limousine duckte er sich und spähte über den Kotflügel zum Wohnhaus. Sämtliche Fenster waren geschlossen, die Vorhänge zugezogen. Die Haustür stand einen Spalt offen.

Das Herz schlug ihm bis zum Hals, als er leicht gebückt zum Eingang lief und sich neben der Tür gegen die Hauswand presste. Er lauschte. Aus dem Gebäude drang kein einziger Laut. Ein Gefühl von Unheil erfasste ihn.

Mit der Waffe im Anschlag trat er über die Schwelle. Im Haus war es vollkommen still. Zu still.

Rasmus durchquerte mit wenigen Schritten die Diele, verharrte einen kurzen Moment neben der Tür, die in den offenen Wohnraum führte. Dann lugte er um die Ecke, scannte in Sekundenschnelle die Umgebung. Die cremefarbene Couch, die Möbel aus hellem Holz, die Sisalteppiche auf Eichenparkett, alles wirkte wie bei seinem letzten Besuch.

Sein Blick glitt zur offenen Galerie und weiter zur Küche, erfasste die Blutspritzer, die zuvor nicht dort gewesen waren. Sie klebten an den weißen Hochglanzfronten, am Fensterrahmen, an den beiden gefüllten Kaffeetassen auf der Arbeitsfläche. Am Boden. Jetzt sah Rasmus auch die Füße, die hinter der Küchenzeile herausragten. Sie steckten in dunkelbraunen Schuhen, die ihm seltsam vertraut vorkamen. Die Waffe in seiner Hand zitterte.

Im nächsten Moment ging er neben Søren Molin in die Hocke. Der Polizist hatte die Augen geschlossen.

Blut pumpte aus einer kleinen Fontäne seitlich an seinem Hals. Rasmus zog sein Hemd über den Kopf, presste es mit einer Hand auf die Wunde, während er mit der anderen nach dem Puls suchte.

Aus dem Obergeschoss drangen Geräusche, gleichzeitig erschien Vibeke Boisen in der Tür. Kalkweiß, mit gezückter Waffe und finsterem Blick erinnerte sie Rasmus an eine Kriegerin. Sobald sie Søren am Boden erblickte, weiteten sich ihre Gletscheraugen. Niemand sprach. Rasmus deutete mit dem Kopf zur Decke. Die Ermittlerin verstand augenblicklich. Auf dem Parkett blieben die sandigen Abdrücke ihrer Füße zurück.

*Hjerting, Dänemark*

Wasser tropfte auf die Stufen, als Vibeke die Treppe hochschlich. Auf dem vorletzten Absatz blieb sie stehen. Vor ihr lag ein dunkler Flur mit sechs Türen, an dessen Ende sich eine schmale Balkontür befand.

Vibeke lauschte. Stille. Vielleicht war Esther Kronberg längst über alle Berge. Ihr Instinkt riet ihr zu warten. Die Lage war unübersichtlich. Das Risiko groß. Wenn eine kontrollierte Frau wie Esther Kronberg derart in Bedrängnis geriet, dass sie eiskalt auf einen Polizisten schoss, war sie zu allem bereit. Von der angeforderten Verstärkung war bislang nur ein Streifenwagen eingetroffen. Die beiden Beamten sicherten den vorderen Grundstückszugang, einer zudem ohne seine Dienstpistole, nachdem er diese zuvor an Vibeke ausgehändigt hatte.

Plötzlich ging die hinterste Tür auf, ragte weit in den Flur hinaus und versperrte Vibeke die Sicht. Ihr Puls beschleunigte sich.

»Stehen bleiben!«, rief sie, den Blick auf das Türblatt fixiert. Mit der Waffe im Anschlag nahm sie die letzte Stufe.

Ein Schuss durchschnitt die Stille und zerschmetterte einen Teil des Türblatts. Grobe Holzsplitter stoben umher. Vibeke warf sich zu Boden. Die Waffe wurde ihr beim Aufprall aus der Hand geschleudert.

Unheilvolle Stille breitete sich aus. Vibekes Herz hämmerte gegen ihre Rippen. Blut lief ihr über die Stirn. All ihre Sinne waren geschärft. Die Sekunden vergingen.

Ein Geräusch, das sich wie das Öffnen einer Balkontür anhörte, drang an ihr Ohr. Vibeke richtete sich auf, sah, wie Esther Kronberg am Ende des Flurs über einen französischen Balkon stieg. Sie trug eine Umhängetasche bei sich.

Vibeke entdeckte ihre Pistole unter einem Pflanzenständer. Sie ignorierte den Schmerz an ihrer Stirn und hechtete los. Als sie sich nach ihrer Waffe bückte, krachte ein weiterer Schuss. Er schlug über ihrem Kopf in die Wand. In einer Staubwolke bröselte Putz herab. Irgendwo knirschte Kies. Vibeke registrierte Unruhe im Untergeschoss, doch sie hatte keine Zeit zu verlieren. Die Frau würde ihr kein weiteres Mal entwischen.

Geduckt schlich sie zur offenen Balkontür. Sonnenlicht blendete sie, sie verengte die Augen. Einen guten Meter unter ihr erstreckte sich das Garagendach, es war von einer dünnen Kiesschicht bedeckt. Sie sah gerade noch, wie sich Esther Kronberg am Rand des Daches in den hinteren Garten hinunterließ.

Hastig kletterte Vibeke über das halbhohe Geländer und folgte den Spuren im Kies. Von der Straße ertönten Sirenen.

Vibeke spähte blitzschnell über den Rand des Daches, während sich die Mörderin gerade von der Rasenfläche erhob.

»Stehen bleiben, Polizei!«

Esther Kronberg wandte sich um, die Waffe auf Vibeke gerichtet.

Ein Schuss krachte. Vibeke bückte sich instinktiv, und die Kugel sauste so haarscharf an ihrem Ohr vorbei, dass sie einen leichten Luftzug spürte. Als sie sich wieder aufrichtete, lief Esther Kronberg in Richtung Gartentor. Offenbar hoffte sie noch immer, sich absetzen zu können.

Vibeke umschloss den Griff der *Heckler & Koch* fester, blendete für den Bruchteil einer Sekunde ihre Umgebung aus und drückte ab.

Das Projektil traf Esther Kronberg in den rechten Oberschenkel. Die Frau schrie auf, geriet ins Taumeln und brach auf dem Rasen vor den Hortensienbüschen stöhnend zusammen.

Vibeke hielt ihre Waffe weiter auf die Verletzte gerichtet, jederzeit bereit, einen weiteren Schuss abzugeben.

Doch dazu sollte es nicht kommen. Bewaffnete Beamte der Sondereinsatzgruppe kamen von beiden Seiten um die Hausecke herum, dahinter tauchte ein grimmig blickender Rasmus Nyborg auf.

Schwer atmend ließ Vibeke ihre Waffe sinken.

Vor dem Wohnhaus der Kronbergs wimmelte es von Polizisten und Rettungskräften, als Vibeke durch den Hauseingang trat. Das gesamte Grundstück war mit rot-weißem Flatterband abgesperrt worden, dahinter verrenkten sich Anwohner und Schaulustige die Hälse. Auch die Presse war bereits vor Ort. Gerade verließ ein Krankenwagen die Auffahrt. Ein zweiter stand bereit.

Sie reichte einem der Beamten die Waffe für die kriminaltechnische Untersuchung.

»Du solltest das im Krankenhaus behandeln lassen.« Ein Sanitäter wies auf ihre verletzte Stirn. »Da sind Holzsplitter in deiner Haut.«

Vibeke nickte. Sie zitterte jetzt am ganzen Körper, konnte sich kaum auf den Beinen halten. Trotzdem beabsichtigte sie nicht, vor einem Großaufgebot dänischer Polizeibeamten zusammenzubrechen.

Der Sanitäter legte ihr eine Decke um die Schulter und tupfte ihr mit einer feuchten Kompresse vorsichtig das Blut aus dem Gesicht.

»Danke.«

Rasmus Nyborg bog um die Ecke. Der hagere Ermittler war aschfahl im Gesicht. Als er seine Kollegin sah, eilte er zu ihr und schlang seine langen Arme um ihren Körper.

Vibeke erlaubte sich einen kurzen Moment der Nähe und erwiderte seine Umarmung, ehe sie sich wieder daraus löste. »Wie geht es Søren? Wird er es schaffen?«

Ein grauer Schatten legte sich auf Rasmus' Gesicht. »Wir können es nur hoffen.« Er schüttelte fassungslos den Kopf.

Eine drahtige Gestalt im dunkelblauen Hosenanzug eilte die Auffahrt entlang. Vizepolizeiinspektorin Eva-Karin Holm.

»Søren Molin wurde angeschossen«, informierte Rasmus seine Chefin. »Er ist bereits auf dem Weg ins Krankenhaus.«

»Und Esther?«

»Sie wird gerade im Garten von Rettungskräften versorgt.«

»Großer Gott.« Eva-Karin Holm schüttelte den Kopf. »Ich kann es nicht fassen.« Ihr Blick streifte Vibekes verletzte Stirn und ihre nasse Kleidung. »Geht es dir gut? Hans reißt mir den Kopf ab, wenn seiner besten Beamtin etwas passiert.«

»Es sind nur ein paar Kratzer«, versicherte Vibeke.

Zwei Sanitäter erschienen mit einer Rolltrage, auf der Esther Kronberg lag. Sie hatte die Augen geschlossen und trug am rechten Oberschenkel einen Druckverband. Zudem hatte man ihr eine Infusion angelegt. Eva-Karin Holm wandte sich von den Ermittlern ab und wechselte ein paar Worte mit den Sanitätern, ehe sie wieder zurückkam.

»Und?«, fragte Rasmus.

»Sie lebt. Mehr kann man zum jetzigen Zeitpunkt wohl nicht sagen.«

Ein dänisch uniformierter Polizist stieg zu der Verletzten in den Krankenwagen. Die Türen wurden geschlossen, und das Fahrzeug setzte sich mit Blaulicht in Gang.

»Eigentlich sollte mich in diesem Beruf gar nichts mehr wundern, aber ich hätte es nie für möglich gehalten, dass Esther zu all dem fähig ist.« Die Vizepolizeiinspektorin sah dem Krankenwagen betroffen hinterher, ehe sie sich wieder den Ermittlern zuwandte. »Und dann schießt sie auch noch einen Polizisten nieder.«

»Vermutlich eine Kurzschlusshandlung«, sagte Vibeke. »Søren hat sie mit seinem Auftauchen in Bedrängnis gebracht.«

Eva-Karin Holm nickte. »Damit war er nicht der Einzige. Laurits hat mich gerade angerufen. Er hat Esther vorhin am Handy darüber informiert, dass er gegen sie aussagen wird. Außerdem hat er nach seiner Freilassung gleich die Kinder abgeholt, damit seine Frau sie nicht als Druckmittel benutzen kann.« Ihre Stimme klang belegt. »Esther hat nicht damit gerechnet, dass sich ihr Mann gegen sie stellt. Sie hat die Nerven verloren.«

»Also wusste Laurits, dass seine Frau Karl Bentien umgebracht hat?« Vibeke schlang die Decke enger um ihren Körper. Obwohl die Temperaturen weiter nach oben geklettert waren, fror sie noch immer.

»Er ahnte es. Und er befürchtete, dass Esther auch für den Tod seines Vaters verantwortlich sein könnte. Er hat Unterlagen gefunden, verschiedene Variationen einer Rede, mit der Aksel öffentlich machen wollte, dass er für den Tod von zwei Flüchtlingskindern verantwortlich war. Ursprünglich wollte Aksel schon damals reinen Tisch machen, doch er ließ sich von Villads Rommedahl überreden zu schweigen. Im Gegenzug ebnete ihm Villads den Weg für sein späteres Unternehmen. Aksel erhielt bevorzugte Lizenzen, den Grundstein für Oricon Medical, später folgten dann die Aufträge. Rommedahls Sohn saß damals an der entsprechenden

Stelle im Gesundheitsministerium. Aus Aksels Unterlagen geht hervor, dass Esther dieses Arrangement mit Villads' Enkel später in ähnlicher Form weiterführte. Laurits sagt, er hätte bis gestern von alldem nichts gewusst.«

Rasmus schüttelte den Kopf. »Was für eine unglaubliche Geschichte.« Sein Blick wurde grimmig. »Und am Ende geht es wie immer nur ums Geld. Was ist das bloß für eine Welt, in der tote Kinder weniger zählen als der wirtschaftliche Erfolg?«

Eva-Karin Holm nickte. »Die Presse wird die Korruptionsgeschichte bis aufs Letzte ausschlachten.«

In der Auffahrt erschien ein Polizeitransporter. Ein halbes Dutzend Beamte stieg aus und hüllte sich in Schutzkleidung.

»Wir sollten nicht länger im Weg rumstehen«, sagte Eva-Karin Holm. »Damit die Spurensicherung ihre Arbeit machen kann.« Sie wandte sich an Vibeke. »Wir brauchen später noch deine Aussage. Aber lass zuerst deine Wunde versorgen, und zieh dir etwas Trockenes an. Damit du nicht wie Rasmus einen Schnupfen kriegst.« Sie lächelte müde und ging davon.

Vibekes Blick glitt zur Haustür und dann weiter zum Dach.

»Du hast das Richtige getan«, sagte Rasmus.

Vibeke nickte. Ihre Augen brannten. Sie dachte an den Moment zurück, in dem sie auf Esther Kronberg geschossen hatte. Sie spürte keine Reue, nur Erleichterung.

»Es ist vorbei«, sagte sie leise.

Rasmus berührte ihren Arm. »Gehen wir.«

Rasmus beendete das Telefonat und ging zurück zu seinen Kollegen, die im Korridor vor dem OP-Bereich auf den Ausgang von Sørens Operation warteten.

Sie waren alle gekommen. Jens, Luís und Pernille, die ihren Arm um Sørens Lebensgefährtin Brigitte gelegt hatte, und auch Vibeke Boisen war direkt nach ihrer Aussage ins Krankenhaus geeilt. Die Ermittlerin trug ein paar seiner Sportklamotten, einen grauen Hoodie und eine seiner Laufshorts. Beides war ein paar Nummern zu groß und ließ sie noch zarter erscheinen, als sie ohnehin schon war. Auf ihrer Stirn prangte ein großformatiges Pflaster.

»Eva-Karin hat sich gemeldet«, informierte Rasmus seine Kollegen.

Brigitte erhob sich. »Ich gehe kurz zur Toilette. Das Baby drückt auf die Blase.« Sie war eine winzige Person mit hellblondem Pagenschnitt und freundlichem Gesicht. Jetzt waren ihre Augen vom vielen Weinen rot und verquollen. Sie war im siebten Monat schwanger.

Rasmus nickte ihr freundlich zu. Für einen kurzen Moment kam ihm der ungeheuerliche Gedanke, dass Søren die Geburt seines sechsten Kindes möglicherweise nicht mehr miterleben würde. Schnell schüttelte er den Gedanken ab. Er räusperte sich.

»Laurits Kronberg hat seine Aussage gemacht.« Er blickte in die angespannten Gesichter seiner Kollegen. »Wollt ihr etwas davon hören, oder sollen wir es lieber auf später verschieben?«

»Also mir ist gerade jede Ablenkung recht«, sagte Luís. »Das Warten macht mich noch wahnsinnig.«

Die anderen nickten.

»Gut.« Rasmus griff nach der Wasserflasche, die er auf einem Tisch abgestellt hatte, und trank einen Schluck. Sein Hals kratzte noch immer ein wenig. »Es ist, wie wir bereits vermutet haben. Aksel Kronberg wollte reinen Tisch machen. Karl Bentiens Auftauchen war für ihn dabei nur der letzte Anstoß. Sie planten eine gemeinsame Veranstaltung und hatten sich am Id-stedt-Löwen verabredet, um die letzten Details zu besprechen. Der Treffpunkt hatte zwar durchaus Symbolcharakter, aber letztlich auch ganz praktische Gründe. Aksel war an dem Abend ganz in der Nähe zu einer Veranstaltung beim dänischen Schulverein eingeladen.«

»Und Laurits und Esther wussten davon?«, fragte Vibeke.

Rasmus nickte. »Aksel hatte die beiden vorab eingeweiht, da er nicht wollte, dass sie von seiner Vergangenheit aus der Presse erfuhren. Laurits und Esther haben versucht, ihn davon abzuhalten, und an seine Verantwortung gegenüber seiner Familie und der Firma appelliert, aber Aksel war von seinem Entschluss nicht abzubringen. Er sagte, er hätte sein ganzes Leben an seiner Schuld getragen und wollte sie nicht auch noch mit ins Grab nehmen.« Er schwieg einen Moment, ehe er weitersprach. »Im Gegensatz zu seiner Frau hat Laurits die Entscheidung seines Vaters akzeptiert, deshalb will er Aksels Rede demnächst veröffentlichen.«

»Wie hat Esther es gedeichselt, dass Aksel an dem Abend nicht nach Flensburg fuhr?«, fragte Jens, der bislang geschwiegen hatte. Er wirkte blass und mitgenommen.

»Die Frage wird uns hoffentlich Esther selbst beantworten, sobald sie vernehmungsfähig ist.« Sein Blick glitt zu Vibeke. »Sie hat die OP soweit gut überstanden. Die Kugel hat wohl keinen größeren Schaden angerichtet.« Seiner Kollegin war nicht anzusehen, was sie dachte. Er räusperte sich. »Laurits glaubt, dass seine Frau ihm und Aksel ein Schlafmittel ins Essen gemischt hat.«

»Rohypnol«, sagte Vibeke. »Das gleiche Zeug, das sie mir verabreicht hat.«

Rasmus nickte. »Vermutlich. Jedenfalls war Laurits an dem Abend ungewöhnlich müde und ist früh ins Bett gegangen. Seiner Meinung nach hatte Esther nie vorsätzlich geplant, Karl Bentien zu töten. Sie hatte an dem Tag bei der Bank eine hohe Bargeldabhebung gemacht. Der Verdacht liegt also nahe, dass sie Karl Bentien mit dem Geld bestechen wollte. Das hat in ihrer Welt bislang immer gut geklappt.«

»Wird man Aksel Kronbergs Leiche exhumieren?«, fragte Jens.

Rasmus zuckte die Achseln. »Das wird der zuständige Richter entscheiden. Übrigens hat sich Valdemar Frolander heute der Polizei gestellt. Er hat tatsächlich den Laptop aus Karl Bentiens Haus entwendet, weil er befürchtete, es wären Beweise für die Veruntreuung darauf. Karl hatte wohl ein Gespräch zwischen ihm und dem Caterer mit angehört, bei dem sie ihren Betrug planten.« Er trank einen weiteren Schluck aus seiner Wasserflasche. »Das Tagebuch hat Frolander nur rein zufällig in die Hände bekommen. Es befand sich in der Laptoptasche.«

»Woher hatte er den Schlüssel zur Kammer?«, fragte Vibeke.

»Karls Ex-Frau hatte den Frolanders wohl schon vor Jahren sämtliche Schlüssel für das Haus gegeben, damit sie in der Urlaubszeit nach dem Rechten sehen. Sie lagen bei ihnen zusammen mit denen von anderen Nachbarn in der Küchenschublade. Damals war das geheime Archiv vermutlich noch ein ganz normaler Kellerraum.«

Die Flügeltür zum Operationsbereich öffnete sich, und ein Mann in OP-Kleidung kam heraus. Sein Blick glitt über die Anwesenden. »Sind hier Angehörige von Søren Molin?«

Brigitte eilte vom Gang herbei. »Ich bin seine Verlobte.« Sie war ein wenig außer Atem und hielt mit schützender Geste ihren Bauch umfasst. »Sørens Eltern sind noch auf dem Weg hierher.«

»Eigentlich darf ich dir keine Auskunft geben, solange ihr nicht verheiratet seid.« Der Arzt lüpfte seine OP-Kappe, und ein dunkler Lockenschopf kam zum Vorschein.

Rasmus zückte seinen Dienstausweis. »Søren ist unser Kollege und der Vater von Brigittes Kind. Bitte sag uns, was los ist. Hat er es geschafft?«

Der Arzt nickte. »Der Patient hat viel Blut verloren, und es wird eine Weile dauern, bis er wieder auf die Beine kommt, aber wir gehen davon aus, dass er sich vollständig erholen wird.«

Brigitte schluchzte laut auf, und Rasmus legte den Arm um ihre Schultern. »Vielen Dank.«

Der Arzt lächelte. »Der Patient muss sich jetzt von seiner Operation erholen, aber später dürft ihr zu ihm. Doch nicht alle zusammen.« Er nickte freundlich in die Runde und ging zurück durch die Flügeltür.

»Gott sei Dank.« Jens fuhr sich mit zwei Fingern an den Nasenrücken und schloss die Augen.

Rasmus bemerkte, dass Pernille und Luís beide Tränen in den Augen hatten, und auch er selbst spürte einen Kloß im Hals.

Brigitte schnäuzte in ein Taschentuch. »Das ist alles meine Schuld. Søren hatte es eilig, aber ich habe darauf gedrängt, dass er erst Ella in den Kindergarten bringt. Deshalb ist er zu spät gekommen.«

Rasmus schüttelte den Kopf. »Es ist nicht deine Schuld.« Sein Blick glitt zu Vibeke. »Niemand hätte ahnen können, dass diese Frau plötzlich schießt. Es war eine Verkettung unglücklicher Umstände.«

Brigitte wirkte erleichtert. »Ich rufe die Kinder an.« Sie zog ein Handy aus ihrer Handtasche und wandte sich ab zum Telefonieren.

Rasmus fiel auf, dass Vibeke still und blass auf ihrem Stuhl saß. Dabei wirkte sie fast ein wenig schutzbedürftig. Doch dann erinnerte er sich an den Augenblick, als er sie auf dem Dach gesehen hatte. Die Waffe im Anschlag, den Blick entschlossen auf ihr Ziel gerichtet. Diese Frau brauchte niemanden, der sie beschützte, aber vielleicht einen Freund.

»Komm, ich bring dich nach Hause.« Er rechnete mit Widerstand, doch Vibeke erhob sich.

»Grüßt bitte Søren von mir«, sagte sie an ihre Kollegen gewandt. »Richtet ihm aus, ich komme ihn morgen besuchen.«

Rasmus und Vibeke gingen Richtung Ausgang. »Vernünftig, dass du dich jetzt ausruhst.«

Vibeke warf ihm einen Seitenblick zu. »Ich tue meistens das Vernünftigste.«

Rasmus lächelte gequält. »Vermutlich schickt man dich deshalb auch nie zum Anti-Gewalt-Training.«

Vibeke sah ihn fragend an.

»Die Chefin hat mich gerade am Telefon zu einem weiteren Workshop verdonnert, gleich nachdem sie mich für die Ermittlung gelobt hat. Übungen und Strategien zur Verhinderung von Eskalationsprozessen.« Er seufzte. »Dabei habe ich beim letzten Kurs gerade mal vier Stunden versäumt.«

»Und du hast gedacht, Eva-Karin merkt das nicht?« Um Vibekes Mundwinkel zuckte es.

Er nickte.

»Rasmus, du kennst die Frauen nicht.«

»Offensichtlich.«

Sie traten ins Freie. Kurz darauf saßen sie im Dienstwagen.

»Bevor du mich nach Hause bringst, könntest du mir einen Gefallen tun und mich zu dieser Adresse fahren?« Vibeke reichte ihm einen Zettel mit der Adresse einer psychiatrischen Klinik. »Ich habe da etwas zu erledigen.«

»Kein Problem.« Ehe Rasmus den Zündschlüssel umdrehte, hielt er inne. »Du musstest schießen. Sonst hätte die Frau auf ihrer Flucht womöglich noch andere Menschen in Gefahr gebracht.«

Ihr Blick verdunkelte sich. »Ich weiß.«

Sie schwiegen einen Moment.

»Ich werde Vater«, sagte Rasmus in die Stille hinein.

Vibeke sah ihn verblüfft an. Im nächsten Augenblick zog sich ein Lächeln über ihr ganzes Gesicht. »Das ist wunderbar.«

»Finde ich auch.« Rasmus startete den Motor.

# Epilog

*Solderup, Dänemark 2019, ein halbes Jahr zuvor*

Über Nacht war Frost gekommen. Raureif hatte sich über Pflanzen und Gräser gelegt, und Nebelschwaden waberten über den angrenzenden Acker. Die beiden am Rand stehenden Bäume reckten ihre kahlen Äste in den weißgrauen Himmel, als wäre die Zeit in den vergangenen sieben Jahrzehnten stehen geblieben.

Karl starrte zu dem Hof auf der anderen Straßenseite. Im Tagebuch seiner Mutter hatte er den Namen seines leiblichen Vaters gefunden. Anders Johannsen. Sein Vater war kein Verbrecher oder Nazi gewesen, wie er all die Jahre befürchtet hatte, sondern ein einfacher Bauer, der sich in eine deutsche Flüchtlingsfrau verliebt hatte. Verbrecher waren andere gewesen.

Es hatte Karl berührt, in den Tagebuchaufzeichnungen seiner Mutter zu lesen, wie sie zunächst gegen ihre Gefühle für den jungen Dänen gekämpft hatte, ehe sie ihnen schließlich in einem schwachen Moment nachgegeben hatte.

Um Karl zu schützen, hatte sie ihn nach seiner Geburt der Obhut seines Vaters anvertraut. Auch wenn sich die Lebensbedingungen in den Lagern zwischenzeitlich verbessert hatten, war die Sterberate bei den Neugeborenen noch immer hoch, und Ilse wollte ihr

Kind keiner Gefahr aussetzen. Im Frühjahr 1947, ein Jahr nachdem die Postsperre aufgehoben worden war hatte seine Mutter die Nachricht erreicht, dass ihr Mann Heinrich aus russischer Gefangenschaft entlassen wurde. Doch es dauerte noch bis zum Herbst 1948, bis man ihr die Einreise in die britische Besatzungszone Schleswig-Holstein genehmigte. Zu diesem Zeitpunkt war Ilse verzweifelt. Sie berichtete in ihrem Tagebuch von dem gesellschaftlichen Spießrutenlauf, den sie in Deutschland befürchtete, und von ihrem fehlenden Mut, ihrem Mann nach dem Verlust von Kurt und Gerda ein fremdes Kind zu präsentieren.

Ilse kehrte ohne Karl nach Deutschland zurück, doch in Kiel angekommen, bereute sie diese Entscheidung bereits und beichtete ihrem Mann Karls Existenz. Ihren Wunsch, den Jungen zu sich zu holen, lehnte Heinrich rigoros ab. Er verbot seiner Frau jeglichen Kontakt nach Dänemark. An diesem Punkt endeten die Tagebuchaufzeichnungen.

Ein Mann in Gummistiefeln und Arbeitsoverall erschien auf dem Platz vor dem Hof. Strohblond. Um die dreißig. Die Ähnlichkeit mit Anders Johannsen war frappierend. Karls Hals wurde eng. Erinnerungen kamen in ihm hoch. Doch anstatt der Bilder von der Frau, die er irrtümlich für seine Mutter gehalten und die ihn an den Pfahl gebunden und misshandelt hatte, kehrten die von seinem Vater zurück. Anders, der ihm vor dem Kamin Geschichten vorgelesen hatte. Karl erinnerte sich an den Klang seiner warmen Stimme und die kräftigen Arme, die ihn liebevoll umarmten. Und er dachte an Ilse, seine leibliche Mutter, die ihn weggeben hatte, um sein Leben zu schützen.

Der Landwirt entdeckte ihn und kam zur Einfahrt. Karl stieg in seinen Wagen. Er war aufgewühlt. Gleichzeitig spürte er eine tiefe Zufriedenheit. Er hatte Eltern gehabt, denen er wichtig gewesen war, und dort auf dem Hof lebte seine Familie. Vermutlich würde man ihn nicht mit offenen Armen empfangen, doch sobald er den Menschen zur Verantwortung gezogen hatte, der die Schuld am Tod seiner Geschwister trug, würde er wiederkommen. Dann würde sich der Kreis schließen.

# Nachwort

Während meiner Recherche zur deutsch-dänischen Geschichte stieß ich auf einen Artikel über die dänische Ärztin und Historikerin Kirsten Lylloff, die in ihrer Dissertation von 2005 den Leidensweg von zehntausend deutschen Flüchtlingskindern dokumentierte. Lylloff fand heraus, dass der dänische Ärzteverband im März 1945 beschlossen hatte, deutschen Flüchtlingen keinerlei medizinische Hilfe zukommen zu lassen, infolgedessen allein 1945 siebentausend Flüchtlingskinder unter fünf Jahren an Unterernährung und Infektionskrankheiten in dänischen Lagern starben. Ein Artikel, der mich fassungslos und tief betroffen zurückließ.

Ein paar Monate später reiste ich deshalb nach Oksbøl, dorthin, wo sich am Ende des Zweiten Weltkriegs das größte Flüchtlingslager Dänemarks befunden hatte. Heute ist das Areal ein Waldgebiet mit Wanderwegen und einem Geschichtslehrpad, der an einigen Überresten des ehemaligen Lagers vorbeiführt. Nachhaltig aufgewühlt hat mich der anschließende Besuch der Kindergräber auf dem Deutschen Flüchtlings- und Soldatenfriedhof. Endlose Reihen mit schmucklosen Steinkreuzen, Hunderte Gräber von Kindern, von denen kaum eines älter als zwei Jahre wurde. Es war der Zeitpunkt, an dem ich beschloss, dieses Buch zu schreiben.

Die in meinem Roman beschriebenen Personen sind fiktiv, genau wie die Geschichte um Ilse Bentien und ihre Kinder Kurt und Gerda, die im dänischen Flüchtlingslager Oksbøl starben. Die Handlungsorte sind jedoch real, und was die dort geschilderten Ereignisse betrifft, habe ich mich eng an den historischen Fakten orientiert.

Ich habe viele Stunden in Bibliotheken, Archiven und Internet-Foren verbracht, mit Historikern gesprochen und etliche Sachbücher und Zeitzeugenberichte gelesen.

Die Hintergründe, die zu den Geschehnissen im Frühjahr 1945 in Dänemark führten, sind eng mit der deutschen Besatzungszeit verwoben und ähnlich komplex wie die deutsch-dänische Vergangenheit. Es war mir bei der Entstehung meines Buches daher sehr wichtig, auf die Perspektiven beider Länder zu schauen.

Bislang ist das Kapitel der deutschen Flüchtlinge in Dänemark hierzulande immer noch weniger präsent als das jener Vertriebenen aus den Ostgebieten, die am Ende des Zweiten Weltkriegs in den Westen Deutschlands kamen. Ich freue mich deshalb sehr, dass die Pläne der Varde-Museen für das deutsch-dänische Flüchtlingsmuseum auf dem Gelände des ehemaligen Lagers Oksbøl in naher Zukunft umgesetzt werden. Ein großartiges Projekt, das es sich nicht nur zur Aufgabe macht, mit dem Thema Flucht und Vertreibung den deutschen Flüchtlingen in Dänemark ein Gesicht zu geben, sondern auch den heutigen, überall auf der Welt. Ich werde auf jeden Fall zu den Besuchern gehören.

# Inselmord statt Mordsidylle –
# auf Pellworm
# ist der Teufel los!

978-3-7341-0929-4, 325 Seiten

Pellworm, Nordsee. Von Mord und Totschlag hatte der Polizist
Jan Benden genug. Deshalb kam ihm die Stelle auf der
kleinen, idyllischen Insel gerade recht – wenn die nur
einen einzigen Polizisten brauchen, kann da ja nicht viel
passieren, hatte er gedacht und zog kurzerhand mit seiner
Frau Laura dorthin. Doch dann sitzt eines Morgens eine
Leiche auf dem Deich. Jan nimmt die Ermittlungen auf –
unfreiwillig unterstützt von Tamme, einem Inselbewohner
mit etwas zu viel Begeisterung für Kriminalfälle. Und auch
Laura beginnt zu recherchieren – auf ihre eigene charmante
Art. Denn, was niemand gedacht hätte: Verdächtige gibt es
nicht gerade wenige auf der sonst so friedlichen Insel …

Lesen Sie mehr unter: **www.blanvalet.de**

Liebe Leserinnen und Leser,

ihr liebt Bücher und verbringt eure Freizeit am liebsten zwischen den Seiten? Wir auch! Wir zeigen euch unsere liebsten Neuerscheinungen, führen euch hinter die Verlagskulissen und geben euch ganz besondere Einblicke bei unseren AutorInnen zu Hause. Lasst euch inspirieren, wir freuen uns auf euch.

Euer

*Blanvalet Verlag*

blanvalet.de

@blanvalet.verlag

/blanvalet